한남대학교 개교 60주년 기념 설교집

진리 · 자유 · 봉사

한남대학교 개교 60주년 기념 설교집
진리 · 자유 · 봉사

2016년 4월 1일 초판 1쇄 인쇄
2016년 4월 5일 초판 1쇄 발행

발행인 | 이덕훈
엮은이 | 한남대학교 교목실
펴낸곳 | 도서출판 동연
등   록 | 제1-1383호(1992. 6. 12)
주   소 | 서울시 마포구 월드컵로 163-3
전   화 | (02)335-2630
전   송 | (02)335-2640
이메일 | yh4321@gmail.com

ISBN 978-89-6447-305-4 03800

한남대학교 개교 60주년 기념 설교집

진리 자유 봉사

한남대학교 교목실 **엮음** | 천사무엘 외 59인 **함께 씀**

동연

축하의 글

　올해로 한남대학교는 개교 60주년을 맞이하게 됩니다. 이렇게 뜻깊은 해에 선포된 하나님의 말씀을 엮어 설교집을 출간하게 된 것은 한남대학교 역사에 있어서 참으로 기쁘고 감격스러운 일입니다.

　먼저는 우리 대학을 믿음과 진리의 공동체로 세워주신 하나님의 역사와 섭리하여 주심에 감사와 영광을 올립니다. 또한 진리, 자유, 봉사라는 기독교 정신 위에서 그 정체성을 잃지 않고 지키기 위해 노력해 온 한남대학교의 선진들을 기억합니다. 앞으로 다가오는 밝은 미래를 위해 현재의 고난을 묵묵히 감내하며 이 학교를 아름답게 가꾸어 가는 현재 한남의 구성원들도 있습니다. 개교 60주년 설교집은 과거와 현재 그리고 미래 한남의 가족 모두를 향한 하나님의 크신 은혜요 선물이라 확신합니다.

　본 설교집이 나오기까지 수고하신 교목실 식구들과 모든 관계자 여러분들께 축하와 감사를 보냅니다. 앞으로 하나님께서 허락하실 한남의 또 다른 희망찬 60년 그리고 600년을 기대하며, 본 설교집을 통하여 하나님의 말씀이 한남대의 심장 속에 고스란히 새겨지게 되기를 기원합니다.

2016년 3월
한남대학교 이사장 이락원

책을 펴내며

진리, 자유, 봉사의 이념을 실천적으로 구현하고, 하나님의 섭리와 인도하심 아래 세워진 우리 한남대학교가 올해로 60주년을 맞이하였습니다. 지난 60년을 돌아보고 향후 우리 대학이 맞이하게 될 "새로운 60년, 그리고 새로운 한남"을 준비하고 설계하는 이 중요한 시기에 『개교 60주년 기념 설교집』을 편찬하게 된 것을 매우 기쁘게 생각합니다.

지나온 세월 동안 우리 한남대학교는 사회와 교회를 위해 귀하게 쓰임 받는 수많은 지도자와 목회자들을 배출해 왔습니다. 한남대학교의 설립 초기부터 오늘에 이르기까지 초석을 다지기 위해 흘리셨던 선교사님들의 땀방울과 모든 교직원과 동문들의 학교를 사랑하는 마음, 진심어린 기도가 있었기에 가능한 일이었습니다.

본 설교집에는 초대 학장이셨던 인돈 박사님의 선교 편지로부터 이사장님과 이사님들 그리고 여러 동문 선교사님과 목사님들의 설교를 담았습니다. 하나님 나라를 꿈꾸셨던 선교사님들의 비전과 1956년 설립 이후로 단 한 순간도 놓치지 않고 우리 학교가 붙들었던 건학 이념 그리고 우리 학교를 향한 동문 목사님들의 사랑 가득한 메시지들이 담긴 본 설교집을 통해 한남의 모든 구성원들이 하나가 되어 자랑스러운 한남대학교를 만들어 가는 일에 꼭 필요한 힘과 지혜를 얻기를 바랍니다.

역사는 과거와 현재의 끊임없는 대화입니다. 한남대학교의 60년 역사와 현재를 되돌아볼 수 있는 설교집이 출판될 수 있도록 도와주신 하나님께 찬양을 드립니다.

또한, 편집과 출판을 위해 수고한 교목실장님과 선교훈련팀에 축하
와 감사의 인사를 드립니다.

2016년 3월

한남대학교 총장 이덕훈

머리말

올해는 우리 한남대학교가 개교 60주년을 맞는 뜻깊은 해입니다. 미국 남장로교가 한국에 파송한 선교사들은 1948년 연례대회에서 대학 설립을 결의했고, 준비 과정을 거쳐 1956년 현재의 오정동 캠퍼스에 본교를 설립했습니다. 우리 대학의 설립을 주도했던 미국 남장로교 한국선교회 대학위원회의 1955년 회의록을 보면, 대학 설립에 기여했던 위원들은 총 7명이었습니다. 위원장은 전주선교부의 윌리엄 린튼(한국명 인돈), 위원으로는 순천선교부의 키스 크림(한국명 김기수), 여수애양원의 엘머 보이어, 목포 선교부의 존 서머빌(한국명 서의필), 전주 예수병원의 폴 크레인(한국명 구례인)과 전주선교부의 조셉 하퍼, 광주선교부의 플로렌스 루트(한국명 유화례) 선교사님이십니다. 모두 호남 지역에서 헌신적으로 선교하신 분들이십니다. 따라서 우리 대학은 어느 개인이 기부하여 세운 학교가 아니라 미국 남장로교에서 보내준 헌금으로 세워졌으며, 설립자도 어느 개인이 아니라 미국 남장로교 한국선교회 유지재단입니다.

본교의 설립 당시 대학위원회는 학교 설립의 목적을, 학칙 제1조에 기록된 바와 같이, 다음과 같이 썼습니다. "본교는 기독교의 진리와 대한민국 교육이념에 입각하여 한국 교회와 사회에 유능하고도 봉사할 수 있는 지도적 인물을 육성하되, 국가와 인류 사회 발전에 필요한 학술의 깊은 이론과 정치한 그 응용 방법을 교수 연구케 하며, 아울러 고상한 인격을 도야하며, 국가와 교회의 발전에 이바지하며, 나아가 세계 문화 발전에 기여함을 목적으로 한다."

비록 다양한 학문을 가르치지만, 기독교 정신에 입각하여 교육하겠다는 것입니다. 설립을 주도한 위원들이 학교의 교육이념으로 제시한 기독교 정신은 오늘날도 우리 대학을 지탱하고 우리 구성원들이 지켜나가야 하는 소중한 유산입니다. 이러한 정신은 설교를 통해서 선포되고 선포된 말씀은 우리 대학의 운영과 구성원들의 삶에 반영되어야 합니다. 이 정신을 지켜나갈 때에 해방과 전쟁이라는 어려운 상황 속에서도 대학 설립을 위해 헌신하셨던 분들과 헌금하신 미국 남장로교 교인들의 기도에 부응하는 것이라 믿습니다.

개교 60주년을 기념하여 교목실에서는 60명의 설교자들로부터 60편의 설교를 모아 우리 대학의 교훈이자 기독교 정신의 주요 주제인 진리, 자유, 봉사로 분류하여 엮었습니다. 이 설교들은 우리 대학의 60년 역사와 연관이 있는 선교사, 교수, 교목, 이사, 동문 그리고 지역과 교단의 목회자들이 우리 학교 캠퍼스에서 선포하였거나 보내준 것으로서, 내용은 다양하지만 우리 대학이 기독교 정신 위에 바르게 서서 기독교 대학의 사명을 올바로 감당해야 한다는 당부의 말씀이 담겨져 있습니다. 참여해 주신 모든 분들에게 감사드립니다. 본교 교목실은 선포된 말씀이 구현되도록 최선을 다할 것입니다. 이 설교집을 읽으시는 분들도 우리 대학이 기독교 대학의 사명을 잘 감당할 수 있도록 기도해 주시고 격려해 주시기를 부탁드립니다. 우리 대학의 구성원들과 동문, 후원자 여러분들에게 주님의 은총이 함께 하시기를 기원합니다.

2016년 4월 15일 개교기념일에 즈음하여
한남대학교 교목실장 천사무엘

차례

봉사

진리

Dear Friends

인돈 William Linton

(선교사 / 설립위원장 / 초대 학장)

The permit for the College has been granted, and I know you will all rejoice with our Mission. It has been a long cher-ished dream of the Mission that a contribution might be made to education on the college level and so the Mission welcomed this opportunity of making a new contribution to preaching the Gospel in Korea. We feel that God has greatly blessed our efforts so far, and we pray that this College may bear much fruit in the coming years.

Securing a permit for a college in this country is entirely different from securing a permit in America. Here, a regular college permit is granted only after a suitable faculty, suitable buildings, and sufficient funds to run the college are available. Inasmuch as we still have only temporary buildings for our College, only a temporary permit has been granted, but we feel certain a full college permit will be forthcoming after the buildings we are now commencing are completed. In securing even this permit, many trips to Seoul, and many interviews with high officials were necessary. Much more effort will be necessary to get a full permit, but after a permit has been secured, a college becomes accredited in every way in this country. Graduates are qualified for government positions; they are permitted to teach in high schools, and they are given a special status in regard to the draft.

As soon as the permit was issued, plans were made to give examinations for new students. During the last week of March, examinations were given and 81 students were received. On the 10th of April, the formal opening of our new Christian College will take place. It will be called the Teajon Presbyterian College.

A fine group of Christian teachers have been secured. The students are all regular members of some Protestant Church. Our major purpose is to train Christian leaders for society and to educate leaders for the church. A minor purpose will be that of demonstrating in a small way the American idea of education on the college level. The Mission has never planned to set up a university, but only a church college. Accordingly, we did not plan a school that would have more than 500 pupils.

Our opening ceremony will be on the morning of April 10. very likely, representatives from the government; from high schools in this Province and in other provinces, and college presidents will attend. Because there is no chapel or auditorium so far, it will be necessary to hold the exercises out in the open if it does not rain. If it does, there is a very small church nearby and we shall have the opening ceremony there. As we face the problems of beginning a new college in a new location without buildings, at times it seems almost impossible, but with God's help we plan to go forward. A beginning has to be made at some time. We cannot wait longer.

Beginning as soon as possible, work on the new buildings will commence and it is hoped at least one fairly large section of the main building may be completed before Christmas. As we face the future, it is realized it will take a good many years to get all of our buildings and equipment, but we hope you will all remember us in your prayers that we may be able to start an educational institution here that will glorify His Name.

With warmest personal regards and best wishes, I am.

Most sincerely yours,
April 9, 1956.

Rev. Wm. A. Linton

이 세가지 깃발을

타요한 John E. Talmage

(선교사 / 2대 학장)

졸업생 여러분들이 우리 대학을 졸업한 후에 사회에 나가면 여러 분야로 진출하게 될 것입니다. 혹자는 교육자가 되고 또 어떤 이는 대학원에 진학하게 되지만 대부분 학생들은 군에 복무하게 되는 줄 압니다. 그러나 여러분은 누구나 마찬가지로 예수그리스도의 이름으로 '사회' 라는 전쟁터로 싸움하러 나가는 것입니다. 그러므로 오늘 저는 졸업생 여러분에게 "믿음의 선한 싸움을 싸우라"고 권면하고 싶습니다. 그런데 이 싸움에 있어서 명심해야 할 것은 '세 가지 군기' 즉 깃발 세 개를 꼭 가지고 다닐 것이며 또한 이 깃발을 높이 들고 다녀야 한다는 것입니다.

첫째 군기는 십자가의 군기입니다. 이 "기"는 모든 "기" 중에서 가장 중요한 "기"입니다. 따라서 여러분은 결코 기독인인 것을 수치스럽게 여기지 마셔야 합니다. 왜냐하면 그리스도께서는 우리를 구원하시기 위하여 이 세상에 오시는 것을 조금도 개의치 않으셨기 때문입니다. 여러분은 '예수님께서 내게 원하시는 바가 무엇인가?' 라는 명목적인 물음을 제시함이 없이는 생에 있어서 어떠한 중요한 결의를 결단코 내리지 말기를 바랍니다. 예수님은 곧 왕의 왕이시며 모든 군주 중의 군주가 되십니다. 그리므로 이 예수님을 여러분의 생에 있어서 모든 일의 주로 모시기 바랍니다.

둘째 군기는 한국의 깃발입니다. 누구라 할 것 없이 우리는 조상으로부터 물려받은 문물의 유산과 자기가 태어난 나라와 자기 나라를 위해 전역에서 목숨을 바친 젊은이들과 어지러운 나라를 구하기 위하여 희생의 제물이 된 선조를 늘 자랑스럽게 여겨야 되는 것입니다. 과거에 선조들이 이루어놓은 많은 위대한 일들과 지금까지도 자기를 옹호해주는 자기 나라를 업신여기는 자는 남에게 경멸을 받기 마땅한 사람입니다. 그러므로 여러분은 국가와 민족을 위해 봉사하면서 여러분의 국가의 기를 꼭 가지고 다니며 또한 그 기를 높이 들고 다니기를 바랍니다.

셋째로 여러분에게 바라는 기는 이 대학의 기입니다. 여러분은 이 대학에서 4년 동안 살면서 학업을 했습니다. 또한 우리는 그동안 우리 대학이 날로 성장발달 하는 동안에 여러분도 심신이 날로 성숙해 가는 것을 봐왔습니다. 저는 우리 대학이 그동안 여러분은 위하여 기여한 바 그 사실만이 아니라 여러분 스스로가 이 대학 앞으로 위대한 대학으로 성장할 수 있도록 지금까지 온갖 영성에 공헌한바 그 사회에 대하여도 못지않은 긍지를 가지시기 바랍니다. 여러분은 우리 대학의 결실입니다. 우리는 여러분 외에 아무것도 자랑할 것이 없습니다. 따라서 우리는 미래 어느 날에 "저분은 우리 대전대학 출신입니다" 라고 자랑스럽게 말하고 싶습니다. 동시에 여러분들도 "저는 대전대학출신입니다"라고 떳떳이 말할 수 있는 그런 인물이 다 되기를 바랍니다.

마지막으로 네 번째 기를 들 수 있습니다. 그러나 이것은 진정한 의미의 기라기보다는 단지 바람이 가득 든 고무풍선일 뿐입니다. 그리고 이 풍선은 단지 자기 자신의 기인 것입니다. 우리는 이 기를 잘 개어서 포켓에 넣어 가지고 다녀야 합니다. 그러나 이것이 활짝 펴져서 남 앞에 나타나게 되는 때가 가끔 있습니다. 그렇지만 그때에도 이것은 기가 못되고 여전히 풍선에 불과합니다. 이 세상은 깃발처럼 행세하는 이러한 풍선들로 가득 차 있습니다. 여러분은 이런 것을 잘 경계하시기 바랍니다. 그렇지 않으면 여러분이 오히려 상처를 얻게 될 것입니다. 예수님께서 "누구든지 나를 따르려거든 자기 자신을 저버리고 자기 십자가를 메고 나를 따르라"고 말씀하셨습니다. 세상에서 마치는 날, 주위에 많은 사람들이 "그대는 그리스도와 국가와 민족과 대전대학의 참다운 봉사를 하여 훌륭한 영광을 이룩했다"고 당신들을 칭찬한다면 이보다 더한 영광이 여러분에게 따로 있지 않을 줄 압니다.

1966년 2월 7일

Hearing Your Call
1 Samuel 3:1-10

이광원 Kurt Esslinger

(선교사 / 미국장로교회)

When I grew up in Texas, I stood out from the crowd a little bit. I looked different from everyone else since I had even brighter red hair than I have these days. They let me know in subtle ways, and not so subtle ways that I did not really belong with any of their groups at school. When I developed an eccentric sense of humor, or had thoughts that were more liberal than everyone else, they would say to me things like, "You are strange."

Eventually I found a youth pastor at a local church, Mary Alice Lyman, who brought me in and showed me warmth and compassion and nurtured my unique personality. Mary Alice and the youth group around me gave me a different message from everyone else. They told me that the things that made me different actually made me beautiful, and the things that made me strange actually made me valuable. I belonged with them, and I belonged to God, not despite the fact I was different, but all the more because I was given unique gifts: to be able to sing to myself, to break into a performance of a joke at the drop of a hat, and to fill others with an energy and a passion for life. I stopped worrying about whether other kids were going to think I was cool enough, or whether some idea that came into my head would endanger my social status with everyone at school. I learned to celebrate my own "Kurt-ness."

After this spiritual transformation in a high school youth group, I began seeking out mentors in every step along my life. When I attended Austin College, a small Presbyterian college in Sherman, Texas, I met a campus minister named John Williams who helped give form to what I began feeling as a call to ministry. He continued nurturing my differences as valuable. Then I realized that I wanted to be the kind of person who could help others that feel like they are completely different from everyone else in the room, feeling loneliness, isolation, and sometimes being outcast from "the group." I knew that if I am going to reach out to people who are different from me and learn to value them, I need to learn more about those people that are different from me, and learn what it is that they and their cultures value. I need to put myself into more uncomfortable situations where I am even more completely different from everyone else in the room. I decided to cross over an ocean and study in Scotland. There, I met the program directors taking care of students coming in internationally. They were kind and nurturing, and eventually began to suggest that I also seemed pretty good at taking care of the people around me. After graduating college, I volunteered for the Presbyterian Church U.S.A.(PC(USA)) Young Adult Volunteer program(YAV program) and went to England. There, my site coordinator, also showed me compassion and love. She nudged me in the direction of exploring my gifts for spiritual direction. In seminary, I went to study in Seoul, Korea for a year, and my colleagues began to say, "Kurt, I think God may be trying to tell you something." I realized that all these mentors were beginning to play the role of Eli for as if I were Samuel. Samuel was hearing God's voice, but he could not understand it. At least he was not ready to simply follow the voice right away. So Eli helped him to discern that it was indeed the voice of God and that God definitely wanted him to do something. I, however, was even more stubborn than Samuel. I needed many different people to be like Eli for me over the years of my life to prepare me for when the PC(USA) national offices suggested that I apply with Hyeyoung Lee, my wife, to be YAV site coordinators and mission co-workers. It took me a month or so to decide that I did actually want to apply for this position, with many friends giving me advice like Eli. Hyeyoung, on the other hand, knew right away that we were called. As soon as she heard about the position in Korea as YAV site coordinators, she knew that she had to respond to this call. She was ready to take U.S. young adults to Korea to give them care and compassion in the same way she received care and compassion when she studied as an international student at McCormick Theological Seminary in Chicago.

I believe that you too are called. You may not receive your call in the same way that Hyeyoung and I received ours. Maybe there are friends and family around that can help you discern what God may be trying to tell you. We would definitely all like to receive calls from God as crystal clear. It would be easier if God sent us a text message on the phone stating our call emphatically and unambiguously, but it is more complicated in real life.

Your call may not be to travel half way across the globe. Maybe your call is not about a job or a career or some other major life transition. Maybe you are going to receive a series of many calls throughout your life. Maybe one of those calls is to walk across the room to a stranger you have never met before, and to say, "Hello! Welcome! I'm glad you are here," and start a relationship. Maybe one of your calls is simply to volunteer for a local organization on your free time. Perhaps you are already deeply involved in the work God wants you to do, but you have not yet understood it as a call from God. Discerning your call will never be easy. One suggestion that can help is to seek out an Eli in your life, someone who will listen to your thoughts and your feelings about life and God. Someone to help you see patterns in your experience without trying to define too clearly what they think you should do. Maybe an entire community can become your Eli. I also want to challenge you to be an Eli for someone else in your life.

Now, a good sign that you are following your call is if you are passionate about what you are doing or if you get energy from what you are doing. Hyeyoung and I are particularly excited about working with young adults who are looking for an opportunity to transform their lives. I can't wait to be their conversation partner, their counselor, and mentor. I hope to be a spiritual guide for them as they struggle to figure out the next step in their lives, and what God would like them to do. I am also excited about building meaningful relationships with global partners in Korea and PC(USA) World Mission, other mission co-workers around the world, as well as Presbyterians in the U.S. It will be a joy to interpret the work happening in Korea to congregations back in the States, sharing with them about God's presence in our work. We also look forward to encouraging congregations to recognize God calling them to become partners in Christ's ministry there.

I will particularly enjoy becoming a companion on the journey of these YAV's as they cross over the boundaries of difference just like I did around my college years. I will get to introduce them to the intricacies of Korean culture and life. I will help them to learn the different ways that Koreans work to address the root causes of poverty. I will introduce them to the ways Koreans share the how Jesus Christ has transformed their lives. I will connect them to the ways Koreans work for reconciliation in the midst of conflict. I get to help them understand that what makes Koreans and Korean culture different are also what makes them beautiful. The things that seem strange about the way Koreans live, also make them worthy of the love, compassion, and nurture of God. You see, the YAV program is different from a lot of other international volunteer programs because we are built to offer spiritual direction, helping young adults discern the way God is leading them through difficult and uncomfortable situations. This results in transformed PC(USA) young adults who go back to the U.S. and become amazing leaders in the church, thus transforming our denominations and our U.S. congregations. When our church is transformed by people who understand the differences of various cultures, we all learn how to become better neighbors to immigrants from those cultures that have settled here amongst our communities. That is the call as I have come to understand it in this stage of my life: that I might become an Eli to so many young adults coming over to volunteer for a year in Korea.

Look around and see who might be an Eli in your life, and listen carefully for all the ways that God might pass on a message to you, be it through text message or through long conversations with dear friends. Do not forget that you may be an Eli for someone else close to you helping them discern the voice of God in their lives.

우리의 믿음의 자리
창 13:10-18

노재운

(동문 / 인동동부교회)

하나님과 동행하는 사람들의 삶은 하나님께서 모든 일을 같이 당하시기에 평안이 있습니다. 그러나 하나님을 떠나 자기중심 혹은 자기 욕심을 따라 사는 사람들의 삶에는 평강은커녕 고통과 불안이 있고 결국에는 파멸이 있을 뿐입니다.

성경 속에는 수많은 사람들이 나타났다가 사라졌습니다. 이 사람들을 우리는 두 부류로 나누어서 생각해 볼 수 있습니다. 하나는 자신의 믿음의 자리를 지키며 살았기에 하나님께서 지켜주시는 평강과 존귀를 누리며 산 부류들이고, 또 한 부류는 자기 욕망을 겨냥하는 자기중심의 자리를 고수하다가 끝내는 괴롬과 고통 속에서 멸망한 자들입니다.

오늘 본문의 조연격인 롯을 한 번 생각해 보겠습니다. 그는 아브람과 동시대에 살았던 인물로서 아브람의 조카였습니다. 아브람은 롯의 삼촌입니다. 그들은 한동안 함께 살았지요. 하나님께서 아브람에게 물질의 복을 주시므로 재산이 많이 생겼습니다. 대가족이 함께 살다 보니 여러 가지 문제가 생겨 더 이상은 함께 살기가 불편해졌습니다. 아브람은 조카 롯과 분가하게 됩니다. 롯이 삼촌의 제안대로 선택권을 행사하기 위해서 사방을 둘러보았습니다. 보니 어떠하였습니까?

"소알 온 땅에 물이 넉넉하니 여호와께서 소돔과 고모라를 멸하시기 전이었으므로 여호와의 동산 같고 애굽 땅과 같았더라"(창13:10)고 하였습니다.

환락과 죄악의 소굴인 소돔과 여호와의 동산은 어떤 의미에서도 동일할 수가 없습니다. 그럼에도 롯의 눈에는 그 양자가 전혀 달라 보이지 않았습니다. 오히려 롯의 눈에는 소돔이 여호와의 동산같이 보였습니다. 그러나 자신의 욕심껏 환락의 도시를 택한 결과 어떻게 되었습니까? 두 눈 뜨고, 두 사위를 잃었습니다. 모든 재산을 잃습니다. 사랑하는 아내를 잃습니다. 취중에 천륜마저 범하고 말았습니다. 하나님을 온전히 바라지 않는 자들의 삶은 누구를 막론하고 마찬가지입니다. 그 생명이 뒤틀리기 마련이고, 인간관계마저도 뒤틀리게 될 것입니다.

그러나 하나님께서는 모든 것을 양보한 아브라함을 찾아오시어서 말씀하십니다.

"너는 눈을 들어 너 있는 곳에서 북쪽과 남쪽 그리고 동쪽과 서쪽을 바라보라 보이는 땅을 내가 너와 네 자손에게 주리니 영원히 이르리라 그 땅을 종과 횡으로 두루 다녀보라 내가 그것을 네게 주리라"(창 13:14-17).

눈으로 보는 모든 땅을 주시리라는 약속의 말씀입니다.

그다음에 아브라함의 행동을 주의해보십시오. 나 같으면 어떻게 하겠습니까? 동서남북을 뛰어다니면서 나의 소유로 삼기 위하여 질주하지 않겠습니까?

이어지는 말씀에는 아브람의 다음 행동을 주의 깊게 묘사합니다.

"아브람이 장막을 옮겨 헤브론에 있는 마므레 상수리 수풀에 이르러 거주하며 거기서 여호와를 위하여 제단을 쌓았더라"(창 13:18).

아브람은 하나님과 함께 있으면 그것으로 족했던 것입니다. 지금처럼 살아도, 하나님 모시고 살면 그것으로 족했다는 표현입니다. 마음속에 주님 계시면 더 큰 욕심 부릴 필요 없습니다. 주님께 드려진 몸, 주님 말씀에 충실하면 되는 겁니다. 맡겨주신 일들, 그것에 충성스럽게 감당하며 주어진 시간을 살면 그만입니다.

톨스토이의 우화 욕심쟁이 빠홈의 이야기를 아십니까?

빠홈은 어느 날 촌장으로부터 깜짝 놀랄 만한 제안을 받습니다. 그 제안은 거두절미하고 '너 빠홈이 하루 동안 걸어서 표시할 수 있는 모든 땅을 네게 주겠다'는 약속이었습니다. 그래서 빠홈은 새벽부터 쉬지 않고 앞으로 나아갔습니다. 쉰다는 것은 그만큼 자신의 소유가 줄어든다고 생각했기 때문입니다. 앞으로 가면 갈수록 욕심은 더 많아지기 시작합니다. 해가 서쪽으로 기울어져 가도 다시 돌아갈 생각을 하지 않습니다. 결국 해가 질 즈음에 이르러서야 자신의 방향을 촌장이 있는 곳으로 향하기 시작합니다. 시간이 촉박합니다. 너무 많이 나아갔기 때문입니다. 그래서 시간이 임박하자 빠홈은 목숨을 걸고 심장 터지도록 힘껏 뛰었습니다. 마침내 천신만고 끝에 약속한 장소에 도착하였습니다. 촌장은 그에게 수고했소이다. 참으로 엄청난 땅을 취하셨소. 이 말을 들음과 동시에 빠홈은 피를 토하며 쓰러져 죽고 말았습니다. 그에게 돌아간 땅이라고는 그가 묻힐 반 평의 땅에 지나지 않았습니다.

이것들이 인간의 탐욕스런 본능이라면 아브라함 역시 마찬가지여야 하지 않습니까? 그러나 아브라함은 그 땅을 얻기 위해 동분서주하지 않았습니다. 먼저 헤브론의 마므레에 나아와서 하나님께 예배드리고 있습니다.

그러면 헤브론, 마므레 뜻을 생각해 보는 것이 큰 의미가 있을 것입니다. 헤브론은 교제의 자리라는 뜻이요, 마므레는 뜨거운, 활발한, '강한 이'라는 뜻입니다. 이것을 합치면 뜨거운 교제의 자리가 됩니다. 강

렬하고 뜨겁고 활발한 주님과의 교제의 자리에 나아온 것입니다. 그러
므로 헤브론의 마므레에서 하나님을 경배했다는 것은 곧 아브라함이
동서남북으로 동분서주하지 않고, 하나님과 뜨거운 교제의 자리를 택
했다는 것을 뜻하는 것입니다. 롯과는 사뭇 다른 마음이지요. 그의 마
음이 욕망으로 채워진 것이 아니라, 하나님을 향해서 곧게 정해져 있었
던 까닭입니다.

우리는 성자 아퀴나스를 잘 알고 있습니다.

그는 신학대전, 이단논쟁 대전을 완성하여 기독교 역사에 길이 남는
걸작을 남긴 인물입니다. 누가 보아도 그는 기독교사에 있어서 굵직한
일을 해냈습니다. 인정받을 만하고, 칭찬을 받기에 충분합니다. 그러
나 아퀴나스의 모습을 한 번 보십시오. 아퀴나스의 노년에 성전에서 친
구 레지날드와 함께 기도하고 있을 때 일어났던 일화를 레지날드가 전
하는 내용입니다.

어느 날 아퀴나스가 제단 앞에서 기도하고 있을 때였습니다. 제단에 걸려
있는 십자가로부터 주님의 음성이 들려왔습니다. "나에 대해 참 좋은 책을
썼구나! 너는 나에게 어떤 보답을 원하느냐?" 이에 대한 아퀴나스의 대답
은 간단했습니다. 한 줄이었습니다. "주여 오직 당신만을(Only yourself
! Lord)." "주님이 저와 함께 계시는데 저에게 무엇이 더 필요하겠습니까?
주님만 저와 함께 계시면 됩니다."

이 고백이 아퀴나스의 믿음의 자리였습니다. 주님과의 뜨거운 교제
를 나누며 사는 아퀴나스는 그것으로 족하였습니다.

우리에게 무엇이 더 필요합니까? 물론 세상적으로 주변 여건을 생
각하면 부족한 것투성이라서 구할 것이 한이 없겠지요. 그러나 주님을

알고, 믿어 내 생명이 하늘에 있으면, 그것으로 족한 믿음을 가져야 합니다. 우리가 그런 믿음으로 성장해 나아가야 합니다. 주님께서 우리에게 나타나시어 말씀하실 때, 무엇을 요구하시겠습니까? "주님이 저와 함께 계시니 그것으로 족합니다."라는 고백을 할 수 있어야 합니다.

우리는 동일한 공간과 시간 속에 있다 할지라도 동일한 사람이 아닙니다. 같은 직장, 같은 교회, 같은 일꾼들이라 할지라도 절대로 같을 수 없습니다. 우리 주님은 당신의 자녀들이 무릎으로 사는 종들이 되시기를 원하십니다. 오늘 그런 종들을 찾으십니다. 이런 종들 때문에 가정이 평안하게, 학교가 바르게, 교회가 든든하게 서 갈 것입니다. 우리는 어떤 상황에서도 우리 중심에 믿음의 자리는 고수되어야 합니다.

주님만을 바라며 주님과 뜨거운 교제를 계속하는 헤브론의 마므레가 모든 우리 한남인의 자리가 되어야 할 것입니다.

아멘!

나는 무엇을 믿는가
시 121:1-8

도한호

(동문 / 전 침신대 총장)

사람들이 의지하고 사는 것

사람은 누구나 다 누구인가를 믿거나 또 무엇인가에 의지하면서 살기 마련이다. 사람은 혼자보다 둘일 때 온전한 존재가 되며, 최소한 두 사람이 서로 믿고 의지해야 각각 자기를 실현할 수 있다. 그래서 사람을 나타내는 "人" 자는, 두 사람이 기대고 서 있는 모양이다. 부부, 남녀, 모자母子, 모녀母女, 친구, 친척, 이웃 등 사람과 관계된 말은 모두 어울려 사는 것을 전제로 형성된 말이다.

그런데 '사람 인' 변에 '아홉 구'를 쓰면 '원수 구仇'자가 된다. 이는 여러 사람이 모이면 싫어하는 사람도 있게 마련이라는 사실을 나타내기 위해 만든 글자일 것이다. 싫은 사람이라도 사람은 더불어 살아야 한다.

나는 몇 년 전, 고향에 다녀온 후에, 내가 살아온 생애를 더듬어 보면서 나는 무엇을 바라고 살았으며, 사람들은 무엇을 믿고 사는가 하는 문제를 생각하게 되었다. 사람들은 대게 건강과 돈과 아름다움과 명예와 가족과 친구 등등을 믿고 사는 것 같다.

부질없는 믿음

고향에 가서:

1) 중학교 시절, 집에서 유기鍮器 그릇 만드는 가업을 해서 부유하게 살며 친구들에게 삶은 계란도 나눠주고 빵집에도 데리고 가며 언제나 베풀기를 좋아하던 좋은 친구가 있었다. 그의 소식을 알고 싶어 여기저기 물었더니 젊을 때 사업에 실패하고 처가살이를 하면서 겨우 생계를 꾸려가고 있다고 했다.

2) 마을 사람들이 모두 주린 배를 졸라매고 가난하게 살 때 순흥인가 부석에서 영주로 유학 와서 부러울 것 없이 살던 한 친구는 가세가 기울어 고향을 떠나 어느 도시에서 미화원으로 일하면서 살고 있다고 했다.

3) 읍내에서 가게를 하던 부잣집의 여러 자매들은 하나같이 예뻐서 남학생들이 모두 그 집을 기웃거렸는데, 우연히 그 자매들 중 하나를 만나게 되었는데, 긴 세월의 간격을 감안 하고도 어릴 때의 발랄하고 곱던 흔적을 찾아 볼 수 없었다.

4) 그런가 하면, 중학교 시절 나와 다정한 편은 아니었지만 친구들끼리 모이면 언제나 양보하고 의협심이 강했던 한 친구가 있었다. 고등학교를 졸업한 후 나는 대전으로, 그 친구는 경희대학에 다니면서 내게 편지를 한 번 보내 준 일이 있었다. 1960년 중반쯤인가 고향에 갔다가 그 친구가 절도죄로 형무소에 수감 중이라는 소식을 들었다. 그 친구는 집안이 어려운 편도 아니었고 절도나 강도를 할 친구는 더더욱 아니었다. 나는 모처럼 방문한 고향을 안타까운 마음으로 떠나야 했었다.

그런데 바로 몇 년 전에 고향에 가서 수십 년 만에 그 친구를 다시 만나게 되었다. 그 친구는 고향에서 월간 시사 잡지를 발행하는 중견 언론인으로서 씩씩하고 건강하게 살고 있었다. 과거 형무소 생활을 한 것은 당시 "5 · 16 군사쿠데타"를 거부하면서 당했던 일련의 시련 중 하나였었다고 한다.

5)초등학교 시절에 살던 적동리 마을에는 서천이라는 강이 흘렀고, 강 건너편에는 족제비골이라는 아름다운 골짜기가 있었다. 골짜기에는 작은 개울이 흘렀고 개울에는 가재와 작은 물고기들이 살았으며 골짜기 중간쯤에는 산수유나무도 한두 그루 있었다. 나는 고향에 가자마자 서천 너머 족제비골을 살폈더니 골짜기에는 조립식 건물의 공장이 들어서서 물길 산길을 다 가로막고 있었다. 공장 지을 곳은 거기가 아니라도 얼마든지 있을 터인데, 하필이면 그 아름다운 골짜기를 메우고 짓다니….

돌아오면서 얻은 교훈

앞에서 몇 가지 경우를 살펴 본 바와 같이 돈과 권력, 건강과 아름다움은 의지하고 살 것이 못 된다. 오늘 있다가 내일 없어지는 것이 돈이며, 건강과 아름다움도 쉽게 지나간다. 사람들의 이해관계와 이해 부족으로 이제는 수천 년 자리를 지켜온 자연도 믿을 수 없게 되었다.

베드로 사도는 그의 서신에서 예언자 이사야의 말을 인용했다. "모든 육체는 풀과 같고 그 모든 영광은 풀의 꽃과 같으니 풀은 마르고 꽃은 떨어지되 오직 주의 말씀은 세세토록 있도다"(벧전 1:24, 사 40:6).

이 예언에서 이사야가 말한 '육체'란 반드시 인간의 몸만을 말함이 아니라 세상의 모든 가치를 일컫는 것이다. 즉 앞서 검토한 돈, 권력, 아름다움과 건강, 자연 등을 말한 것이리라. 베드로가 이사야의 예언을 빌어 하고 싶었던 말은 하나님의 말씀 외에는 믿을 것이 아무것도 없다는 말이었을 것이다. 다윗의 시를 감상해보자.

내가 눈을 들어 산을 본다. 내 도움이 어디에서 오는가?
내 도움은 하늘과 땅을 만드신 주님에게서 온다.

주님께서는, 네가 헛발을 디디지 않게 지켜 주신다. 너를 지키시느라 졸지
도 않으신다.

이스라엘을 지키시는 분은, 졸지도 않으시고, 주무시지도 않으신다.

주님은 너를 지키시는 분, 주님은 네 오른쪽에 서서, 너를 보호하는 그늘
이 되어 주시니,

낮의 햇빛도 너를 해치지 못하며, 밤의 달빛도 너를 해치지 못할 것이다.

주님께서 너를 모든 재난에서 지켜 주시며, 네 생명을 지켜 주실 것이다.

주님께서는, 네가 나갈 때나 들어올 때나, 이제부터 영원까지 지켜 주실
것이다. (시편 121편)

다윗은 이 시에 앞서 시편 120편에서 이미, "내가 환난 중에 여호와
께 부르짖었더니 내게 응답하셨도다"(시 120:1) 하고 말했다. 아무리
평탄한 인생이라도 생애에서 몇 번은 환란과 위기를 당하게 될 것이다.
성공하는 과정에서 겪는 어려움, 즉 가난한 사람이 부자가 되고, 서민
이 권력을 얻고, 비난받던 사람이 칭찬받는 과정에서도 사람들은 각양
각색의 환란을 겪는다. 사람들은 도움의 손길을 찾아서 친구를 찾고 제
자를 찾고 또는 스승을 찾기도 한다. 과연 어디서 진정한 도움의 손길
을 찾을 수 있을까?

다윗이 대답했다. "나의 도움이 어디서 올까, 오직 여호와 하나님께
서로다." 시편 121장은 다윗이 환란 중에 성전에 올라가서 찾은 해답이
며 확신이다(1-2절). 3절 이하는 문답 형식이지만 다른 사람과 주고받
은 대화가 아니라 다윗이 스스로 묻고 답한 것이다. 하나님만이 도움이
라는 말은 다른 도움과 협력을 거부하라는 말이 아니라, 하나님의 도우
심이 궁극적 도움이라는 의미일 것이다. 세상의 모든 도움이 끊어져도
하나님은 최후까지 우리를 도우실 것이다. 우리가 믿고 의지할 것은 오
직 하나님뿐이시다.

씨의 복음
요 1:1-5

맹용길
(동문 / 전 장로회신학대학교 학장)

씨는 생명이다. 씨는 생명을 산출한다. 여기서 씨는 하나님의 나라의 통치 능력을 의미한다. 또 인간의 구원을 의미한다. 그래서 사람들은 씨를 감사하고 예배한다. 이것은 사람이 씨에 대한 최고의 응답 행위이다.

복음은 복된 소리이다. 그래서 기쁜 소리이다. 씨가 생명을 살리고 구원을 하기 때문에 사람들은 복된 소리로 응답한다. 최고의 응답 행위가 예배이다. 그러기 때문에 예배할 때에는 하나님과 통하여 영으로 예배해야 하고 그분만이 참 진리이기 때문에 진리로 예배해야 한다.

오늘 본문에서 씨는 말씀logos이다. 첫째로 우리는 씨인 말씀의 정체성을 생각하려고 한다. 즉 씨로서 말씀은 하나님이시다. 말씀은 태초에 하나님과 함께 계셨다. 이것은 말씀이 하나님이심을 확실히 나타내시는 분임을 알 수 있게 하는 내용이다.

말씀은 만물을 창조하셨다. 성경은 이렇게 기록하고 있다. "만물이 그로 말미암아 지은 바 되었으니 지은 것이 하나도 그가 없이는 된 것이 없느니라." 말씀은 인격체이며 창조주이심을 분명히 하고 사람을 포함하여 만물은 그의 피조물임을 확실하게 밝히는 대목이다. 이것은 말씀의 능력potestas 즉 전능하심을 나타내며 만물을 통치하시는 능력을 의미한다.

말씀은 생명이시다. 생명은 정체성을 나타내는 것이다. 동시에 이 말씀은 사람들의 빛이시다. 빛은 생명을 있게 하는 존재이다. 빛이 없는 곳에는 생명이 존재할 수 없다. 즉 자체가 생명이며 생명을 있게 하는 존재이다. 그래서 이 생명은 생명의 빛이다. 그리고 사람들이 생명의 빛을 따라 사람들 앞에 보이는 빛이 되기를 말씀은 가르치셨다(마 5:16). 이것은 아버지 하나님께 영광을 돌리는 행위이다.

말씀의 정체성은 신뢰를 보여주시는 것으로서 사람들은 신뢰함으로써 믿음을 갖게 한다. 따라서 우리는 여기를 믿음正信의 영역으로 여긴다. 하나님은 창조주 하나님으로서 정체성을 확인하는 부분이다. 그리고 창조질서의 의미를 확인한다.

둘째로 씨인 말씀의 사역을 보전의 질서로서 두 부분으로 생각하려고 한다. 처음 부분의 사역은 씨를 심는 부분이다. 씨를 심기 위하여 말씀이 먼저 인간을 향해 접근한다. 말씀이 육신(인간)이 되신다(요 1:14). 이것은 하나님께서 인간이 하기를 원하는 것의 본本을 보여주신 것이다. 인간을 육신으로 표현하고 있는데 이 육신은 죄를 지닌 인간이다. 즉 인간이 죄인임에도 불구하고 죄가 전혀 없으신 말씀이 육신, 다시 말하면 인간이 되신 것이다. 인간이 하기를 원하는 것은 하나님을 믿고(요 6:40), 하나님의 자녀가 되고(요 1:12), 영생을 얻고 하나님 나라를 갈 수 있게 하는 것이다(요 3장). 이것은 하나님의 뜻이다(요 6:40). 이것은 믿음의 영역의 연속으로서 사랑(정사正思)의 영역과 연결된다.

두 번째 부분의 사역은 하나님의 아들이 되어 하나님이 기뻐하시는 일을 하는 것이다. 이것은 예수님의 말씀에서 잘 나타난다(요 8:29). 하나님이 말씀으로서 세상에 인간을 위해 오셔서 하나님이 기뻐하시는 일을 하신 것을 예수님이 보여주셨다. 아들은 아버지를 기쁘시게 하는 일을 해야 한다. 그리고 하나님은 항상 함께하셨다. 이것은 정사의 영역이다.

세 번째 부분의 사역은 하나님께 영광 돌리는 일을 하는 것이다. 이것은 정행正行의 영역이다. 말씀이신 예수님은 자기를 보내신 아버지 하나님께 돌아가시려고 하면서 이렇게 고백하신다. "…아버지여 때가 이르렀사오니 아들을 영화롭게 하사 아들로 아버지를 영화롭게 하게 하옵소서"(요 17:1). 이 고백은 세상에서 아버지께로 가시는 단계에서 하신 말씀이다. 그동안 말씀의 사역은 항상 하나님이 원하시는 것을 하고 하나님을 기쁘시게 하고 하나님께 영광 돌리는 일을 하였음을 보여주는 대목이다.

이러한 내용을 가르치는 것을 신학神學 즉 신학信學의 사역이라고 한다. 그러나 그 내용은 확실히 하나님의 뜻을 행하는 것으로서 하나님의 사랑의 사역이 나타난다. 그래서 우리는 이것을 사랑愛의 사역이라고 한다. 그리고 다른 말로 정사라고 표현하기도 한다.

다음 부분의 사역은 아버지와 아들이 보내신 성령(요 15:26, 16:7)이 희망希望을 주는 사역이다. 예수님은 말씀으로서 제자들에게 성령을 주신다(요20:22). 그러면서 말씀이신 예수님은 본本으로서 제자들을 세상으로 보내신다(요 20:21). 예수님은 제자들이 믿는 자가 되라고 말씀하시고 예수님의 양들을 먹이라고 말씀하시고(요 21장) 무엇보다 믿는 자로서 예수님을 따르는 자들이 되라고 말씀하신다(요 21:19, 22).

예수님을 따르라고 하신 것은 서로 사랑하라는 말씀이었다. 그리고 이것은 행동 지침이요 본本이며 사람들에게 보여주는 행위이었다. 그것을 위해 예수님은 제자들을 세상에서 택하시고 세상으로 보내셨다. 이것은 결코 쉬운 일이 아니다. 그러나 생명을 구원하는 위대한 일이었다.

"내가 진실로 진실로 너희에게 이르노니 한 알의 밀이 땅에 떨어져 죽지 아니하면 한 알 그대로 있고 죽으면 많은 열매를 맺느니라 자기의 생명을 사랑하는 자는 잃어버릴 것이요 이 세상에서 (예수님과 씨의 복음을 위하여) 자기의 생명을 미워하는 자는 영생하도록 보전하리라"(요 12:24-25).

이 말씀들을 정리해 보면 아버지 하나님, 아들 하나님, 성령 하나님이 동시에 정체성을 밝히고 사역을 하신 것을 보여주신 것이다. 그래서 우리는 이러한 내용을 정리하여 삼위일체 하나님의 사역이라고 한다. 그리고 믿음, 사랑, 희망이 함께 역사하며 이것을 정신, 정사, 정행으로 표현하기도 하고 내화內化, 객관화客觀化, 외화外化로 표현하기도 한다. 이것은 좀 더 구체적으로 우리의 삶과 연결하여 세계관世界觀, 가치관價値觀, 실천實踐 덕목德目이라고 표현하기도 한다.

씨의 복음은 우리의 태도를 요구한다. 즉 믿을 수 있는 태도(faithful attitude), 다시 말하면 신뢰할 만한 그리고 의존할 만한 믿는 사람이 되라는 것이다. 다음으로 기본이 확실한 태도(foundational attitude)로서 기초가 확실하고 그래서 창의적인(original) 태도를 가지는 사람이 되라는 것이다. 그다음으로 열매 맺는 태도(fruitful attitude)인데 그것은 생산적이고 건설적인 태도를 가지는 사람이 되라는 것이다.

씨의 복음은 우리에게 접근 방법을 요구한다. 즉 사람들의 생명을 구원하기 위하여 그들과 같은 입장에서 접근하라고 하는 것이다. 한 알의 밀알이 땅에 떨어져 죽는 것처럼 다시 말하면 예수님이 말씀으로써 육신이 되셔서 보여주신 본本처럼 접근하라는 것이다.

씨의 복음의 궁극적인 사역은 인간의 생명 구원이라는 것이다. 예수님이 제자 베드로에게 마지막까지 요구하신 것은 예수님을 따르는 것이었다. 그것은 생명 구원 사역을 위하는 요구이었다. 그래서 베드로는 믿음의 궁극적 목적이 영혼 구원이라고 고백하면서(벧전 1:9) 하나님이 거룩하게 하셨으므로(성화, 벧전 1:2) 믿는 자들도 거룩한 행동(성화, 벧전 1:15-16)을 하라고 고백하였다. 예수님은 동시에 온전하라고 가르치셨다(마 5:48).

한남 대학교는 말씀이신 하나님의 사역의 터전이었고 실체이었다.
현재도 그렇다. 1956년 대전 기독학관으로 시작하여 1959년 대전대
학으로 문교부의 인가를 받아 새로운 출발을 하였다. 나는 이때 입학하
였다. 그 후 숭전대학(교), 한남대학(교)으로 이름을 바꾸면서 계속해
서 씨를 심었다. 하나님의 계획에 따라 하나님의 말씀대로 말씀의 씨를
심어 성장한 것이다. 말씀이 우리를 세상으로 보내셨다. 따라서 이제
그 말씀대로 "말씀"을 심기 위하여 세상으로 나가야 한다. 씨는 생명이
다. 생명 있는 씨를 심으면 반드시 싹이 튼다. 그리고 성장한다. 이 성장
은 하나님이 하시는 일이기 때문에 우리는 부지런히 심어야 한다. 그러
나 항상 잊지 말아야 할 것은 씨를 심는 밭, 햇빛, 물은 하나님의 전능하
심에 달려 있음을 명심하고 겸손하게 씨를 심어야 한다는 것이다. 그래
서 우리는 하나님이 원하시는 것 즉 하나님의 뜻을 행하는 것(믿음), 하
나님이 기뻐하시는 것을 하는 것(사랑), 하나님께 영광 돌리는 것(희망)
을 하여야 한다.

인간성 상실과 구원

박종덕

(대전제일교회 원로목사)

    소련의 망명 작가인 A. 솔제니친은 1978년도 올해의 「템플톤」 상을 받으면서 이어 유명한 강연을 했습니다. 그 강연 중에서 그는 "20세기 전체가 무신론과 자기 파멸의 와중으로 빨려 들어가고 있습니다. 결단 신앙을 통해 얻은 하나님의 사랑의 손길을 우리는 너무도 경솔하게 뿌리쳐버렸습니다. 그러나 산사태처럼 무너져 내리는 오늘날의 20세기는 오직 하나님께 매어달리고 의탁하는 도리밖에 다른 아무 방도는 없을 것 같습니다"라고 종말적인 경고를 했습니다. 정말로 20세기는 산사태처럼 무너져 가고 있는 것입니까?

    또 그의 주장대로 20세기에는 오직 하나님께 매어 달리고 의탁하는 도리밖에 다른 아무 방도가 없는 절박한 상황이 된 것입니까? 세상이 무너지는 징조는 대단합니다. 이것이 신학적인 논쟁의 대상만은 아닙니다. 각계각층의 전문 과학자들의 입으로도 입증이 되고 있습니다. 세상이 무너져도 급속하게 무너지고 있습니다. 그런데 문제는 삶이 사람으로 변하는 것이 아니라 사람이 기계처럼 또는 부속품처럼 상품처럼 짐승처럼 마구 다루어지도록 변하고 있기 때문에 문제가 있습니다. 이것을 비인간화 현상이라고 말합니다. 이것이야말로 세상이 무너져도 보통 무너짐이 아닙니다.

    사람이 짐승이 되고, 기계가 되고 상품화되고, 종속화될 때 거기 인류의 멸망이 있을 것이기 때문입니다. 핵무기가 있어도 불안하고 과학기술이 발달하면 할수록 불안한 이유는 인간이 그만큼 무너져 가고 있기 때문입니다.

이것이 인간의 타락입니다. 인간이 타락하는 괴성이 사회 골목골목에서 비명으로 메아리쳐지고 있습니다. 우리는 며칠 전 세계가 무너지는 소리를 들었습니다. 소련의 SU-15전투기가 대한항공보잉747여객기를 최신형미사일로 격추시킨 사실을 듣고 놀랐습니다. 치가 떨렸습니다. 눈물이 펑펑 쏟아졌습니다.

약소민족의 서러움을 더욱더 되새겨 보았습니다. 이 문제를 해결할 힘이 우리들에게는 없는 것입니다. 국제사회 속에서의 한국 위치가 드러난 셈입니다. 안타깝습니다. 세계 제일의 군사력이 이토록 비인간적이라면 세상은 무너질 때로 무너져가고 있습니다. 위협을 받고 있습니다. 미사일이 선량한 세계 시민을 사살하려는 데 쓰여졌습니다. 바로 이것이 두려운 것입니다. 핵무기가 폭발하는 경우 지구는 세 번 이상 산산조각이 날 것이라는 이야기를 들었습니다. 그런데 이것을 사람이 다루고 있습니다. 사람이 사람이 아니라 짐승이거나 기계 같은 것일 때 인류는 무너지기 직전에 서 있게 되는 것입니다. 물질주의 타락과 영적 상실 그리고 공산주의 위협은 자유세계가 반드시 해결해야 할 과제입니다. 사랑하는 젊은 친구 여러분! 이렇게 무너져가는 세계에 관심을 가져봅시다.

비이성적이고 영혼이 없는 과학기술에 관심을 가져봅시다. 생명이 귀한 줄 모르고, 살상을 일삼는 역사의 현장에 초점을 모아 봅시다. A. 솔제니친이 한 말을 되새겨 보면서 말입니다. "오직 하나님께 매어달리고 의탁하는 도리밖에 다른 아무것도 없을 것 같습니다." 인류가 하나님께서 지으신 본래의 모습을 되찾게 될 때 지구는 에덴이 될 수가 있을 것입니다. 주님의 은총을 통해서 말입니다. 성서 읽기를 권합니다. 성서는 이러한 세상을 조명해볼 수 있고 진리의 원형입니다. 인류의 구

원을 주제로 삼고 있습니다. 세상이 하나님의 말씀으로 다시 돌아가야
만 할 때라고 생각합니다.

〈대학생과 신앙〉 1983. 3. 14.

비켜선 사람들
요 13:12-17

설삼용

(전 교목실장 / 안양제일교회 원로목사)

어느 날 링컨 대통령이 비서 한 사람과 산책을 하게 되었습니다. 한참 걷다 보니 좁은 오솔길에 이르렀습니다. 그 길은 두 사람이 함께 걸어가기에는 비좁은 길이었습니다. 두 사람은 나란히 걸어갈 수가 없어서 링컨 대통령이 앞에서 걷고 그 비서가 뒤에서 따라갔습니다.

얼마쯤 가다가 이들 일행은 앞에서 오는 다른 사람과 마주치게 되었습니다.

할 수 없이 링컨 대통령이 길을 비켜섰습니다. 이를 본 비서는 잔뜩 화가 났습니다.

"각하! 각하께서 길을 비켜서시다니요. 그 사람이 비켜야지요."

이렇게 비서가 흥분하자, 링컨 대통령은 이렇게 대답했습니다.

"이것 보시오 내가 만약 길을 비켜서지 않았다면 우리는 충돌할 수밖에 없지 않겠소."

인생살이에서 생기는 모든 충돌, 대립, 갈등, 오해, 싸움은 모두가 내가 약간 비켜서기만 하면 넉넉히 피할 수 있을 것입니다.

우리 그리스도인은 비켜서는 사람들입니다. 비켜설 줄 모르는 사람은 매사에 충돌은 하기 마련입니다. 인생길에서 우리는 조금 비켜설 줄을 알아야 합니다.

남편의 길이라고 아내에게 계속 밀어붙일 수만은 없는 것입니다. 목사의 길이라고 해서 남들이 양보해 주기만을 기다릴 수는 없습니다. 오히려 링컨은 대통령이었기 때문에 비켜설 수 있었듯이 우리는 크리스천이기 때문에 비켜설 수 있어야만 합니다. 예수님께서는 스승이셨습니다. 스승의 길을 바르게 걸어가자면 제자였던 베드로가 스승의 발을 씻어드려야 옳을 것입니다. 그러나 예수님은 유월절 만찬을 잡수시던 밤에 스승의 길에서 비켜섰습니다. 주님의 자리에서 종의 자리로 옮겼습니다. 예수님의 자리에서 일어나서 허리에 수건을 두르고 대야에 물을 담아 오셨습니다. 집에 온 손님들의 발을 닦아 드리는 것은 유대인들의 풍습이었습니다. 반드시 주인이 물을 준비하여 하인들을 시켜 손님들의 발을 씻어 드려야 합니다. 이스라엘 사람들은 모두가 샌들을 신고 다니기 때문에 먼지 많은 이스라엘에서는 발이 말이 아니었습니다. 주님께서 다락방을 빌어 최후의 만찬을 베푸시던 곳에는 주인이 없었습니다. 그러면 발은 누가 씻어 주어야 합니까. 주인도 없고 하인도 없었습니다. 그런데 예수 일행의 발은 먼지투성이였습니다. 그러나 베드로, 안드레, 야고보, 요한, 그 누구도 이 천한 일을 스스로 나서서 하려고 하지 않았습니다. 아무도 비켜서지 않았습니다. 예수님께서 몸소 비켜설 수밖에 없었습니다. 그리고 예수님께서는 본문 12절에서 "내가 너희에게 행한 것을 아느냐?"고 말씀하셨습니다.

예수님께서 비켜서신 이 결단을 우리가 배워야 할 것입니다. 겸손은 곧 신앙이며 신앙이란 바로 겸손을 의미하는 것입니다. 겸손에 신앙이 담겨있고 신앙이 있어야만 겸손이 나타나는 것입니다. 심령이 가난한 자가 천국을 차지한다는 말씀이 무슨 말씀입니까? 겸손한 자는 하늘

나라에 들어갈 수 있으나 교만한 사람은 천국에 들어갈 수 없다는 말씀입니다. 겸손이란 있으면 좋고 없어도 구원에 별 지장이 없다는 정도로 이해한다면 큰일입니다. 천국에 가느냐 못 가느냐 하는 기준이 바로 겸손이요, 겸손은 도덕이 아니고 믿음 그 자체입니다.

누가복음 18장 10-14절에 보면 이런 이야기가 나옵니다.

"두 사람이 기도하러 성전에 올라갔다. 한 사람은 바리새파 사람이고, 다른 한 사람은 세리였다. 바리새파 사람은 서서, 혼자 말로 이렇게 기도하였다. '하나님, 감사합니다. 나는, 남의 것을 빼앗는 자나, 불의한 자나, 간음하는 자와 같은 다른 사람들과 같지 않으며, 더구나 이 세리와는 같지 않습니다. 나는 이레에 두 번씩 금식하고, 내 모든 소득의 십일조를 바칩니다.' 그런데 세리는 멀찍이 서서, 하늘을 우러러볼 엄두도 못 내고, 가슴을 치며 '아, 하나님, 이 죄인에게 자비를 베풀어 주십시오' 하고 말하였다. 내가 너희에게 말한다. 의롭다는 인정을 받고서 자기 집으로 내려간 사람은, 저 바리새파 사람이 아니라 이 세리다. 누구든지 자기를 높이는 사람은 낮아지고, 자기를 낮추는 사람은 높아질 것이다."

세리는 의롭다 하심을 얻었고 신앙의 인정을 받았는데, 왜 바리새인은 신앙도 인정받지 못하고 의롭다 하심을 얻지 못했습니까? 세리가 바리새인보다 뛰어난 인물이었습니까? 그렇지 않습니다. 바리새인은 세리와는 상대가 되지 않았습니다. 바리새인은 곧고, 예의 바르고, 십일조를 드리고, 기도를 많이 하는 사람이었습니다. 이렇게 훌륭한 점을 많이 가지고 있었음에도 불구하고 의롭다 하심을 받지 못하고 신앙의 인정을 받지 못한 이유는 오직 한 가지 겸손이 없었기 때문이었습니다. 하나님의 나라는 오직 겸손한 사람들을 위해서만 있는 줄을 믿으시기를 바랍니다. 천국의 문은 오직 겸손한 사람들을 위해서만 열려 있는 줄을 믿으시기를 바랍니다.

잠언 3:34을 보면 하나님께서는 진실로 거만한 자를 비웃으시며 겸손한 자에게 은혜를 베푸신다고 했습니다.

잠언 18:12을 보면 교만은 멸망의 선봉이나 겸손은 존귀의 앞잡이가 된다고 했습니다.

목회자들이 흔히 말하기를 가장 골치 아픈 교인은 기도를 안 하거나 십일조를 안 하는 교인이 아니라, 교만한 교인, 건방진 교인이라고 합니다. 비켜설 줄 모르는 사람은 언제나 남들이 비켜서기만을 요구합니다. 교회에서도 보면 한 번도 비켜서지 않는 교인이 있습니다. 어떤 사람은 심지어 나는 오늘날까지 한 번도 내 고집을 꺾어본 일이 없었다고 자랑하는 이도 있습니다. 이것을 자랑이라고 착각하고 있습니다. 한 번도 비켜 서보지 못한 사람은 마침내 하나님보고도 비켜서라고 합니다.

"내 고집은 하나님도 꺾지 못해."

이런 말까지 합니다. 겸손하지 않은 사람은 아무래도 하나님의 나라에 적당하지 않습니다. 친구에게 겸손한 사람이 우정을 오래 간직할 수 있습니다. 고용인에게 겸손한 사람이 사업에 성공할 수 있습니다.

리빙스턴이 아프리카에서 선교를 하다가 귀국한다는 소문을 듣고 많은 사람들이 정거장에 몰려들었습니다. 열차가 정거장에 도착하자 사람들은 일등석 열차 앞에 모여 손뼉을 치고 있었습니다. 리빙스턴은 3등 열차를 탔고, 그는 내려서 사람들이 손뼉 치는 곳으로 가서 어떤 유명한 사람이 오는 줄 알고 사람들 틈에 껴서 함께 손뼉을 치고 있었습니다. 사람들이 아무리 손뼉을 쳐도 리빙스턴이 나타나지 않았습니다. 마침내 어떤 사람이 군중 틈에 서서 손뼉 치는 리빙스턴을 발견했습니다. "목사님께서 어떻게 3등 열차를 타고 오십니까?" 하고 물었을 때, "저에게는 3등 열차도 과분합니다"라고 대답했습니다. 리빙스턴은 비켜선 사람이었습니다.

역사적으로 비켜 선 사람은 모두 축복을 받았습니다. 창세기 13장

9절을 보면 아브라함은 조카 롯 앞에서 비켜섰습니다. "네가 좌하면 나는 우하고 네가 우하면 나는 좌하리라." 아브라함은 조카에게 모든 것을 양보하고 비켜섰습니다. 그의 겸손과 양보가 결국 믿음의 조상이 되게 하였습니다.

창세기 26장을 보면 이삭은 블레셋 땅에서 거부가 되었을 때에 아비멜렉의 시기, 질투를 받아 추방을 당합니다. 우물을 파면, 블레셋 사람들이 몰려와서 메꾸어 버렸습니다. 이삭은 비켜서 우물을 팠습니다. 그러면 또 와서 메꾸어 버립니다. 이삭은 또 비켜서서 그 옆에 우물을 팠습니다. 마침내 밀리고 밀려 브엘세바까지 비켜섰습니다. 바로 그때 아비멜렉이 친구 아훗삿과 군대장관 비골과 더불어 이삭을 찾아왔습니다. 여호와께서 너와 함께 계심을 우리가 분명히 보았으므로 조약을 맺자고 제안했습니다. 하나님을 모르는 이방인의 입에서 이삭을 통해 하나님을 분명히 보았다는 말이 터져 나왔습니다. 이 이상의 전도가 어디에 있겠습니까? 여러분도 이삭처럼 이방인 앞에서 비켜설 수 있기를 바랍니다. 그리고 그들의 입에서 당신은 하나님과 함께 하는 사람이라는 칭찬을 들을 수 있기를 바랍니다.

"버켄헤드를 기억하라." 이 말의 뜻을 아십니까? 1852년 630명을 태운 군대 수송선 버켄헤드호가 암초에 부딪혔습니다. 그중에 170명이 여자와 아이들이었고 구명정은 세 척뿐이었는데, 한 척에 60명씩 탈 수 있었습니다. 사령관 시드니 세튼 대령은 갑판 위에 전 장병을 집합시켰습니다. 여자와 아이들을 구명정에 다 태우고 장병들은 부동자세로 서서 배와 함께 가라앉았습니다. 생존자의 보고에 의하면 바다 밑으로 가라앉는 것이 아니라 마치 하늘로 올라가는 것 같았다고 했습니다. 아직도 우리는 이런 경우에 아귀다툼을 하며 먼저 살려고 아우성을 칠 것입니다. 이때부터 해난사고가 나면 "버켄헤드를 기억하자."라고 하면서 여자와 아이들을 먼저 살리게 되었습니다. 우리 성도들도 버켄헤드를 기억하여 비켜설 수 있기를 바랍니다.

성도 여러분!

우리 교회는 비켜설 줄 아는 사람들로 채웁시다. 좀 못난 사람들로 채웁시다. 교회는 천국 잔칫집입니다. 가난한 자, 저는 자, 못난 자, 멸시받는 자, 천대받는 자들의 안식처입니다. 비켜설 줄 아는 성도의 공동체가 되어야 하겠습니다. 허리에 수건을 두르시고 대야에 물을 떠서 제자들에게 발을 씻어 주시던 비켜서신 주님을 본받아 우리 교회 성도들도 비켜설 줄 아는 여러분이 되시기를 주의 이름으로 축원합니다.

신자 되기
요 15:1-2

안 세 환
(동문 / 대천흥덕교회)

현대철학자인 들뢰즈와 가타리의 공저 『천의 고원』이란 책에 보면 '되기'란 용어가 나온다. '되기'는 '구체적 되기'이다. 영어로는 become 또는 becoming 이다. 우리말로 하면 '되기' 또는 '생성'이라 할 수 있는 데 '…가 되기'로 생각할 수 있다. 이 개념으로 본다면 명사보다는 동사적이며, '목사' 보다는 '목사 되기', '신자' 보다는 '신자 되기'로 생각하기에 이런 '되기'의 관점에서 말씀을 전하려 한다.

들뢰즈의 '되기' 개념으로 보면, 그리스도인은 '신자 되기'로 볼 수 있다. 불교에서는 '부처 되기'를 수행의 과정이면서도 그런 삶을 추구한다. 이 '부처 되기'는 늘 하는 수행이다. 명상은 '되기'의 깨달음을 향한 발걸음이고 그런 자세가 곧 '부처 되기'의 과정이다. 기독교는 '예수 되기'를 포기한다. '믿음'을 강조하기에 그렇다. '행함'은 뒷전이고 '믿음'을 앞세운다. 그러나 믿음과 행함이 나누어진 것이 아닌 하나로서의 '신자 되기'가 되어야 한다.

"나는 참 포도나무요, 내 아버지는 농부이시다. 내게 붙어 있으면서도 열 매를 맺지 못하는 가지는, 아버지께서 다 잘라버리시고, 열매를 맺는 가지는 더 많은 열매를 맺게 하시려고 손질하신다"(요 15:1-2).

내게 붙어 있어 열매를 맺지 아니하는 가지는 제거해 버린다고 한다. 예수에게 붙어 있어야 한다. 가지로 붙어 있는 것이 중요한가 아니면 열매가 중요한가를 물을 때 가지로 붙어 있는 이유는 열매를 맺기 위함이다. "그가 내 안에, 내가 그 안에 거하면 사람이 열매를 많이 맺나니 나를 떠나서는 너희가 아무것도 할 수 없음이라"고 분명히 강조하고 있다. 예수라는 포도나무에 내가 가지로서 붙어 있는 것이 믿음으로 본다면 그 믿음은 단순히 입으로 고백하는 시인하는 차원이 아닌 행함으로 연결되는 믿음이다. 원 포도나무 줄기에 붙어 있는 것은 열매를 맺기 위함이다. 예수에게 붙어 있는 '열매 되기'이다. 열매가 없으면 예수의 포도나무 가지가 아니다. 철저히 열매를 강조한다.

기독교의 근본 교리는 믿음이다. 루터의 '이신칭의'는 믿음으로 의로워진다, 믿음으로 산다, 믿음으로 살아야 한다를 강조한다(롬1:17). 그래서 열매에는 관심이 덜 하고 믿음에 관심이 지대하다. 그러기에 루터는 신약의 야고보서를 가볍게 여겼다. 칼뱅의 예정론을 보면 예수 믿고 구원받은 사실에 더 관심이 있는 것을 보더라도 '믿음'에 더 관심이 있는 것을 알 수 있다. 오늘 우리에게 회자되어 '기독교'가 아닌 '개독교', '목사'가 아닌 '먹사'라는 비아냥 소리를 듣는 것은 단순 비난이 아니다. 신자로서의 삶인 '신자 되기'가 부족했기에 나오는 말들이다. 기독교인으로 보기에 '아니다'의 모습이 많이 보이는 것도 사실이다. 한국교회는 20세기말 침체기를 위기의 징후로 보지 못하고 교회 성장의 환상을 포기하지 못한 채 '대형화'라는 자본주의 논리를 선택했다. 그 결과 한국교회는 대형교회를 추구하는 교회로 변질이 되었고, '신자 되기'에 초점을 맞추기보다는 물질화된 교회로 매머드 교회가 진정한 교

인인양 착각하는 시대가 되었다. 철저한 '신자 되기'가 없다면 교회는
존재 가치를 상실했다고 해도 과언이 아니다.

> "내게 붙어 있으면서도 열매를 맺지 못하는 가지는, 아버지께서 다 잘라버
> 리시고, 열매를 맺는 가지는 더 많은 열매를 맺게 하시려고 손질하신다"
> (요 15:2).

예수에게 붙어 있어야 산다. 예수에게 붙어 있는 것은 그의 가르침
으로 살아가는 삶이다. 예수의 가르침으로 살아가는 것이 기독교인의
본분이다. 기독교인으로 살아가는 것이 우리 삶의 모습이 되어야 한다.
예수는 우리 신앙의 대상이다. 예수를 신앙의 대상으로 삼지 않으면 그
리스도인이 아니다. 예수에게 붙어 있는 가지라는 말은 예수가 주는 영
양분으로 살아간다는 말이다. 예수에게 붙어 있지 않으면 '제거'해 버
린다. 즉 잘라 버린다는 말씀이다. 이것은 열매 맺지 못한 상태를 가리
킨다. 열매를 맺지 못한 것은 예수와의 단절이요, 하나님과의 단절이
다. 열매 맺는 가지는 더 열매를 맺게 하려 그 가지를 깨끗하게 하신다.
열매 맺는 가지가 바로 신앙의 모습이요, 예수에게 붙어 있어야 할 목
적이다. 예수에게 붙어 있어야 더 많은 열매를 맺는다.

예수에게 붙어 있는 가지는 열매를 맺기 위함이다. 그러면 신앙의
열매가 무엇인가를 물어야 한다. 예수를 따라간다고 하면서도 내 속에
미움이 아직도 도사리고 있고, 내 것이 아닌 다른 것을 가지려는 욕망
이 있으며, 다름에 대한 차이를 인식하지 못하고, 그 다름을 이질적인
것으로만 인식하는 나의 모습이 오늘의 모습이라고 한다면, '그리스도
인 되기'는 정말 어렵다.

들뢰즈의 개념에 '되기'와 더불어 '탈주', 또는 '변이'라는 것이 있는

데, 수학적으로는 미분이다. 이차원 포물선을 미분하면 한 점으로 표시가 된다. 그 한 점을 수학적 공식으로 나타낸다면 일차방정식으로 표시할 수 있다. 즉 'y=x' 라는 공식이다. 포물선과 만나는 선분은 점으로 표시할 수 있다. 예수를 믿는다는 공식이 포물선과 직선의 만남인 한 점으로 볼 때 신앙생활을 미분으로 생각할 수 있다는 말이다. 예수와 내가 한 점에서 일어나는 '변이'가 곧 열매이다. 한 점에서 어떤 일을 하든지 즉, 기도를 하든, 성경을 묵상하든 포물선과 직선의 접점에서 열매를 맺어야 하는 것이 곧 '신자 되기'이다.

> "내 안에 머물러 있어라. 그리하면 나도 너희 안에 머물러 있겠다. 가지가 포도나무에 붙어 있지 아니하면 스스로 열매를 맺을 수 없는 것과 같이, 너희도 내 안에 머물러 있지 아니하면 열매를 맺을 수 없다"(요 15:4).

예수 안에 내가 거하고, 내 안에 예수가 거하는 '한 몸'의 형태, 바로 여기에 신앙의 원리가 있다. '신자 되기'라는 개념 속에서 '예수 되기'가 가능하다. 내가 이 땅에 살아가면서 '예수가 내 안에 있는 삶으로 살아가기'이다. 포도나무에 붙어 있지 않으면 스스로 열매를 맺을 수 없다. 열매는 철저히 예수 안에서 맺어야 한다. 예수에게 붙어 있어야 맺을 수 있다. 예수에게 붙어 있는 열매! 바로 이것이 '예수 되기'이다. 예수에게 붙어 있어 맺는 열매를 성령의 열매라 부른다면 '신자 되기'의 바른 모습이라 할 수 있다.

> "나는 포도나무요, 너희는 가지이다. 사람이 내 안에 머물러 있고, 내가 그 안에 머물러 있으면, 그는 많은 열매를 맺는다. 너희는 나를 떠나서는 아무것도 할 수 없다"(요 15:5).

그리스도 안에 있어야 하나님에 대한 진정한 봉사, 기도의 응답 그리고 사랑 안에서의 복종이라는 열매를 맺을 수 있다. 그리스도 안에 있는 자들은 모두 그의 친구들이며 그들은 필연적으로 사랑 안에서 서로 연합해 있다. 포도나무와 가지는 한 몸이다. 이렇게 되어야 열매를 많이 맺는다. 단 '하나'를 맺는 것이 아니라 '많이' 맺어야 한다. 도대체 이 '많이'가 무엇일까? 생각해 볼 여지가 많다. 이런 '많은 열매'를 맺어야 하는데, 예수를 떠나서는 아무것도 할 수 없다고 선언한다. 예수 안에서 있어야 많은 열매를 맺는다는 사실이다.

　　열매도 열매지만 본문의 '많은 열매'에 주목을 해야 한다. 여러 주석들이 이 '많은'에는 관심이 없이 단순 수식어로 취급하는 느낌이다. 물론 여기에 여러 가지 의미가 있겠지만 단순히 취급해도 '많은 열매'를 맺으라는 주님의 명령은 유효하다. '신자 되기'로서 열매를 맺어야 하고, 열매 맺는 삶뿐만 아니라 '많은 열매'를 맺어야 하는 신자가 되어야 한다. 포도송이가 주렁주렁 맺히듯 그런 탐스런 신앙의 열매를 맺어야 한다. 신앙의 도상에 있는 신자는 예수에게 붙어 있는 가지로 만족할 것이 아니라, 많은 열매를 맺는 '신자 되기'의 생활을 할 때 '너희는 세상의 소금이다', '너희는 세상의 빛이다'라는 말씀이 와 닿는다.

쓰레기통과 보물상자
엡 4:25-32

우영수
(동문 / 서교동교회)

우리 몸 안에서는 이 순간도 무수한 세포가 죽어가고 또 새로운 세포가 만들어지고 있다. 20대에는 하루 동안 1,000억 개의 세포가 분열 생성되었다가 하루에 1,000억 개 정도가 사멸되지만, 40대 이후부터는 하루 1,000억 개 이하가 생기고, 하루에 1,000억 개 이상이 사멸되면서 노화가 진행된다.

이처럼 우리의 삶은 매일 옛것을 버리고 또 새것을 취하는 것의 연속이다.

우리는 매일매일 쓰레기통에 담아 버릴 것이 있고, 보물 상자에 담아 간직할 것이 있다.

독일 사람 이름트라우트 타르는 '삶의 무게를 줄여 버리는 기술'(simple life, 단순한 삶)에서 아주 유익한 이야기를 하고 있다.

선을 수행하는 두 수도승 '탄잔'과 '에키도'가 길을 가고 있었다. 갑자기 비가 와서 계곡 물이 엄청나게 불어났다. 한 곳에 가니 거기에 아름답고 젊은 여인이 비단옷을 입고 개울을 건너지 못하고 쩔쩔매고 있었다. 이때 에키도는 재빨리 눈을 돌려서 여인을 보지 않고 다른 곳을 보았다. 그런데 탄잔은 전혀 주저하지 않고 여인에게 다가가서 여인을 번쩍 들어 올려 품에 안고 개울물을 건너 주었다. 그리고 두 수도자는 말없이 계속 걷기 시작한다. 15분, 30분, 1시간쯤 걸었을 때 에키도가 탄잔에게 말했다. "탄잔, 도대체 어떻게 된 거야? 너는 한꺼번에 승려의 규율 여러 가지를 깨뜨리고 말았어. 너 어떻게 그 아름다운 처녀에게 눈길을 주고, 또 그 처녀를 품에 안고 개울을 건널 수 있는 거야?" 하고 따졌다. 이 때 탄잔이 나직하게 대답했다. "나는 개울을 건넌 후에 그녀를 내려놓았네. 그런데 자네는 아직까지도 그녀를 안고 있군."

탄잔은 물을 건너 주고 다 놓아버렸지만, 에키도는 제대로 처다보지도 못하고 오래토록 그 여인을 마음에 품고 있었던 것이다.

우리의 인생도 마찬가지이다. 꼭 붙들고 있어야 할 것이 있다. 그러나 필요치 않은 것, 보기 싫은 것, 무거운 짐, 더러운 것, 죄악, 욕망, 이런 것들은 빨리 내버리고 다 털어놓아야 한다. 그런 것들에 미련을 가지고 붙들고 있다면 어리석어진다.

인도네시아에서 원숭이를 잡으려고 할 때 조롱박에다가 쌀을 넣어서 원숭이가 다니는 나무에 붙들어 매 놓는다고 한다. 그 조롱박은 원숭이의 빈손은 들어가고 원숭이가 주먹을 쥐면 빠져나올 수 없는 크기이다. 원숭이가 와서 '내가 좋아하는 쌀이 여기 있구나' 하고 손을 넣어서 집을 수 있는 대로 쌀을 가득 집고 손을 빼내려고 애를 쓰지만 달아나지 못한다. 이때 원숭이는 어떻게 해야 할까? 쌀을 놓고 손을 빼고 달아나야 한다. 그런데 원숭이는 쌀을 먹고 싶은 욕심에 손을 넣어놓고는 빼지를 못하고 결국은 사냥꾼에게 붙들리고 만다. 쌀을 먹으려는 욕망이 결국 목숨까지 잃게 하는 것이다.

우리도 마찬가지이다. 죄와 욕망의 늪에 빠져서 그것을 붙들면 죽는 것임에도 어리석게 붙들고 놓지 않는다.

대개 우리는 큰 것에는 늘 조심해서 걸려들지 않을 수 있지만 작은 올무에 걸려들 수 있다. 사실 우리를 흥분시키고 기분 나쁘게 하는 것들은 큰 것이 아니라 사소한 것이다. 사소한 것에 화를 내다가 다음에 해야 할 큰일을 망치기 쉽다.

언젠가 농구경기를 보았다. 외국인 용병 선수가 실력은 있는데 심판 판정에 항의하다가 심판을 팔로 밀어 쓰러뜨렸다. 그 결과 우리나라 농구계에서 영구 제명되어서 쫓겨나고 말았다. 작은 일로 시비하다가 자기는 영구 제명되고 그 팀도 그 시즌을 어렵게 보내게 되니 이 얼마나 어리석은 일인가.

사도 바울은 쓰레기통에 버릴 것과 보물 상자에 담을 것을 정해 주셨다. 먼저 쓰레기통에 버릴 것이 많다. 땅엣것, 지나간 것, 뒤에 있는 것, 육신의 일, 옛 성품, 정과 욕심은 십자가에 못 박고 쓰레기통에 버리라고 했다.

반대로 보물 상자에 담을 것이 있다. 위엣것, 앞에 있는 것, 새 성품을 담고 성령의 열매를 맺으라고 하신다.

거짓은 쓰레기통에 버리고 참된 것을 보물 상자에 넣어야 한다(25절). 분을 내는 나쁜 감정들은 쓰레기통에 넣어야 한다(26절). 마귀에게 틈을 줄 만한 것들, 분내고 화내고 욕하고 화합하지 못하는 마음은 쓰레기통에다가 빨리 버려야 한다(27절). 도둑질하는 나쁜 습관은 쓰레기통에 버리고 자기 손으로 수고하여 선한 일을 하는 좋은 습관은 보물 상자에 넣어야 한다(28절). 더러운 말은 쓰레기통에 버리고 덕을 세우는데 소용되는 선한 말은 보물 상자에 넣어야 한다(29절). 모든 악독, 노함, 분 냄, 떠드는 것, 비방하는 것, 악의는 쓰레기통에 버리고(31

절), 친절한 마음과 불쌍히 여기는 따뜻한 마음과 서로 용서하는 마음, 이런 것들은 꼭 보물 상자에 넣어서 두고두고 사용하라는 것이다(32절).

하나님 말씀 따라 버릴 것을 과감하게 쓰레기통에 버리자. 그리고 담을 것은 챙겨서 보물 상자에 꼭꼭 담자.

죽었지만 아직도 말하고 있습니다
히 11:1-4

이문균
(전 교목실장 / 기독교학과 명예교수)

1907년 9월, 24살의 루비 레이첼 켄드릭이라는 젊은 여성이 미국 남감리회 여선교회 선교사로 한국 땅을 밟았습니다. 황해도 개성에서 여학교 교사로 봉사하면서 우리말을 배워가며 선교 사역을 준비하다가 급성 맹장염으로 세상을 떠났습니다. 그렇게 열망하던 조선 선교를 제대로 착수하지도 못하고 25살의 젊은 나이에 지금 서울 양화진 외국인 묘지에 묻혀있습니다. 죽기 전에 그녀가 친구에게 다음과 같은 편지를 보냈습니다.

"나는 이곳에 작은 씨앗이 되기로 결심했어. 내가 씨앗이 되어 이 땅에 묻히게 되었을 때, 아마 하나님의 시간이 되면 조선 땅에는 많은 꽃들이 피고, 그들도 여러 나라에서 씨앗이 되겠지. 나는 이 땅에 내 심장을 묻기로 결심했어. 이것은 조선에 대한 나의 열정이 아니라 조선을 향한 하나님의 열정이라는 것을 알게 되었기 때문이야."

그 편지에 담겨 있는 말처럼 그녀의 심장은 하나의 씨앗이 되어 이 땅에 묻혀있습니다. 그리고 그 씨앗은 이 땅에 수많은 꽃들을 피워냈습니다. 그렇게 핀 꽃 가운데 하나인 정성균 선교사의 심장은 또 하나의 씨앗이 되어 파키스탄 땅에 묻혀 있습니다.

'죽은 자는 말이 없다.'는 말이 있습니다. 아벨을 시기하여 죽인 가인 역시 죽은 자는 말이 없다고 생각했을 것입니다. 그러나 하나님은 보고 계셨습니다. 죽은 자의 호소에 귀를 기울이셨습니다. 히브리서 기자는 11장 4절에서 이렇게 증언합니다.

"그는 죽었지만 그 믿음으로 말미암아 아직도 말하고 있습니다."

정성균 선교사님은 지금 이국땅 방글라데시에 묻혀 있습니다. 그렇지만 본문 말씀처럼 그분은 지금도 자기의 믿음을 증언하고 있습니다. 그분은 죽음으로써 우리에게 무슨 말을 합니까? 저는 그분의 삶을 기리는 두 개의 묘비에 담겨있는 내용을 중심으로 그분이 하시는 말을 여러분과 함께 듣고 싶습니다.

1. 파키스탄 라왈삔디에는 정성균 선교사의 심장이 묻혀있는 무덤이 있습니다. 지난 2월 페이스북을 통해서 정일규 교수님이 정 선교사님의 무덤을 찾아 묘비를 닦고 있는 사진을 보았습니다. 묘비에는 사도행전 20장 24절의 말씀이 새겨져 있습니다.

"내가 달려갈 길과 주 예수께 받은 사명 곧 하나님의 은혜의 복음을 증언하는 일을 마치려 함에는 나의 생명조차 조금도 귀한 것으로 여기지 아니하노라"(행 20:24).

묘비에 새겨 넣는 말씀은 돌아가신 분의 생애와 어울려야 합니다. 그분의 삶이 들려주는 말을 담아야 합니다. 그런데 정성균 선교사의 삶은 묘비에 새겨진 말씀 그대로였습니다. 정성균 선교사는 하나님의 은혜의 복음을 전하기 위하여 자신의 생명을 조금도 귀한 것으로 여기지 않으셨습니다. 오늘 우리가 부른 찬송은 그분이 신학교 때 자주 불렀던 찬송입니다. "부름 받아 나선 이 몸 어디든지 가오리다. 아골 골짝 빈들에도 복음 들고 가오리다. 이름 없이 빛도 없이 감사하며 섬기리다." 그분은 찬송가 가사처럼 그렇게 살았습니다. 그렇게 사시다가 불과 40의 나이에 사모님과 어린 세 자녀를 남겨 두고 세상을 떠났습니다. 우리는 어떻게 살고 있습니까? 우리는 한남대학교에서 어떤 마음, 어떤 자세로 일하고 있습니까?

2. 한남대학교 정성균 선교관 뒤에는 그분을 기념하는 또 하나의 비가 있습니다. 묘비라기보다는 그분의 순교자적인 삶과 죽음을 기리는 추모비입니다. 추모비에는 정성균 선교사가 죽음으로써 무엇을 말하는지 다음과 같은 글이 새겨져 있습니다. 사실은 그분의 일기에 나오는 내용입니다.

"왜 내가 이 험난한 선교사의 길을 걸어야 하는가? 때로는 자문자답해 본다. 아무리 생각해 보아도 나의 나 된 것은 주의 은혜로 되어졌으니 사랑의 빚, 복음의 빚진 자 된 내가 어찌 그 빚 갚지 않고 빚지고 살아갈 수 있단 말인가?"

추모비의 내용은 로마서 1장 14절 말씀에 근거하고 있습니다. "헬라인이나 야만인이나 지혜 있는 자나 어리석은 자에게 다 내가 빚진 자라." 이런 빚진 자 의식이 젊은 정성균을 방글라데시와 파키스탄으로 가게 했습니다. 그는 그야말로 이름 없이 빛도 없이 멸시천대를 받아가며 복음을 전하고 사랑을 실천하다 40세의 젊은 나이로 세상을 떠났습니다. 그분은 사랑의 빚을 갚기 위하여 자신보다 더 힘들게 살아가는 방글라데시의 불쌍한 사람들, 복음을 알지 못하고 죽어가는 사람들에게 자신의 생명을 바쳤습니다. 그분은 진정한 그리스도인이요 열정적인 선교사였습니다.

누구나 사랑의 빚을 지고 살아갑니다. 그러나 자신이 사랑의 빚을 지고 있다는 사실을 아는 사람은 적습니다. 특히 그 사랑의 빚을 갚기 위해 자신의 삶을 바치는 사람은 거의 없습니다. 그러나 정성균 선교사는 사랑의 빚을 지고 있음을 알고 있을 뿐 아니라 그 빚을 갚기 위해 자신의 생명을 내놓았습니다.

정성균 선교사가 방글라데시와 파키스탄에서 펼친 선교 활동과 그와 가족이 겪은 고생과 위험한 사건은 시간 관계로 소개할 수 없습니다. 다만 그분의 죽음에 대해서 기록한 마지막 내용을 소개합니다.

"그날 7월 17일 밤 11시쯤, 점점 정선교사의 숨소리가 약해지더니 갑자기 숨이 멎었다… 창조주 하나님께서 그에게 불어 넣어 주신 호흡이 그 40년(1944~1984)의 작동을 드디어 멈춘 것이다. 이국의 거친 들판에서 메마른 영혼들을 향해 거친 숨을 몰아쉬며 복음을 전하던 사람, 가난을 알기에 가난한 자를 찾아 조국의 품을 포기한 사람, 가난한 자들의 수명을 자취하여 자기도 40에 죽은 사람, 인간의 능력이 최고의 절정에 이른다는 소중한 30대를 온통 하나님께 바친 사람, 예수님의 말씀처럼 한 알의 밀이 되어 썩고자 했던 사람, 선배들의 발자취를 따라 관을 들고 떠나 선교지에서 묻히겠다고 각오했던 사람, 그 정성균이 이제 숨을 거둔 것이다. 방글라데시와 파키스탄의 가난한 영혼들을 위해 자신의 모든 피를 쏟아주고 주님의 부르심을 받은 것이다. 그가 평생에 자신의 뼈가 묻히기를 바랐던 그 선교지에서, 그리고 그가 그토록 생명을 바치기를 원했던 모슬렘 선교지에서 그의 몸이 묻히게 된 것이다. 너무나 고통당하는 정성균을 불쌍히 보시고 너무나 충성스런 정성균을 사랑하시는 그의 주인이시오, 그의 하나님이신, 예수께서 쉼의 나라로 그를 부르신 것이다."

우리 대학은 이런 분을 배출한 대학입니다. 그분이 하나님의 부르심을 받은 지 어느덧 30년이 넘었습니다. 현재 그분을 아는 사람은 거의 없습니다. 그러나 그분은 죽었으나 지금도 믿음으로 말하고 있습니다. 우리는 들어야 합니다. 죽었으나 지금도 말하는 믿음의 증언을 들어야 합니다. 그리고 후배들에게 들려주어야 합니다. 그래서 많은 젊은이들이 복음을 위해 생명을 아끼지 않았던 그분의 믿음과 선교에 대한 열정을 이어가야 합니다. 우리 대학이 그런 일을 하려면 어떻게 해야 합니까?

오래전 제가 교목실장을 하고 있을 때 처·실장님들과 함께 어느 대학을 방문한 적이 있습니다. 그 대학에서 나온 안내하시는 분이 설립자를 기념하는 건물로 우리를 안내했습니다. 설립자가 어린 시절부터 대학을 설립하기까지 어떻게 살았고 고생 끝에 어떻게 성공했는지 갖가지 모형과 사진과 글을 전시해 놓았습니다. 지나치게 칭송 일색이라는 생각이 들었습니다.

지난 목요일 밤, 선교관에 대한 꿈을 꾸었습니다. 잠은 깨었지만 침대에 누워서 지난밤 꿈에 대해서 생각했습니다. 기독교 대학에서 선교관 자리는 어디에 있는 것이 좋을까? 위치를 정하기에 앞서 그 건물에서 무엇을 할 것인가가 먼저 정해져야 하지 않을까. 건물은 그 목적에 적합한 위치가 되어야겠지. 왜 꿈에서는 그런 말을 하지 않았을까? 그리고 현실로 돌아와 이미 완공된 우리 대학 선교관을 생각했습니다. 우리 대학 선교관은 무슨 목적을 위해 그 자리에 세워졌지? 그리고 지금 그 목적을 따라 잘 활용되고 있나?

저는 정성균 선교관이 우리 대학을 세운 분들, 우리 대학이 배출한 훌륭한 분들이 우리 후배들에게 하고 싶은 말을 들려주는 공간이 되어야 한다고 생각합니다. 정성균 선교관이 먼저 가신 그분들이 들려주는 이야기를 듣고 후배들이 우리 대학이 세워진 뜻에 마음을 모을 수 있게 되었으면 좋겠습니다. 그런 공간으로 활용하려면 정성과 아이디어도 필요하고 예산도 뒷받침되어야 할 것입니다.

선교관에 들어오면 사람들이 우리 대학의 설립 준비 위원장이자 초대 학장이셨던 인돈 박사님을 만나고, 우리 대학이 배출한 헌신적인 선교사 정성균 동문을 만나고 그분들의 믿음과 삶을 배울 수 있었으면 좋겠습니다. 그분들과 함께 우리 대학에서 일했거나 배운 사람 가운데 그리스도의 사랑을 실천하기 위해 애쓴 분들의 모습을 보고 느낄 수 있는 사진, 편지, 보던 책 등 유품과 그들이 남긴 글이 전시되면 좋을 것 같습니다. 그래서 선교관에 들어오는 많은 사람들이 앞서 가신 분들의 이야기를 듣고 그분들의 귀한 뜻을 이어가려는 마음을 갖게 되었으면 좋겠습니다.

저는 상상을 합니다. 〈현대인과 성서〉 과목을 수강하는 학생들이 한 학기 수업 중 한 시간은 이곳에 와서 전시된 사진과 글을 보고, 예배당에서 기독교 예배의 뜻을 배우고, 우리 대학의 역사와 정신을 소개하는 영상을 곁들인 특강을 듣는 시간을 갖게 했으면 좋겠습니다. 신임 교직원들에게도 그런 기회를 갖도록 하면 좋겠습니다.

이곳에서 기독학생들이 모여 찬양하고, 기도하고, 수련회를 하고, 학생 및 교직원 성경 공부가 이루어졌으면 좋겠습니다. 캠퍼스 선교 단체가 이곳을 중심으로 학원 선교를 하도록 지원했으면 좋겠습니다. 그리고 믿지 않는 학생들이 이곳에 쉽게 드나들면서 커피도 마시고 이야기를 나누며 기독교적 분위기를 경험할 수 있게 되었으면 좋겠습니다.

물론 학원 선교가 선교관 건물 안에서만 이루어지는 것은 아닙니다. 우리 학생들은 강의실과 교수 연구실과 행정 부서에서 교직원들을 만나고 우리를 통해서 복음의 아름다움과 기쁨을 느끼고 경험할 있어야 합니다. 우리가 가르치고 일하는 현장에서 학생들이 우리 대학이 기독교 대학이라는 사실에 긍지와 고마움을 느낄 수 있게 되었으면 좋겠습니다. 하나님이 그 일을 위해 우리를 이곳에서 일하도록 부르셨습니다. 우리를 만났기 때문에 학생들이 우리 대학은 자기들이 다닌 고등학교나 친구들이 말하는 다른 대학과는 다르다는 것을 자랑할 수 있게 되었으면 좋겠습니다.

(2015. 3. 25. 수, 교직원 예배)

파수꾼을 세우고, 본 것을 보고하게 하라
사 21:1-10

이성오

(동문 / 금성교회)

오늘 본문 속에 나타난 이스라엘 백성들은 앗수르가 이스라엘을 위협할 때 하나님을 의지하지 않고 주변의 강대국가인 애굽을 의지하면서 그 외교력으로 앗수르의 위협에서 면하려고 했습니다. 그러나 하나님은 이스라엘이 의지하던 애굽도 멸망시키고 앗수르도 멸망시킬 계획을 갖고 계셨습니다. 그런데도 이스라엘 백성들은 이러한 하나님의 섭리도 모른 채 애굽을 의지하고 있었습니다. 이런 때에 하나님은 이사야에게 명령을 내리셨습니다. 너는 가서 파수꾼을 세우고 그가 보는 것을 보고하게 하여 시대의 흐름 속에 나타난 하나님의 뜻을 알고 잘 선포하라는 명령입니다. 파수꾼을 세우는 일은 비단 이사야에게만 해당되는 말은 아닙니다. 에스겔에게도 하나님은 말씀하셨습니다. 에스겔 3:17입니다. "인자야 내가 너를 이스라엘 족속의 파수꾼으로 세웠으니 너는 내 입의 말을 듣고 나를 대신하여 그들을 깨우치라."

모든 세대의 기독교인들은 하나님으로부터 들은 말씀으로 어려움을 겪고 있는 백성들에게 하나님의 뜻을 전하는 파수꾼의 사명을 잘 감당해야 합니다. 어떻게 이 파수꾼의 사명을 잘 감당할 수가 있는 것입니까? 파수꾼의 사명을 잘 감당하려면 시력이 좋아야 합니다.

군대에는 척후병이라는 직책이 있습니다. 이들은 그 특유의 기동성으로 인해 숲이나 시가지에서의 정찰활동에 동원되기도 합니다. 이 일을 선도하는 척후병은 시력이 정말 좋아야 합니다. 앞을 바라보면서 주변의 움직임을 잘 파악해서 뒤에 오는 병사들에게 알려주어야 합니다. 영적인 일에서도 마찬가지입니다. 파수꾼들은 높은 망대 위에서 주변을 살피면서 그 주변의 흐름을 백성들에게 전해야 합니다. 이 직분을 잘 감당하려면 시력이 좋아야 합니다. 우선 육체적 시력도 좋아야 합니다. 또한 지적인 시력도 좋아야 합니다. 정보를 수집하고 판단하고 생각하는 능력입니다. 그러나 파수꾼에게 있어서 가장 필요한 시력은 영적인 시력입니다. 영적인 것은 영적으로 통하고 영적으로 분별이 됩니다. 영적인 시력은 어떻게 좋아질 수가 있습니까? 기도해야 영의 눈이 열려서 시력이 좋아집니다. 하나님은 베드로를 통해서 말씀하십니다. "만물이 마지막이 가까웠으니 그러므로 너희는 정신을 차리고 깨어서 기도하라." 주님 오실 날이 가까워 오는 이 마지막 때에 파수꾼의 역할을 잘 감당하려면 영적인 시력이 밝아져야 합니다.

파수꾼의 역할을 잘 감당하려면 또한 시야가 넓어야 합니다. 멀리 내다볼 수가 있어야 합니다. 멀리 내다본다는 말은 하나님이 일하시는 징조를 잘 파악해야 한다는 말입니다. 시대의 흐름을 잘 파악을 하라는 말입니다.

엘리야가 갈멜 산상에서 3년 이상 가물었던 이스라엘 땅에 큰 비를 하나님이 내려주시길 위해서 기도할 때입니다. 엘리야는 무릎을 꿇고 그의 얼굴을 무릎 사이에 넣고 땅에 엎드려 간절히 기도를 했습니다. 그리고 응답을 받았습니다. 큰비의 소리가 있음을 들었습니다. 엘리야는 기도를 한 후에 그의 종에게 응답의 징조가 있는 지 알아 보기 위해 심부름을 시켰습니다. 왕상 18:40절입니다. "그의 사환에게 이르되 올라가 바다 쪽을 바라보라 그가 올라가 바라보고 말하되 아무것도 없나이다. 이르되 일곱 번까지 다시 가라." 〈올라가서 보라〉고 했습니다. 바다 쪽을 보기 위해서 높은 곳에 산꼭대기에 올라가라고 했습니다. 그 바다 위에서 구름이 일어나는 것을 보기 위해서, 시야를 넓히기 위해서 입니다. 그렇게 7번을 심부름을 시켰습니다. 마지막 7번째 종이 이렇게 말을 합니다. "일곱 번째 이르러서는 그가 말하되 바다에서 사람의 손만한 작은 구름이 일어나나이다."

높은 곳에 올라가서 보아야 시야가 넓어져 징조의 구름을 볼 수가 있습니다. 높은 곳에, 파수에 올라가기를 바랍니다. 하나님을 상대하는 기도의 자리가 높은 곳입니다. 성전이 높은 곳입니다. 그곳에 올라가야 시야가 넓어집니다.

"라코스테"는 1933년 프랑스의 테니스 선수였던 '르네 라코스테'가 만든 브랜드입니다. 당시만 해도 스포츠 의류라는 개념도 없어서 테니스를 치다가 땀에 젖은 옷 때문에 경기에 지장을 줄 정도였습니다. 라코스테는 이런 불편함을 스스로 해결한 땀 흡수력이 뛰어나고 통기성도 좋은 피케 셔츠를 만듭니다. 여기에 목이 타는 것을 방지하기 위해서 '카라'를 넣습니다. '프티 피케'라는 면직물을 이용해서 만든 피케 셔츠는 "폴로 셔츠"라고도 하고 '카라'가 있다고 해서 "카라티"라고도 합니다. 라코스테는 '폴로 셔츠'를 만들고 처음에는 어려움을 겼었습니다. 팔리지가 않습니다. 그래도 계속 만들었습니다. 그래도 팔리지가 않습니다.

그러던 어느 날 꿈에 하나님이 나타나셨습니다. 장사가 안돼서 힘들어 하는 그에게 이렇게 말씀하셨습니다. "악어를 붙이거라." 그 후 이 폴로 셔츠는 세계적으로 폭발적인 인기를 끌었습니다. 폴로 셔츠, "라코스테"는 이렇게 해서 탄생이 된 것입니다. 라코스테도 징조입니다 손바닥만한 징조입니다. 그러나 큰 소낙비가 되었습니다. 하나님이 꿈에 보여준 징조입니다. 시대에 영향력을 기치는 파수꾼들은 이처럼 징조를 볼 수 있어야 합니다.

또한 파수꾼은 하나님의 음성에 예민해야 합니다. 하나님의 음성을 잘 들으려면 심령이 단순해야 합니다. 마음이 복잡하면 하나님의 음성을 잘 들을 수가 없습니다. 마음을 비워야 하나님의 음성이 들려집니다. 마음을 비운다는 것은 단순한 삶의 태도를 말합니다. 이것저것으로 마음이 가득 채워져 있고 욕심이나 탐심으로 마음이 복잡하면 음성을 제대로 들을 수가 없습니다. 욕심을 버리고 마음을 비워야 제대로 보입니다.

알렉산더 왕이 이끄는 군대가 페르시아를 쳐부수기 위해 전진하고 있었을 때의 일입니다. 이상하게 군인들은 패전을 결심이라도 한 듯 패기도 없이 힘없이 행군을 하고 있었습니다. 그때 알렉산더 왕은 그 이유를 재빠르게 알아차렸습니다. 군인들은 여러 전투에서 얻은 노획물들을 몸에 잔뜩 지니고 있었던 것입니다. 이에 군인들의 행군을 잠깐 멈추게 한 알렉산더는 노획물들을 모두 불태울 것을 명령했습니다. 이 명령에 군인들은 심한 불평을 늘어놓았지만, 결국 그렇게 함으로써 페르시아와의 전투에서 승리할 수 있었습니다. 마음에 탐심으로 가득 차 있으면 승리의 길을 영적인 진리를 파수꾼들은 볼 수가 없습니다.

또한 심령이 깨끗해야 음성을 바로 들을 수가 있습니다. "마음이 청결한 자는 복이 있나니 그들이 하나님을 볼 것이다"라고 주님은 말씀하셨습니다. 마음이 청결해야 하나님과의 교통이 잘 이루어집니다. 시대의 파수꾼으로서 어떻게 마음의 청결함을 유지 할 수가 있습니까? 보혈의 은총을 의지해서 주님 앞에 나아가 회개기도 하면 심령이 청결해집니다.

성도와 교회는 시대가 어려울 때일수록 우리에게 맡겨준 파수꾼의 사명을 잘 감당해야 합니다. 파수꾼은 높은 망대 위에서 멀리 내다보면서 시대의 흐름들의 징조를 먼저 보면서 그 징조를 시대의 사람들에게 전해야 합니다. 그러기 위해서는 시력이 밝아야 합니다. 높은 곳에 올라가야 합니다. 그곳에서 시대의 흐름을 잘 보고 전해야 합니다. 단순한 마음을 가지고 높은 곳인 교회에 올라가서 기도로 영의 눈이 밝아져서 하나님의 뜻과 음성을 잘 들을 수가 있기를 바랍니다. 하나님이 주시는 징조를 잘 분별해서 잘 전달하시는 파수꾼의 사명을 잘 감당하는 일군들이 되시기를 주님의 이름으로 기원합니다. 특히 개교 60주년을 맞는 한남대학이 이런 시대적 파수꾼의 사명을 충실히 감당하는 하나님의 도구가 되기를 바랍니다.

생명을 살리는 말
약 3:1-12

이호훈
(동문 / 예수길벗교회)

들어가는 말

우리가 사용하는 말(언어)의 어원은 입, 그 가운데서도 혀에 있다고
합니다. 우리 속담의 "혓바닥을 조심하라."나 중국 속담의 "세 치의 혓
바닥이 다섯 자 몸을 좌우한다."라는 말은 혀가 곧 말의 의미로 쓰이고
있음을 가리키는 것입니다.

우리 성경에서도 자주 등장하는 "주님께서 가라사대, 가로되"라는
말은 몽골어로 혀를 지칭하는 말과 뿌리를 같이하고 있습니다. 영어의
"language"도 혀를 가리키는 라틴어 "lingua"에서 나온 말입니다. 그
런 점에서 우리가 "혀"라고 할 때는 통칭해서 "말"을 의미합니다.

우리가 살아가는 세상은 SNS와 미디어를 통한 의사 표현이 자유롭
고 적극적인 시대입니다. 입이 무거워야 점잖은 사람으로 대우받던 옛
날과 달리 현대인들은 적극적으로 자기를 표현하는 사람에 대해 주목
하고 관심을 갖습니다. 입이 가벼워야 인정받는 시대라고 할 수 있을
것입니다. 사람들은 뭐 그리도 할 말이 많은지 때와 장소를 가리지 않
고 주저리주저리 무수한 이야기들을 꺼내놓습니다. 모두가 잠든 밤에

도 스마트폰의 알림음은 쉬지 않습니다.

"고기는 씹어야 맛이고 말은 해야 맛"이라고 잠자리에 드는 그 순간까지 우리는 수많은 말을 하고 들으며 살아간다고 해도 과언이 아닙니다. 때문에 우리는 말로 인해 무수한 사건과 분쟁과 위로와 웃음과 슬픔과 고민과 상처를 경험하며 살아갑니다.

이것은 우리 시대뿐만 아니라, 2,000년 전 사도들의 시대에도 '말'로 인한 갈등과 오해가 많았던 것 같습니다. 오늘 야고보서의 본문은 신자의 말(언어) 사용에 대해 우리들에게 말씀하고 있습니다. 본문 말씀을 통해 우리 신앙공동체를 세워가는 아름다운 말씨들을 함께 생각해 보도록 하겠습니다.

본문주해 및 적용

야고보서 1장 1절에 보면 다음과 같이 적고 있습니다.

"하나님과 주 예수 그리스도의 종인 야고보가 세계에 흩어져 사는 열두 지파에게 문안을 드립니다."

여기서 '열두 지파'라 함은 이스라엘 백성들(유대인들)을 의미합니다. 로마제국 전역에 걸쳐 흩어져 사는 유대인-그리스도인들에게 보내는 편지라 하겠습니다. 그렇다면 왜 야고보는 이 편지를 쓰고 있는 것이겠습니까?

야고보서를 읽어보면 흩어져 있는 신앙공동체들 안에 몇 가지 문제들이 있었음을 알 수 있습니다. 그들은 어려운 시험을 당하고 있었고, 교회 내에서조차 부한 자들이 가난한 자들을 착취하고 멸시하는 일이 있었습니다. 교회 지체들은 교회의 직분 특히 교사 직분을 놓고 경쟁하기도 했습니다. 그리고 성도들 사이에 오가는 말로 인해 교회를 떠나기도 하고 상처를 입기도 하고 심지어 교회가 분열되기도 했습니다. 이렇게 교회가 안고 있는 주요 문제들 중에는 많은 신자들이 신앙고백에 합당한 삶을 살지 못한다는 것이었습니다. 그래서 야고보는 "믿음과 행위"라는 큰 명제를 가지고 서신서를 기록하고 있는 듯합니다.

저자인 야고보는 5장으로 이루어진 짧은 서신서에서 영적으로 성숙한 그리스도인의 신앙과 행위에 대해 조언합니다. 1장에서는 시련 중에 인내하는 그리스도인에 대해, 2장에서는 말씀을 실천하는 그리스도인에 대해서 그리고 오늘 우리가 함께 살펴볼 3장에서는 신자의 언어 습관에 대해 말씀합니다. 이 부분은 말의 위험성을 지적하고, 말을 통제하는 일의 중요성과 우리가 하는 말이 가져올 엄청난 결과들에 대해 설명하고 있습니다.

1. 말을 조절하는 능력(1-4절): 때론 사람을 살리는 힘이 있다.

첫 번째 단락은 1-4절에 해당합니다. 야고보는 우리 모두가 다 예외 없이 말에 실수가 많다는 것을 언급하고 있습니다.

> 우리는 다 실수를 많이 저지릅니다. 누구든지, 말에 실수가 없는 사람은 온몸을 다스릴 수 있는 온전한 사람입니다(약 3:2).

그리고 3절, 4절에 나오는 비유를 통해 말을 조절하는 능력이 가져다주는 힘에 대해 말씀합니다. 야고보는 혀처럼 그 자체로는 작지만 엄청난 힘을 발휘하는 두 가지 물건(재갈과 키)를 소개합니다. "재갈"은 작지만 기수로 하여금 큰 말馬을 제어하게 합니다. 배의 "키"도 배의 규모에 비해 터무니없이 작은 것이지만, 키를 잡은 사람은 배를 움직일

수 있는 힘을 갖게 된다는 것입니다. 이렇게 혀도 작은 지체이지만 엄청난 힘을 가질 수 있다는 것입니다. 그런데 여기에 중요한 특징이 있습니다. 그것은 재갈과 키 모두 반대편에서 가해지는 힘들을 극복해야 한다는 것입니다. 말의 입에 씌우는 재갈은 말의 거칠고 반항하는 성격을 눌러야 합니다. 키도 배를 항로에서 이탈시키려 하는 거센 바람과 조류(물의 흐름)와 싸워야 합니다.

사람의 혀(말)도 마찬가지입니다. 그저 자기 좋은 대로—내 성격대로, 자기 하고 싶은 대로— 내뱉어지는 대로 말해서는 안 되는 것입니다. 사람들은 거칠게 쏟아내는 말들이 때론 반항적이고 멋있어 보인다고 생각합니다. 하지만 그것은 우리의 혈기와 이성을 넘어서게 하는 내면의 죄가 공공연하게 드러나는 것임을 알아야 합니다.

우리는 우리가 말이나 침묵으로 표현하는 것을 결코 과소평가해서는 안 됩니다. 시기적절한 때에 말을 통제하는 힘은 나 자신뿐만 아니라, 때론 주위의 다른 사람들을 인도하고 살리기도 한다는 것을 명심해야 합니다.

2. 말을 통제하지 못할 때(5-8절): 파괴하는 힘

두 번째 단락은 5-8절까지로 말을 통제하지 못할 때 가져오는 파괴적인 힘에 대해 경고하고 있습니다. 무엇보다도 우리가 하는 말은 불과 같다고 말씀합니다(6절).

혀를 인생을 사르는 불에 비유하고 있습니다. 나아가 온갖 불의가 깃들어 있는 악의 세상이자 악의 총체라고 말합니다. 이렇게 불과 같은 말은 우리의 온몸을 더럽힐 뿐만 아니라, 쉬지 않고 번져가는 독과 같은 것입니다.

불은 작은 불꽃으로 시작하지만, 점점 커져 열을 크게 낼 뿐만 아니라, 그을음으로 인해 주위를 까맣게 더럽혀 놓습니다. 불에 태워지는 것뿐만 아니라, 주위의 다른 것들까지 사용하지 못하도록 잠식해 버립니다. 이렇게 불같이 성급한 말은 개인에게 상처일 뿐만 아니라, 이로 인해 가정과 주위의 이웃과 사회를 어둡고 암울하게 만들어 버리는 것입니다.

우리는 별 생각하지 않고 조심 없이 던진 말이라도 가연성을 지닌 사람의 입을 거치게 되면 걷잡을 수 없이 퍼져나가는 경우를 종종 보았을 것입니다. 그래서 우리는 불로 인해 삽시간에 모든 것을 검은 잿더미로 만들어버리는 것을 화마火魔라고 부릅니다. 한자어 그대로 불 화火 자, 마귀 마魔자입니다(8절). 혀는 능히 길들일 사람이 없나니 쉬지 아니하는 악이요

죽이는 독이 가득한 것이라(약 3:8). 혀를 마치 독사에 비유하고 있습니다. 시편 140편에도(2-3절) 유사한 말씀이 있습니다. "…저희가 중심에 해하기를 꾀하고 싸우기 위하여 매일 모이오며 뱀 같이 그 혀를 날카롭게 하니 그 입술 아래에는 독이 있나이다."

그저 습관처럼 뱉어져 나오는 상습적인 욕설들(우리가 사용하는 말 전후로 들어가는 수많은 동물성 언어들이 있습니다), 짜증스럽고 신경질적인 표현들, 자기보다 작고 약한 사람 앞에서 자연스럽게 목과 목소리에 힘을 주는 사람들, 상대방의 처지를 고려하지 않고 자기 자랑과 주장 일색인 사람들, 추측과 상상만으로도 충분히 다른 이들을 판단하고 정죄하는 사람들, 그저 남의 이야기라 하여 너무도 쉽고 자연스럽게 말하는 우리들… 이것이 우리의 모습이고, 우리들의 일상적인 언어 습관이 아닌지 돌아보아야겠습니다.

3. 말(언어)의 선택(9-12절): 기쁨을 주는 힘

마지막으로 9-12절의 말씀은 우리 입(말)의 선택에 따라 전혀 다른 결과를 가져올 수 있음을 보여주고 있습니다.

분명 한 입으로 우리는 하나님을 찬양하고 예배하며 기도합니다. 하지만 예배당 문을 나서는 순간 또 다른 얼굴을 한 사람처럼 우리의 입은 말들을 쏟아냅니다. 아름다운 말보다 시기와 질투, 증오와 저주의 말을 내뱉기 일쑤입니다. 예배당 문을 나서지 않아도 이곳저곳 두서너 사람이 모인 곳에는 덕담과 격려보다 뒷담화들이 무성할 때가 많습니다. 그래서 야고보서의 기자는 다음과 같이 말씀합니다.

> 또 같은 입에서 찬양도 나오고 저주도 나옵니다. 나의 형제자매 여러분, 이렇게 해서는 안됩니다(약 3:10).

"옳지 않다"라고 강력하게 말씀합니다. 2,000년 전 초대교회 시대에도 하나님의 피조물 중에서 인간에게서만 나타나는 이런 이중성은 별반 다를 것이 없었습니다.

11, 12절에 예로 말하는 샘과 나무 즉 자연계는 결코 속임수가 없다는 겁니다. 그런데 하나님의 형상대로 피조된 인간은 한 입으로 하나님을 찬송하고, 하나님을 원망하기도 한다는 것입니다. 이런 경우 우리는 옹달샘만도 못하고, 길가에 나무와 들풀만도 못한 존재인 겁니다.

우리는 오늘 '혀'(말)에 대해서 함께 말씀을 살펴보았습니다. 그런데 실상 문제는 우리들의 말(혀)가 아닙니다. 그것은 바로 '마음'입니다. 예수님께서는 "입에서 나오는 것들은 마음에서 나오나니 이것이야말로 사람을 더럽게 하느니라"(마 15:18)고 말씀하십니다. 분명 우리는 말 안 하고 살 수 없는 존재입니다. 그렇기 때문에 우리 입을 통해 나오는 모든 말은 나 자신의 존재를 규정할 뿐만 아니라, 하나님의 피조세계에 강력한 영향력을 가진다는 것을 잊지 말아야 합니다.

우리말 가운데 거의 사용하지 않는 말이긴 하지만 멋진 표현이 한

가지 있습니다.

"심알을 잇는다.", "심알을 맺는다."라는 말입니다. "심알"은 마음의 알맹이라는 뜻입니다. 곧 심성의 핵(마음의 중심)이라는 것이지요. 상대방과 이야기하고 말하는 것을 "너와 내가 심알을 잇는다"라고 표현합니다. 즉 말이라는 것이 "속마음을 연결한다"라는 뜻입니다.

우리의 혀가(말이-언어가) 이렇게 하나님과 나의 속마음을 연결하는 도구 되길 바랍니다. 나아가 그리스도의 심성이 교류하고 연결되는 아름다운 주님의 교회를 세워가는 우리 모두가 되길 간절히 소원합니다.

혀는 세상에서 가장 작으면서 가장 큰 화근이 되기도 합니다. 그러나 혀가 반드시 불행과 화의 근원만은 아닙니다. 하나님께서는 우리 혀를 사용하여 다른 사람들을 생명으로 인도하게도 하시고, 시련과 고통을 당하는 사람들에게 기쁨과 힘을 주시기도 합니다.

교우 여러분! 여러분의 언어(말)이 전해지는 곳마다 예수님이 그러하셨던 것처럼 살리고, 치료하고, 기쁨을 나누는 행복한 일들이 일어나길 기원합니다.

내 인생 기초 어디에 두어야할까?
요 8:31-32

임열수

(동문 / 이사)

예수께서 자기를 믿은 유대 사람들에게 말씀하셨다. "너희가 나의 말에
머물러 있으면, 너희는 참으로 나의 제자들이다. 그리고 너희는 진리를
알게 될 것이며, 진리가 너희를 자유롭게 할 것이다."

우리 한남 대학교는 1954년 미국 남장로교 한국선교회에 의해 설립
이 추진되어, 1956년 설립자 William Linton 박사의 수고와 헌신으로
4년제 대전기독학관으로 개교하여 오늘에 이르고 있습니다. 6·25전
쟁으로 완전히 폐허가 된 조국에 "진리, 자유, 봉사"정신을 젊은이들에
게 심어 국가와 사회, 그리고 교회에 헌신 봉사할 수 있는 유능한 지도
자를 배출할 목적으로 설립된 것입니다. 현재는 13,000여 명의 재학생
과 87,000여 명이 넘는 동문을 둔 대가족으로 성장하게 되었습니다.
한남대학교에서 가장 강조되는 것은 예수 그리스도의 사랑과 봉사 정
신입니다. 왜 예수 그리스도의 정신인가요? 한남대학교에서 예수 그리
스도를 통한 인격의 변화를 받는 것이 어떠한 차이를 가져오게 하는가
요?

얼마 전 IS(Islamic State)가 프랑스에 테러가 감행하여 수많은 사람

이 목숨을 잃었고 전 세계가 테러의 공포에 휩싸이게 했습니다. 그런데 이 테러를 계획하고 지휘한 사람은 벨기에 몰렌베이크 출신으로 모로코계인 무슬림인 27세의 젊은 압델하미드 아바우드라고 합니다. 젊고 조용한 성격이었고, 착했던 아바우드가 어떻게 해서 이렇게 끔찍한 사건을 저지르게 되었을까요? 한 젊은 청년의 마음속에 형성된 잘못된 가치관이 엄청나게 무서운 결과를 초래한 것입니다. 내게 형성된 가치관과 인생관이 나를 성공하게도 하고, 실패자가 되게도 합니다.

우리는 하루를 살면서도 수많은 것을 계획하고, 결정을 하고, 행동으로 옮깁니다. 또한 직장을 구하여 돈을 벌고, 번 돈을 쓰기도 합니다. 이러한 모든 행위들은 내 속에 형성된 가치관에 의하여 실행되는 것입니다. 젊은 대학생들은 앞으로 할 일이 태산같이 많이 있습니다. 대학 시절에 형성된 가치관과 인생관은 앞으로 결혼할 배우자를 찾고, 가정을 꾸미고, 직장에서 일을 하며 미래를 설계할 때 결정적인 역할을 하게 됩니다. 그러면 우리들의 가치관은 무엇에 기초해야 할까요? 아래 말씀드린 세 가지 중 하나에 기초해서 형성됩니다.

첫째, 나 자신 (Myself)입니다.

많은 사람들이 무엇을 선택하고 판단을 할 때 자기 생각에 의존하여 결정합니다. 자기 자신을 철저히 믿는 것입니다. 그러면 자기 자신은 믿을만한가요? 예레미야 17:9절은 "만물보다 거짓되고 심히 부패한 것은 마음이라. 누가 능히 이를 알리요 마는"이라고 말씀하고 있습니다. 여기에 쓰인 "거짓되고deceitful"라는 단어를 Webster 사전에서 찾아보면 "to mislead in wrong direction"으로 되어 있습니다. 잘못된 방향으로 잘 못 인도하고 있다는 말입니다. 자기 자신의 생각을 기초로 가치관이 형성되면 잘못된 방향으로 잘못 인도하기 쉽다는 것입니다. 내 마음이 객관적인 입장에서 내가 결정하도록 인도하는 것이 아니고,

내가 원하는 곳, 내가 하고 싶은 것을 하도록 이끈다는 것입니다. 지난 5년간 뇌 과학자들이 연구한 결과를 잡지에 발표한 것을 읽은 적이 있습니다. 이들은 한결같이 인간의 뇌는 본인이 좋아하는 것을 하도록 권고하지, 객관적이고 사실에 입각한 정보를 알려주지 않는다고 말했습니다. 다시 말하면 인간의 뇌는 본인을 속이고 있다는 것입니다. 듣는 것도 객관적으로 듣도록 하는 것이 아니고, 듣고 싶은 것만이 내 귀에 들리도록 하고, 보는 것도 객관적인 것을 보도록 하는 것이 아니라, 내가 보고 싶은 것만 보이도록 한다는 것입니다. 자기 자신만을 의지하면 고통을 당할 때, 사람들을 평가할 때 정확한 판단을 내리지 못한다는 것입니다. 그래서 잠언 16장 25절은 "어떤 길은 사람이 보기에 바르나 필경은 사망의 길이니라"고 했습니다. 내 뇌는 내가 배운 교육, 자라나온 환경, 내가 좋아하는 것에 길들여졌기 때문에 내게 객관적인 정보를 주지 못합니다. 하나님의 말씀은 내가 한 행동과 생각을 비춰볼 수 있는 거울입니다. 하나님의 말씀은 잘 못한 것에 대해서는 과감하게 회개하라고 외칩니다. 잘한 것에 대해서는 칭찬하고 인정해 줍니다. 하나님의 말씀을 떠난 내 생각만 의지하는 것은 참으로 위험합니다. 하나님을 떠나서 부패해진 나 자신만을 의지하면 실패하게 됩니다.

둘째, 세상입니다 (World, people in the world)

내가 무엇을 판단하고 결정할 때 세상 사람들의 의견과 뜻에 따라서 결정한다는 것입니다. 그러면 세상 사람들의 생각과 가치관은 믿을만한가요? 요한일서 2:15-16절은 "이 세상이나 세상에 있는 것을 사랑하지 말라. 누구든지 세상을 사랑하면 아버지의 사랑이 그 안에 있지 아니하니, 이는 세상에 있는 모든 것이 육신의 정욕과 안목의 정욕과 이생의 자랑이니 다 아버지께로부터 온 것이 아니요, 세상으로부터 온 것이라."고 말씀합니다. 하나님께서는 세상이 있는 것을 사랑하지 말라고 하십니다. 왜냐하면 세상의 가치관과 하나님이 나라의 가치관이 다르기 때문입니다. 세상이 추구하는 가치관이란 무엇일까요? 사도 요한은 세 가지라고 말씀합니다.

첫째, Looking Good. 외적인 미를 추구하는 것입니다. 세상의 가치관은 다른 사람들에게 잘 보이려고 하는 것입니다. 외적 치장에 신경을 씁니다. 우리들은 superstar가 아닙니다. 영화배우가 될 수도 없고, 유명한 연예인이 될 수도 없습니다. 학교에서 1등 하는 사람은 초등학교부터 대학교까지 몇 명으로 정해진 것처럼, 잡지의 표지에 나올 사람은 정해져 있습니다. 그런데 세상은 우리 모두를 영화배우나 연예인이 된 것처럼 유혹하고 그렇게 활동하라고 부추깁니다. 최근에 유행하는 성형수술은 이러한 세상의 요구를 따르려는 욕심에서 나온 것입니다. 마이클 잭슨Michael Jackson은 흑인이었는데 성형수술을 많이 해서 백인인 것처럼 만들었습니다. 그렇다고 사람들이 많이 알아주며 존경해 주나요? 유혹에 불과합니다.

둘째, Feeling Good(Pleasure, Sex). 인생을 즐기라고 유혹합니다. 기분만 좋으면 됩니다. 감정을 자극하여 기분이 좋으면 된다는 논리입니다. 육적인 쾌락, 성적인 쾌락, 알콜 중독, 마약중독으로 인간을 유혹합니다. 인격이란 지정의知情意가 융합되어 형성되어지는 것인데, 감정에만 몰입하도록 이끕니다. 감정이 사람의 모든 것을 이끌도록 합니다. 최근에 돈을 많이 버는 일은 엔터테인먼트Entertainment에 종사하는 것입니다. 오늘날의 문화는 접대 문화가 대세를 이루었습니다. 인생을 즐겨야 되지만, 그것이 전부는 아닙니다. 육적인 쾌락만 즐기다가 수많은 사람들이 망했다는 사실을 역사를 가르쳐 줍니다. 폼페이는 먹고, 마시고, 춤추다가 화산으로 망했습니다.

셋째, Having Goods(황금만능주의, 많이 가져야 한다는 사상). 돈과 물질을 많이 갖는 것이 최고라는 생각입니다. 수단과 방법을 가리지 않고 돈을 벌려고 하는 것입니다. 산업화 시대를 거치면서 대기업, 큰 공장, 큰 차, 큰 저택 등으로 많고 큰 것을 선호하는 잘못된 풍토를 만들었습니다. 자본주의가 인간의 삶을 편안하게 해놓은 좋은 점도 있지만, 물질을 지나치게 강조하는 것은 잘못된 것입니다. 자본주의 시대에 살면서 돈이 최고라는 생각, 황금만능주의는 인간소외를 가져왔습니다. Martin Buber는 『나와 너』라는 책에서 인간관계의 깊은 차원에서 나오는 "나와 너의 관계"가 어느 순간부터 상대가 "그것"으로 보인다는 것이다. 상대가 내게 이득이 되는가 안 되는가 하는 차원으로, 물질로 변한다는 것이다. 황금만능주의에 물들면 사람을 물질로 평가하게 된다는 점이다. 그렇기 때문에 세상 사람들의 의견과 생각을 따르면 옳은 판단과 결정을 할 수 없게 된다.

셋째, 하나님과 하나님의 말씀입니다.(God, God's Word)
마지막으로 하나님의 말씀에 가치관의 기초를 쌓는 것입니다. 하나님의 말씀은 그러한 가치가 있는 것일까요? 예수님은 자신이 "길이요, 진리요, 생명이라"고 하셨습니다(요 14:6). 뿐만 아니라 요한복음 8장 31-32절은 "그러므로 예수께서 자기를 믿은 유대인들에게 이르시되 너희가 내 말에 거하면 참으로 내 제자가 되고 진리를 알지니 진리가 너희를 자유롭게 하리라"고 말씀하고 있습니다. 예수님이 참 진리가 되십니다. 진리이신 예수님께서 하신 말씀이 참 진리인데, 이 진리에 거하는 사람들은 참으로 자유함을 얻는다고 했습니다. 예수를 믿으면 죄에서 구원함을 받는 참 자유를 얻게 됩니다. 하나님으로 계신 분이 모든 것을 버리고 시간과 공간의 제한을 받는 인간의 몸을 입고 이 세상에 오신 분의 말씀대로 살기만 하면 세상에서 얽매이는 것이 모두 없어집니다. 모든 사람을 나보다 위대한 사람으로 여기고, 모든 사람을 내가 섬길 대상으로 여기는데, 누가 나를 대적하거나 시비하겠습니까?

예수 그리스도의 사랑의 정신으로 무장하고 성령의 인도하심을 따르면 무슨 결정을 하더라고 옳은 결정이 됩니다.

저는 Mart Green이라는 사람을 잘 알고 있습니다. 그는 미국에서 Hobby Lobby라는 회사와 Model이라는 기독교 서점을 창설하여 억만장자가 되었습니다. 그는 경제적인 어려움에 처한 Oral Roberts University의 이사장이 되었습니다. 그리고 1,100억이 넘는 돈을 이 대학교에 기부했습니다. 학교가 부채를 갚고 정상으로 돌아가도록 만든 후, 그는 이사장직을 사표 내고, 평소 존경하는 목사님을 이사장으로 모셔왔습니다. 그는 Washington D.C.에 성서박물관을 세워놓고 자신의 남은 생애에 할 일은 성서가 없는 민족에게 성서를 번역하여 하나님의 말씀을 읽도록 해주는 것이라고 결정하고 그곳으로 옮겨갔습니다. 이사장으로 봉직하는 동안 대학교의 설립이념, 목표, 사명, 교육과정 등에는 전혀 손을 대지 않았습니다. 자기의 흔적을 남기지 않았습니다. 그렇게 많은 돈을 기부했으면 자기의 목소리를 낼 법도 하지 않습니까? 왜 그런 생각을 하게 되었을까요? 그는 예수 그리스도 위에 자기의 인생관과 가치관을 세워놓았기 때문입니다. 목회세습으로 소란하고 인본주의 사상이 조금씩 물들어오는 한국교계에 경종을 울리는 간증입니다.

한남대학교와 관계를 맺고 있는 우리들은 나 자신과 세상 사람들의 생각과 의견에 내 인생의 기초를 두어서는 안 됩니다. 예수 그리스도, 하늘 영광을 다 버리시고 낮고 천한 우리를 구원하러 오신 그분의 말씀과 인격에 내 가치관과 인생관을 세워야 할 것입니다.

보배롭고 존귀한 자
사 43:1-7

정삼수
(동문 / 상당교회 원로목사)

여러분, 행복하십니까? 행복은 소유에 있는 것이 아닙니다. 높은 지위에 있는 것도 아닙니다. 튼튼한 몸에 있는 것도 아닙니다. 잘생긴 얼굴에 있는 것도 아닙니다. 행복은 관계 속에 있습니다. 좋은 관계 속에 있을 때 행복해질 수 있습니다.

며칠 전, 어느 모임에서 한 정치학 박사와 이야기를 나누었습니다. 저는 그에게 우리나라가 행복하려면 다음과 같이 하면 된다고 말했습니다. 첫째, 북한과의 관계 개선입니다. 북한은 우리의 동족이고 형제입니다. 미워할 수 없는 혈육인데도 우리는 지금 원수처럼 지내고 있습니다. 그들은 우리를 원수라고 생각합니다. 우리나라가 행복해지려면 북한과 미움의 관계, 원수의 관계에서 형제의 관계, 사랑의 관계로 변해야 합니다. 다음은 일본과의 관계 개선입니다. 일본과 우리가 친해지려면 먼저 정직해야 합니다. 일본은 우리와 거짓된 관계를 맺고 살고 있습니다. 일본은 엉뚱하게도 독도가 자기들 땅이라고 주장하고 있습니다. 그들은 36년 동안이나 우리를 압제해 놓고 미안하게 생각하지 않습니다. 진실이 없습니다. 요즘 말로 하면 '불편한 진실'입니다. 일본이 정직하게 잘못을 사과하면 한국과의 관계가 개선될 수 있습니다. 또 하나는 중국과의 관계 개선입니다. 그들은 먹을거리를 만들어도 비위

생적이고, 공산품을 만들어도 눈가림이요, 가짜가 너무 많습니다. 그래서 신뢰관계가 안 되고 의심이 생깁니다. 중국제라면 의심부터 합니다. 이것이 해결되어야 합니다. 저의 이야기를 다 듣더니 그분이, "미국과의 관계는요?"라고 물었습니다. 그래서 저는 "미국과 우리나라는 친하긴 한데 더 친해져야 합니다. 더 진실이 흐르는 친밀함이 있어야 합니다."라고 말씀드렸습니다.

정치 이야기를 하자는 것이 아닙니다. 이것은 사실 우리 개인의 이야기입니다. 나의 삶의 영역에도 가장 가까운 혈육이 있습니다. 부부, 자녀, 부모, 형제입니다. 이 얼마나 귀한 관계입니까! 이러한 가족들과 서로 원수처럼 지내는 것은 참으로 불행합니다. 사업이 아무리 잘돼도 가정이 불화하면 행복하지 않습니다. 친구와의 관계는 서로 믿는 관계이어야 합니다. 희생할 수 있어야 합니다. 우리는 모든 사람과 사랑의 관계, 정직한 관계, 신뢰의 관계, 친밀한 관계 속에서 살아야 하는데, 이 관계가 무너지면 자기의 존재가치가 없어지게 됩니다.

옛날, 잔치를 할 때 잔칫집 마당에 볕가리개를 드리웁니다. 태양을 가리기 위해 삼베로 만든 것인데 중앙에 기둥이 있습니다. 이 기둥은 저 혼자 서 있는 것이 아닙니다. 사방에서 줄이 당겨 주니까 서 있는 것입니다. 그중 하나라도 끊어지면 기둥은 넘어집니다. 인간관계도 마찬가지입니다. 유명한 사람들이 자살을 선택하는 이유 있습니다. 자기와의 관계가 튼튼한 줄 알았는데 어느 날 갑자기 이 관계가 끊어졌고, 그래서 결국 넘어지고 마는 것입니다. 자존감을 잃어버린 것입니다. 인간관계란 그런 것입니다.

그러나 끊어지지 않는 관계가 있습니다. 세상 사람들이 다 나를 비난해도 내 편에 서 주시는 그분, 세상 사람들이 다 나에게 손가락질해도 유일하게 나를 끌어안아 주시는 그분, 내 부모마저 나를 버려도 나를 버리지 않는 그분, 그분이 우리 하나님 아버지이십니다. 그분이 나를 붙들고 있는 한 우리는 절대로 자존감을 잃지 않습니다. 하나님이 날 사랑하신다는 사실 앞에 용기를 얻지 못할 사람은 아무도 없습니다. 불우한 환경 속에 사는 사람들도 하나님을 만나고 하나님의 사랑을 깨달을 때 모든 어려움을 극복하고 살아갈 수 있습니다.

사람과의 관계에서는 출세한 사람들에게 친구가 많지만, 권력이 무너지면 다 떠납니다. 하지만 하나님은 우리가 실패했을 때 더 가까이 오시고 우리가 연약할 때 더 가까이 오십니다. 세상이 우리를 버린다 할지라도 주님은 결코 우리를 버리지 않습니다. 부모와 자식 간에는 조건이 필요하지 않습니다. 아버지가 나를 낳았기에 나는 그의 자녀가 되었습니다. 이것만 인정하면 됩니다. 못나도 아버지의 자녀입니다. 내 생명을 낳아 주신 그분은 아무 조건 없이 우리를 자녀라고 인정하십니다. 이러한 하나님과의 신비한 관계를 인정할 수 있기를 바랍니다.

몇 년 전, 신문에 난 기사입니다. 아들이 노모와 함께 외출을 나갔다가 노모를 먼 곳에 떨어뜨리고 돌아왔습니다. 그런데 사람들이 그 노모에게 이름이 뭐냐고 물으니까 모른다고 했습니다. 그래서 아들의 이름을 물으니까 또 모른다는 것입니다. 이름을 물을 때 모른다고 말하는 사람은 치매가 아닙니다. 무엇을 묻는지도 몰라서 딴소리를 하는 것이 치매입니다. 그 노모는 아들이 다칠까 싶어서 자기를 버린 그 아들의 이름을 가르쳐 주지 않았다는 것입니다. 우리 하나님은 이스라엘 백성을 자식처럼 사랑했습니다. 그런데 이들이 범죄하고 스스로 생각하기를, '하나님은 우리를 버렸다. 하나님이 나를 돌아보지 않는다'라고 생각했습니다. 이사야 43장 1절 말씀입니다. "야곱아 너를 창조하신 여호와께서 지금 말씀하시느니라 이스라엘아 너를 지으신 이가 말씀하시느니라 너는 두려워하지 말라 내가 너를 구속하였고 내가 너를 지명하여 불렀나니 너는 내 것이라." 하나님이 나를 향해서 "너는 내 것이라"말씀하실 때, 인간 된 입장에서 대단히 죄송스럽고 송구합니다. '내가 어떻게 하나님의 것이 될 수 있을까?' 라고 생각합니다. 그러나 이것이 '은혜'입니다. 많고 많은 사람들 가운데 나를 뽑아서 너는 내 것이라고 불러 주셨으니 얼마나 감사합니까!

하나님께서는 우리가 그분의 것이 된 이유를 자세히 말씀하십니다. "내가 인간을 만들지 않았느냐. 내가 너희를 창조하지 않았느냐. 그러기에 너희는 내 것이다. 내가 구원계획을 위해서 너희의 조상 아브라함을 선택하여 큰 민족을 이루지 않았더냐. 선택받은 민족이기 때문에 너는 내 것이다. 그뿐만 아니라 너희가 애굽에서 종살이할 때, 노예살이할 때 내가 바로의 손에서 너희를 이끌어 내지 않았더냐. 내가 너희를 구원하였기 때문에 너는 내 것이라." 그리고 하나님은 가나안 땅을 주셨습니다. 가나안 땅은 빈 들이 아니었습니다. 일곱 족속이 사는 넓은 나라였습니다. 그러나 하나님께서는 그들을 다 쫓아내고 거기에 이스라엘 민족을 이전시키셨습니다. 엄청난 대가를 주고 안착시킨 그 백성이 하나님의 것이었습니다. 그들이 배고플 때는 먹을 것을 주었습니다. 목마를 때는 마실 것을 주었습니다. 철저하게 보호하셨습니다. 끊으려야 끊을 수 없는 관계가 바로 하나님과 이스라엘의 관계였습니다. 그래서 이스라엘의 역사에서 하나님을 빼면 역사가 안 됩니다. 그들의 역사를 연구해보면 간단합니다. 왕이 하나님께 순종했던 때는 평화시대, 왕이 하나님께 불순종했던 때는 전쟁시대였습니다. 이스라엘 백성을 자기 백성으로 끌어안기 위해서 하나님은 때로는 매로 다스리고, 전쟁을 일으켜서 패하게 하셨습니다. 하나님은 그들을 포기하시지 않았습니다.

하나님의 사랑 중에 가장 귀한 사랑은 포기하지 않는 사랑입니다. 하나님의 눈에는 우리가 보배롭고 존귀한 존재입니다. 이것이 우리의 실존입니다. 우리는 예수 그리스도, 하나님의 아들의 거룩한 피로 바꾸신 하나님의 자녀들입니다. 하나님께서는 우리에게 영원한 가나안 땅을 주시기 위해 당신의 아들 예수 그리스도를 십자가에 못 박고 그 땅을 우리에게 주셨습니다. 이 얼마나 감사합니까? 이 얼마나 놀라운 일입니까?

자긍심을 가지시기 바랍니다. 자존감을 살리시기 바랍니다. 우리는 하나님의 선택받은 사람들입니다. 보호받고 인정받은 사람들입니다. 세상 사람들이 인정하지 않는다 할지라도 하나님이 나를 인정하시면 됩니다. 그러므로 우리는 이스라엘 백성보다 더 하나님을 사랑하고 경외해야 합니다. 선택받은 족속보다 이방 족속인 우리를 더 사랑해 주셨으니 얼마나 감사합니까? 하나님께서 너는 내 것이라고 했을 때 그 인생은 다 해결된 것입니다. 하나님이 너는 내 것이라고 찍으셨을 때, 그 인생은 이미 성공이 보장되어 있습니다. 하나님이 너는 내 것이라고 하셨을 때, 하나님의 것은 내 것이 되었습니다. 아버지의 것이 내 것이고, 내 것이 아버지의 것입니다.

하나님은 내 것 된 그에게 영원성을 주셨습니다. 생명을 주셨습니다. 세상을 이길 수 있는 전능성을 주셨습니다. 하나님의 자녀로 살아갈 수 있는 거룩성을 주셨습니다. 하나님께서 "너는 내 것이다"라고 하신 그 순간 하나님의 거룩성과 영원성과 전능성이 우리 속에 부어졌음을 믿으시기 바랍니다. 하나님은 우리의 아버지이십니다. 이것은 하나님 없는 세계에서는 이해가 안 되는 이야기입니다. 하나님 없는 세계는 윤리와 도덕이 다 무너집니다. 인간의 존재가치도 무너집니다. 21세기 포스트모더니즘 시대에는 인간의 이성이 중심이 되기 때문에 하나님 말씀의 가치를 무시하고, 나도 하나님이 될 수 있다고 하는 존재들이 많이 나타났습니다. 무질서해진 것입니다. 인격 자체가 가치가 없을 뿐만 아니라, 남의 인격도 남의 생명도 귀하게 여기지 않습니다.

그러나 우리 하나님은 과거를 묻지 않습니다. 우리의 삶 그대로를 다 용서하시고 또 용서하시는 하나님이 "너는 내 것이라"하셨을 때 부끄럽게 생각하지 않기를 바랍니다. 우리는 그 사랑 앞에 응답할 때가 됐습니다. 하나님과 나 사이에 그 어떠한 것도 끼어서는 안 됩니다. 우리는 하나님 앞에 정직해야 합니다. 또한 그 하나님과 친하기 바랍니다. "거룩하시고 자비로우신 하나님…"이라고 기도하는 것보다는, "아버지, 들으시죠? 제가 지금 이렇습니다"라고 하면서 하나님께 속삭이기 바랍니다. 하나님은 멀리 계신 분이 아닙니다. 가까이 계신 분입니다. 그리고 우리의 작은 신음에도 응답해 주십니다. 우리가 하나님께 인정받을 때 우리 속에서는 기쁨의 샘이 터져 나옵니다. 하나님이 "너는 내 것이라"하셨을 때 영혼 가운데 기쁨의 샘이 터져 나옵니다. 그리고 입술에 찬양이 있습니다.

하나님께서 이스라엘 백성을 애굽에서 이끌어 내셨을 때 40년간 광야에서 굶어 죽은 사람은 한 사람도 없었습니다. 하나님 말씀에 거역해서 벌 받아 죽은 사람은 있었지만 병으로 인해 죽은 사람은 없었습니다. 옷이 떨어져서 추위에 죽은 사람도 없었습니다. 하나님은 그의 백성을 철저하게 굽어살피고 보호해 주십니다.

영원하신 하나님의 손에서 자유하시기 바랍니다. 하나님의 것이 된 사람은 자유합니다. 누가 나를 무시하며, 누가 나를 해하며, 누가 나를 빼앗아갑니까? 이사야 43장 21절 말씀입니다. "이 백성은 내가 나를 위하여 지었나니 나를 찬송하게 하려 함이니라." 아멘!

아들딸 길러서 시집 장가보내면 힘이 듭니다. 하지만 딸이 시집가기 전날, "엄마, 아빠, 사랑해요"라고 한마디만 하면 그동안의 모든 고생이 치유됩니다. 고생시킨 것, 말썽부린 것 등 모든 것이 다 잊혀집니다. 이처럼 하나님도 우리의 과거 속에 못난 것이 많이 있지만, "하나님 아버지, 사랑합니다"라고 한마디만 하면 하나님은 과거를 기억하지 아니하시고 다 녹여 없애 주십니다. 아름다운 찬양 가사가 있습니다.

"사랑합니다 나의 예수님 사랑합니다 아주많이요 사랑합니다 나의 예수님 사랑합니다 그것뿐예요 사랑한다 아들아 내가 너를 잘 아노라 사랑한다 내 딸아 네게 축복 더하노라"

여러분 모두 하나님의 사랑받는 자녀로 살아가시기 바랍니다.

충성과 순종
막 11:1-10

정성균

(동문 / 방글라데시, 파키스탄 선교사)

오늘은 종려주일입니다. 이 본문에서 우리는 2,000년 전 첫 종려주일의 모습을 볼 수 있습니다. 예수께서 여리고에서 예루살렘을 향해 그의 제자들과 함께 올라갔습니다. 이번 그의 여행목적은 그의 공생애 마지막 때 자기의 인류구속사명을 완수하려는 것이었습니다. 나귀를 타시고 많은 무리의 호응을 받으면서 죽임을 향해 나가갔습니다. 무리들은 호산나 주의 이름으로 오시는 이여 하며 찬양했고 종려나무 들고 옷을 펴며 예수님을 환영했습니다. 이 모습은 승리의 입성이며 온 인류에 대한 중요한 걸음이었습니다. 이 본문은 우리에게 여러 가지 교훈을 주지만 오늘 저는 시간이 없으므로 한두 가지만 생각해 보고자 합니다.

첫째, 이 이야기는 예수 자신이 이스라엘의 왕이요, 인류의 메시야임을 선언하는 행위입니다. 예수그리스도는 33년 전 유대인의 왕으로 이스라엘에 오셨습니다. 그러나 자기 땅 자기 백성들이 그를 환영하지 않았습니다. 다윗의 자손이며 자기들이 기다리던 메시야였지만 사람들은 그를 영접하지 않았습니다. 그래서 그가 스스로 왕이 되심을 보이고자 왕처럼 예루살렘에 들어오신 것입니다.

그는 유대인의 왕만 아니라 파키스탄의 왕이요 인류의 왕이십니다. 왕은 그의 백성들을 지배하는 자입니다. 파키스탄은 무갈 왕이 유명합니다. 그 무갈 왕은 아마 여러분을 항상 명령했고 여러분의 삶을 통치했을 것입니다. 우리는 그의 백성이므로 그에게 충성과 순종을 드려야 합니다. 여기 "자기들의 옷을 벗어 길에 펴고 나귀에 폈다는 것"은 왕에 대한 충성을 의미합니다. 우리는 다시 한 번 왕 중의 왕이요 우리 삶의 지배자 예수께 충성해야겠습니다.

예수님의 두 제자는 예수님이 시키시는 대로 가서 새끼나귀를 끌고 왔습니다. 주인이 왜 가져가려고 하느냐고 물을 때 예수께서 가르쳐준 그대로 말했습니다. 오늘 여기 신학교 학생, 교수들, 목사, 주의 종들이 이 행사 때문에 다 모였습니다. 이들은 다 예수의 제자들입니다. 주의 제자들은 첫 종려주일의 두 제자들처럼 말씀을 순종해야 합니다. "하밋 밧갈 목사"~ 주님이 가르쳐 준 말만 이제부터 일터에 가서 하시기 바랍니다. 딴말. 자기 말을 한 것이 아니라 주님 가르쳐 준 그대로만 전하면 주께서 다 예비해 놓았기 때문에 쉽게 해결됩니다.

염소새끼를 바친 무명자들(물질봉사자들), 종려나무 들고 노래하는 그룹, 옷을 벗어 펴는 충성하는 이들. 순종하는 두 제자들이 있었는데 여러분은 어떤 것을 드리고자 합니까? 충성과 순종의 삶만이, 그리스도를 나의 주, 나의 왕 나의 주인이라는 신앙고백을 할 수 있습니다.

이 예수의 입성은 또한 하나님의 예언의 약속을 성취시키는 행위였습니다. 스가랴 9장 9절에 "보라 네 왕이 네게 임하나니 그는 공의로우시며 구원을 베풀며 겸손하여서 나귀를 타나니 나귀의 작은 것 곧 나귀 새끼니라"고 약 500년(예수 오시기 전 B.C) 전에 예언한 그 예언이 꼭 그대로 이루어졌습니다.

오늘 여기서 우리는 스가랴 선지자가 14장1~9절에 또 마지막 날, 여호와의 날 최후심판의 날에 대해 예언한 것을 생각할 수 있습니다. 이 예언은 아직 이루어지지 않았는데 다니엘 11장에도, 세례요한도 계 19장에 강력하게 예언했습니다. 아주 중요한 예언이기 때문에 여러 선지자들이 여러 번 예언했습니다. 스가랴 9장의 예언은 2,000년 전 유대인들에게 관계된 예언이었지만 스가랴 14장 예언은 우리들에게 관계된 예언입니다.

예수를 개인의 구주로 영접하고 날마다 충성과 순종을 드리는 자는 예수의 최후의 심판을 면하게 되지만 그렇지 못한 자는 이 예언대로 멸망과 죽임을 당하게 될 것입니다. 이 여호와의 날의 심판을 이 지상의 마지막 전쟁이라 혹 아마겟돈 전쟁이라고 합니다. 믿고 구원받은 거룩한 자와 그날 주와 함께 있게 되지만 그 외는 다 죽게 된다고 했습니다.

끝으로 오늘부터 시작해 예수의 마지막 한 주간은 고난 주간입니다.

예수는 하나님의 아들 황태자였지만 그의 생애는 고난의 종으로 사셨습니다. 이사야 53장 4-6절에 보니 그리스도가 고난당하신 것은 우리의 허물, 우리의 죄악 때문에, 우리에게 평화와 치유와 구원을 주시고자였음을 알 수 있습니다.

저와 여러분을 위해 주님이 친히 고난의 종이 되셨습니다. 빌립보서 2장 6-11절에도 (읽힘-통역자) 그리스도는 하나님이시며 영광의 왕이었습니다. 그러나 그가 친히 인류구원위해 십자가에 죽기까지(사람, 종으로서) 희생하셨습니다. 그래서 하나님은 그를 친히 인류의 주로 세우셨습니다. 이제부터 우리도 주를 따르자면 고난에 참여해야 합니다.

사도바울은 우리가 주와 함께 영광받기 위해 고난도 함께 하나님의 자녀들은 받아야 한다(롬 8:17)고 강조했습니다.

충성과 순종의 삶을 살 때, 우리도 예수 그리스도의 고난의 발자취를 따를 때, 다시 오시는 그분을 호산나하며 맞이할 수 있을 것입니다.

우리의 첫사랑, 지금 어디에?

계 2 : 1 - 7

정 장 복

(동문 / 전 한일장신대 총장)

(서론)

웬말인가 날 위하여 주 돌아가셨나

이 벌레 같은 날 위해 큰 해 받으셨나

내 지은 죄 다 지시고 못박히셨으니

웬일인가 웬 은혠가 그 사랑 크셔라

늘 울어도 눈물로써 못 갚을 줄 알아

몸 밖에 드릴 것 없어 이 몸 바칩니다

우리가 이 찬송을 처음 부를 때는 구원의 감격을 깨닫고 거침없이 불렀던 주님을 향한 첫사랑의 고백이었습니다. 그러나 주님 향한 이 처음 사랑의 고백이 지금 우리에게서 퇴색되고, 희미해지고, 아무런 광채가 나지 않고 있음에 모두 침울한 심정입니다.

(본문 접근)

요한계시록의 1장 1절은 66권 어디에서도 볼 수 없는 첫 문장이 등장합니다.

그것은 "예수 그리스도의 계시라."는 말씀입니다. 그래서 요한계시록은 우리 주님 예수 그리스도께서 친히 하신 계시의 말씀으로서, 하나님께서 장차 이루실 일에 대한 분명한 예언이었으며, 주님께서 직접 말씀한 사실임을 밝히고 있습니다. 지상에 있는 교회의 모형으로 등장하고 있는 일곱 교회 가운데 에베소교회에게 주신 주님의 말씀은 우리의 한국교회가 경청해야 할 말씀입니다. 주신 말씀을 간추리면 크게 5가지의 주안점이 있습니다.

먼저는, 주님께서 알고 계신 칭찬의 항목들, 둘째는, 책망의 내용, 셋째는, 단호한 명령, 넷째는, 경고하시는 내용, 다섯째는, 격려와 약속입니다.

(주제의 정의)

오늘 말씀의 핵심은 첫사랑의 회복입니다.

여기서 말하는 첫사랑은 인간사회에서 흔히 느끼고 경험한 사랑을 의미하지 않습니다. 육체나 정신적인 조건을 채워 주기에 주고받은 그러한 사랑을 의미한 것도 아닙니다. 내게 불리하면 외면하고 유리하면 달려가는 그러한 유한적이고 변태적인 현대인들의 사랑이 아닙니다. 첫사랑에 대한 사전적 의미는 처음으로 느끼거나 맺은 사랑을 말합니다.

그러나 우리주님이 회복을 촉구하신 처음 사랑은 생과 사를 판가름하는 관계성의 사랑입니다. 나를 위해 그 몸 다 찢기시고 상하시고, 그 몸에 물 한 방울 남김없이 흘리시고, 나를 살려주신 그 경이로운 희생, 곧 아가페의 사랑을 깨닫고 무릎을 꿇고 충성을 맹세했던 그 사랑입니다.

(주제의 필요성)

1990년대까지 우리의 귀를 현란하게 만들 정도로 아름다운 어휘는 한국교회가 모두 차지하고 있었습니다. 선교사상 기적을 이룬 교회, 교단마다 세계에서 가장 큰 교회가 있는 한국교회, 어느 나라도 따라올 수 없는 새벽기도회가 보편화 되어있는 교회, 세계에서 두 번째로 많은 선교사를 해외에 파송한 교회 등등….

그러나 우리는 지금 위기에 직면해 있습니다. 우리 교회의 성장은 멈추기 시작했습니다. 사회로부터 부정적인 지탄의 소리가 끊이지를 아니합니다. 노회와 총회에 접수된 고소·고발이 헤아리기 힘들 정도입니다. 명성을 떨치던 목회자들이 법정에 서고 있습니다. 재정적인 어려움이 각 교회마다 엄습해오고 있습니다. 물질과 이성과 명예와 권력의 탐욕이 교회 지도자들을 몹시 괴롭히고 있습니다. 이단들은 때를 만난 듯 날뛰고 있습니다. 이러한 위기의 조짐이 보이는 오늘, 우리들을 향한 주님의 말씀에 귀를 기울여야 하겠습니다.

(주제 실천의 방안)

먼저, 우리 주님은 우리의 어제와 오늘을 잘 아시고 칭찬의 말씀을 주고 계십니다.

(선포) 2절과 3절의 말씀입니다.

내가 네 행위와 수고와 네 인내를 알고 또 악한 자들을 용납하지 아니한 것과 자칭 사도라 하되 아닌 자들을 시험하여 그의 거짓된 것을 네가 드러낸 것과 또 네가 참고 내 이름을 위하여 견디고 게으르지 아니한 것을 아노라

(해석)

이 말씀 가운데 key word는 우리의 수고와 우리의 인내와 이단들을 분별하는 일과 주님의 이름을 위하여 견디고 게으르지 아니한 것 등등의 어휘입니다. 이 어휘들을 원어를 분석하면서 재해석하면 에베소 교회는 많은 일을 하였던 교회였습니다. 에베소 교회는 계속 수고하고, 꾸준히 인내하였으며, 거룩한 사명에 충성을 다하여 칭찬을 받았습니다. 에베소 교회는 진리를 사모함에 있어서, 견고한 믿음의 소유에 있어서, 이단들에 대하여 정절을 지킴에 있어서 어느 교회보다 모범이 되었습니다.

(적용)

우리의 한국교회도 주님 주신 이 칭찬의 말씀을 받기에 적합한 과거를 가지고 있습니다. 130년의 짧은 역사이지만 우리 한국교회는 갖은 환난과 핍박의 관문을 통과한 교회입니다. 우리의 주님 예수 그리스도, 그 이름 하나 붙들고 순교의 피를 어느 나라보다 많이 흘린 우리의 한국교회입니다.

나라 잃은 슬픔의 눈물도 제대로 흐를 겨를 없이 엄습해 왔던 일제의 음험하고 흉악한 손길에 우리의 교회는 갖은 농락을 다 당했습니다. 그들은 신사참배를 비롯하여 하나님의 말씀의 전파마저 억압했던 사탄의 무리들로서 36년간 우리의 교회를 핍박했습니다. 그때 우리의 교회는 나라의 구원과 나의 구원을 구분하지 않고 주님의 자비를 구하면서 눈물을 흘리고 호소를 했습니다.

그뿐만이 아닙니다.

광복의 기쁨을 누리기도 전에 하나님의 존재마저 부정한 공산주의자들의 침략으로 육이오라는 칠흑같이 어두운 현장에서 교회는 순교의 피를 흘려야 했습니다. 세계에서 가장 비참한 처지에 놓인 나라로 우리는 추락하고 말았습니다. 그때 우리의 한국교회는 발길이 멈춘 피

난길 마다 천막을 치고 모여 하나님을 예배하고 기도하면서 하나님의 도움을 애절하게 울부짖고 울부짖었습니다.

우리는 가장 비참한 육신의 생활을 지탱하면서도 하나님을 향한 우리의 청아한 기도와 찬송은 하나님의 마음을 움직이고 있었습니다. 주님의 십자가를 쳐다만 보아도 눈물 짓는 순박하고 아름다운 주님 사랑의 열정이 가득하였습니다.

그뿐만은 아닙니다.

얼마나 많은 이단들과 터무니없는 교주들이 우리 주변에서 날뛰었고 지금도 날뛰고 있습니까? 그들의 감언이설은 우리의 교인들을 지독하게도 끈질기게 유혹하였습니다. 그러나 우리의 교회는 주님이 주신 지혜와 말씀에 의지하여 슬기롭게 대처하여 이들로부터 큰 상처를 받지 않고 오늘에 이르렀습니다. 세계의 도처를 향한 선교의 불길은 세계 교회를 놀라게 했습니다.

우리 주님은 이러한 사실을 단순한 어떤 기록을 통하여 아시는 것이 아니라 우리 가운데 계시면서 우리를 지키셨기에 한 가지의 항목도 빠트리지 않고 상세하게 알고 계신다고 말씀하십니다. 그러한 주님께서 우리를 알아주신다는 그 한 말씀은 우리의 가슴을 뿌듯하게 해주시고 기쁨을 간직하게 만드십니다. 오늘도 우리 주님 말씀하십니다.

한국교회여!

나는 너희가 겪은 놀라운 일과 거기에 따른 네 고통을 그리고 그 처절한 인내를 잘 알고 있노라. 또 네가 악한 자들을 용납할 수 없었으며 우후죽순처럼 너희 땅에서 일어나 행세하던 이단들을 시험하여 그들의 허위를 가려낸 일도 잘 알고 있노라. 너는 잘 참고 내 이름을 위해서 견디어냈으며 낙심하는 일이 없었노라.

둘째로, 주님께서는 우리가 처음 사랑을 버렸음을 책망하시면서 "생각하라" "회개하라" "회복하라"는 준엄한 명령을 주고 계십니다.

(선포) 4-5절의 말씀입니다.

그러함에도 불구하고 너를 책망할 것이 있나니 내게 보여주었던 처음 사랑을 버렸느니라. 그러므로 어디서 그 첫사랑의 연줄이 끊어졌는지를 깊이 생각해보고 회개하여 처음 행위를 회복하라.

(해석)

에베소교회는 사도바울이 2년 동안 그곳에 머물면서 때로는 박해를 받아가면서 심혈을 기울여 세운 교회입니다. 바울 사도가 에베소를 떠날 때는 디모데를 그곳에 머물게 할 만큼 철저하게 교육시켰고 오네시보로와 같은 충성된 일꾼들이 많이 배출된 교회였습니다. 그래서 그들이 주님께 보여주었던 처음의 사랑은 일곱 교회 가운데 가장 우수하고 열정적이었습니다. 어디에도 에베소 교회가 타락한 기록이 없습니다. 거짓 교리를 따른 적도 없습니다. 태만하고 방종의 길을 걷지도 않았습니다. 핍박을 받을 때에 주님을 배반한 적이 없었습니다.

그런데도 주님 보시기에 에베소 교회가 처음에 보여주었던 그 아름다운 사랑의 행위가 사라지기 시작하였습니다. 그래서 주님은 가슴 아파하시면서 어디에 그 원인이 있었는지를 살펴보고, 철저하게 뉘우치고, 회복하여 새롭게 일어설 것을 명령하시었습니다.

(적용)

바로 이 책망과 명령은 오늘의 한국교회를 향한 말씀으로 우리 앞에 놓여 있습니다.

우리의 한국교회가 그 환난과 핍박, 가난과 질병, 전쟁과 죽음의 공포 속에 있을 때 우리는 참으로 절박하게 주님을 의지하고 사랑하고 섬겼습니다. 주님은 우리의 생명이셨습니다. 우리의 최고 최대의 사랑이요 기쁨이었습니다. 우리는 하나님을 예배하는 데 지루하거나 지쳐본 적이 없었습니다. 가가호호를 방문하면서 전도를 해도 피곤하지 않고 오히려 기쁨이 충만했습니다. 하나님을 예배하는 주일은 우리 그리스도인들의 잔칫날이었습니다. 성경을 배우는 모임마다 앞 다투어 달려갔고, 그 말씀을 배우고 암송하는 데 앞서가고 싶은 마음들이 간절했습니다. 새벽기도회는 언제나 그 날의 출발을 든든하게 하는 초석이었습니다.

그런데 지금 우리는 어떤 지경에 놓여있습니까? 많이 변해 있습니다.

우선 하나님의 말씀을 읽고 먹으면서 내 영혼을 건강하게 만들려는 노력이 사라졌습니다. 주님을 사랑하는 것보다 물질의 풍요로움을 더 우선적으로 하는 위험한 길을 달리고 있습니다. 주님의 십자가를 쳐다보면서 "내 탓입니다"의 겸허한 자기반성보다는 "너의 탓이다"라고 고성을 지르면서 부끄러운 추태를 연출합니다.

주님이 보여야 할 자리에 돈과 명예와 권력만 보이고 있습니다. 하나님만을 예배해야 하는 예배의 본질은 사라지고 인간 심성의 만족에 초점을 맞춥니다. 설교에서는 하나님의 말씀은 들리지 않고 설교자의 판단과 경험과 지식과 예화의 나열만 들립니다. 그 결과 말씀의 주인이신 성삼위 일체되신 하나님은 보이지 않고 설교자만 보입니다.

어찌하여 우리는 이 모양이 되었습니까? 하나님의 영광, 예수님 제일주의, 성령님의 역사와 인도하심을 부르짖던 우리들의 입이 어찌 이리 조용합니까?

"우리가 살아도 주를 위하여 살고 죽어도 주를 위하여 죽나니 그러므로 사나 죽으나 우리가 주의 것이로다"(로마서 14:8)는 주님을 향한 첫사랑의 고백은 영영 들리지를 아니합니다.

주님 말씀하십니다.

"한국교회여, 너희가 진정 처음 사랑을 버렸노라. 어디서 무엇에 의하여 나와의 첫사랑의 줄이 끊어졌는지 반성하고 살펴보라 그리고 회개하라 어서 처음 행위를 회복하라" 독촉하십니다.

이 시간 거듭거듭 성령님께서 우리의 심령에 다가와 명령하십니다.

"주님과의 그 아름다웠던 처음 사랑의 연줄이 어디서 무슨 이유로 끊어졌는지를 깊이 생각해보라 그리고 회개하라 어서 처음 사랑의 행위를 회복하라."

셋째로, 주님은 주님의 명령을 따르지 아니하면 교회의 촛대를 옮기시겠다고 경고하십니다.

(선포) 5절의 말씀입니다.
만일 그리하지 아니하고 회개하지 아니하면 내가 네게 가서 네게서 타오르고 있는 교회의 촛대를 그 자리에서 옮기리라.

(해석)
계시록에서 계속 언급하신 일곱 촛대는 지상의 여러 형태의 교회를 상징하고 있습니다. 우리 주님은 서머나 교회와 빌라델비아 교회에는 순수한 칭찬만, 에베소 교회와 버가모교회와 두아디라 교회에는 칭찬과 책망, 그리고 사데교회와 라오디게아교회는 책망만 하시었습니다. 그런데 그들에게 주는 보응 가운데 에베소 교회만이 명령대로 따르지 아니하면 교회의 촛대를 옮기겠다는 매우 특별한 말씀을 하십니다.
기독교의 역사는 움직이는 역사입니다. 예루살렘에 세워졌던 교회의 촛대와 그 불길은 그들이 구실을 다 하지 못했을 때, 안디옥으로 옮겨갔습니다. 그다음은 로마로 그다음은 유럽으로 그다음은 미주로 늘 옮겨갔습니다. 20세기 종반부터는 북미에서 그 교회의 촛대가 시들기 시작했습니다.

(적용)
미국 땅에서 타오르던 교회의 촛대가 어디로 옮겨 갈 것인지 세계교회는 주목하고 있었습니다. 하나님은 세계교회의 촛대를 아시아의 한

반도에 자리 잡은 우리 한국교회에서 타오르게 하시었습니다. 우리의 교회 성장과 선교의 열정은 어느 나라도 따라올 수 없을 정도로 지난 20년간 그 열기가 뜨거웠습니다.

기독교의 교회성장학을 비롯한 저명한 신학자들이 한국교회를 분주히 드나들면서 선교의 기적이라는 말을 남기고 있었습니다. 우리는 그 불길이 멈추지 않고 활활 이 땅에서 타오르리라 믿고 기뻐하며 감사했습니다. 지금도 그렇게 믿는 이들이 많습니다.

그러나 이상한 징조들이 2010년대에 접어들면서 우리에게서 나타나고 있습니다.

먼저 외적으로, 우리의 환경이 매우 불리하게 조성되고 있습니다. 저출산과 고령화 사회의 급속한 진입, 경제성장률의 저하, 물질만능의 풍조에 밀린 인간성의 상실, 이와 같은 수많은 환경변화는 우리의 교회를 괴롭히고 있습니다. 거기에 더하여 한국교회의 내적인 문제는 더욱 심각한 지경에 이르고 있습니다.

그렇게 북적대던 주일학교가 문을 닫기 시작한 지 오래입니다. 교회의 주역들이 이제 은퇴를 하고 천국행 열차를 기다리고 있습니다. 그 자리를 다음 세대가 이어주지를 못합니다. 목회자들의 탈선이 매스컴을 도배하고 있습니다.

어느 미래학자는 "이 거대한 파도를 제대로 넘지 못하면 한국의 개신교는 기독교 역사상 가장 빠르게 몰락할 수 있다"고 말합니다. 진정 우리가 주님과의 처음 사랑을 회복하지 않고 주님을 주님의 자리에서 밀어낸다면 주님은 촛대를 그 자리에서 옮기시게 됩니다.

만일 주님께서 한국교회에서 물러나시고 교회의 촛대가 이 땅에서 옮겨진다면 우리도 저 유럽의 교회들과 같이 썰렁한 모습으로 폐허의 공간으로 남게 될 것입니다.

(주제실천의 결과)

오늘의 에베소 교회인 한국교회가 주님의 명령을 따른다면 어떤 결과가 우리에게 주어집니까?

우리가 주님과의 처음 사랑의 회복을 위하여 노력을 할 때마다 사탄의 무리들이 발광하면서 방해를 놓고 있습니다. 하나님이 주신 선한 양심과 믿음과 희망을 흐리게 하는 사탄의 세력과 싸움을 해야 합니다. 바로 이 싸움터에서 주님의 도움을 요청해야 합니다. 바로 이때 말씀하십니다.

"이겨라. 승리하라. 네가 승리할 때 내가 하나님의 낙원에 있는 생명나무의 열매를 네게 주어 먹게 할 것이다."

(결론)

어느 외국의 저명한 신학자가 1970년 초반에 한국교회에 대한 책을 썼습니다. 그 책 이름은 『Struggle for Christ-그리스도를 위한 몸부림』이라는 책입니다.

그분은 한국교회가 주님을 뜨겁게 사랑하면서 가졌던 그 처음 행위를 한국교회의 5대 특징이라고 하면서 첫째는, 하나님을 예배하기 위하여 모이는 열심. 둘째는 하나님의 말씀을 사모하는 성경공부. 셋째는, 이웃의 영혼을 불쌍히 여기면서 찾아가는 전도의 열심. 넷째는, 세계의 어느 교회도 모방할 수 없는 기도의 열정. 다섯째는, 외국에서는 좀처럼 보기 드문 십일조 생활을 들었습니다.

이 모두는 진정 주님을 사랑하기에 스스로 우러나와서 실천했던 아름다운 사랑의 처음 행위였으며 땀과 눈물이 어린 처음 사랑의 몸부림이었습니다. 그때 우리 모두는 그리스도의 사랑과 평강과 정의가 살아 숨 쉬는 것을 체험했습니다. 교회의 촛대가 세계를 향하여 타오르고 있음을 실감했습니다.

이러한 특성들이 우리 교회가 에베소 교회처럼 성장하는 동력이었다면 우리가 회복해야 할 항목입니다. 이 항목들은 주님과의 첫사랑이 회복될 때만이 다시 꽃을 피우게 됩니다.

주님은 이 사랑의 처음 행위를 보면서 한국교회의 오늘을 허락하시었는데 그 사랑이, 그 성스러운 행위가 세속화되어가고 사라져 가기에 안타까운 심정으로 "살펴보라, 회개하라, 처음 사랑을 회복하라, 그리하면 낙원에 있는 생명나무의 열매를 주어 먹게 하리라" 말씀하십니다.

* 본 설교는 대한예수교장로회(통합) 98회 총회 경건예배에서 행한 필자의 설교 요약입니다.

세상 속의 그리스도인
렘 29:1-9

천사무엘

(교목실장 / 기독교학과 교수)

1970년대에 유행한 팝송 중에 "바빌론 강가에서"(Rivers of Babylon) 라는 노래가 있습니다.

"바빌론 강가에서 우린 앉아 있었지요.
우리는 시온을 생각하면서 눈물을 흘렸지요.
사악한 자들이 우리를 잡아와 노래를 부르라고 하네요.
그러나 낯선 땅에서 주님의 노래를 어떻게 부를 수 있겠어요?
우리 입의 말과 우리 마음의 묵상이 오늘 밤 당신께 열납(悅納)되기를 원합니다."

이 노래는 유대인들이 바빌론에 포로로 잡혀가서 슬퍼하는 내용입니다. 이 노래는 시편 137편에 근거하여 만들어졌는데, 시편 137편의 내용은 이렇습니다.

"우리가 바빌론 강가에 앉아서 시온을 생각하면서 울었다.
우리를 사로잡아 온 자들이 거기에서 우리에게 노래를 청하고,
우리를 짓밟아 끌고 온 자들이 저희들 흥을 돋우어주기를 요구하며,
시온의 노래 한 가락을 저희들을 위해 불러보라고 한다.

우리가 어찌 이방 땅에서 주님의 노래를 부를 수 있으랴…."

정복자들에 의해 포로로 끌려간 사람들의 슬픔과 고통을 표현하는 노래입니다. 바빌론은 유다왕국을 침략하여 속국으로 만들었습니다. 그리고 많은 사람들을 포로로 잡아갔습니다. 그중에는 왕족들과 제사장들, 서기관들도 있었습니다. 포로들은 바빌론 강가에서 살면서 고향을 그리워했습니다. 그들은 향수병을 달래면서 야웨 하나님께 고향인 예루살렘에 돌아가 평화롭게 살게 해달라고 기도했습니다.

그러던 어느 날 이 포로들에게 한 통의 편지가 도착했습니다. 예언자 예레미야가 예루살렘에서 보낸 편지였습니다. 그 내용을 요약하면 이렇습니다.

"포로로 잡혀간 사람들은 바빌론에 정착하여, 집도 짓고 과수원도 만들고 자녀들을 결혼시켜서 그곳에서 번성하도록 하십시오. 그리하여 후손이 끊어지지 않게 하십시오. 또한, 여러분이 살고 있는 성읍이 평안하도록 노력하고 이를 위해서 기도하십시오. 그 성읍이 평안해야 여러분도 평안하기 때문입니다. 또한, 거짓 예언자들이 여러분을 속이는데 현혹되지 마십시오. 그들은 여러분이 곧 고향으로 돌아온다고 말하지만, 여러분은 70년 동안은 돌아오지 못합니다. 그러므로 여러분은 그동안 그곳에서 정착해서 번성해야 합니다."

이 편지를 받은 포로들은 대단히 실망하고 분노했습니다. 그들은 바빌론이 곧 패망하여 고향으로 돌아가기를 학수고대하고 있었기 때문입니다. 그리고 이를 위하여 날마다 하나님께 기도하고 있었기 때문입니다.

포로들 중에 스마야라고 하는 사람이 있었습니다. 그도 예언자였는데, 포로들에게 이렇게 말했습니다.

"예레미야의 편지는 거짓입니다. 여러분은 곧 고향으로 돌아갑니다. 예레미야의 말을 믿지 마십시오."

그러면서 스마야는 예루살렘 성전의 제사장 스바냐에게 편지를 보냈습니다. 그는 이 편지에서 예레미야를 책망해달라고 요청했습니다.

"스바냐 제사장님, 제사장님은 예루살렘의 성전 감독관으로서, 예언자 행세를 하는 미친 자들을 다 붙잡아서 벌하셨습니다. 그런데 지금 제사장님께서는 어찌하여 아나돗 사람 예레미야가 여러 사람 앞에서 예언자처럼 행세하는 것을 책망하지 않으십니까? 그는 바빌론에 있는 우리에게 아직 때가 멀었으니, 이곳에서 정착할 집도 짓고 과수원도 만들라는 전갈을 보내왔습니다."

스마야가 이런 내용의 편지를 보냈다는 소식이 예레미야에게 전해졌습니다. 예레미야는 이 소식을 듣고, 바빌론에 있는 포로들에게 다시 편지를 썼습니다. 그 내용은 이렇습니다.

"스마야는 하나님이 보낸 예언자가 아닌데, 예언자 행세를 하고 있습니다. 그러니 그의 말을 믿지 마십시오. 하나님은 거짓 예언을 하는 스마야를 벌하셔서 자손이 끊어지게 할 것이고, 스마야는 하나님의 복을 받지 못할 것입니다."

스마야와 예레미야, 이 두 사람 중 누가 참 예언자인지 당시에 포로들은 분간하기 어려웠습니다. 그렇지만 그들은 예레미야의 말보다도 스마야의 말을 더 믿고 싶었습니다. 왜냐하면 포로생활이 곧 끝날 것이라고 선언하는 스마야의 예언이 자신들이 바라는 바였기 때문입니다. 그리하여 그들은 예레미야보다 스마야를 더 신뢰했습니다. 그러기 때문에 그들 중 일부는 예레미야를 반민족주의자라고 낙인찍기도 했고, 민족을 사랑하지 않는다고 비난하기도 했습니다. 심지어 예레미야가 미워서 그를 죽이려고 하는 사람들도 있었습니다.

세상이 어수선하고 사람들이 진리를 분간하지 못하면 진실을 말하는 사람들이 고난을 받고 핍박을 받습니다. 거짓을 말하는 사람들의 인기가 높고 참이 거짓으로 둔갑합니다. 충신보다는 간신이 득세하고, 정도를 걷는 사람보다는 편법을 쓰는 사람이 인정을 받습니다. 요즘 말로 하면 비정상의 정상화입니다. 비정상이 정상의 행세를 하는 것입니다.

예레미야도 엄청난 핍박을 당했습니다. 예레미야가 예루살렘이 멸망할 것이라고 선포하자, 왕은 그를 체포하여 감금하라고 명령했습니다. 어떤 신하들은 예레미야를 죽여 버리라고 요청했습니다. 그렇지만 진실을 알아보는 소수의 사람들이 있었습니다. 그들은 예레미야를 죽이려는 제사장들과 예언자들을 향해 이렇게 말했습니다.

"이 사람에게는 죽임을 당할만한 죄가 없습니다. 히스기야 시대에 미가라는 사람이 예루살렘이 멸망할 것이라고 선포했는데 왕과 백성이 그를 죽였습니까? 그들이 오히려 주님을 두려워하고, 주님의 은혜를 간구했습니다. … 그런데 지금 우리는 예레미야를 죽이려고 합니다. 이것은 더 큰 재앙을 불러들이는 것입니다."

양심이 있는 사람들, 하나님을 두려워하는 사람들의 목소리였습니다. 진실을 말하는 예언자를 죽이면 양심이 사라지고 거짓이 득세하기 때문에 나라가 더 큰 위기를 당한다는 것입니다. 그러나 누가 진실이고 누가 거짓인지는 시간이 지나면서 분명해집니다. 시간이 지나자 예레미야가 옳았습니다.

예레미야의 예언처럼 예루살렘은 바빌론에 의해서 완전히 멸망했고, 바빌론에 잡혀간 포로들은 금방 풀려나지 못했습니다. 70년이란 세월이 흐르고 난 뒤에야 바빌론은 페르시아에 의해 패망했습니다. 그러나 그때는 포로로 잡혀갔던 1세대가 모두 죽고 없었습니다. 그들의 자리를 지키고 있던 사람들은 그들의 후손들로 포로 2세대 혹은 3세대였습니다. 그러기 때문에 그곳에서 잘 정착한 사람들은 집도 짓고 과수원도 일구며 풍요롭게 번성할 수 있었습니다. 그러나 곧 고향에 돌아갈 것이라고 기대했던 사람들은 실망과 절망의 나날을 보내다가 죽었고 그 후손들도 제대로 정착할 수 없었습니다.

바빌론 포로들의 삶을 오늘 우리에게 적용해 볼 수 있습니다. 우리 그리스도인들은 이 세상에서 포로들처럼 유배지에서 사는 사람들과 같습니다. 우리 그리스도인들이 생각하는 것과 세상이 제시하는 것이 다르기 때문입니다. 지켜야 할 문화가 다르고, 추구해야 삶의 목표도 다르며, 따라야 할 계명도 다릅니다. 그러므로 그리스도인들이 세상에서 하나님의 말씀을 따라 산다는 것은 마치 타국에서 사는 것과 같습니다. 그리하여 때로는 세상 사람들로부터 존경을 받기도 하지만 때로는 조롱거리가 되기도 합니다.

그러므로 하나님께서 예레미야를 통해서 포로들에게 주신 소명은 오늘 이 세상이라는 이질적인 문화 속에서 살고 있는 우리 그리스도인들에게 귀한 교훈을 줍니다. 비록 모든 환경이 다른 세상에서 살지만, 그곳에서 하나님의 계명을 지키면서 잘 정착하라는 것입니다. 그리하여 후손이 끊어지지 않게 이어가라는 것입니다.

오늘날 그리스도인들은 신앙적인 강박관념에 사로잡혀 하나님을 위해서 무언가 큰일을 해야 한다고 생각합니다. 더 큰 일을 해서 더 큰 영향력을 행사하며 자기 영역을 더 넓히고 싶어 합니다. 이러한 생각에 사로잡히면 과시적인 삶을 살게 됩니다. 그러나 더 중요한 것은 일상적인 삶에서 하나님의 계명을 지키고 잘 살아가는 것입니다.

우리 대학의 사명도 마찬가지입니다. 교육과 행정에서 하나님의 작은 계명부터 하나하나 성실하게 지켜나가는 것입니다. 이 대학을 세운 선교사님들이 하신 것처럼, 그리스도의 정신으로 학생들의 삶을 돌보고 그들을 정성껏 교육하는 것입니다. 그럴 때 기본이 충실한 기독교 대학이 될 수 있습니다. 우리 모두가 하나님의 부르심에 합당하게 행함으로 우리 대학이 하나님의 소명을 잘 감당하는 기독교 대학이 되기를 소망합니다.

주의 뜻이 이루어지이다
마 6:9-13

최영근

(교목 / 기독교학과 교수)

    주님의 평화가 여러분 모두에게 함께 하시기를 기원합니다! 이제는 조금 익숙해진 이곳 정성균선교관의 예배당에 설 때마다 감사와 감회가 새롭습니다. 여러 어려움 속에서도 하나님의 은혜로, 여러 구성원들의 기도와 지혜와 헌신으로, 예배당과 선교관을 건축하여 이 자리에서 함께 예배를 드리고 있다는 것은 생각하면 할수록 감사와 감격의 마음이 들지 않을 수 없습니다. 더불어 무한한 책임감과 거룩한 부담감이 밀려오기도 합니다. 이 선교관에 들어설 때마다 이 선교관이 누구를 위한, 무엇을 위한 예배당이고 선교관인가라는 질문을 던지면서, 하나님의 기대와 우리를 향한 하나님의 부르심과 우리에게 맡기신 하나님의 뜻을 되새기게 됩니다. 우리에게 베푸신 하나님의 은혜에 대한 감사, 그리고 우리를 향한 하나님의 기대에 대한 마땅한 응답과 사명 … 이 두 가지는 우리가 이곳에 들어서서 예배를 드리든지 수업을 하든지, 모임을 하든지 무엇을 할 때마다 잊지 말아야 할 첫 마음이고 자세인 줄로 믿습니다.

    우리 대학 설립위원 가운데 한 분이신 서의필 목사님John Sommerville

이 선교관 개관 감사예배에 초청을 받아 격려사를 하시면서 "Do not become rich, selfish, and proud on this beautiful campus!"라고 말씀하셨습니다. 이 아름다운 캠퍼스에서 부를 추구하거나 이기적인 욕심을 추구하거나 교만해지지 말아야 한다는 당부이셨습니다. 학교를 처음 시작할 때와 비교해서 우리 대학이 거대해지고 화려해지고 발전하였지만 이 학교를 시작하였을 때의 비전과 사명과 헌신을 잃지 않아야 한다는 당부였던 것으로 생각합니다. 우리 학교의 가치와 품격, 그리고 변별력은 대학의 외형에서 나오는 것이 아니라 대학공동체의 교육과 삶의 내용에서 나오는 것이라 믿습니다. 우리가 품는 정신과 비전, 우리가 지향하는 교육과 가치, 우리가 길러내는 사람들과 우리가 만들어가는 역사와 전통이 우리의 정체성이고 차별성이라고 믿습니다.

이 선교관은 우리의 정체성과 가치와 비전을 담아내는 그릇의 하나라고 믿습니다. 우리가 지향하는 선교와 교육과 봉사가 이 안에 담겨서 먼저 우리 학생들에게 공급되고, 우리 대학 모든 구성원들에게 채워지고, 나아가 우리를 통해 이 땅의 교회와 사람들에게 퍼져 나가기를 소망합니다. 이 선교관의 사명은 바로 거기에 있을 것입니다. 우리 주님은 새 술은 새 부대에 담으라고 말씀하셨습니다. 새 부대로 날라야 할 것이 바로 새 술, 곧 복음과 생명이고, 그것은 주님이 우리에게 부탁하신 그리스도를 따르는 삶입니다. 사실 눈에 보이는 이 선교관뿐만 아니라 우리 각자가 이 새 술을 담아야 할 그릇이고, 선교관인 셈입니다. 우리의 삶 속에, 우리의 연구와 교육과 행정 속에, 하나님의 뜻이 담겨 있어야 하고, 생명을 살리고 세상을 아름답게 바꾸어 나갈 그리스도의 은혜와 복음이 담겨야 하고, 우리의 전인격적인 삶의 예배, 삶의 선교가 있어야 할 것입니다.

오늘 우리가 읽은 본문 말씀은 주님이 우리에게 가르쳐주신 기도입니다. 우리 각 사람이 우리의 삶에 채워야 할 새 술이 무엇인지 우리에게 명확하게 보여주는 말씀입니다. 우리가 누구인지를 결정하는 것은 우리의 겉사람이 아니라 우리 안에 무엇이 채워져 있는가입니다. 예수께서도 마 6:21에서 "네 보물이 있는 곳에 네 마음이 있다."고 말씀하시지 않으셨습니까? 우리 안에 채워져 있는 그것이 우리의 마음과 생각을 지배하고, 그것이 우리의 삶을 주장하고, 우리의 삶과 인격을 만들어 갑니다. 우리 삶을 결정하는 것이 우리 안에 채워져 있는 뜻, 우리 안에 채워져 있는 내용이라는 것입니다. 그래서 우리의 뜻을 주께서 주시는 새 술로 변화시키는 것이 주님이 우리에게 주기도를 가르치신 뜻입니다. 가나의 혼인 잔치에서 물을 변화시켜 포도주가 되게 하신 기적은 우리가 예배 때마다 기도 때마다 경험하고 우리 안에 일어나야 할 일상의 기적이 되어야 합니다. 맹물과 같은 우리, 여러 가지 욕심과 번잡한 생각으로 혼탁해진 우리가 그리스도의 진리와 생명을 간직한 맛있는 포도주로 변화되어야 합니다. 기도란 물이 변하여 포도주가 되는 사건, 다시 말해 우리의 속사람이 그리스도의 생명으로 변화되는 사건입니다. 기도란 새 포도주가 새 부대에 담기는 사건입니다. 우리의 속사람이 주님이 부어주시는 새 포도주가 되고 우리의 겉사람이 새 부대로 변화되는 사건입니다.

주기도는 크게 두 부분으로 되어 있습니다. 하나는 하나님을 향한 기도이고 다른 하나는 우리를 위한 기도입니다. 하나님을 향한 기도는 나 자신과 세상에 붙들린 우리의 마음과 생각을 하나님 나라를 향해 돌이키도록 변화시키는 간구이고, 우리를 위한 기도는 우리의 삶의 초점을 하나님 나라에 맞추는 간구입니다. 주기도에는 기도의 우선순위가 분명하게 나타나 있습니다. 하나님을 향한 기도가 우선이고 우리를 위한 간구가 그 뒤를 따릅니다. 우리들은 우주의 중심이 자기 자신인 것처럼 살아갈 때가 많습니다. 참된 믿음이란 삶의 중심이 하나님과 이웃으로 변화되는 회개로부터 시작됩니다. 회개는 근원적이고 총체적인 삶의 방향전환을 의미하는 것으로 자기중심에서 하나님 중심의 삶으로 변화되는 것입니다. 주기도는 하나님을 향한 간구에서 우리가 되새겨야 할 삶의 우선순위와 목적을 상기시키고, 우리를 위한 간구에서 우리가 추구해야 할 삶의 의미와 가치를 지시하고 있습니다.

하나님을 향한 기도는 세 가지 간구로 되어 있습니다.
1. 그 이름을 거룩하게 하여 주시며,
2. 그 나라를 오게 하여 주시며,
3. 그 뜻을 하늘에서 이루심 같이 땅에서도 이루어 주십시오.

이 세 가지 간구는 예수님의 비전이고, 확신이고, 헌신이었습니다. 예수께서 이 땅에 사람의 몸을 입고 오셔서 공생애의 거칠고 피곤한 수고를 감내하신 이유는, 그리고 마침내 십자가에서 죽기까지 헌신하신 이유는 하나님의 이름을 거룩하게 하고, 하나님의 나라를 이 땅에 임하게 하고, 하나님의 뜻이 이 땅에 이루어지게 하시기 위한 주님의 비전과 열망 때문이었습니다. 이 비전과 열망을 우리와 나누시며, 우리를 통해 그리고 우리와 함께 그 뜻을 이루어 가기를 바라는 것입니다.

이 세 가지 간구는 한 가지의 다른 표현들이라는 것을 알 수 있습니다. 하나님의 뜻이 이 땅에서 이루어질 때, 하나님의 주권과 통치가 회복되어 주의 나라가 임하고, 주의 나라가 임할 때 주님의 이름이 높임을 받으시게 되는 것입니다.

하나님의 선하시고 온전하시고 기뻐하시는 뜻이 무엇인지 우리가 분별하고, 이 세상을 본받지 않고 하나님의 뜻을 붙들며 우리 자신을 늘 새롭게 변화시키고, 우리의 삶 전체를 하나님이 기뻐하시는 거룩한 산 제사로 드리는 것이 주님이 우리에게 원하시는 삶의 모습입니다.

그런데 우리가 주기도의 가르침을 뒤로 한 채, 우리의 이름을 앞세우고, 우리 자신의 욕망을 견고히 하고 확장하려고 하고, 우리의 뜻과 계획을 앞세우고 있지는 않은지 돌아보아야 합니다. 우리 이름으로 주님의 이름을 가리고, 우리의 힘과 권위를 확장하며 주님의 나라를 가로막고, 우리의 뜻과 목표를 달성하기 위해서 주님의 뜻을 간과하거나 등한히 여기지는 않는지 살펴야 합니다. 이 땅에서 우리의 기도와 간구는, 그리고 우리의 삶의 모토는 "주님의 뜻이 이루어지이다."가 되어야 할 것입니다. 그것은 내 멋대로, 내 뜻대로 다 해놓고 나서 "하나님이 하셨습니다."라고 말하는 것이 아니고, 예수께서 겟세마네 동산에서 기도하신 것처럼 "내 뜻대로 마시고 아버지 뜻대로 되기를 원합니다."에서 말씀하신 순종의 삶입니다.

우리를 위한 기도는 하나님 나라를 지향하며 살아가는 기독교공동체가 이 땅에서 어떻게 살아가야 하는지에 대하여 가르치고 있습니다. 다시 말해 우리가 어떻게 살아가야 이 땅에 하나님의 뜻을 실현하며 하나님 나라를 추구하며 살 수 있는가를 가르치는 기도라 하겠습니다. 우리를 위한 간구 역시 세 가지인 것을 알 수 있습니다.

> 오늘 우리에게 필요한 양식을 내려 주시고,
> 우리가 우리에게 죄 지은 사람을 용서하여 준 것 같이 우리의 죄를 용서하여 주시고,
> 우리를 시험에 들지 않게 하시고 악에서 구하여 주십시오.

첫째로 일용할 양식에 관한 기도는 우리가 하나님 나라를 추구하며 살아가는 데 있어서 출발점이 되는 중요한 기도입니다. 왜 우리가 하나님 나라를 추구하지 못하는가, 먹을 것, 마실 것, 입을 것 때문입니다. 왜 최초의 인류인 아담과 하와가 원죄에 빠졌는가, 먹을 것 때문입니다. 육신의 정욕, 안목의 정욕, 이생의 자랑이 우리를 걸려 넘어지게 하는 걸림돌이 됩니다. 주님은 우리에게 먹을 것과 마실 것이 필요하다는 것을 잘 알고 계십니다. 그런데 먹을 것이 우리 삶의 존재 이유와 존재

목적이 되기를 원치 않으십니다. 그것은 우리가 살아가는 데 필요한 도구이지, 우리가 추구할 목적이 되어서는 안 됩니다. 그래서 일용할 양식입니다. 오늘 먹고 쓰기에 족한 양식, 수단이지 목적이 되지 않는 양식, 하나님 나라가 우선 가치가 되고 거기에 덧붙여지는 부차적인 가치로서의 양식입니다. 이 순서가 뒤바뀌면, 신앙과 삶에 이상이 생기고, 교회가 타락하고, 하나님 나라가 희미해집니다. 마태복음 6:33에 예수께서 무엇이라 말씀하셨습니까? "너희는 먼저 그의 나라와 그의 의를 구하라 그리하면 이 모든 것을 너희에게 더하시리라." 사탄의 유혹과 타락의 위험은 항상 이 순서를 뒤바꾸는 데 있습니다. 마태복음 4장에서 예수님을 시험하는 사탄은 "이 돌을 떡덩이가 되게 하라."고 유혹합니다. 하나님 나라보다 떡을 앞세우려 하는 것입니다. 예수님의 대답은 명확하고 분명하였습니다. "사람이 떡으로만 살 것이 아니라 하나님의 입에서 나오는 모든 말씀으로 살 것이다." 이것이 하나님 나라를 향해 살아가는 제자도의 핵심입니다. 여기에 우리를 향한 하나님의 뜻이 있습니다.

두 번째 간구는 죄지은 자를 용서하라고 하십니다. 이것이 하나님 나라를 향해 살아가는 제자들의 기도요 삶이라 가르치십니다. 세상의 정의는 복수입니다. 이에는 이, 눈에는 눈입니다. 그러나 하나님의 정의는 용서와 화해, 사랑과 평화입니다. 예수님은 하나님의 나라가 용서와 화해에 있다고 말씀하십니다. 십자가의 정신이 그것입니다. 우리가 용서함을 받았으니 우리도 용서해야 한다는 것입니다. 하나님의 나라는 죄인을 정죄하는 데 있지 않고 죄인을 용서하여 회복하는 데 있습니다. 예수께서 이 땅에 오신 이유는 의인을 부르러 온 것이 아니라 죄인을 구원하러 왔다고 하십니다. 죄인을 구원하시기 위해서 자기 몸을 많은 사람의 대속물로 주려 하신다고 말씀하십니다. 그때 사람이 변하고 세상이 변하는 것입니다. 여기에 하나님 나라가 임하는 것입니다. 사랑과 용서, 화해와 치유가 우리를 향한 하나님의 뜻입니다.

세 번째 간구는 시험과 악으로부터 우리를 지켜달라는 기도입니다. 이 땅에 하나님의 뜻을 이루며 살고자 하는 우리를 넘어뜨리려는 유혹과 시험이 참으로 많습니다. 그래서 항상 깨어 있지 않으면, 우리를 돌아보고 성찰하지 않으면, 언제나 유혹과 시험에 넘겨질 수밖에 없습니다. 사탄이 예수님을 시험할 때, 그는 예수님을 힘으로 억압하려 하지 않고 오히려 유혹하였습니다. 천하만국의 영광을 보여주면서 자신에게 절하면 이 모든 것을 주겠노라 유혹하였습니다. 예수님은 하나님 나라에 초점을 맞추고 살아가셨기 때문에 천하만국의 영광에 현혹되지 않으셨습니다. 우리의 시선이 세상을 주목하고 하나님의 뜻을 놓치게 될 때, 자신에게 몰입하고 하나님의 뜻을 잊을 때, 우리는 유혹과 시험에 빠지고, 마침내 무너지고 마는 것입니다. 교회의 반석이라고 칭찬을 받았던 베드로를 보십시오! 하나님의 일을 생각하지 않고 사람의 일을 생각하자마자, 곧바로 사탄의 도구가 되어 주님의 길을 가로막고 주님을 걸려 넘어지게 하는 자가 될 수도 있었습니다. 하나님의 뜻 위에 굳게 서서 우리를 걸려 넘어지게 하는 유혹과 시험을 분별하고 그것에 흔들리지 않을 수 있기를 늘 깨어 기도해야 합니다.

사랑하는 한남 교직원 여러분! 주님께서 우리를 지금 이때 이곳에 부르시고 세우신 뜻이 무엇인지 우리 함께 더욱 깊이 돌아보기 원합니다. 나 자신을 비우고 하나님의 뜻을 채우며, 우리를 통해 하나님의 뜻이 이루어질 수 있기를 간구하고 또 그렇게 매일 매일 헌신할 수 있기를 바랍니다. 주의 은혜와 도우심이 우리 대학과 우리 모두와 함께 하시기를 기도합니다.

(2014년 10월 22일 교직원예배 설교)

우리는 하나님의 동역자
고전 3:5-9

황 청 일

(전 교목실장 / 기독교학과 명예교수)

바울은 주후 50년경 제2차 전도여행을 하면서 아덴을 지나 그리스 아가야 지방의 고린도라는 도시에 이르렀습니다. 고린도는 아덴 서쪽 약 50마일 떨어진 해변에 위치한 상업 도시로 인구는 약 50만 정도였습니다. 여기에서 바울은 약 1년 6개월을 머물면서 고린도 교회를 세웠습니다. 이 교회의 신자들은 주로 이방인들이었으며 몇몇 유대인들도 포함되어 있었습니다. 교회가 어느 정도 자리를 잡아가자 바울은 또다시 다른 지방에 가서 전도하기 위하여 그곳을 떠났습니다. 바울은 동쪽 지방을 향하여 가다가 에베소에 이르러 멀리 알렉산드리아에서 온 아볼로라는 사람을 만나게 되었습니다. 그는 헬라 철학뿐만 아니라 구약 성경에도 능통하고 또한 웅변을 잘하는 사람으로서 전도도 열심히 한 사람이었습니다.

그래서 바울은 아볼로에게 기독교 진리를 자세히 가르쳐준 후에 세운지 얼마 안 되는 고린도 교회에 그를 보내어 교회를 돌보게 하였습니다. 아볼로의 웅변과 박식에 많은 교인들이 아볼로를 따라가면서 바울과 대조를 이루었습니다. 이로 인해 교회가 분열이 되어 좋지 않은 소식이 에베소에 있는 바울에게까지 들려왔습니다. 더욱 좋지 않은 소식은 그 교회 안에 아볼로파, 게바파, 그리고 그리스도파, 이렇게 당파가 생겨나서 서로 싸운다는 것이었습니다. 이 소식을 들은 바울은 고린도 교인들에게 편지를 써 보냈습니다. 이런 당파 싸움을 하지 말라고 권면하면서 "바울은 무엇이며 아볼로는 무엇이냐? 나는 심었고 아볼로는 물을 주었으되 오직 자라나게 하시는 이는 하나님이시다"(6절)라고 말하고 우리는 다만 하나님을 도와서 일하는 동역자들이라고 말하였습니다.

　동역자란 히랍어로 '쓰네르고'라는 말입니다. 이 말은 '디아코노스'라는 말에서 파생되었다. 우리가 집사라고 부를 때 사용하는 '디아코니아'라는 말도 '디아코노스'라는 말에서 왔습니다. 그리하여 '디아코노스'는 '쓰네르고'라는 말과 비슷하게 사용됩니다. '디아코니아'의 본래 뜻은 식탁에서 음식을 돌리고 포도주를 잔에 부으면서 시중을 드는 봉사자를 가리키는 말입니다. 어떻게 보면 열등의식을 자아내는 말로 비치겠지만 '디아코니아'라는 말이 유대인에게는 반드시 열등한 행위로 간주되지는 않았습니다. 왜냐하면 성전을 위해 일할 때 특히 하나님을 위해서 봉사할 때 그들은 위대한 분을 대행하여 같이 일한다고 생각하였던 것입니다.

　그래서 하나님을 대행하여 남을 도와주고 봉사할 때 '같이 일한다.'고 하는 동역자라는 뜻으로 바울은 '쓰네르고'라는 말을 사용하였습니다. 그러면서 바울은 말하기를 바울이나 아볼로나 베드로는 다같이 하나님과 그리스도와 이웃을 위한 봉사자로 그들에게 구원을 전해 주는 일꾼이라고 하였습니다. 즉 하나님과 같이 하나님의 뜻을 이루기 위해 일하는 일꾼이요 동역자라고 하는 것입니다. 100여 년 전에 개신교 선교사로 최초에 우리나라에 왔던 언더우드, 아펜셀라, 스크렌톤 등 이 사람들도 고린도에 가서 일했던 사도 바울과 같이 우리나라라는 하나님의 밭에 복음에 씨를 심기 위하여 일꾼으로 왔습니다. 그 뒤에 인톤, 크림, 푸트, 보이어 등도 우리나라의 남쪽 지방인 하나님의 밭에 복음에 씨를 뿌리고 물을 주어 가꾸기 위해 일꾼으로 왔습니다.

이들은 예수님께서 마지막 승천하시기 전에 제자들에게 하신 말씀 "너희는 가서 모든 족속으로 제자를 삼아 아버지와 아들과 성령의 이름으로 세례를 주고 네가 너희에게 분부한 모든 것을 가르쳐 지키게 하라"(마28:19-20)는 말씀대로 하나님의 뜻을 구현하기 위해 사명을 띠고 온 일꾼들이었습니다. 이들은 이곳에 와서 이러한 전도의 사명뿐만 아니라 문화적 사명도 다하기 위해 힘썼습니다. 하나님이 인간을 위하여 아름다운 세상을 만드시고 인간에게 그것을 관리하고 개발하도록 권리를 위임하였기 때문입니다 그래서 그들은 이 위임된 사명을 다하기 위해 병원을 세우고 자선 기관을 세우는 등 여러 가지 복지 시설도 건설하고 학교도 세웠습니다. 이렇게 선교사들이 세운 학교들 중에 오늘의 명문 대학이 되어 많은 인재들을 배출해낸 학교들이 있습니다.

바울은 본문에서 고린도 교회를 밭으로 비유하여 "나는 심었고 아볼로는 물을 주었으되 오직 하나님은 자라나게 하였나니 그런즉 심는 이나 물주는 이는 아무것도 아니로되 오직 자라나게 하시는 하나님뿐이니라"(6, 7절)고 말하면서 "우리는 하나님의 동역자들이요 너희는 하나님의 밭"(9절)이라고 하였습니다. 아시다시피 우리 대학은 남장로교 선교사들에 의하여 기독교 정신에 따라 세워졌습니다. 처음에 그들은 심었고 그 후에 우리는 물을 주는 사람들입니다. 그러므로 우리는 모두 하나님의 밭에서 일하는 동역자들입니다. 물론 이 만큼 발전하고 자라나게 하시는 분은 하나님이십니다.

그러나 심는 자와 물주는 자가 없이 이렇게 성장하고 발전할 수는 없는 것입니다. 심는 자와 물주는 자와 자라게 하시는 분이 함께 동역함으로써 이루어진 것이다. 하나님이 직접 밭에 나오셔서 팔을 걷어붙이고 씨앗을 심고 물을 주는 일은 없습니다. 하나님은 동역자를 필요로 하십니다. 왜냐하면 하나님은 손과 발이 없기 때문입니다. 그러므로 대신 일해 줄 분이 필요합니다. 하나님은 언제든지 사람을 통해서 일하십니다. 그러므로 하나님은 바울처럼 그의 밭에 씨앗을 심는 개척적인 일꾼들을 부르시고 아볼로와 같이 물을 주어 성장 발전시킬 수 있는 일꾼들을 부르십니다. 하나님은 오늘도 우리들을 한남대학에 부르시어 하나님의 일을 동역하게 하신 줄 압니다.

우리를 부르시어 일하게 하신 목적은 설립 목적대로 "그리스도의 정신을 가지고 민족과 교회 그리고 세계에서 봉사할 수 있는 인재를 양성함과 동시에 광범한 지적 영역에서 기독교적 세계관을 바탕으로 세운 경지를 개척하는데 있다."고 봅니다. 그러므로 우리는 하나님의 이 밭에서 공통된 목적을 가지고 일하고 있는 동역자들입니다. 같은 일터에서 같은 목적을 가지고 일하는 동역자들은 한 가지 목표를 향하여 협력하지 않으면 안 됩니다. 아무리 유능한 사람일지라도 혼자서는 큰일을 할 수가 없습니다. 우리 국가 대표선수들이 축구 시합에 나가려면 적어도 감독하는 사람이 따로 있고 코치가 따로 있어서 훈련을 시키고 선수들은 각자 포지션에 따라 골키퍼는 골포스트에서 센터 하프는 가운데서 그리고 다른 선수들도 각각 자기의 위치에서 서로 협력하며 뛰어야 합니다.

우리는 이와 같은 한 공동체의 일꾼들입니다. 우리 일꾼들이 자기의 재능과 배운 바 지식과 기술에 따라 자기의 위치에서 자기가 맡은 일을 바로 감당할 때에 이 공동체는 성장하고 발전하게 됩니다. 그러나 우리들만이 협력하여도 안 됩니다. 아무리 물을 잘 주어도 하나님께서 함께 하시지 않으면 안 됩니다. 하나님의 협조와 도움이 있어야 합니다. 모든 일이 하나님과 동역하는 것입니다. 시편 기자는 말하기를 "여호와께서 집을 세우지 아니하시면 세우는 자의 수고가 헛되며 여호와께서 성을 지키지 아니하시면 파수꾼의 경성함이 허사로다"라고 하였습니다. 물론 성은 파수꾼이 지키고 집은 사람이 설계하고 사람이 건축 재료를 준비하고 사람이 터를 닦고 사람이 세웁니다. 그러나 이것은 사람이 아무리 노력을 하여도 하나님께서 반드시 도와주셔야 이루어진다는 것을 말합니다. 사람이 하는 모든 일은 하나님과 동역해야 하는 것입니다.

미국의 어느 저명한 외과 의사는 "수술은 사람이 하지만 병은 하나님께서 고치신다."고 말하였습니다. 수술은 사람이 하지만 하나님이 함께하셔야 수술 결과 그 병이 잘 고쳐진다는 말입니다. 무슨 일이든지 하나님께서 도와주실 때만 성공할 수 있습니다. 학교에서 학생들을 가르치는 일이나 학교를 경영하거나 무슨 사업을 추진하는 일도 마찬가지입니다. 개인의 일이나 단체의 일이나 학교 일이나 하나님과 동역해야 그 일이 성공합니다. 그러므로 무엇을 하든지 하나님의 뜻을 거슬려서는 안 됩니다. 하나님의 뜻을 찾아 거기에 순종함으로써 하나님과 동역해야 합니다. 결국 하나님의 뜻을 바로 찾아 거기에 순종하며 하나님과 동역하는 데에서 소기의 목적을 달성할 수 있습니다.

오늘날 세속화의 물결 속에서 하나님의 뜻을 거스르며 많은 기독교 대학들이 본래의 설립 목적에서 궤도 이탈해 가는 것을 봅니다. 그리하여 기독교 정신의 함양이 모든 정책 결정에 가장 존중되어야 한다는 우선순위의 당위성마저 부정되는 위기에 직면하고 있는 실정입니다. 앞으로 도래할 21세기 사회에서 우리 대학은 기독교 정신으로 가르치고 연구하는 기관으로서뿐만 아니라 봉사하는 기관으로서의 책임을 다하려면 설립자들의 정신을 이어받아 그 설립 정신에 따라 하나님과 동역하는 것이요 한남의 정신인 진리와 자유와 봉사의 이념을 실천하는 것입니다.

그러므로 한남대학교에서 가르치는 우리는 학교의 설립 정신인 기독교 정신을 기초로 하여 자기의 교육적 임무를 성실히 다해야 할 것입니다. 그러할 때 기독교 학교로서 본연의 목적을 다 할 수 있다고 봅니다. 우리 대학은 설립 이후 지금까지 기독교 학교로서 이와 같은 정신과 목적을 가지고 설립자 되시며 주인 되신 하나님의 뜻을 이루기 위하여 많은 일꾼들을 양성하여 배출한 줄 압니다. 세계 역사를 보면 이 세계는 언제든지 유능한 일꾼들에 의하여 움직여 나갑니다. 이러한 일꾼들은 저절로 생겨나는 것이 아닙니다. 한남대학과 같은 교육 기관에서 그러한 일꾼을 길러내야 합니다. 하나님은 이일을 위하여 이 학교를 세웠고 우리는 그의 부르심을 받았습니다. 그러므로 이 일을 위하여 일꾼으로 부름 받은 우리는 우리의 주인 되신 하나님의 뜻을 따라 주인에게 유리하게 이익이 되도록 일하는 하나님의 동역자가 되어야 하겠습니다.

자유

성性교육 실시 필요

— 벽 안 碧眼이 본 이 성 관 異性觀

서의필 John Somerville

(선교사 / 설립위원 / 전 영문과 교수)

하나님은 모든 생명의 창조주이며 그가 만든 것은 선하다. 그리고 여기엔 성도 포함된다. 대다수의 사람들은 무궁한 잠재력을 무책임하게 사용함으로써 육체적이며 성적인 재산을 악용 또는 남용했다. 몇몇 사람들은 육체나 성을 죄악시하거나 나쁘다는 관념을 지니고 있다. 그러나 본능적인 성적 욕구의 억제는 사람들에게 정신적인 면과 육체적인 면에서 매우 중대한 문제를 일으키는 것을 흔히 본다. 성을 남용한 사람들은 남성이나 여성이나 자멸의 길로 쉽게 빠진다.

청소년들의 진실한 사랑의 최고 단계가 결혼의 시작이며 그것은 영원한 결혼 생활까지 지속되어야 한다. 여기에서만이 성적 결합의 즐거움과 아름다움을 경험하게 된다. 이것은 남성과 여성이 서로 하나가 되었다는 표시 방법 중의 하나이다.

성교육은 매우 중요하며 가정에서부터 가르쳐야 한다. 부모들은 가정과 도덕 및 정치, 경제 등의 문제를 토의하는 것처럼 성의 성숙 및 발달 과정과 이해를 도모할 수 있는 능동적인 자세를 갖추어야 한다. 학교 및 종교 단체들도 여기에 호응하여 알맞은 프로그램을 설정해야 한다. 오늘날 교회 및 종교계 학교들이 이 분야를 등한시하는 사실은 지극히 우리에게 실망감을 안겨준다.

지금 숭전 대학에서는 이 분야에 무엇을 교육하고 있을까?

청소년들이 이러한 교육을 받지 못하고 제 반면에서 이성 교제를 익힐 기회를 얻지 못하면 그들은 곧 닥쳐올 진정한 이성 교제를 허물어 버리거나 자신을 자멸케 할 중대한 문제를 초래할는지도 모른다. 이러한 문제가 야기되면 성인들은 결과적으로 더 무거운 책임을 감당해야 한다. 나는 이 문제에 보탬이 될지 모르지만 단순하나마 기본적인 선도책을 제안한다.

첫째, 성은 하나님의 창조물이며 남성과 여성을 막론하고 어디에서든지 성을 사랑의 목적으로 삼아야 한다.

둘째, 모든 개개인의 인격을 존중하는 기풍을 진작시켜야 한다. 만일 성의 개방이 자신이나 남에게 해가 된다면 남성이나 여성들이 누리는 성의 자유는 진정 우리가 바라는 바가 아니다. 누구에게나 선용이될 수 있도록 성의 자유를 향유해야 한다. 그리고 남성들은 천부적인 여성미를 훼손시키거나 여성을 비인격화할 권리가 없다. 나는 남성이 여성보다 우월하다는 근거도 못 보았다.

마지막으로 우리 모두는 자신의 이해를 위하여 또 풍요한 인생의 전제 조건인 이성 교제를 새로이 창조하기 위하여 사람들에게 조언이나 지도를 구하는 열성이 필요하다.

1971년 10월 5일

대학大學 플러스 University

모요한 John Moore

(선교사 / 전 성문과 교수)

나날이 우리 각자는 우리의 대학을 형성하는 데 이바지하고 있다. 이 형성과정에 있어서 동양의 "대학"이 서양의 "University"란 특수 색채를 가미함으로 완성작품이 될 수 있다고 말하고 싶다. "대학"이란 학문의 큰 것을 뜻한다. 반면에, 바로 "대"란 학생들, 학교건물 등의 큰 규모를 단순히 뜻할 수도 있다. 나 개인으로서는 이 모호한 점이 약점이라고 생각한다. 양을 질의 척도로 쓰기 퍽 쉬운 일이지만 정확히 재기는 힘들다.

이 점을 보충하자면, 우리의 생각 속에, "University"의 두 개념과 "대학"의 개념을 결합하도록 노력해야 한다, 먼저 "University"에서 보는 바와 같이 "Universe우주"란 말 사이에 유사점이 있다. 우주는 University의 연구 분야이다. 그래서 교수와 학생은 지식의 모든 가치있는 범위를 개척하는 것이다.

이처럼 University는 확실히 다양성의 기관이다. 이 다양성에서 명백한 것은 어떤 학생도 어떤 교수도 지식의 모든 분야에서 전문가가 될 수 없다는 사실이다. University의 이 다양성 때문에 교수와 학생은 모두 서로의 연구에 있어서 더 깊은 전문화에로 향하지 않으면 안 된다. 한 분야에 전문가가 된다는 것은 그 분야의 연구를 강조함을 의미하고 다른 분야의 연구를 강조하지 않음을 의미한다. 경험의 좁은 범위의 매우 세밀한 지식을 얻는 것은 하나의 장점이지만 이 장점이 또한 단점이 될 수도 있다. 이 단점은 전문가가 점점 여러 분야들 간의 좀 더 넓은 관련성을 이해하지 못할 때 일어난다.

이 다양성은 University의 역사적 배경에 있어서 University의 의미 균형을 잘 유지했다. University의 정신이 한편으로 다양성의 정신이면, 다른 한편에선 단일성의 정신이다. University란 말은 라틴어 Unus(하나)와 Versum(되다)의 합성어이다. "되다"와 "하나"를 합치면 그 의미는 "하나 되다"였다. 이것은 한 그룹의 사람들에 적용되었고 이들은 모두 한 친목회(fellow ship)나 단체로 끌어들임을 의미했다. 이와 같이 천 년 전 University들이 유럽에 처음 설립되었을 때 "University"란 말은 한 공통점에로 이끌려온 학자들의 단체를 의미했다. 그들의 중심적 단일성이 사상의 공동체계였다.

단일성을 발달시키려는 도전은 오늘날도 "University" 생활의 큰 도전 중의 하나다. 그것은 여러 다른 사물들의 연구일 뿐 아니라 그것들의 연관성의 발견이다. 중세기 서양 University에서 단일성의 대원칙은 크리스천 신앙이었다. 오늘날도 학생, 교수 할 것 없이 누구나 가능한 한 조심스럽게 자기의 우주Universe를 연구해야 한다. 다른 사람의 생각들에 그 속뜻이 무엇인가 귀를 기울여야 한다.

끝으로 아무튼, 자신을 위해 신앙의 지팡이를 옮겨야한다. 크리스천은 가시의 우주가 자기 발생, 자기지도 조직이 아니라는 확신 속에서 지팡이를 옮긴다. 정말 우주의 시작과 우주의 계속적인 실존을 우주적 존재 즉 신에 힘입고 있는 것이다. 크리스천 대학생과 교수의 큰 도전들 중 하나는 우주의 단일성을 신의 창조와 목적의 표현으로서 개척하는 일이다. 그래서 우리 교수와 학생의 교육 프로그램은 "대학"의 동양적 의미에서 학문의 큼으로 향한, 또 "University"의 서구적 의미에서 다양성과 단일성을 향한 노력이 되어야겠다. 우리가 받고 주는 학과에서 이렇게 하도록 노력하자.

1969년 3월 25일

성탄의 마음
눅 2:1-14

강석근

(동문 / 대전 방주교회)

    생일은 역사의 시작입니다. 한남대학교의 생일은 한남대학교의 시작입니다. 사람의 생일은 삶의 시작입니다. 첫 번 크리스마스는 예수님의 삶의 시작입니다. 거룩하신 하나님이 인간의 모습으로 인간들을 찾아오셔서 죄인들을 만나시고, 위로하시고, 용서하시는 사랑의 실천을 시작하신 날입니다.

    예수님이 태어나실 당시의 유대사회는 로마제국의 식민지 상태였습니다. 식민지생활로 피폐해진 무거운 삶을 지탱하며 사는 유대인들에게 희망이 보이지 않았습니다. 종교지도자들의 부패와 타락으로 인해 절망 속에 신음하고 있을 때 유일한 희망은 메시야가 오시는 것입니다. 유대인들이 기다리던 메시야가 오실 때 사람들이 알아볼 수 있도록 하나님께서 특별한 표시를 주셨습니다. 이사야 7장 14절에 "그러므로 주께서 친히 징조를 너희에게 주실 것이라. 보라 처녀가 잉태하여 아들을 낳을 것이요, 그의 이름을 임마누엘이라 하리라."고 이사야 선지자를 통해 700여 년 전부터 알려 주셨습니다. 메시야를 영접하여 구원받을 수 있도록 인간들에게 기회를 주셨습니다. 그래서 특별한 표시를 주셨습니다.

    오늘 본문 12절에 "너희가 가서 강보에 싸여 구유에 뉘어 있는 아기를 보리니 이것이 너희에게 표적이니라"고 말씀하셨습니다. 여기서 표적은 하나님의 행위인데, 하나님의 사건을 인간들이 알아볼 수 있도록 하나님이 자신을 인간에게 드러내 보여주는 의미가 있습니다. 아기 예수가 외양간에서 태어나 말구유에 뉘어 있는 모습은 하나님이 스스로 어떤 분이신가를 드러내 보여주는 말씀인 것입니다. 가장 낮은 자의 모습으로 인간에게 찾아오셨습니다.

성탄은 전능하시고 거룩하신 하나님이 죄인인 인간에게 말을 걸어오시는 소통의 과정입니다. 창조주 하나님이 피조물인 인간에게 사랑의 말을 걸어오시는 말씀입니다. 이 소통과정 속에 하나님의 마음이 드러나 보입니다. 요한 3장 16절에 "하나님이 세상을 이처럼 사랑하사 독생자를 주셨으니 이는 누구든지 저를 믿는 자마다 멸망하지 않고 영생을 얻게 하려 하심이니라."고 하나님의 사랑의 마음을 보여주셨습니다. 인간을 구원하기 위한 사랑입니다.

아기 예수님이 강보에 싸여 말구유에 뉘어있는 모습은 하나님의 자기희생적 사랑입니다.

거룩하신 하나님이 죄인을 구원하시기 위해 비천한 모습으로 죄인을 찾아오셨습니다. 이것이 하나님의 마음입니다.

이 하나님의 마음을 세상에 전달하고 보여주려고 노력하는 모습 중 하나가 한남대학교의 교양 필수과목인 현대인과 성서 수업입니다. 현대를 살아가면서 고민하고 방황하는 다음 세대들에게 성서에 담겨진 하나님의 마음을 가르치고 보여주며, 삶의 의미를 깨닫게 하고 인생의 바른 좌표를 설정하도록 도와주는 교육입니다. 일반교회에서는 감히 감당할 수 없는 큰 사역을 기독교 학교에서 감당하고 있습니다. 고등학교 과정까지 오면서 부분적이고 폐쇄된 정보로 인해 세상을 너무 비관적이고 부정적으로 보는 인식의 틀을 성서를 통해 교정하거나 긍정적으로 확장되는 경험을 통해 균형 잡힌 생각을 갖게 되는 학생들을 봅니다. 학생들의 고백에 의하면 교회에 대한 피상적 정보로 인해 기독교의 부정적 이미지가 긍정적으로 바뀌었다는 말을 많이 듣고 있습니다. 상처받고 신음하는 이 땅의 젊은이들에게 기독교학교가 교육과정을 통해 상처받은 마음을 치유하고 자아를 발견하여 자존감을 가질 수 있도록 도와주는 위대한 사역입니다. 더불어 학생들이 기독교학교에 대한 자부심을 가질 수 있게 됩니다. 예수님이 이 땅에 오셔서 상처받고 외로움에 고통당하는 자들을 치유하시고 위로하셨듯이 고통하고 신음하는 다음 세대들을 섬기는 거룩한 사역을 한남대학교가 감당하고 있는 것은 하나님의 은혜이고 한남대학교의 사명이자 자랑입니다.

우리가 죄인임에도 불구하고 하나님은 우리를 사랑의 파트너로 선택하셨습니다. 사랑을 찾아 비천하고 낮은 곳으로 오셨습니다. 하나님의 마음은 어린 아기를 향한 부모의 마음과 같습니다. 낮아지는 기쁨입니다. 부모님은 아기가 알아듣고 이해하는 아기 수준의 말과 표정을 하면서도 행복합니다. 아기를 사랑하는 마음으로 아기 수준이 되는 것입니다. 이처럼 사랑하면 지식이 많아도 권력이 높아도 사랑하는 상대방 수준으로 변합니다. 어떤 지위에 있더라도 사랑하면 사랑하는 상대방의 수준에 맞추게 됩니다. 스스로 자신을 낮추어도 기쁘고 행복합니다. 이것이 사랑입니다. 이처럼 사랑의 소통을 위해서 자기를 낮추고 비우는 행복한 마음이 하나님의 마음이고 성탄의 마음입니다. 예수그리스도를 만나 죄와 죽음에서 자유를 얻은 사람들이 아직도 죄와 죽음에서 고통당하는 자들을 섬기고 사랑하여 그들을 자유하게 하려고 자원하여 낮아지는 마음이고 사랑으로 섬기는 마음입니다.

본문 7절에 "첫아들을 낳아 강보로 싸서 구유에 뉘었으니 이는 여관에 있을 곳이 없음이러라."고 말씀합니다. 예수님이 외양간에서 태어나신 이유를 설명하고 있습니다. 예수님이 태어나실 당시는 유대나라가 로마의 식민지로 있을 때입니다. 로마 황제 가이사 아우구스투스가 로마의 통치 아래에 있는 모든 사람들은 고향으로 가서 호적을 하라는 명령을 내렸습니다. 다윗의 후손인 요셉은 다윗의 고향인 베들레헴으로 호적을 하러 갑니다. 사람들은 많고 여관은 가득 찼고 돈은 없어 여관방은 구할 수 없습니다. 만삭인 마리아가 머물 곳이 없습니다. 겨우 얻은 곳이 가축들이 먹고 자는 외양간이었습니다. 예수님이 외양간에서 출생하신 것은 우리 인간의 연약함과 비천함을 친히 태어날 때부터 경험하신 사건입니다. 이런 출생의 모습은 낮은 곳으로 찾아오시는 하나님의 겸손한 모습입니다. 가장 낮고 천한 우리를 구원하기 위해 끝까지 낮아지신 하나님의 자기희생적 사랑입니다. 예수님의 십자가의 사랑이 출생부터 시작되었습니다. 십자가의 사랑이 죄인인 우리를 구원하고 살리셨습니다.

사랑은 찾아와서 함께 있어 주는 것입니다. 하나님이 사람으로 오셔서 죄에 종노릇하고 죽음의 두려움으로 불안해하고 있는 우리와 함께하시며 구원하시는 것이 참된 사랑이고 참된 위로입니다. 그래서 임마누엘입니다. "하나님이 영원히 우리와 함께하십니다."

환난을 통해 배우는 것
행 11:19-26

강신구

(동문 / 전주성암교회)

오늘 우리가 함께 읽은 본문의 말씀은 예루살렘교회에 스데반의 순교와 함께 일어난 환난으로 어려움에 처해, 많은 교인들이 흩어졌음을 전합니다. 그런데 환난이 꼭 나쁘고 절망적인 것만은 아니었음을 깨닫게 하시는데 환난을 통해 하나님께서 하시는 일이 있음을 보여주시는 말씀입니다. 그래서 환난을 통해 배우는 것이라는 제목을 통해 환난을 통해 말씀하시는 하나님의 음성을 함께 듣는 시간되기 원합니다.

1. 본문에 나오는 환난을 통해 하나님의 복음이 더욱 넓게 전파되었음을 볼 때 환난도 하나님의 역사를 위해 쓰임 받는 도구임을 깨닫게 합니다. 핍박과 환난은 좋은 일은 아닙니다. 환난과 핍박은 사람들이 원하는 일도 아닙니다. 환난과 핍박은 두려운 일입니다. 고통스럽고 슬픈 일입니다. 감사할 일도 복된 일도 아닙니다. 그래서 할 수만 있으면 없는 것이 좋습니다(19-21절).

그러나 예루살렘교회의 환난과 핍박은 어떤 사람은 베니게로, 어떤 사람은 구브로로 어떤 사람은 안디옥으로 흩어져 복음을 전하는 역사를 가져왔습니다. 예루살렘교회는 환난과 핍박을 통해서 온 세상에 복음이 전파되는 기적을 이루었습니다. 환난이 고난이 하나님의 역사를 가로막지 못했습니다. 오히려 놀라운 하나님의 역사를 이루는 도구였습니다. 죄로 인한 고난과 환난은 우리가 죄를 회개하도록 하는 은혜를 주십니다. 죄와 상관없는 고난은 하나님의 능력을 체험하게 하는 능력이 됩니다. 고난이 꼭 나쁜 것만은 아닙니다.

한 마을이 극심한 가뭄으로 어려움을 겪고 있었습니다. 시냇물은 모두 말랐고 논바닥은 쩍쩍 갈라졌습니다. 그런데 이상한 것은 높은 산꼭대기에 있는 나무들은 여전히 잎이 푸르고 싱싱한데 시냇가에 있는 나무들은 모두 말라죽은 것입니다. 학자들은 산과 시냇가의 나무들을 조사한 결과 중요한 사실을 하나 발견했습니다. 산꼭대기의 나무들은 평소 수분이 부족했기 때문에 수분을 얻기 위해 땅속 깊이 뿌리를 내리고 있었습니다. 그래서 혹독한 가뭄에도 강인한 생명력을 보인 것입니다. 그러나 수분이 충분한 시냇가의 나무들은 땅의 겉 표면에 뿌리를 박고 있었습니다. 그래서 가뭄을 견디지 못하고 말라죽은 것입니다. 그렇습니다. 하나님께서는 고난이라는 도구를 통해 우리가 주님께 뿌리를 더 깊게 내릴 수 있도록 도와주십니다.

고난을 당한 것이, 내게는 오히려 유익하게 되었습니다. 그 고난 때문에, 나는 주님의 율례를 배웠습니다(시편 119:71).

내가 고난을 당하기 전까지는 잘못된 길을 걸었으나, 이제는 주님의 말씀을 지킵니다(시편 119:67).

고난은 우리를 깨뜨려 겸손하게 합니다. 하나님을 바라보게 합니다. 하나님께 전심으로 돌아가게 합니다. 하나님께서는 우리를 사랑하십니다. 우리 인생을 통해 영광 받으시기 원하십니다. 그렇기 때문에 하나님께서는 우리를 강하게 만들고 하나님께 더욱 가까이 나아가게 만드는 고난을 제거하지 않으십니다. 하나님께서는 우리가 고난을 통해, 환난을 통해 하나님의 영광이 드러내며 하나님의 나라가 확장되어가는 일에 쓰임 받는 인생으로 세우시길 원하십니다.

2. 환난을 통해 배우는 두 번째는 환난 속에서 하나님의 손이 함께하심을 알았다는 사실입니다.
평안할 때 주의 손이 나타나지 않았습니다. 안전할 때 주의 손이 나타나지 않았습니다. 사랑받고 있을 때 주의 손이 나타나지 않았습니다. 그러나 그들이 핍박받을 때 주의 손이 그들과 함께하셨습니다. 고난당할 때, 고통스러울 때 주의 손이 그들과 함께하셨습니다.

다니엘서 3장에 보면 사드락과 메삭과 아벳느고가 왕궁에 있을 때 하나님의 능력이 함께 한 것이 아닙니다. 그들이 평안할 때 주의 손이 나타난 것이 아닙니다. 사드락과 메삭과 아벳느고가 7배나 뜨거운 풀무불에 들어갔을 때 하나님이 함께하셨습니다.

두려워하지 말라 내가 너를 구속하였고 내가 너를 지명하여 불렀나니 너는 내 것이라. 네가 물 가운데로 지날 때에 내가 너와 함께 할 것이라 강을 건널 때에 물이 너를 침몰하지 못할 것이며 네가 불 가운데로 지날 때에 타지도 아니할 것이요 불꽃이 너를 사르지도 못하리니(사 43:1-2).

구약시대 성도들이나 신약시대의 성도들이나 모두 고난 가운데서 살았습니다. 현재의 그리스도인들도 고난 가운데 있습니다. 신자와 불신자의 다른 점은 신자는 고난 가운데서 주님의 함께하심을 믿고 사는 것이요 불신자는 하나님 없이 혼자 고민 가운데 있는 것입니다. 다윗도 하나님과 함께한 삶이었으나 고난이 있었습니다. 시편 23편에서 "내가 사망의 음침한 골짜기로 다닐지라도 해를 두려워하지 않을 것은 주께서 나와 함께 하심이라 주의 지팡이와 막대기가 나를 안위하시나이다." 라고 했습니다.

다윗은 그의 인생에 있어 죽음의 위협이 있는 어두운 때가 있었습니다. 다윗은 그때에도 하나님이 함께하신 것을 인식했습니다. 그렇습니다. 어려움을 겪을 때에 불신자들은 안절부절못하지만 그리스도인들은 주님을 신뢰하고 평안을 누려야 합니다. 불신자들은 불안해하며 걱정하지만 그리스도인들은 평온합니다. 주님이 함께하심을 알기 때문입니다.

하나님께서는 오늘 우리가 언제, 어디서, 무엇을 하든지 함께 하심을 깨닫고 믿음의 길을 힘차게 걸어가기를 원하고 계십니다.

3. 환난을 통해 배우는 세 번째는 환난 속에서 더 굳센 믿음을 가져야 한다는 사실을 알게 됩니다.

22-23절. 오늘 본문의 말씀은 이렇게 권면합니다. 굳은 마음으로 주께 붙어있으라.

리처드 범브란트 목사님이 복음을 전한다는 이유로 비밀경찰에게 잡혔습니다. 갖은 방법으로 회유를 하고 고문을 합니다. 그래도 안 되니까 마지막으로 사랑하는 아들을 데리고 와서 그 아들의 목에 총을 겨누고 복음을 전하지 않겠다면 살려주고 그렇지 않으면 죽이겠다 위협을 했습니다. 리처드 범브란트 목사님은 다른 것은 다 이길 수 있겠는데 자식의 죽음 앞에서 흔들리더랍니다. '에라, 이 사람들 앞에서 예수님을 부인하고 속으로 믿지' 하는데 아들이 아버지를 향해 이렇게 말하더랍니다. "아버지 저 죽으면 천국에 갑니다. 천국에서 만나요."

사랑하는 여러분 우리가 환난을 만나면 우리의 마음이 흔들립니다. 우리의 신앙이 흔들립니다. 판단이 흐려집니다. 그래서 베드로 사도는 베드로전서 5장 8절에서 우리를 향해 근신하라 깨어라 권면합니다. 너희 대적 마귀가 우는 사자같이 두루 다니며 삼킬 자를 찾는다고 말합니다. 오늘 저와 여러분은 어려운 일 만날 때 더욱 우리 믿음을 굳건히 하여 십자가의 주님을 바라보시기 바랍니다. 환난을 만나면 더욱 뜨겁게 기도하시기 바랍니다. 하나님께서는 하나님의 사랑을 힘입어 믿음으로 사는 우리가 문제 만나 낙심하는 삶이 아니라 문제를 통해 역사하시고 영광 받으실 하나님을 바라보며 감사 하는 삶을 살기 원하고 계십니다.

예수님의 새벽 기도
막 1:35-39

강형길
(동문 / 미국장로교회 은퇴목사)

이른 새벽 잠자리에서 일어나 한적한 곳을 찾아가 기도하시는 예수님의 모습을 볼 수 있습니다. 예수님께서도 회당에서 많은 무리를 가르치시고, 귀신을 내쫓으며, 병든 자를 고쳐주시는 하루의 일과를 시작하시기 전 먼저 하나님께 새벽 기도를 드렸던 것입니다.

복음서에 나타난 예수님의 기도를 보면 공생애를 시작하시기 전 광야에서 40일간 금식 기도, 병든 자를 고쳐주실 때 하시는 기도, 귀신을 내쫓을 때의 기도, 습관을 좇아 감람산에서 드린 기도, 요 17장에 나타난 제자들이 하나 되게 하기 위해 드리신 기도, 죽음을 앞두고 피땀 흘려 드린 겟세마네의 기도, 마지막 골고다의 언덕 십자가 위에서 원수까지 위하여 기도하신 것이 있습니다.

한국교회는 새벽기도회가 중요합니다. 새벽기도회 역사는 초기 1906년부터 시작됩니다. 1906년 가을부터 길선주 장로가 박치록 장로와 함께 새벽기도회를 교회에서 시작하였습니다. 1907년 1월 6일 장대현교회에서 선교사들과 교인들이 모여 10일간 대부흥회를 계속했습니다. 2,000명이 모여들었고, 여자들은 장소가 부족하여 교회 밖에 마당에 멍석을 깔고 앉았습니다. 길선주 장로가 "맛을 잃어버린 말라빠진 사람들아!"라고 외칠 때 큰 회개가 일어났습니다. 온통 예배당 안에서 회개하기 시작하였습니다. 폭발적인 회개의 역사가 일어났습니다. 1907년 1월 14일 저녁집회 때 북장로교 선교사 Blaik이 "우리는 모두 그리스도의 몸이요 그의 지체들이다"(고전 12:27)라는 제목으로 설교 중에 불길이 떨어졌습니다. 놀라운 성령의 은혜가 임재하였습니다. 정오 기도회는 이길함Graham Lee 선교사가 인도하였는데, 온 교인들이 큰 은혜 받았습니다.

당시 상황을 영국 신문 *The Times*에 실린 William Cecil 경이 이렇게 기록하였습니다.

> "나의 아버지"로 기도가 시작하였는데 비상한 힘이 밖으로부터 온 회중을 사로잡았다. 각 사람마다 죄를 고백하고, 놀라운 회개 운동이 일어났다. 온밤을 새워 기도하고 참회하였다. 길선주 장로가 주일 밤에 설교하였다. 길선주 장로는 "말라빠진, 맛을 잃은 사람들아!"라고 외쳤을 때 마음의 큰 충격을 받고 변화되기 시작하였다.

1907년 1월 14일 월요일. 이길함 목사가 기도를 청할 때 20명 이상이 소리 질러 기도하였습니다. 새벽 2시까지 온 회중의 울음과 기도가 계속되었습니다. 이때부터 한국교회는 대부흥의 불길이 퍼지기 시작하였습니다.

1. 새벽은 기도하기가 좋은 시간입니다. 제가 대전대학 시절 콘세트에 기숙사가 있을 때 학교 정문 앞에 있는 오정교회에 가서 4시부터 기도하기를 시작하였습니다. 5시쯤 대거 학생들이 왔기 때문에 나는 5시쯤 기숙사로 돌아와 공부하기를 시작하였습니다.

2. 새벽은 만나를 얻는 시간입니다(출 16:14). 이스라엘 백성들이 광야에서 지날 때 만나를 먹고 살았습니다. 이 만나가 새벽에만 내렸습니다. 만나는 하루치만 허용되었습니다. 그 날의 영적 만나는 새벽에 와서 하나님을 만나고 기도해야 됩니다. 성경은 아침에 읽는 것이 좋습니다. 하나님의 말씀의 맛이 내게 어찌 그리 단지요(시 119:103).

3. 새벽은 예수님을 만나는 시간입니다. 양치는 목자들에게 천사가 나타나서 "오늘날 다윗성에 구주가 나셨으니 곧 그리스도 예수라, 목자들은 기뻐서 예수께 경배드리다"(눅 2:8)라고 선포한 시간이 새벽입니다. 막달라 마리아와 다른 마리아가 예수님의 시신에 방부제를 넣어 드리려 이른 새벽에 무덤에 갔다가 부활하신 예수님을 만나는 기쁨이 있었습니다(마 28:1). 디베랴 바닷가에서 실망한 베드로가 주님을 만났는데 이 시간도 새벽이었습니다(요 21:4).

4. 새벽은 능력 받는 시간입니다. 예수님이 세 제자와 함께 변화산에 올라가 계신 사이에 어떤 사람이 간질병 든 아이를 데리고 왔습니다. 제자들이 아무리 어린아이를 고치려고 했지만 못 고쳐 주었습니다. 그때 예수께서 오셨습니다. 예수님은 말씀 한마디로 고쳤습니다. 그래서 제자들이 예수께 물었습니다. "주여, 우리는 왜 고치지 못했습니까?" "예수님은 기도하지 않은 연고니라. 기도 이외는 이런 일을 할 수 없느니라" 말씀하십니다(막 9:28). 능력의 원천은 기도입니다. 기도 없이는 능력을 받지 못합니다.

5. 새벽은 승리의 시간입니다. 야곱은 얍복 나루에서 천사와 씨름하다가 결국 새벽에 승리합니다. 야곱이 천사를 붙잡고 씨름하다가 결국 새벽에 승리합니다. 야곱이 천사를 붙잡고 놓지 않자 천사가 나를 가게 하라고 하자 절대로 그럴 수 없다고 했습니다. "네 이름이 무엇이냐"

"야곱입니다" 이제부터 야곱이라 하지 않고 이스라엘이라 하라. 야곱은 새 이름만 받은 것이 아니라 새 성품까지 받았습니다(창 32:26). 이스라엘 백성이 홍해 앞바다에 이르렀을 때 갈 수가 없었습니다. 모세가 손을 들고 기도 할 때에 홍해가 갈라집니다. 그 시간이 새벽입니다(출 14:20). 새벽의 승리였습니다. 이스라엘 백성이 여리고 성을 도는데 마지막 날 새벽에 7번 돌 때 여리고 성이 무너졌습니다(수 6:12). 여리고 성같이 꽉 막힐 때가 있습니다. 그때 기도할 때에 진퇴양난의 위기에서 해방되고 절망의 벽이 무너집니다.

2010년 7월 26일 자 한국일보 신문에서 아침형 인간이 성공 가능성이 높다는 기사가 있습니다. 독일 하이델베르크 교육대학에서 생물학을 가르치고 있는 크리스토프 교수는 "아침형 인간들이 저녁형 인간들보다 사전 행동적이기 때문에 비즈니스를 더욱 잘 운영할 수 있다"고 말했습니다. 랜들러 교수에 따르면 아침형 인간들은 중·고교에 다니는 시절에 학업에 열중하여 좋은 대학에 입학하고 있으며, 결국은 좋은 일자리를 얻을 수 있는 기회를 갖고 있다고 합니다. 또한 아침형 인간들은 문제를 미리 예견하고 그것을 최소화하기 위해 노력합니다. 랜들러 교수가 367명의 대학생을 상대로 조사한 결과 아침형 인간이 비즈니스에 성공할 가능성이 높은 연구가 나왔습니다.

결론

1. 여러분의 시간을 새벽에 하나님께 투자하십시오.
2. 원하는 것을 기도로 하나님께 아뢰십시오.
3. 분명한 목표를 향해 기도하고 나가시면 이루어 주실 줄 믿습니다.
4. 새벽 시간에 열심히 기도하시기 바랍니다.

집 나간 두 아들
눅 15:11-32

계 재 광

(교목 / 기독교학과 교수)

　오늘 우리가 보통 알고 있는 "잃은 아들을 되찾은 아버지의 비유"의 말씀을 통해서 주님과 관계를 제대로 맺는 우리들의 모습을 살펴보도록 하겠습니다(눅15:11-32). 먼저 예수님께서 왜 이 비유의 말씀을 하실 수밖에 없는지 살펴봐야 합니다. 눅 15:1-3절 말씀을 보면 세리와 죄인들이 항상 예수님의 말씀을 들으러 주위에 있었습니다. 그러한 모습을 보면서 바리새인과 서기관들이 예수님께서 죄인을 영접하고 음식을 같이 먹는다고 수군거렸습니다. 오늘 말씀에 등장하는 두 아들이 두 종류의 사람들을 대표합니다. 또한 두 아들의 모습이 바로 죄인과 바리새인을 지칭할 뿐만 아니라 주님과 관계하는 우리의 두 가지 모습을 말해주고 있습니다. 첫째 아들이 보여주는 주님과 관계하는 패러다임은 율법적이고 도덕적인 모습입니다. 바리새인들은 자신들이 선택된 민족으로 하나님의 은혜로 선택되었다고 믿었습니다. 그리고 그 상태를 유지하는 비결은 하나님의 법을 지킴으로써 가능하다고 믿었습니다. 그래서 죄를 짓지 않기 위해 열심이었고, 정해진 율법대로 살기 위해 열심이었습니다. 둘째 아들이 보여주는 패러다임은 자유주의자의 모습입니다. 둘째 아들의 모습은 절대적인 진리라는 것을 믿지 않고 자신이 진리를 찾고자 자신의 마음이 시키는 대로 살아가는 모습

142 ｜ 진리·자유·봉사

을 보여줍니다. 첫째 아들과 같은 사람은 세상을 도덕적인 사람과 비도덕적인 사람으로 나누고, 둘째 아들과 같은 사람들은 사람을 마음이 열린 사람과 그렇지 못한 사람으로 구별합니다. 그러나 복음은 진실과 은혜에 관한 것입니다.

그러나 그리스도인 이 땅의 삶을 살아갈 때 주님과 관계하는 방법이 종종 오늘 두 아들이 보여주는 모습 중에 하나일 때가 있습니다. 첫 번째 접근법은 둘째 아들의 접근법입니다. 둘째 아들은 아버지와의 관계보다는 자신의 안락함을 위해서 아버지의 재산에 관심을 보입니다. 12절 "내게 돌아올 분깃을 내게 주소서." 모든 것의 가치를 나에게 얼마나 효용이 있는지의 기준에 따라 결정하는 자아 중심적인 세계관의 모습을 보여줍니다. 그는 아버지에게서 받은 유산을 챙겨 고향을 떠났고 방탕한 생활을 하며 그 많은 돈을 다 탕진하고 말았습니다. 둘째 아들의 의도는 아버지 없는 세상의 자유를 찾아 떠납니다. 둘째 아들이 잃어버린 것은 무엇일까요? 둘째 아들은 아버지의 영향력을 깨고 스스로 구원자가 되고 싶었습니다. 만약 우리가 좋은 일을 한다면 구원자 예수는 필요 없다는 것입니다. 우리는 주님을 필요로 하는 사람들입니다. 결국, 무일푼이 된 둘째 아들은 궁여지책으로 외딴 시골에서 돼지 치는 일을 합니다. 그는 고향으로 돌아가 아버지께 용서를 구하고 머슴으로써 달라고 간청하기로 결심합니다. 하지만 놀랍게도 고향으로 돌아갔을 때, 아버지는 기뻐 어쩔 줄을 몰라 하며 아들을 꼭 안아주십니다.

두 번째 접근법은 첫째 아들이 보여주고 있습니다. 오늘 말씀은 바리새인과 서기관들에게 하신 것입니다. 그래서 더 첫째 아들에 관한 말씀을 해주십니다. 첫째 아들이 잃어버린 것은 무엇일까요? 그중 가장 중요한 것은 하나님 아버지와의 친밀함을 잃어버리고 살았습니다. 첫째 아들이 선한 일을 하는 의도는 자신의 뜻대로 하기 위함이었습니다. 28절에 둘째 아들을 환영하는 만찬에 화가 나서 아버지의 권유에도 들어가지 않았습니다. 하나님 안에 있으면서도 율법적인 행위 기준에 의

하면 아버지가 그렇게 하면 안 된다고 생각합니다. 하나님의 뜻에 따라 사는 것이 아니라 내 도덕적인 기준이 중요합니다. 첫째 아들이 잃어버린 두 번째는 기쁨 없는 기계적인 복종의 삶을 살아가고 있는 것입니다. 이러한 순종이 아닌 복종의 삶은 어느 순간에 터져서 그 본질을 드러냅니다. 첫째 아들은 종처럼 아버지를 섬겼다고 이야기합니다. 29절에 "아버지께 대답하여 이르되 내가 여러 해 아버지를 섬겨 명을 어김이 없거늘" 큰아들은 아버지를 위해 살았습니다. 그리고 자신의 섬김에 상응하는 대가를 기대했습니다. 결국 그도 둘째 아들과 다를 바 없었습니다. 두 아들 모두 아버지와의 인격적인 관계에는 관심이 없었고, 대신 아버지한테서 '무엇을 얻을 수 있을까?'에만 관심을 두었다는 것입니다. 둘째 아들은 자기가 원하는 것을 적나라하게 말하고 받아간 반면, 좀 더 인내심 강하고 자기훈련이 잘된 큰아들은 자기가 원하는 것을 얻기 위해 열심히 일하는 쪽을 택했습니다. 첫째 아들이 잃어버린 세 번째 것은 하나님의 사랑에 대한 확신 부족입니다. 첫째 아들은 자신의 기준에 근거해서 아버지의 사랑을 판단했습니다. 첫째 아들은 아버지의 그 크신 사랑을 알지 못했습니다. 우리는 이와 같은 모습을 멈춰야 합니다.

그리스도인들이 하나님을 믿는다고 할 때, 이 믿음은 단순한 신념의 결과가 아니라 의지가 포함된 신앙입니다. 기독교 신앙은 전인격적으로 성경의 가르침대로 맡기고 따르는 일입니다. 하지만 자칫 잘못하면 우리는 오늘 말씀이 이야기하고 있는 아들들처럼, 무신론자의 모습으로 살아가게 됩니다. 둘째 아들은 교회밖에 있는 믿지 않는 무신론자의 모습을 보여줍니다. 그러나 특별히 첫째 아들의 모습은 실제적 무신론(practical atheism)자의 모습을 보이고 있습니다. 현실적 무신론자는 교회 안에 있으면서 하나님보다는 자기 뜻대로 하기 때문에 하나님 백성의 공동체에 대한 신뢰를 계속해서 떨어뜨리게 만들고, 머리로는 하나님의 존재를 믿는다고 하지만 실제 삶의 현장에서는 '마치 하나님이 없는 것처럼' 사는 사람을 가리킵니다. 오늘 말씀에 나온 두 아들의 관심은 유감스럽게도 그 대상은 아버지가 아니었습니다. 이 둘은 그저 아버지를 이용하려 했을 뿐입니다. 다만 차이가 있다면 큰아들은 사회적으로 좀 더 용인될 수 있는 방법을 택했다는 것입니다.

그렇다면 이와 같은 우리의 모습을 벗어버리기 위해서 필요한 것은 무엇일까요?

첫째, 우리는 눈을 열어서 사랑의 하나님을 볼 수 있어야 합니다. 둘째 아들이 아버지에게 돌아오기 전에 17절에 "이에 스스로 돌이켜"라는 말씀이 있습니다. 자신의 한계를 고백하는 신앙은 중요합니다. 우리 삶에 "이에 스스로 돌이켜 이르되" 이 고백이 빨라야 합니다. 이 고백이 있어야 신앙의 더 깊은 곳으로 나아갈 수 있는 것입니다. 둘째 아들이 돌아왔습니다. 그에게 아버지가 달려갑니다. 그 당시 이스라엘의 존경받는 부자들을 뛰지 않았다고 합니다. 아버지는 도덕적인 판단을 하지 않았습니다. 만찬을 베풀고 아버지는 둘째 아들을 다시 당신의 아들로 대하십니다. 또한 아버지는 큰아들이 오지 않자 나가서 그를 찾습니다. 그리고 잔치에 같이 가자고 달래고, 그 잔치에 초대하십니다. 우리는 눈을 열어서 항상 초대하고 계시는 아버지의 사랑을 봐야 합니다.

둘째, 우리는 우리의 죄뿐 아니라 우리의 의로움 또한 회개해야 합니다. 신앙 좋은 사람들은 하나님이 홀로 차지하셔야 하는 유일한 자리를 주님의 사역이라는 좋은 목적으로 대체하려는 유혹을 느낍니다. 주님과의 연합이 없이는 하나님의 사랑받는 자녀로서 그 자체로서의 가치보다는 우리가 좇는 사역에서 가치를 찾게 됩니다. 이런 사람들은 자신의 삶의 가치를 굉장한 목표를 성취함으로 결정된다는 사명지상주의의 삶을 살아갈 수 있습니다. 이것의 폐해는 최악의 경우 결과가 항상 수단을 정당화시키게 됩니다. 그래서 가정도 등한시하고, 건강도 희생되고, 도덕성, 진실성도 흔들리고, 가장 큰 문제는 하나님과의 관계

또한 제한적이게 됩니다. 그래서 결국은 아버지로부터 하나님으로부터 그 마음이 멀어지게 됩니다. 바로 이 시대의 바리새인이 될 수 있는 것입니다. 오늘 우리는 하나님의 자리를 대신 차지하고 있는 우리 스스로의 의로움을 내려놓아야 합니다.

셋째, 하나님의 구속의 은혜에 감사해야 합니다. 주님은 작은아들이 돌아왔을 때 가장 좋은 옷을 입히고 가락지를 끼우고 신을 신김으로 아들로 맞이하여 주십니다. 또한 큰아들에게 내가 가진 모든 것(100%)이 '네 것이다'라고 하십니다. 31-32절에 "얘 너는 항상 나와 함께 있으니 내 것이 다 네 것이로되 이 네 동생이 죽었다가 살아났으며 내가 잃었다가 얻었기로 우리가 즐거워하고 기뻐하는 것이 마땅하다." 이 말씀에서 우리는 하나님 아버지의 마음을 읽을 수 있습니다. 진정으로 우리에게 모든 것을 주심으로 임마누엘의 하나님으로 자녀 된 우리와 함께하고 싶은 그 아버지의 마음을 놓치지 말아야 합니다. 우리가 왜 하나님의 만찬에 참여할 수 있습니까? 예수님이 그 고난의 심판의 잔을 우리를 위해 마셨기 때문입니다. 우리에게 죄인 된 우리를 구원하기 위해서 우리에게 오신 예수님이 있습니다. 우리가 어떻게 의로움의 옷을 입을 수 있을까요? 예수님이 십자가에 못 박혀 죽으셨기 때문에 가능합니다. 우리를 집으로 데려오시기 위해서 예수님이 그 대가를 치르셨기 때문에 가능합니다.

종종 신앙 공동체에서 둘째 아들과 같은 사람을 큰아들과 같은 사람으로 변화시키고자 많은 노력을 기울입니다. 하지만 그런 시도는 헛수고로 끝날 뿐입니다. 아버지가 가장 중요하게 생각하시는 것은 외면적으로 보이는 둘째 아들의 불순종이나 큰아들의 순종이 아니라, 자기 아들들과 함께 하는 것입니다. 이것은 우리 하나님 아버지도 마찬가지이실 것입니다. 하나님 마음의 중심에는 당신의 자녀들과 함께하고픈 마음이 자리 잡고 있습니다. 우리가 이 사실을 깨달아야만, 신앙생활하면서 나도 모르게 잃어버린 것을 회복할 수 있습니다. 하나님 아버지의 우리에 대한 사랑으로 예수님이 십자가에 죽으심으로 우리를 막았던 죄와 죽음의 장벽이 사라지면서, 하나님과 화목하는 한길이 드러났습니다. 우리의 매일의 삶이 그 은혜에 감격하여 일상의 삶에서 주님의 뜻을 분별하여 그 일에 순종하며 따르는 기쁨의 헌신이 있기를 주님의 이름으로 기도합니다.

나는 그 사람을 알지 못하오
마 26:69-75

김은용

(전 교목실장 / 기독교학과 은퇴교수)

1. 초등학교에 다니는 한 남학생이 있었습니다.

그의 학급에서 공부 잘하고, 잘 생겼고, 그 반 학생들 중에서 뛰어났습니다. 장래가 촉망되는 학생이었습니다. 어느 날 엄마가 학교에 오셨습니다. 다음날, "너네 엄마는 한쪽 눈 없는 병신이냐?" 하고 놀림을 받았습니다. "늘 놀림거리였던 엄마!" 그 어린 마음엔, 이 세상에 엄마가 없었으면 좋겠다고 생각했습니다.

"엄마, … 왜 엄마는 한쪽 눈이 없어?" "진짜 창피해 죽겠어!" 어린아이는, 평소 하고 싶은 말을 해버렸습니다. 엄마에게는 마음의 상처가 되었습니다. 그날 밤, 엄마는 숨을 죽이며 울고 있었습니다. 그 아이는 한쪽 눈 없는 엄마도 싫고, 가난한 집도 싫어 악착같이 공부하는 것으로 만족했습니다.

성장을 해서, 엄마 곁을 떠나 대학에 들어갔고 공부를 잘해서 취직도 했습니다. 결혼해서 내 집도 마련했고 아이들도 생겨서, 행복한 가정을 이루고 잘살고 있었습니다. 하루는 낯선 시골 할머니가 그 집 초인종을 눌렀습니다. 아들이 나왔습니다. 그에겐, 하늘이 무너지는 듯했습니다. 순간, 아들은 "당장 나가여! 꺼지라구요!" 그러자 엄마는 "죄송합니다. 제가 집을 잘못 찾아왔나 봐요." 하고 떠나갔습니다. 이 젊은 이는 자기 부인이 될 여자에게 "엄마가 돌아가셨다"고 거짓말을 했었 습니다.

그 이후, 어느 날 대문 편지함에 편지가 놓여 있었습니다.

"사랑하는 내 아들, 보아라. 이제, 엄마는 살 만큼 산 것 같구나. 다시 는 찾아가지 않을게… 너를 생각해서, 그리고 한쪽 눈이 없어서, 정말 로, 너에겐 미안한 마음뿐이다. … 네가 어렸을 때, 교통사고가 나서 한쪽 눈을 잃었단다. … 엄마는 너를 그냥 볼 수가 없었어, 내 눈을 주었 다. 그 눈으로 엄마 대신 세상을 하나 더 봐주는 네가 너무 기특했다! 그때 나는 기뻐했다. 네가 나를 문전박대 했어도 나는 너를 미워하지 않는다. 엄마는 너를 사랑한다."

갑자기, 어머니가 주신 그 눈에서 눈물이 흐르고 있었습니다.

"어머니 죄송합니다. 어머니 용서하세요. 엄마, 내 엄마, 사랑해요!"

그 어머니! 이젠 보고 싶어도 볼 수 없고 사랑하고 싶어도 사랑할 수가 없게 됐습니다.

_강서영 정리 〈사랑밭 새벽편지〉 2011.05.06. 02:28.

2. 예수님이 유대교 공의회 앞에서 재판을 받게 됐습니다.

그 당시 유대교 공의회라 하면, 북한의 한때 인민재판과 비슷했습니 다. 누군가가 나서서 "저놈 죽여라"하면 그게 끝입니다. 예수님이 이 공 의회 앞에 섰습니다. 그곳에는 대제사장 가야바, 율법학자들, 장로들 이 있었습니다. 예수님의 수제자 베드로는 멀찍이 떨어져서 그 재판정

―대제사장의 집― 안마당에까지 들어갔습니다. 예수님이 어떻게 될까? 베드로는 긴장된 마음으로 하인들 틈에 끼어 숨어서 보고 있었습니다.

재판이 시작됐습니다. 대제사장들과 공의회 앞에 서 있는 예수님! 그들은 예수님을 죽이려고, 죄목을 찾고 있었습니다. 이런저런 죄목이 나왔지만… 죽일 만한 죄목이 없었습니다. 마침내, 한 죄목이 나왔습니다. 대제사장이 예수님에게 "그대가 하나님의 아들 그리스도요?" 예수님은 "당신이 말한 대로, 그렇소." 이어서, 예수님은 하나님의 아들 되심을 자세히 설명했습니다. "이제로부터 당신들은, 하나님의 아들이 권능의 보좌 오른쪽에 앉아 있는 것과, 하늘 구름을 타고 오는 것을 보게 될 것이오." 예수님의 말씀은 대제사장에게 충격적이었습니다. 그는 예수님이 "하나님을 모독한다"고 생각했습니다. 그는 극도로 흥분하여 자기 옷을 찢고, 소리쳤습니다. 그는 사람들을 향하여 "여러분, 보시지요. 방금 하나님을 모독하는 말을 들었지요(마 26:65). 여러분의 생각은 어떠합니까?" 그러자, 유대인들은 소리쳤습니다. "그를 죽여야 합니다." 유대인들은 예수님의 얼굴에 침을 뱉고, 주먹으로 치고, 더러는 손바닥으로 때리기도 하며(마 26:67), 말하기를 "네가 하나님의 아들이냐? 너를 때린 사람이 누구인지 알아맞히어 보아라" 희롱했습니다.

예수님이 이렇게 당하는 것을 보고 베드로는 겁먹었습니다. 그때 한 하녀가 그에게 다가와서 "당신도 저 갈릴리 사람 예수와 함께 다닌 사람이지요"(마 26:69). 베드로는 "… 네가 무슨 말을 하는지 모르겠다" 잡아뗐습니다. 그리고서 베드로가 대문 밖으로 나가려고 할 때, 다른 하녀가 그를 보고, 사람들에게 말했습니다. "저 사람이 나사렛 예수와 함께 다니던 사람입니다." 그러자 베드로는 맹세하고 다시 부인했습니다. "나는 그 사람을 알지 못하오." 조금 뒤에 거기에 서 있는 사람들이 베드로에게 다가와서 "당신은 틀림없이 그들과 한패요. 당신의 말씨를 보니, 당신이 누군지 분명히 드러나오." 그때 베드로는 저주하며 맹세

했습니다. "나는 그 사람을 알지 못하오." 그러자 곧 닭이 울었습니다. … 그는 땅에 쓰러져 슬피 울었습니다(공동새번역 막 14:72). 베드로는 예수님께 무어라 용서를 구했을까요?

"예수님, 용서하세요. 죽을까 봐 엄청 겁나서 선생님을 부인했어요."

3. 저는 저의 어머님의 묘 앞에 설 때마다, 눈물이 납니다.

"… 어머니, 죄송합니다. 용서하세요. 어머니, 사랑합니다."

저의 어머니의 한쪽 눈도 불구이었습니다. 상처가 빨갛게 나타나 보기 싫었습니다. 저에겐 아주 부끄러운 일이었습니다. 다른 친구들의 어머니는 멀쩡한데, 왜 우리 어머니냐? 이런 어리석은 생각을 한 기억도 납니다. 제가 초등학교 다닐 때 학교에 오신 일은 없었습니다. 그러나 매해 가을 운동회 때 저의 어머니는 제가 좋아하는 여러 가지 음식을 준비해 가지고 오셨습니다. 저는 당황한 모습으로 어머니를 대한 기억이 납니다. 다른 친구들이 볼까 봐, 어머니가 잡아놓은 점심 자리를 마다하고 멀리 한 구석에 가서 먹곤 했습니다. 제가 장성해서 자기의식이 생길 때까지 어머니를 멀리했습니다. 제가 취직해서 제일 먼저 한 일은 어머니를 모시고 대학병원 안과에 가서 인공의안을 해드리었습니다. 그리고 어머니가 93세로 돌아가실 때까지 제가 모셨습니다.

사도 베드로는 "나는 그 사람을 알지 못하오." 그러자 곧 닭이 울었고, 동시에 예수님의 말씀도 생각이 나서, 그는 땅에 쓰러져 슬피 울며 참회했습니다. 예수님을 배신한 죄가 그의 마음에 상처로 자리 잡기 전에, 하나님의 성령이 베드로의 영성에 불을 집히었습니다. 이 영성의 불이 사람들을 하루에 3,000명이나 회개케 했고, 초대교회의 지도자가 되었습니다.

어머님의 묘 앞에 눈물을 흘리는 80대 할아버지! 이젠 어머니를 보고 싶어도 볼 수 없고 사랑하고 싶어도 사랑할 수가 없게 된 젊은이! 그들은 어릴 때, 철없이 어머니의 불구를 숨기려 한 죄가 그들의 심리적 갈등으로 남아 있을 것이라 하고, 이것이 크고 작고 간에 일종의 신경증으로 우리 인격(person)에 나타난다고 합니다. 그 나타남이 우리의 이력 혹은 가면(personage)이라 합니다. 자기 집에 찾아온 어머니에게 "당장 나가요! 꺼지라구요!" 이게 엄청 큰 가면입니다. … 우리의 일상생활에서 누구에게나 크고 작은 가면이 나타납니다. 나타나는 것이 좋을 수도 있습니다. 왜냐하면 그 기회에 자기반성을 할 수 있기 때문입니다.

4. 저의 '가면' 이야기로 말씀을 맺겠습니다.

두어 주 전에 우리 안 사돈을 모시고 저의 집사람과 근처 칼국수 집에 갔습니다. 마침 점심시간이라 주차할 자리가 없었습니다. 한쪽에 겨우 차를 임시로 세워놓고 장애인 주차 자리에 와 보니 비장애인 차가 있는 거예요. 이게 내 자리인데, 생각이 들었습니다. 식당 안에 들어서자마자 나는 종업원에게 그 차를 옮기지 않으면 사진 찍겠다고 했습니다(사진 찍어 신고하면 벌금을 내야 합니다). 사실 신고할 마음은 없었습니다. 내 말을 들은 차 주인은 즉시 차를 옮기러 나갔습니다. 순간, '아! 이것이 진짜 나의 모습은 아닌데!'하는 생각이 들었습니다. 그 차 주인에게 미안하고, 내 자신이 부끄러웠고, 가슴이 두근거렸습니다.

… 그 시원한 칼국수 국물이 이번에는 뜨겁기만 하고, 국수 맛도 느

끼지 못한 채 먹었습니다. 집에 와서도 '이 한심한 놈!' 저 자신을 반성했지만! 마음은 편치 않았습니다. 그날 밤 잠도 잘 이루지 못했습니다. 어렸을 때 받은 마음의 상처들을 잊어버리고 살지만, 마음에 들지 않는 일이 생길 때, 분노가 돌발적으로 일어나는 거겠지 하며 정당화했지만 마음이 편치 않았습니다. 그렇다고 그 차 주인을 찾아가서 "죄송합니다"하며 용서를 구할 수도 없고. 지금 할 수 있는 것은 주님께 용서를 구하는 일입니다.

　"예수님, 죄송해요. 참지 못했습니다."

　바울 사도가 그리스도의 복음을 전하는 데 방해가 되지 않는 한, "모든 것을 참고 지내라"(공동번역 개정판 고전 9:12) 했는데… 실수했습니다. 용서하세요.

5병2어 기적의 새로운 해석

요 6:1-14

김 형 태

(동문 / 전 한남대학교 총장)

1. 예수님의 신성과 인성

예수님은 참 하나님이시면서 참 인간이다. 성탄 찬송 중에도 "이 세상에 주께서 탄생할 때에 참신true God과 참사람true human이 되시려고 저 동정녀 몸에서 나셨으니 엎드려 절하세 엎드려 절하세 구주 나셨네"(찬송가 122장 3절)란 게 있다. 이처럼 예수 그리스도는 신성과 인성을 함께 갖고 계시므로 하나님이시며 동시에 사람이다. 그래서 우리 인류의 죄 문제를 해결하기 위해 유일무이하게 합당한 자격을 갖춘 분은 오직 예수님 한 분뿐이다. 죄를 지은 당사자가 인간(아담)이기 때문에 인성을 지닌 인간이 죗값을 치러야 한다. 그런데 하나님에게 지은 죄이기 때문에 하나님 혹은 하나님과 동급의 존재라야 이 죄의 해결(사죄)자가 될 수 있는 것이다. 죄를 범한 자(인성)와 불경을 당한 상대자(신성)의 양 속성을 동시에 갖춘 자라야 속죄협상의 자격을 갖추게 된다. 유한한 피조물(인간)이 영원한 창조주(하나님)에게 죄를 범하였기 때문에 양성(신성과 인성)을 다 갖춘 자가 아니면 완전한 대속자가 될 수 없는 것이다. 천하에 예수님 이외의 다른 이름으로서는 구원을 얻을 길이 없는 이유다(행 4:12).

예수님은 우리들과 똑같은 인간 성품(배고픔, 애통함, 졸림, 불의에 대한 거룩한 분노)을 갖고 계셨다. 그런데 동시에 하나님으로서 초자연적 능력도 갖고 계셨다. 표적sign과 이적wonder과 기적miracle이 바로 예수님께서 하나님의 속성(영원성 · 초자연적 능력)을 소유하고 계시다는 증거들이다. 언제든지 필요한 상황이 오면 하나님의 초능력supernatural power을 행사하신 것이다. 물로 포도주를 만드신 표적(출 4:8, 시 78:43, 마 12:39, 막 16:20, 요 2:11, 요 6:2)이나 아론의 지팡이가 뱀이 된 이적(출 4:17, 21, 7:9, 계 12:1-3)이나 모세가 파라오 왕 앞에서 행한 열 가지 기적(출 11:9-10, 시 105:5-6)들은 하나님과 예수님만 행할 수 있었던 초자연적 현상들이었다.

극동방송국에 가면 소중한 표어 하나가 게시돼있다. "한 사람이 또 다른 사람을 만나면 역사가 시작되고 한 사람이 하나님을 만나면 기적이 나타난다"(When one man meets another man, history is born. When a man meets God, miracle unfold)는 말이다. "예수님은 어제나 오늘이나 영원토록 동일"(히 13:8)하시기에 3,500여 년 전부터 아브라함이나 모세에게 행하셨던 하나님의 이적이나 2,000년 전 유대 땅에서 행하셨던 예수님의 기적이 오늘날 우리에게도 가능한 것이다. 인간이신 예수님은 우리와 똑같은 인성 구조를 갖고 계시지만, 동시에 하나님 아들이신 예수님으로서 초자연적 능력으로 초과학적인 기적을 행하시는 것이다. 그래서 William Carey는 "Expect great things from God. Attempt great things for God"이라고 제창한 것이다.

2. 예수님의 기적들에 대한 분석

예수님의 지상 사역을 기록한 네 복음서에는 전체 35회의 기적들이 기록되어 있다(마태복음에 20회 / 마가복음에 18회 / 누가복음에 20회 / 요한복음에 8회). 물론 성경이 예수 그리스도께서 행하신 기적을 모두 기록하고 있지는 않다. 예컨대 마태복음에만도 주께서 놀라운 기적을 많이 행하셨던 상황을 12번이나 암시하고 있다. 복음서 기자들은 수많은 기적 중에서 자신의 기록에 적합한 것들만 발췌해 소개한 것으로 보인다.

예수님의 기적들을 시간대별로 배열하면 공생애 초기사역 때 1회(물로 포도주를 만듦), 제1차 갈릴리 사역 때 8회(신하의 아들 고침 / 38년 된 병자 고침 / 첫 번째 고기 잡는 기적 / 귀신을 쫓아냄 / 베드로의 장모 고침 / 문둥병자 고침 / 중풍 병자 고침 / 손 마른 자 고침), 제2차 갈릴리 사역 때 9회(백부장의 종을 고침 / 과부의 아들 고침 / 귀신들린 자 고침 / 바다를 잔잔케 함 / 거라사 광인을 고침 / 혈루병 여인을 고침 / 야이로의 딸을 살림 / 두 소경을 고침 / 벙어리 귀신을 쫓아냄), 제3차 갈릴리 사역 때 8회(5병2어의 기적 / 물 위를 걸어가심 / 수로보니게 여인의 딸을 고침 / 귀먹고 어눌한 자를 고침 / 7병2어의 기적 / 베데스다의 소경을 고침 / 귀신들린 아이를 고침 / 물고기 입에서 동전을 취함), 후기 유대 및 베레아 사역 때 8회(나면서 소경된 자를 고침 / 귀신들린 여인을 고침 / 수종병자를 고침 / 나사로를 살림 / 열 문둥병자를 고침 / 소경 바디매오를 고침 / 무화과나무 사건 / 말고의 귀를 회복시킴), 부활 후 승천 때까지 1회(두 번째 고기 잡는 기적) 등이다.

예수님의 지상 사역 중 행하신 35회의 기적을 영역별로 분류하면 첫째, 환자치료Healing the sick가 17회이다. ① 신하의 아들을 고침(요 4:46-54) ② 베드로의 장모를 고침(마 8:14-15, 막 1:29-31, 눅 4:38-39) ③ 문둥병자를 고침(마 8:2-4, 막 1:40-42, 눅 5:12-14) ④ 열 문둥병자를 고침(눅 17:11-19) ⑤ 중풍병자를 고침(마 9:2-7, 막 2:1-12, 눅 5:18-25) ⑥ 38년 된 병자를 고침(요 5:1-9) ⑦ 손 마른 자를 고침(마 12:9-13, 막 3:1-5, 눅 6:6-10) ⑧ 혈루증 여인을 고침(마 9:20-22, 막 5:25-34, 눅 8:43-48) ⑨ 두 소경을 고침(마 9:27-30) ⑩ 베데스다의 소

경을 고침(막 8:22-26) ⑪ 나면서 소경된 자를 고침(요 9:1-7) ⑫ 소경 바디매오를 고침(마 20:29-34, 막 10:46-52, 눅 18:35-43) ⑬ 백부장의 종을 고침(마 8:5-13, 눅 7:1-10) ⑭ 귀신들린 여인을 고침(눅 13:10-17) ⑮ 수종병자를 고침(눅 14:1-6) ⑯ 귀먹고 어눌한 자를 고침(막 7:31-39) ⑰ 말고의 귀를 회복(눅 22:49-51)시켜준 것 등이다.

둘째, 죽은 자를 일으키신 것Rasing the dead이 3회이다. ①야이로의 딸을 살리심(마 9:18-19, 23-26, 막 5:22-24, 35-43, 눅 8:41-42, 49-56) ②나인성 과부의 아들을 살리심(눅 7:11-16) ③친구 나사로를 살리신 것(요 11:1-44) 등이다.

셋째, 마귀를 축출한 것Casting out demon이 6회이다. ① 귀신을 쫓아 냄(막 1:21-28, 눅 4:31-35) ② 거라사 광인을 고침(마 8:28-34, 막 5:1-20, 눅 8:26-39) ③ 벙어리 귀신을 쫓아냄(마 9:32-33, 눅 11:14) ④ 귀신들린 자를 고침(마 12:22) ⑤ 수로보니게 여인의 딸을 고침(마 15:21-28, 막 7:24-30) ⑥ 귀신들린 아이를 고친 것(마 17:14-18, 막 9:14-27, 눅 9:37-42) 등이다.

넷째, 초자연적 능력의 게시Supernatural events가 9회이다. ① 물로 포도주를 만듦(요 2:1-11) ② 바다를 잔잔케 하심(마 8:23-27, 막 4:35-41, 눅 8:22-25) ③ 첫 번째 고기 잡는 기적(눅 5:4-11) ④ 5병2어 로 5,000명을 먹이심(마 14:15-21, 막 6:35-44, 눅 9:12-17, 요 6:5-14) ⑤ 물 위를 걸어가심(마 14:22-23, 막 6:45-52, 요 6:17-21) ⑥ 7병2어로 4,000명 먹이심(마 15:32-38, 막 8:1-9) ⑦ 물고기 입에서 동전을 취함 (마 17:24-27) ⑧ 무화과나무 사건(마 21:18-22, 막 11:12-14, 20-24) ⑨ 두 번째 물고기 잡는 기적(요 21:1-14) 등이다. 이외에도 각종 질병 과 귀신에 시달리는 사람들을 구해주셨고(마 4:23-24, 8:16-17, 막 1:32-34, 3:10, 눅 4:40-41, 6:19, 요 21:25), 성경에서 가장 획기적인 기 적은 예수님 자신이 무덤의 권세를 깨고 부활하신 사건이다(마 28:6, 막 16:6, 눅 24:6, 요 20:18).

3. 5병2어 기적의 배경

예수님의 지상사역에서 행하신 35회의 기적이 갖는 의미는 예수님께서 우리 인간의 영spirit · 육body · 혼soul의 완전한 건강을 매우 소중히 여기셨다(시 16:9-11, 요 14:6, 살전 5:23)는 것이다. 또 사탄과 귀신에 얽매어있는 사람들에게 진리를 통한 해방과 자유를 주셨다. 특히 육신의 죽음 앞에 망연자실하고 있는 유족들 앞에서 사망이 아니라 생명이요, 죽은 것이 아니라 자는 것이라는 사생관과 부활 사상을 강조하셨다. 그리고 살아있는 인간들의 지상 생활에서 필수 불가결한 경제(빵) 문제와 사회적 문제 해결의 공식도 가르쳐 주셨다.

그중에서 네 복음서(마태, 마가, 누가, 요한)에 모두 기록되어 있는 유일무이한 기적이 소위 '5병2어' 기적이다. 오늘은 이 기적에 대한 해석을 새롭게 시도해보고자 한다.

말라기 선지자 이후 유대인들은 오랫동안 하나님의 말씀에 굶주렸다. 격려와 소망을 선포하는 선지자라면 더욱 좋겠지만, 책망과 징계를 선포하는 선지자라도 있었으면 좋겠다고 생각할 때 세례요한이 혜성같이 나타나 광야에서 외치는 자의 소리로 회개를 촉구하고 나섰다. 그러나 머지않아 헤롯에 의해 참수되자 다시 말씀에 갈급하고 있을 때 예수님이 등장하시니 군중들의 기대와 환영은 최고조에 달했다. 그런 배경에서 여기 디베랴 광야에 여자와 어린이 수를 빼도 5,000명이나 되는 군중이 모여들었다. 예수님의 말씀 선포와 군중들의 집중적인 경청은 정말 경이로운 부흥집회였을 것이다. 그러나 이 광야의 은혜집회에도 문제가 생겼다. 먹어야 하는 경제적 문제였다. 모여있는 사람 모두가 먹어야 할 입을 갖고 있는데, 광야에서는 식사(경제) 문제를 해결할 길이 없었다. 걱정스러운 제자들이 예수님께 설교의 중단과 함께 저물기 전에 해산시킬 것을 건의했다. 그러나 예수님은 "너희가 먹을 것을 주라"(마 14:16)고 하셨다.

광야에 서 있는 제자들에겐 빵도 없거니와 빵을 살 만한 돈도 없었다. 이를 모르실 리 없는 예수님께서는 대체 무엇을 어떻게 주라는 말씀인가? 그러나 우리가 줄 수 있는 것은 빵이나 돈만 있는 것은 아니다. 남수단 톤즈에서 선교하다 순교한 이태석 신부는 "나눔이 결코 물질적인 것만이 아님을 깨달았습니다. 내가 먼저 알고 있는 것을 가르쳐 주는 것, 내가 할 줄 아는 것을 다른 이도 할 수 있게 도와주는 것, 내가 먼저 얻은 것을 다른 이들과 함께 나누어 갖는 것도 있습니다. 나는 나눌 것이 없는 것만 같았는데…. 그러고 보니 나눌 것이 넘치도록 많았습니다. 나누면서 내가 더 풍요로워짐을 느낍니다. 제 것을 나누어 주었는데도 아무것도 줄어들지 않고 자꾸만 자꾸만 나눌 것이 더 많이 생겨나는 것 같습니다"라고 하였다.

기독교가 우리 사회와 이웃들에게 줄 수 있는 것은 빵이나 돈보다 먼저 사랑과 헌신을 통해 영혼을 구원해야 한다. 교회의 존재 이유는 구제보다 구원을 먼저 도와주는 것이다. "달 보라고 손가락질했더니 달은 안 보고 손가락만 보더라"(견지망월見指忘月)가 되면 안 된다. 영혼 구원이 먼저다. 그 구원을 위한 방법과 수단으로써 쓰일 때에만 구제가 중요한 것이다.

4. 5병2어 기적의 새로운 해석

이 장면에서부터 위대한 기적, 즉 디베랴 광야의 3대 회복운동이 일어나기 시작한다.

첫째, 제자들의 신앙이 회복되는 기적이다. "너희가 먹을 것을 주라"는 예수님의 제안에 대해 빌립은 200데나리온이 필요하다는 예산 요청서를 제시했다(데나리온은 로마 화폐단위로 노동자 하루 품삯이다 / 마

18:28). 오늘날 많은 지성인들이, 심지어 신앙인들까지도 어떤 문제를 해결하기 위해 세상적 상식으로 경제적 측면에서 기획재정부식 접근을 시도한다. 예산에 맞추어 교회를 운영하고 사업을 추진하며 신앙도 관리하려고 한다. 그러나 예수님은 이 같은 경영학적 제안에 대해서는 묵묵부답하셨다. 그때 스타 제자인 베드로의 그늘에 가려 존재감도 희미했던 제자 안드레의 신앙적 제안이 나왔다. "먹을 것을 찾다 보니 여기 한 어린이가 도시락을 갖고 있는데, 떡 다섯 덩이와 물고기 두 마리가 있습니다. 5,000명 군중을 먹이기에는 부족한 것이지만 선생님이 이것을 기초로 하여 해결해 주실 줄 믿습니다." 이것은 과학도 아니요, 상식도 아니며 더욱이 경영학적으로는 어불성설이다. 오직 신앙적으로만 이해할 수 있는 건의사항이다. 게다가 네 것도 내 것이요, 내 것도 내 것이라 하는 자기중심적인 한 어린이가 자기 소유의 전부를 바치는 완전헌신을 보여주고 있다. 제자들의 신앙이 회복되고 차세대 어린이의 순진무구한 헌신이 합쳐졌다. 5,000명 군중의 식량 문제가 해결되기 위한 첫 번째 회복이 이렇게 이루어진 것이다.

둘째, 예수님께서는 5,000명 군중들을 50명씩, 100명씩 분단으로 나누어 잔디밭에 앉게 하였다(마 14:19, 막 6:39-40, 39:14, 요 6:10). 모두가 질서정연하게 앉아서 자기에게 빵이 배급될 때까지 기다리게 한 것이다. 이것은 사랑의 회복이요, 사회질서의 복원이다. 나보다 다른 사람의 배고픔을 더 안타깝게 생각하고 그들이 먹은 뒤에 내가 먹겠다는 '당신 먼저After you' 정신의 회복인 것이다.

현대사회의 빈곤 문제는 절대량의 부족이 아니라 분배정의가 잘못되어 생기는 것이다. 총량경제(거시경제)는 부요하나 개별경제(미시경제)에서 빈곤이 생겨나고 있다. "흉년에 어머니는 배곯아 죽고 자식들은 배 터져 죽는다"는 말이 있다. 방구들을 잘못 놓으면 "윗목에 자는 사람은 얼어 죽고 아랫목에 자는 사람은 데어 죽는다"는 말도 있다. 분배의 정의가 확립되고 이익의 균첨이 이루어지면 이 세상에 기아의 고통은 없어질 것이다. 이는 실물경제 이전에 경제윤리의 문제요 '새 사회'가 되기 위해 '새 사람'이 필요한 것이다. 사회정의(first come, first served)가 확립되고 이웃에 대한 사랑과 배려가 개선돼 나눔과 섬김(sharing and caring)이 회복된 것이 두 번째의 기적이다.

셋째, 경제적인 식량 문제가 해결되어 그 광야에 모인 사람 어느 누구도 배고프지 않게 마음껏 먹었다. 세 번째 기적이 이루어진 것이다. 실제로 경제 문제는 돈 자체보다 정치적 문제요 더 들어가면 인간적 문제, 즉 신앙의 문제인 것이다. 경제 자체가 경세제민(經世濟民, 세상을 경영하고 백성을 구제한다)이요, 'Economy'의 어원도 그리스어로 'oekonomia'로서 '가족을 다스리는 사람'이라는 뜻에서 출발하였다. 빵의 문제는 곧 인문학이요 종교 행위인 것이다. 1960년대 우리나라에서는 빵의 문제(경제 위기)가 해결되면 모든 것이 해결될 줄 알았다. 그러나 그 뒤 안보 위기와 도덕성 위기로 이어지다가 드디어는 인간성의 위기까지 이르렀고 이제는 총체적인 난국이 되었다. 한국은 가난과 싸워 이겼지만 풍요와 싸워 지고 있으며, "베드로와 요한은 은과 금은 내게 없거니와 내게 있는 이것을 네게 주노니 나사렛 예수 그리스도의 이름으로 일어나라"고 했는데 요즘엔 은과 금은 풍족하나 나사렛 예수 이름이 없으니 어찌해야 좋을꼬? 하며 괴로워한다.

절대로 경제가 먼저일 수 없다. 수직적 신앙이 회복되고 수평적 인간관계가 회복되면 경제 문제는 자연스럽게 회복될 수 있다. 이것이 5병2어의 기적이 오늘 우리에게 주는 국가경영의 모범답안이다.

2,000년 전 디베랴 광야의 모든 백성이 빵(경제)의 문제를 해결 받았다. 이 기적의 뒤에는 두 가지의 사소하지만 중요한 원리가 숨어있다. 하나는 먹고 난 부스러기를 모두 수집해 열두 광주리에 담았다는 일이다. 쓰레기 종량제의 효시랄 수도 있고, 어떤 일이든 마지막엔 앉았던 자리의 흔적까지도 정리해 환경을 보호하는 모습이다. 또 하나는 위대한 기적을 통해 민생경제 문제를 해결하고 난 뒤 예수님의 인기가 절정

에 올라 통치 지도자로 모시려 할 때 혼자 산속으로 잠적해버린 사실이다(요 6:15). 구약의 모세는 민족 지도자로서의 사명을 끝내고 난 후 느보산 위에서 흔적도 없이 사라졌다. 신약의 세례요한은 광야에서 외치는 자의 소리(요 1:21)로만 존재했다. 참된 지도자들은 헌신봉사의 결과만 남겨놓고 그 자신은 공수신퇴功遂身退로 사라져야 되는 것이다.

『채근담』에 "대숲에 바람이 불어올 때 사각사각 소리가 나지만 일단 지나가고 나면 아무 소리도 남기지 않는다(風來疎竹 風過而竹 不留聲) 기러기 떼가 차가운 호수 위로 날아갈 때 그림자가 생기지만 일단 지나가고 나면 아무 흔적도 남기지 않는다(雁度寒潭 雁去而潭不留影) 이처럼 지도자도 일을 맡았을 땐 온 힘을 다해 충성하지만, 임기를 끝내고 나면 마음을 비우고 아무 흔적도 없이 사라져야 한다(故 君子 事來而心始現 事去而心隨空)"는 고사가 있다. 이것이 5병2어의 기적을 베푸신 후의 예수님 모습이다.

끝으로 홍문표 목사가 쓴 시 〈오병이어〉를 읽어보자.

"비록 보리 떡 다섯 개
물고기 두 마리 일지라도
당신의 손에서는
오천 명이 먹고도 남는
넉넉한 양식입니다

내 가진 것
보리 떡 다섯 개 그보다 더 작은
목숨뿐일지라도

그마저 당신 앞에 내어놓는
믿음이게 하여 주시옵소서

내 가진 것
생선 두 마리 그보다 더 작은
부끄러움뿐일지라도
그마저 당신 앞에 내어놓고
자비를 구하게 하여 주옵소서

낮추는 자는 하늘 위로 높이시고
높이는 자는 땅 밑으로 낮추시는
당신의 공평한 정의

보리떡으로 살아가게 하소서
물고기 두 마리로 살아가게 하소서
그마저 당신 앞에 내어놓는
가난한 믿음이게 하여 주옵소서."

죽음을 기억하라!

마 24:36, 44; 25:13

김 희 룡

(동문 / 성문밖교회)

　'인디언 썸머'라는 말이 있습니다. 이것은 지난 성문밖교회 전교인 수련회의 주제이기도 했습니다. 그 뜻이 당시 교회주보에 잘 나와 있습니다. "인디언 썸머는 미국과 캐나다 지역에서 겨울이 오기 전 가을이 완연한 10월이나 11월에 갑자기 일정한 기간 여름처럼 날씨가 따뜻해지는 현상을 말한다. 아메리카 인디언들은 이 시기를 신이 내린 선물이라고 생각했으며, 이 시기에 이들은 다가올 추운 겨울을 나기 위한 양식을 준비했다." 이것은 인디언 썸머의 사전적 의미입니다. 그래서 '인디언 썸머'는 겨울을 대비하라는 말로서, 겨울을 준비하는 절기라는 뜻으로서 이해됩니다.

　겨울이란 어쩌다 한 번 마음 내키면 오고 내키지 않으면 오지 않는 계절이 아닙니다. 겨울은 매년 반드시 찾아오는 계절입니다. 그렇기 때문에 매년 반드시 찾아오는 겨울을 대비하라는 말은 겨울이 온다는 것을 기억하라는 말과 다른 말이 아닙니다. 겨울이 온다는 것을 기억하고 있어야, 겨울이 온다는 사실에 마음을 두고 살아야 겨울을 대비할 수 있기 때문입니다. 겨울이 온다는 것을 기억하면 그것에 맞추어 아직 겨울이 되지 않은 현재의 계절을 어떻게 살아야 하는지 알 수 있습니다. 반드시 그리고 확실히 찾아오는 겨울에 삶의 방향을 설정하여 현재를 알차게 살아낼 수 있게 됩니다. 그것이 인디언 썸머를 사는 법, 곧 겨울을 대비하는 삶일 겁니다.

오늘 우리가 읽은 본문은 마태복음 24장과 25장의 결론이라 할 수 있습니다. 24장과 25장은 세상의 종말과 심판에 대한 이야기입니다. 세상은 반드시 종말을 맞게 될 것이고 그때에 인자가 와서 모든 것을 심판할 것이니 현재를 사는 사람은 반드시 종말을 기억하고 종말에 대비하기 위하여 깨어 있어야 한다는 말씀입니다. 종말은 세계와 역사의 끝을 의미하면서 동시에 완성을 의미합니다. 지금은 선과 악이 뒤섞여 서로 투쟁하는 양상으로 전개되고 있지만 결국 선이 악을 제압할 것이고 세계와 역사는 마침내 창조주 하나님이 본래 의도하신 모습으로 완성되리라는 믿음을 표현한 것이 기독교 종말론의 내용입니다. 그리하여 종말이 오리라는 말씀은 불의한 현재 핍박을 당하고 있는 초기 기독교인들에게 절망의 메시지가 아니었고 정반대로 희망의 메시지였습니다. 그런데 예나 지금이나 종말의 메시지는 삶의 희망이 아닌 불안을 조장하는 말씀처럼 오해되고 있습니다. 그래서 올바른 종말의 메시지를 판단하는 하나의 기준이 있다면, 그것은 누군가에게 종말의 메시지를 듣고 희망을 발견했다면 그것은 올바른 선포였다고 믿어도 좋습니다. 그러나 종말의 메시지를 듣고 불안에 사로잡혔다면 그것은 기독교의 종말론을 오해한 사람의 선포였다고 생각해도 틀리지 않습니다.

오늘 본문에 등장하는 종말의 메시지는 세계와 역사의 종말, 즉 우주적인 종말만을 이야기하는 것은 아닙니다. 종말의 메시지는 개인의 종말, 즉 개인의 죽음도 포함하는 말씀입니다. 본문 24장 36절에서 말하는 것처럼 역사가 종말을 고할 그 날과 그 시각은 아무도 모릅니다. 마찬가지로 개인적인 생명이 다하는 그 날과 그 시각 역시 아무도 모릅니다. 그러나 그날과 그 시간이 반드시 오고야 만다는 것은 누구나 알고 있습니다. 그러므로 두 번째 본문 44절에서 말하는 것처럼 준비하고 있어야 합니다. 그렇지 않으면 그날과 그 시간은 생각지 못한, 예상하지 못한 날이 될 수도 있기 때문입니다. 실제로 대부분의 사람은 자신의 종말을 맞이할 때, 뜻밖의 일을 당하는 것처럼 당혹감과 슬픔과 분노를 거쳐 수용의 단계로 들어가게 되는 것이 바로 그런 이유라 할 수 있습니다. 그날과 그 시간에 대해 의식하고 있지 않았고 준비되지 않았기 때문입니다. 그렇다면 준비하는 자의 태도는 어떤 것일까요? 그것은 세 번째 본문 25장 13절에서 말해주고 있습니다. "그러므로 깨어 있으라!"는 것이 그 대답입니다. 깨어 있어야 한다는 것은 의식하고 살라, 마음을 두고 살라는 의미입니다.

겨울이 온다는 것을 의식하고 반드시 찾아오는 겨울에 삶의 방향을 설정하여 겨울을 대비하여 식량을 준비하는 것, 깨어 있는 삶입니다. 살아있는 자는 반드시 죽음을 맞이하게 된다는 사실, 그렇기 때문에 내 생명은 제한된 시간 동안만 주어진 것임을 의식하고 제한된 내 삶을 어떻게 살아서 어떤 의미를 남길 것인가 성찰하며 사는 것도 깨어 있는 삶입니다. 무엇이 선인지 정의인지 모르겠다 말할 만큼 세계와 역사는 혼돈스러워 보입니다. 그러나 혼돈스러워 보이는 까닭은 이런 상태가 영원하리라는 가정 때문입니다. 아마도 이런 상태가 영원히 계속된다고 하면 이기주의와 기회주의가 이 세계와 이 역사를 살아가는 데 있어 가장 확실하고도 유효한 진리가 될 겁니다. 그러나 종말과 심판을 상정하는 순간, 선과 정의는 명확히 드러납니다. 이기주의와 기회주의는 설 곳이 없어집니다. 개인이 실존으로서 자기의 죽음을 의식하는 순간, 무엇이 삶의 거품이고 무엇이 알짬인지 분명히 드러나는 것과 같습니다. 그러니 세계와 역사가 반드시 종말의 심판을 통해 완성에 들어가리라는 믿음으로 현재적 삶의 진리로 인식되는 이기주의와 기회주의적 삶의 방식을 거부하며 살아가는 것, 그 역시 깨어 있는 삶입니다.

그러나 살아가는 동안에 미리부터 종말과 죽음을 의식하는 것은 혹시 삶에 불안을 더욱 가중시키는 것은 아닐까? 그러니 살아있는 동안에는 그저 사는 것에만 집중해야 하는 것은 아닐까 생각할 수 있습니다. 그러나 그렇지 않습니다. 식물을 생각해 보십시오. 식물이 열매를 맺는 것은 자기의 종말, 자기의 죽음을 의식하고 있기 때문입니다. 식물이 자기의 종말을 강하게 의식하면 할수록 더 많은 열매를 맺습니다. 사람도 그렇습니다. 자기의 죽음을 강하게 의식하는 사람일수록 자신의 삶을 어떻게 해서든 의미 있는 것으로 만들기 위해 노력합니다. 자기의 죽음을 눈앞에 둔 사람은 무엇이 삶의 거품인지 무엇이 삶의 본질인지를 분명하게 구분합니다. 그런 사람은 자기에게 주어진 삶에 감사합니다. 한순간도 놓치지 않고 삽니다. 삼십에 죽어 칠십에 묻히는 그런 삶―의미를 놓친 채 그저 살아가는 삶―을 살지 않습니다.

우리 민족은 예로부터 복을 좋아했습니다. 그래서 자주 보게 되는 가구의 곳곳에 그리고 매일 밥상에 오르는 그릇에 '복福'자를 새겨 놓았습니다. 그런데 무엇이 복인지는 구체적으로 적시해 두지 않았습니다. 다만 복에 대한 막연한 동경만을 새겨 두었다 하겠습니다. 그러나 성경 전도서 7장 2절에 보면, "초상집에 가는 것이 잔칫집에 가는 것보다 낫다. 모두 죽을 수밖에 없으니 살아있을 때 이것을 명심하는 것이 좋다."는 말씀이 있습니다. 또한 중세의 전성기에 일어난 수도원 전통에서도 메멘토 모리, mento mori! 곧 인간이 죽을 수밖에 없는 존재임을 기억하는 것이 은총이란 사상이 일어났고 수도사들은 서로를 향하여 이런 권고를 주고받았다고 합니다. 모든 사람이 각자 다른 인생을 산다 하더라도 죽음은 모든 사람의 공통된 운명인 까닭에 죽음을 의식하지 않고 사는 삶은 그 자체로서 삶의 왜곡이라고 보았기 때문입니다. 죽음을 의식하고 살아야 삶을 왜곡되게 살지 않게 된다는 통찰이 있었기 때문입니다.

세계와 역사의 종말, 곧 우주적 종말을 의식하고 산다는 것은 피조세계의 유한성과 그로 인한 모호성과 비극적 성격을 의식하고 산다는 뜻입니다. 또한 개인적인 죽음을 의식하고 산다는 것은 개인적인 생명의 유한성을 의식하고 산다는 의미입니다. 그러나 유한성을 의식한다는 것은 불안을 가중시키는 일이 아니라 오히려 유한한 세계와 유한한 생명의 초월이 시작되는 지점입니다. 왜냐하면 자기의 유한성을 자각하는 존재는 이미 자기의 유한성을 넘어서는 존재이기 때문입니다. 그렇지 않습니까? 자기의 무지를 아는 사람은 이미 자기의 무지를 넘어 참된 앎으로 나아가는 사람입니다. 그리고 자기가 죄인임을 아는 사람은 이미 자기의 죄를 넘어서는 사람이며 하나님 앞에서 의인이라 칭함을 받게 되는 사람입니다. 그러므로 세계와 역사의 종말을 의식함으로써 피조세계의 유한성을 아는 사람은 보이는 세계의 겉모습에 현혹되지 않습니다. 보이는 세계 속에서의 성공과 실패를 절대화하지 않습니다. 그것에 일희일비하지 않습니다. 세계와 역사의 한계 속에서 살아가지만 동시에 그것을 초월해서 살아갑니다. 자기 죽음을 의식함으로써 자기 생명의 유한성을 알게 된 사람은 생명을 양적으로 파악하지 않고 질적으로 파악합니다. 생명의 의미를 추구하는 삶으로 나아가게 됩니다. 이런 사람은 비록 유한한 생명 속에서 살아가지만 영원한 생명으로부터 오는 영원한 의미에 잇대어 살게 됩니다. 그럼으로써 자기의 유한한 생명을 초월한 영원한 의미 속에서 자기의 생명을 실현하며 살아가게 됩니다.

그리고 이러한 삶이야말로 예수 그리스도께서 선포하신 임박한 하나님의 나라에 삶의 방향을 설정한 삶이 될 겁니다. 하나님의 나라는 현재적 삶에 매몰될 것이 아니라 종말에 완성될 그 나라를 향하여 너의 현재적인 삶의 방향을 전환하라고 요구합니다. 이러한 요구는 오직 이 세계와 역사의 종말을, 그리고 개인적 종말을 의식하고 사는 신앙의 실존에게만 수용될 수 있습니다. 하나님의 나라는 이 세계와 역사의 유한성과 그로 말미암아 일어나는 삶의 모든 모호성과 비극적인 성격을 심각하게 의식하는 신앙적 실존에게 대답으로 주어진 계시이기 때문입니다.

'인디안 썸머'는 겨울을 대비하라는 뜻입니다. 겨울은 상징적으로 종말과 죽음을 의미합니다. 종말과 죽음은 모두가 말하기 꺼려합니다. 그러나 종말과 죽음을 말하기 꺼릴수록, 종말과 죽음을 삶에서 소외시킬수록 세계와 역사 그리고 개인적 삶은 왜곡되고 만다는 사실을 분명히 인식해야 합니다. 그리하여 거리낌 없이 세계의 종말과 개인의 종말인 죽음을 의식하고 직면하고 준비하는 삶으로 전환이 일어나야 합니다. 그러면 우리는 세계와 역사 속에 발 딛고 살되 그것에 매몰되지 않으면서 현 세계와 역사를 초월하는 삶으로 나아가게 됩니다. 그리고 우리는 비록 유한한 생명으로서 살아가야 하지만 영원한 생명으로부터 오는 영원한 의미에 잇대어 사는 초월의 삶으로, 하나님 나라를 향해 설정된 삶으로 나아가게 됩니다.

종말과 죽음의 날과 시간은 아무도 모릅니다. 모두에게 감추어져 있습니다. 그러므로 준비하고 있어야 합니다. 그리고 언제일지 모를 그 날을 준비하기 위해서는 깨어 있어야 합니다. 깨어있는 사람만이 살아 있는 동안에 세계와 자신의 종말을 의식하며 살아갈 수 있습니다. 그럼으로써 우리는 세계와 역사를 포함한 이 보이는 세계의 한계를 또한 자기 개인의 유한성을 인식하게 되며 그럼으로써 우리는 유한한 세계 속에서 영원한 세계를, 유한한 생명 속에서 영원한 생명을 추구하며 살아갈 수 있습니다. 우리 삶의 방향을 하나님의 나라에 설정하여 살아갈 수 있습니다. 우리 모두에게 이 같은 은총이 함께 계시길 기원합니다.

기도

주님, 존재하는 모든 것들은 생성소멸의 운명을 거스를 수 없습니다. 태어난 모은 것은 생로병사의 운명을 거스를 수 없습니다. 알면서도 대비하지 않는 것은 어리석음인줄 우리가 알고 있습니다. 우리가 소멸을 두려워하고 죽음을 거리끼는 것으로 치부하고 그것들을 우리의 삶에서 소외시키려는 까닭은 존재하는 것들의 운명이 하나님의 손, 하나님의 섭리 안에 있다는 믿음이 적기 때문입니다. 주님, 우리에게 믿음을 더해 주십시오. 그리하여 우리가 거리낌 없이 믿음을 가진 서로를 향하여 메멘토 모리memento mori라는 메시지를 주고받게 해 주십시오. 우리가 우리의 삶에서 세계의 종말과 개인의 죽음을 소외시키지 말게 하시고 그럼으로써 불완전한 세계와 유한한 생명 속에서 가장 궁극적인 의미를 추구하며 살아가게 하옵소서. 임박한 하나님 나라를 향하여 마음을 열게 하시고 그 나라의 질서를 현재 나의 삶 속에서 실현하며 살아가게 하옵소서. 하나님의 나라가 가까이 왔다, 깨어서 종말을 준비하라 말씀하신 우리 주 예수 그리스도의 이름으로 기도하옵나이다.

당신의 자랑은 무엇입니까?

고후 12:5-10

박근호

(동문 / 구미영락교회)

사람이 한평생 인생을 살아가는 데 있어 가장 필요한 것은 '자긍심自 矜心'입니다. 이 인성은 그 어떤 자랑거리가 있을 때 형성됩니다. 그래서 사람들은 저마다 자랑거리를 만들려 합니다. 왜냐하면 자랑거리가 없 을 때 사람은 주눅이 들기 때문입니다. 그래서 인생을 살아감에 있어 가장 필요한 것은 바로 이런 자존심과 자긍심과 자부심인데 문제는 이 런 마인드의 인생이 그리 많지가 않다는 겁니다.

'팔불출'이라는 인터넷 까페가 있습니다. '자기 자랑을 늘어놓는 이 들의 모임'인데 거기 보면 재미있는 글들이 많습니다. "저는 고등학교 일 학년 때 꼴찌를 해보았습니다. 전교 일등보다 더 어려운 꼴등…." "전 참 남자답고 멋지게 생겼습니다. 어쩌다 거울 보면 내 얼굴에 감탄 할 정도입니다. 근데 내 친구들은 저를 보면 씩 하고 약간 쓴웃음을 짓 더군요. 어떤 의미든 상관없습니다. 난 이렇게 생각할랍니다. 짜식들, 내가 잘생겨서 질투하는군! 하하하…." 사회적 스트레스가 얼마나 컸 으면 젊은이들이 이런 사이트를 만들어놓고 스스로를 격려하며 그 압 박을 풀려하겠어요. 그런데 며칠 전 오랜만에 들어가 봤더니 이런 문구 가 붙어있습니다. "이 카페는 회원 활동이 없어 휴면되었습니다. …" 거기서조차 아무도 자기를 알아주지 않으니 발길을 끊은 것입니다.

이런 '잘난 척'들은 그래도 '유머러스한 악의 없는 자랑들'입니다. 그냥 들어주면서 '그래, 그래' 하고 긍정해주면 그만입니다. 하지만 남에게 상처를 주는 자랑도 많습니다. 자기 힘을 과시하고, 남을 멸시하려는 사람의 헛된 자랑 말입니다. 예언자 예레미야는 렘 9:23-24에서 이런 못되고 시건방진 자랑을 엄중히 경고합니다. "지혜로운 자는 지혜를 자랑하지 말라. 용사는 그의 용맹을 자랑하지 말라. 부자는 그의 부함을 자랑하지 말라. 자랑하는 자는 이것으로 자랑할지니 곧 명철하여 나를 아는 것과 나 여호와는 사랑과 정의와 공의를 땅에 행하는 자인 줄 깨닫는 것이라. 나는 이 일을 기뻐하노라 여호와의 말씀이니라…." 왜 이런 자랑을 하는 걸까요? 자랑의 심리학을 연구한 학자들은 그건 바로 뿌리 깊은 열등감에서 비롯된다고 지적합니다. 내면에 힘이 있는 사람은 다른 사람들의 인정을 받지 않아도 든든합니다. 안 알아줘도 개의치 않습니다. 자긍심이 그만큼 높은 겁니다. 하지만 내면이 허전한 사람들, 자긍심은 없고 열등감만 채워져 있는 사람들은 항상 외부로부터의 인정을 필요로 합니다. 그래서 남을 엄청 의식하면서 삽니다. 좋은 옷, 큰 자동차, 유명 브랜드를 선호하는 심리의 이면에는 그것을 통해 자기를 크게 보이려는 뽐냄의 욕구가 있는 겁니다.

어느 패셔니스트가 그랬습니다. 명품이란 말은 잘못되었다. 명품이라는 단어를 쓰면 안 된다. 그것의 올바른 단어는 '고가 기성품'이요 '외제 사치품'이다. 유럽의 장인들이 만드는 건 일부일 뿐이고 '메이드 인 차이나'가 엄청 많다. 명품이라는 용어 자체가 과대포장 마케팅으로, 명품이면 '시대를 초월한 장인정신'이 깃들어 있어야 하는데 '마음만 먹으면 수도 없이 만들 수 있는 공산품'에 명품이란 단어는 맞지 않는다…." 과열된 '명품 열풍'도 '자긍심의 부재'와 전혀 무관하지 않은 겁니다. 시장표, 중저가형이라 하더라도 자기에게 어울리는 걸 사 입는 게 현명한 소비생활입니다.

이런 보이는 물질적 자랑만 자랑이 아닙니다. 믿는 이들이 자랑하는

게 무엇입니까? 자기가 받은바 '은혜에 대한 자랑'입니다. 주로 이방인들로 구성되었던 고린도 교회는 성령의 다양한 은사 안에 있는 교회였습니다. 여러 가지 은사체험, 좋지요. 하지만 문제는 그들이 성령을 받았으면서도 성령 받은 자들처럼 살지 못하고 옛 습성을 버리지 못했다는 것입니다. 성령 체험은 일상의 성화로 나타나야 하는데 성령 체험이 못난 자아와 결합할 때 그것은 더욱 나쁜 경향을 만들어냈습니다. 성령 체험을 통해 자기 부정과 겸손에 이른 게 아니라 오히려 교만에 이르게 된 것입니다. 그들은 자기 체험을 남의 체험과 비교하면서 자기 자랑에 열을 올렸습니다.

신앙의 성장과 성숙에 있어서 정말 중요한 것은 외적인 체험이 아니라 내적인 변화입니다. 하나님이 우리에게 은사를 주신 까닭은 첫째 당신이 우리와 함께 계시다는 사실을 확증해주시기 위해서이고 둘째는 그 은사를 가지고 공동체를 섬김으로써 교회의 덕을 세우라는 부르심입니다. 그러니까 은사는 개인이 소유할 수 있는 무엇이 아니라 공동체를 위해 활용해야 하는 것입니다. 그런데 고린도 교회는 이 은사의 문제를 잘못 이해하고 있었습니다. 체험 자체를 탐닉할 뿐 존재의 변화에는 이르지 못했습니다.

그러므로 조심해야 합니다. 다소의 영적인 체험을 하고 난 후에 '들었노라, 보았노라' 하는 이들은 대개 우리 영혼을 도둑질하려는 자들인 경우가 대부분입니다. 이단들의 술수가 그러합니다. 새것인 양, 신비한 것인 양 호도합니다. 거기에 현혹되다 보면 우리는 간과 쓸개를 다 빼 먹힌 허깨비가 되고 맙니다. 왜 바울은 자기의 체험을 남의 말 하듯이 할까요? 6절 뒷부분이 거기에 대한 대답입니다. "누가 나를 보는 바와 내게 듣는 바에 지나치게 생각할까 두려워하여 그만두노라…" 사람들이 자기를 지나치게 크게 생각할까 봐 자랑하기를 그만둔다는 것입니다.

바울이 고린도 교인들이 늘어놓는 그런 자기 자랑을 하지 않는 데는 몇 가지 이유가 있습니다. 첫째, 자기만족에 빠짐으로 교만하기 쉽기 때문이고, 둘째, 이런 경솔한 자기 자랑은 자기 발전의 가능성을 스스로 차단하기 때문입니다. 그래서 바울은 "선 줄로 생각하는 자 넘어질까 조심하라"고 경고합니다. 사실 고수들은 별로 티를 내지 않습니다. 하수들이 티를 내지요. 자기의 부족함을 아는 사람이라야 겸손하게 남에게 배우려 하는 데 자기 부족을 모르는 사람은 남을 가르치려고 할 뿐 배우려하지 않습니다. 예수님과 논쟁을 일삼던 바리새인, 율법학자, 서기관들이 바로 그러했습니다. 세 번째는 자기의 본 모습이 드러날까 두려워 늘 전전긍긍하게 됩니다. 그러다 보면 자기 올무에 걸리게 됩니다. 진실처럼 자유롭게 하는 것이 없습니다. 진실은 '안팎이 일치하는 것'입니다. '진리가 너희를 자유케 한다'는 말은 곧 '진실이 우리를 자유하게 한다'는 말이기도 합니다.

그럼 바울의 자랑은 무엇이었습니까? 바울은 부득불 자랑해야 한다면 자기의 약한 것을 자랑하겠다고 말합니다. 사실 약한 것은 자랑이 아니고 숨겨야 하는 것입니다. 하지만 그는 서슴지 않고 자기의 약한 것을 드러냅니다. 왜냐하면 내가 약한 그때에 하나님이 강하시기 때문입니다. 바울은 "내 은혜가 네게 족하다. 이는 내 능력이 약한데서 온전하여짐이라"는 하나님의 응답을 받고 인생의 가시가 오히려 하나님의 은총임을 알았습니다. 그래서 "여러 계시를 받은 것이 지극히 크므로 너무 자고하지 않게 하시려고" 그런 가시를 주셨다고 고백하면서 그 병은 오히려 자신을 교만의 바다로 떠내려가지 않도록 붙잡아주는 닻이요 기둥이며 하나님의 능력이 자기에게 임하는 통로임을 깨닫고 고백합니다.

이제 우리의 자랑거리를 한 번 살펴보십시다. 여러분의 자랑거리는 무엇입니까? 세상의 자랑거리 말고 우리로 자긍심을 느끼게 하는 진정한 자랑거리가 무엇입니까? 그건 바로 나의 없음을 있음으로 채우시는 하나님, 나의 약함을 강함으로 채우시는 하나님입니다. 그러므로 우리가 약할수록 자랑거리는 더 많게 됩니다. 왜냐하면 하나님은 우리 인생의 악조건을 호조건으로 바꾸시는 분이시기 때문입니다.

지금 사도 바울처럼 이런저런 가시에 시달리는 분들이 계십니까? 그래서 아프고 괴롭고 외롭습니까? 가시는 제거하는 것만이 능사가 아닙니다. 그 가시는 어쩌면 더 큰 은혜의 세계로 우리를 안내하는 것인지도 모릅니다. 그러므로 인생에 있어 정말 중요한 것은 남보다 더 좋은 생의 조건을 갖는 것이 아니라 더 큰 믿음을 갖는 것입니다.

우리 한남의 동문들은 바울처럼 이런 자랑을 일삼는 하나님의 백성 되기를 축복합니다. "내가 약할 때가 내가 강함이라. 그 약함으로 인하여 그리스도의 능력이 내게 머무는 이것을 내가 자랑하노라…." 결코 세상 기준으로 주눅이 들지 말고 또 교만하지도 말고 주 안에서 감사하고 자랑하고 의연하게 자긍심을 가지고 살아가는 우리 모든 한남의 사람들 다 되시기를 주님의 이름으로 축원합니다.

내 인생의 여리고는 무너졌는가?

히 11:27-31

박 희 종

(동문 / 대봉교회)

Move I: 내 인생의 여리고

여러분은 인생을 살아오면서 가장 힘들고 고통스러웠던 때가 언제였는가? 원래 산다는 것은 자체가 고통이다. 순풍에 돛을 단 듯 인생이 순조로운 날은 많지가 않다. 이 세상에 태어나는 아기들은 태어나면서부터 울음을 터트린다. 이 세상에서 처음으로 눈을 뜬 아기들이 자신을 기다리고 있는 고통을 예감해서 우는 것일까? 아니면 편안하고 안락했던 어머니의 뱃속을 고향으로 알고, "내 고향으로 날 보내 주!"라고 노래하는 것일까?

여리고는 BC 13세기경, 이스라엘 백성들이 젖과 꿀이 흐르는 가나안을 향한 여정 가운데 광야 생활 40년 후, 요단강을 건너 첫 번째로 함락시킨 비옥한 도시이다. 사실 이 여리고성은 난공불락의 성이었다. 그러나 이 불가능한 일을 하나님의 백성인 이스라엘 백성들이 해냈기 때문에 여리고성은 현재도 폐허로 변해 있다. 그래서 이스라엘 백성들은 인생에서 어려운 고비를 만날 때마다 견고한 여리고성을 떠올린다.

그렇다면 '산다는 것 자체가 고통'인 우리 인생에서도 크건 작건 난공불락과 같은 여리고가 있다. 내 인생길에서 여리고를 만날 때마다 나는 어떤 모습이었는가? 내가 내 인생길에서 여리고를 만남으로 내 인생이 더 풍요로워졌는가, 아니면 내 인생의 여리고 때문에 내게 더 아픔이 더했는가? 혹 우리는 내 인생길에 만난 여리고를 무너뜨린 신앙의 체험은 있는가? 그렇다면 크건 작건 내가 무너뜨린 신앙의 여리고성은 무엇인가?

Move II: 인생의 여리고를 무너뜨린 사람들-다윗과 히스기야

성경에 나타난 인생들은 누구나 여리고를 만난 인생들이다. 하나님을 감동시키는 믿음을 가졌던 다윗은 왕이 되기 전의 어린 시절에 첫 번째 여리고를 만난다. 그가 만난 여리고는 블레셋 장군 골리앗이었다. 도저히 소년이 상대할 수 없는 난공불락의 장군이었다. 그러나 그는 물맷돌 5개를 가지고 천하를 호령하던 골리앗을 패배시킨다. 이때 다윗의 외침이 무엇이었는가? "너는 칼과 창과 단창으로 내게 나아오거니와 나는 만군의 여호와의 이름 곧 네가 모욕하는 이스라엘 군대의 이름으로 네게 나아가노라"(삼상17:45).

우리는 인생의 여리고를 만날 때마다 만군의 여호와의 이름을 부르는가? 하나님 아버지의 이름이 인생의 여리고를 만날 때마다 승리로 이끄는 줄로 믿는가? "주의 이름을 부르는 자는 구원을 얻으리라!" 이 구원은 인생의 승리이다. 주의 이름 자체가 Victory이다. 블레셋의 자존심이었던 골리앗을 무너뜨린 후부터 다윗은 만군의 여호와의 이름만을 부르면서 이스라엘의 성군이 되었다.

다윗이 보잘것없는 소년으로서 여리고를 만났다면, 한 나라의 통치자가 되어 난공불락의 여리고를 만난 왕이 있다. 그가 바로 남 왕국의 히스기야 왕이다. 나라가 풍전등화와 같던 어려운 난국이었다. 한 나라를 통치하는 왕으로서, 나라의 흥망성쇠가 자기에게 달려 있을 때, 지도자로서 어찌해야 되겠는가? 동서남북을 둘러보아도 도움의 손길이 없었다. 이때 히스기야 왕은 하늘을 쳐다보았다. 그리고 그는 왕의 존엄을 나타내는 왕복을 찢고, 베옷을 뒤집어쓰고 하나님께 기도로 절규한다. "천하만국에 홀로 하나이신 하나님!"이라는 외침으로 그는 앗수르의 산헤립 왕의 코를 납작하게 만든다. 하나님 앞에 무릎 꿇는 외침으로 그는 185,000명의 앗수르 군사를 송장으로 만든다.

나는 내 인생에서 여리고와 같은 난공불락을 만날 때, 하나님의 이름을 불러보았는가? 다윗이 블레셋의 골리앗을 만났을 때, 히스기야 왕이 풍전등화와 같은 국가의 위기를 만났을 때, 그들은 "여호와의 이름"을 불렀다. 구원의 하나님은 결국 그들을 승리의 길로 이끌었다. 우리들에게 이런 믿음이 있는가? 하나님의 이름을 부르는 신앙으로 살아가는가?

Move III: 내가 여리고를 만날 때

우리는 내 인생에서 여리고를 만날 때, 여호와의 이름을 부르는가? 인간에게 의지하면서 세상 권력에 줄을 대면서 문제를 해결하려고 있는가? 다윗의 여리고인 골리앗을 만났을 때, 다윗은 오히려 이스라엘 병사들의 손가락질을 받았다. 아군들의 비아냥을 받았다. 히스기야 왕이 국난에 처해 앗수르의 장군에게 멸시를 당할 때, 국방부의 장군들을 부르지 않았다. 군사정략가를 부르지도 않았다. 다윗도, 히스기야도 하나님의 이름을 불렀다. 하나님의 이름을 부르는 자와 세상의 이름을 부르는 자는 크게 다르다.

오늘 본문의 분수령은 29절과 30절의 간격이다. 오늘 성경의 본문은 그대로 연결되지만, 29절과 30절 사이에는 40년 세월의 간격이 있다. 물론 모세의 후계자는 여호수아인데, 본문에는 안타깝게도 여호수아라는 이름이 등장하지는 않지만, 30절의 주체는 분명히 여호수아이다. 본문 29절까지는 분명 모세의 시대이고, 30절은 여호수아의 시대이다. 그런데 하나님의 능력이요 모세의 믿음으로 바다를 육지 같이 건 넜음에도, 이스라엘 민족들에게는 전혀 감동이 없었다. 전혀 변화가 없었다는 증거를 그대로 보여주고 있다.

"애굽 사람들은 이것을 시험하다가 빠져 죽었으며"(29절 하).

이스라엘 백성들이 홍해를 건넌 후, 40년의 광야 생활 동안 이스라엘 백성들은 애굽의 백성들이나 다름이 없었다. 아무것도 변한 것이 없었다. 원망에, 불평에, 영적 지도력에 대한 도전에… 아직도 애굽의 노예근성이 그대로 남아 있었다. 애굽 사람들이 홍해에 빠져 죽었다면, 이스라엘 사람들은 광야에 빠져 죽었다. 이스라엘의 지도자 모세, 여호수아, 갈렙을 제외하고는 모두가 광야에 빠져 죽었다. 광야라고 하는 의미는 무엇인가? 광야의 의미는 '훈련'이라는 뜻이다. 60만 대군 가운데 599,998명은 훈련에 실패했다. 물론 모세와 아론은 지도력을 가지고 광야까지는 왔지만, 그들도 결국은 가데스에서 백성들과의 다툼으로 가나안에 들어가지 못한다. 그렇다면 인생 광야 길에서 하나님의 훈련에 실패한 사람은 599,998명의 장정들이었다.

이스라엘 백성들은 애굽의 장자들이 다 죽던 밤, 자기들의 장자를 살리신 첫 유월절의 역사, 생사의 갈림길에서 생명의 길로 이끈 홍해 길, 마라의 쓴물에서 엘림으로 인도하는 생명의 길, 광야의 굶주림 가운데서 만나와 메추라기를 공급하시는 생존의 길, 마실 물이 없어 곤고할 때 일으키신 생수의 길 가운데서도 하나님께 찬양하며 감사한 적이 없다. 하나님의 이름을 부르면서 경배한 적이 없다. 원망과 불평과 불만의 삶뿐이었다. 애굽에서의 노예근성이 바뀌지 않았다. 여리고성의 고비를 넘으면서도 바뀌지 않은 그들의 삶은 시체의 삶이었다. 그들은 하나님의 시험에 합격하지 못했다. 광야에서 다 죽었다. 광야의 시체가 되었다. 하나님은 진정으로 그들이 광야 시험에 합격하기를 원하셨다. 이미 히브리서 3장 7절 이하에서도 말씀하고 있다.

> 그러므로 성령이 이와 같이 말씀하셨습니다. "오늘 너희가 그의 음성을 듣거든, 너희 조상들이 광야에서 시험받던 날에 반역한 것과 같이, 너희 마음을 완고하게 하지 말아라. 거기에서 그들은 나를 시험하여 보았고, 사십 년 동안이나 내가 하는 일들을 보았다. 그러므로 나는 그 세대에게 분노해서 말하였다. '그들은 언제나 마음이 미혹되어서 내 길을 알지 못하였다.' 내가 진노하여 맹세한 대로 그들은 결코 내 안식에 들어오지 못할 것이다"(히 3:7-11).

Move IV: 내 인생의 여리고는 무엇인가?

전우의 시체를 넘는 것이 아니고, 광야의 시체를 넘고 넘은지 40년, 599,998명의 이스라엘 장정들이 광야에서 다 죽는다. 새 술은 새 부대에 담는다고 했던가? 원망과 불평이 몸에 밴 백성은 다 죽고, 홍해의 기적을 모르는 광야의 2세대들에게 여호수아를 지도자로 삼고 요단강을 건넌다. 모세와 조상들이 꿈에도 그리던 가나안을 향한 행군이다.

언약궤가 앞서고 백성들이 따르는데, 언약궤를 멘 제사장들이 요단을 밟을 때, 흘러내리던 물이 그쳤다. 이스라엘 백성들이 여리고 앞 마른 땅으로 요단강을 건넌다. 마른 땅으로 요단강을 건넜지만, 그들 앞에는 난공불락의 여리고 성이 기다리고 있었다. 우리 인생도 마찬가지이다. 언약궤를 멘 제사장의 도움으로 요단강을 건넜음에도 우리의 인생길은 산 너머 또 산이 있다. 요단강을 건너니 이제는 난공불락의 여리고성이 이스라엘 백성들을 기다리고 있다. 이것을 어떻게 해결할 것인가?

성경에는 믿음으로 칠일 동안 여리고를 돌았을 때, 여리고성이 무너졌다고 기록하고 있다. 여기서 저는 여리고성이 어떻게 무너졌는가를 구체적으로 살피려고 하지 않는다. 여리고를 통과해야 젖과 꿀이 흐르는 가나안의 안식에 들어갈 수 있는데, 우리 인생에서 내 여리고는 무너졌는가? 우리 인생들은 내 여리고를 무너뜨리지 못해서 안식의 삶을 살지 못하고 있다. 여러분 알고 있지 않은가? 히브리서의 최종 목적은 안식의 삶이다. 안식의 삶은 십자가를 뛰어넘은 승천의 삶이다. 진정한 안식과 승천은 지상에서의 삶이 아니다. 그러므로 히브리서에서는 이 지상에서 천국의 삶을 사는 방식을 알려주고 있다. 지금 이스라엘 백성들이 여리고를 지나야 안식을 누릴 가나안을 들어갈 수 있다. 그렇다면 우리는 이 땅에서 어떤 여리고를 무너뜨려야 하는가?

이스라엘 백성들은 마음이 완악해서 광야에서 죽었다. 많은 인생들은 완악함으로 광야에서 죽어가고 있는 불쌍한 존재들이다. 내 마음에 완악함의 여리고가 존재하지 않는가? 부숴야 한다. 육신으로부터 나오는 정욕의 쓴 뿌리를 제거해야 한다. "그건 너, 그건 너, 그건 너 때문이야."라는 사고구조를 가지고는 안식의 삶이 주어지지 않는다. 내 마음 속에 도사리고 있는 쓴 뿌리를 뽑아야 한다. 그 쓴 뿌리를 유월절 어린양의 피로 씻어야 한다. 분노의 쓴 뿌리 뽑지 않으면 안식을 누리지 못하고 광야에서 죽는 인생이다. 분노하는 마음이 선악과의 마음이다. 이 마음으로 가인은 아벨을 죽였고, 이스라엘 백성들은 원망과 불평하는 잡족의 삶을 살았다. 잡족의 삶은 다른 사람을 죽이는 선악과의 삶이지, 생명나무의 삶이 아니다.

Move V: 내가 결국은 무너져야 할 여리고 성

내가 인생을 살아가면서 내게 가장 컸던 난공불락의 여리고는 무엇이었는가? 가난한 환경, 배우지 못한 환경, 부도난 사업, 애물단지 자녀들, 저 화상인 남편들… 아니다! 내 인생에서 가장 큰 난공불락의 여리고는 바로 나이다. 내가 무너져야 한다. 내가 깨어져야 한다. 내가 폐허가 되어야 한다. 내가 죽어야 한다. 지금 내가 죽지 않으니 공동체가 병들어 있다. 우리는 나 살자고 공동체를 죽이고 있다. 한국 교회는 지금 목사 살자고 하나님의 교회를 죽이고 있다. 병들어 있는 교회를 교회 지도자들이 살리지 못하고 있다. 왜 그런가? 내가 무너져야 할 여리고라는 사실을 모르고 있기 때문이다.

여기 자신이 여리고인 것을 알고 있었던 지혜로운 여인이 있다. 그녀가 바로 세상으로부터 손가락질당하며 가장 비난받던 창녀 라합이다. 성경에서는 점잖게 '기생'이라는 표현을 썼지만 사실은 원어적으로는 창녀이다. 그녀는 비록 창녀였지만, 자기 스스로 자신이 하나님의 구원이 아니고는 무너질 수 없는 난공불락의 여리고인 것을 알고 있었다. 그녀는 십자가의 붉은 줄로 하나님의 구원을 받았고, 예수 그리스도의 족보에까지 올랐다. 그녀는 고백했다. "너희 하나님 여호와는 상천하지上天下地의 하나님이시라"(수 2:11).

그녀는 믿음의 사람이었다. 비록 육체는 창녀로서 사람들의 손가락질을 받았지만 하나님의 사람들을 보호할 줄 알았고, 하나님의 사람들이 소중한 것을 알았다. 그녀도 여리고 왕을 조금도 두려워하지 않았다. 창녀 라합은 믿음으로 자기 지붕에서부터 마당까지 십자가의 구원의 붉은 줄을 내릴 줄 아는 신앙의 여인이었다. 그 여인은 비록 창녀였지만 진정한 안식이 무엇인가를 알고 있었다. 그래서 그 여인은 창녀로서 예수님의 족보에까지 이르게 된다.

구원의 붉은 줄로 구원받았다는 우리들, 오늘도 사도신경으로 신앙고백하는 우리들, 난공불락의 여리고인 나는 무너졌는가? 십자가의 붉은 줄로 한 바퀴만 돌아도 사라질 내 여리고는 얼마나 견고한 진이 되어 7바퀴를 돌아야 할 만큼, 무너져야 할 내 고집, 내 완악함, 오늘도 입에 달고 사는 안식 없는 원망, 불평, 투덜거림의 삶… 내 여리고가 무너지지 않는 한, 라합의 집에 흘러내린 십자가의 붉은 줄은 의미가 없다. 가장 좋은 계절 가을, 뿌리 깊은 신앙의 터전 위에 라합의 붉은 줄이 드리워졌다면, 여리고인 나를 무너뜨려, 심령의 여리고가 무너진 후 누리는 진정한 안식을 체험하기를 바란다.

지자불언 언자부지知者不言 言者不知
마 13:44

오승재

(동문 / 이사)

"하늘나라는, 밭에 숨겨 놓은 보물과 같다. 어떤 사람이 그것을 발견하면, 제자리에 숨겨 두고, 기뻐하며 집에 돌아가서는, 가진 것을 다 팔아서 그 밭을 산다"(마 13:44).

　오늘 이 시간에는 말로 하지 않고 삶으로 나에게 예수 그리스도를 보여주신 한미성 선교사에 대해 이야기하고자 합니다. 그분은 1961년 부터 1964년까지 대전대학 현 한남대학에서 영어 영문과 과장으로 계셨던 분입니다. 오시기 전에는 1957년부터 전주의 기전여고의 9대 교장으로 계셨는데 내가 그분을 알게 된 것은 1960년 내가 그 학교에 취직할 때부터였습니다. 그보다 2년 전 나는 광주의 조선대학교 부속중학교의 작문강사를 하고 있었는데 당시 자유당은 이승만 대통령을 당선시키기 위해 온갖 노력을 다하고 있는 때였습니다. 자유당은 국민이 외면하고 있는데도 대통령의 4선을 꿈꾸고 온갖 부정을 저지르고 있었습니다. 나는 대통령보다는 그를 보좌하고 있던 무리들이 그런 모사를 꾸미고 있었다고 생각하는 사람입니다. 어떻든 나는 중학교 작문 선생으로 전교생에게 이승만 대통령을 당선시키기 위한 간접적 홍보로 "우리 리승만 대통령"이라는 제목으로 전교생에게 글짓기를 시키고 당선

된 자를 표창하는 일까지 해야 했습니다. 또 나는 1959년에 한국일보에 신춘문예로 당선이 된 뒤 결혼해서 신혼살림을 하고 있는데 학교에서는 3개월이나 봉급을 미루고 주지 않을 때도 있어서 신랑이라는 사람이 시중에 돈을 빌리러 다니는 창피한 일을 하고 있었습니다. 대학은 탄광에 투자해서 등록금을 다 쓰고 그곳에서 돈이 나오면 봉급을 주는 그런 고된 생활을 나는 강요당하고 있었습니다.

그때 나는 교회에는 나가고는 있었지만 교회에 등록하지도 않고 마당만 밟고 다녔으며 정부를 질타하는 목사를 찾아다니며 설교를 들었고 끝나면 다방에 모여 차를 마시거나 술을 마시며 한창 유행이던 사르트르의 실존철학이나 알베르 카뮈의 소설 이방인을 논하며 친구들과 기염을 토하고 있을 때였습니다. 그런데 전주의 기전여학교에서 수학교사를 구한다는 것이었습니다. 그곳은 미국 여 선교사가 교장으로 있으며 정부의 간섭이 전혀 없는 정치의 무풍지대라는 것이었습니다.

나는 그곳에 제 전공을 살려 수학 교사로 취직이 되어 3–15 부정선거가 있던 1960년 봄부터 근무하게 되었습니다. 취임 첫날 신입교사 환영회에서 나더러 노래를 시켰는데 나는 미국인 교장도 있어서 영어를 좀 한답시고 치기로 당시 유행하던 영어 노래 "케세라세라"를 불렀습니다. 후에 나는 교장실에 불려갔는데 "케세라세라"는 미래는 알지 못하니 될 대로 되라는 것인데 기독교인은 그렇게 살아서는 안 된다고 미소 지으며 말해 주었습니다. 나는 그때 머리를 강하게 맞은 기분이었으며 처음으로 기독교인이 살아가는 가치관을 거기서 깨닫게 되었습니다. 그 학교는 내가 시험에 응시했다고 왕복 여비까지 주는 당시 천국이었습니다. 너무 감사해서 즐기던 술과 담배도 끊고 새 사람으로 살고 싶다는 생각을 하게 되었습니다. 그 처녀 교장은 나를 어떻게 보았는지 아끼고 사랑해 주어서 주일에 농촌에 개척한 교회를 갈 때마다 저를 불러서 자기 설교문을 나에게 우리말로 번역하게 해서 함께 나갔으며 한국 고무신을 사서 미국에 보내 후원금을 얻을 때도 내 협력을 구했었습니다. 또 일주일에 한 번씩 밤에 영어 교사들을 집으로 불러 회화 연습을 시킬 때도 꼭 나를 끼워 주었습니다. 나는 가능하면 선교부에서 장학금을 주는 것을 받아 미국 유학을 가고 싶다고 말하며 영어로 매일 일기를 써서 그것을 수정해 받기도 하였습니다.

그런데 그분이 대전대학에 시간을 내어 출강하더니 아주 대전대학에 자리를 옮겨 영문과 과장이 된 것입니다. 3남매의 아버지가 된 겨울 방학 때였습니다. 학교에 나갔더니 한미성 교장으로부터 한 통의 편지가 와 있었습니다. 대전대학 수학과에 편입을 하지 않겠느냐는 것이었습니다. 적어도 정규 4년제 대학을 나와야 선교부에서 주는 미국유학 장학금을 주선할 수 있다는 것이었습니다. 물론 첫 학기는 자기가 등록금을 대주겠다는 것입니다. 나는 주저하다가 아내의 허락을 받고 편입하였습니다. 그래서 수학과에 들어갔는데 첫 학기는 수학과 학생으로 영문과 조교를 다 했습니다.

대전대학은 전혀 내가 예상하지 못했던 곳이었습니다. 학생들이 모두 세례교인이었고, 매일 채플을 보고 있었습니다. 또 나는 편입했기 때문에 졸업에 필요한 필수과목인 성서 과목을 2년에 압축하여 수강해야 했습니다. 그래서 신-구약 개론, 성서지혜문학, 일반서신, 교회사, 선지론 등을 다 이수해야 했습니다. 이 대학은 나에게는 신학교와 마찬가지였습니다. 거기다 한 교수는 광주 지역과 협력하여 대전에서 UBF를 창설해서 대학생들의 성서 클럽을 시작하고 있었습니다. 그래서 나는 학생들을 전도하여 성경공부를 주선하고 시내에는 역전에 있던 대우당 약국 뒤편에 이 층 집을 세내어 학생들의 활동 본부로 하고 그곳을 음악 감상실로 만들어 헨델의 메시아 전곡을 틀어주는 디스크자키 노릇도 해야 했습니다. 또 겨울 방학 동안에는 학생들을 모아 대학생 수련회도 했는데 나는 그분이 준 돈으로 이를 주도해서 리더들을 데리고 수련회 준비기도회를 했는데 그들과 함께 돌림기도를 하고 마쳤는데 기도가 2시간도 더 걸렸습니다. 나는 이렇게 긴 기도는 해 본 일이 없었는데 그때 충대 학생으로 리더가 된 사람도 있었는데 준비기도 때 질렸는지 그 뒤로는 나타나지도 않았습니다. 나는 이렇게 훈련을 받으며 기독교인으로 성숙되어 갔습니다.

그분은 별난 데가 있어서 선교부 내에서 살기를 거부하고 밖에 한 20분 거리에 전세를 주는 주택이 있었는데 그곳에서 침대 없이 온돌에서 이불을 깔고 한국 사람처럼 살아야 한다고 그런 생활을 고집하고 계셨던 분입니다. 그뿐 아니라 대학에 다니는 딸을 양녀로 삼아 데리고 있었는데 거기에 더해 어린 젖먹이 남자애를 또 양자로 삼아 가정부를 데리고 있으면서 출퇴근했습니다. 후에 가정부 때문에 후환이 있었지만 그녀는 한국 사람들을 사랑하는 선교사였습니다. 대학에서 학과장으로 있으면서 영문과 학생들이 원어민과 만나야 한다는 생각으로 장동 미군 촌에 있는 미 사병들을 밤에 대학에 초대하여 여러 소그룹 영어회화 반을 운영했고 그들에게 공부가 끝나면 쿠키를 주어가며 서로 대화하게 하기도 했습니다. 당시 충남대학이 100여 명도 되지 않은 이 대학과는 비교가 안 될 만큼 컸지만 전국 영어 웅변대회는 우리 대학에서 우승한 학생이 더 높이 평가를 받았습니다. 또한 영문과 학생들(수가 적어 졸업생 거의 전원)을 동원하여 셰익스피어의 "한여름 밤의 꿈"을 시내 시민 회관에서 공연했었는데 시내 거리마다 플래카드를 걸고 공연할 때 대전 시민이 모두 환영하고 칭찬했는데 그 뒤에는 그분의 숨은 노력이 있었습니다. 그분은 지금의 한남대학 영어 영문과가 오늘을 자랑할 수 있는 밑거름이 된 것입니다.

나는 그분에게 어떻게 교회생활을 해야 한다든가 하는 말을 들은 적이 없습니다. 다만 그분의 생활을 나에게 보여준 것뿐이었습니다. 우물가에서 예수님을 만난 품행이 좋지 않던 사마리아 여인이 예수님을 만난 뒤 동네 사람들에게 "와 보라. 이 사람은 그리스도가 아니냐?"라고 말했던 것처럼 나도 그분을 "와 보라"고 누구에게든 말하고 싶은 심정입니다. 어떻든 나는 그분을 통해 구원의 확신을 얻었음을 고백합니다.

그분은 묵묵히 학생들을 사랑하며 자기의 할 일을 하고 있을 뿐이었습니다. 노자의 도덕경에는 이런 말이 있다고 합니다. 지자불언知者不言 언자부지言者不知 – 진실로 아는 자는 말이 없고, 말 많은 사람은 아는 것이 없다는 말입니다. 요즘 우리 교인들은 말로 예수를 너무 선전합니다. 초신자들을 데리고 길거리에 나가 예수 선전을 너무하기 때문에 언어 공해이며 시끄럽기만 합니다. 그들이 전하는 예수가 어떤 분이겠습니까? 예수천당 불신지옥, 무병장수, 삼박자 축복, 성공하는 이야기, 자녀 출세 … 이런 이야기가 아니겠습니까? 지금은 말로 전도할 때가 아니고 침묵해야 하고 행함과 진실함으로, 그리고 열매로 예수님을 보여주어야 할 때입니다. 예수님은 누구시며, 피 흘려 돌아가신 십자가의 뜻은 무엇이며, 그분의 부활 없이 예수님을 전하는 것이 헛된 이유는 무엇인지 교인들을 길거리에 내 보내기 전에 자기를 잘 살피고 깨닫게 하는 일이 먼저 있어야 합니다. 나는 말 없는 그분을 통해 너무 많은 것을 배웠기 때문에 은퇴 후 미국의 위스콘신 주에 사는 그분을 찾아 갔었습니다. 그분은 한남대학을 떠난 뒤 Chapel Hill의 UNC에서 학위를 마치고 모교인 Pfeiffer College, Misenheimer. NC에서 교편을 잡았으며 목사안수를 받은 후는 Central Presbyterian Church in St. Louis, Mo., First Presbyterian Church in Evanston, Illinois 등에서 부목사로 활동하였다고 합니다. 결코 결혼하지 않을 것 같았는데 일리노이에 있을 때 현재의 남편 Vergeer의 끈질긴 구혼으로 60세에 결혼하였으며 내가 찾아간 당시에는 남편의 고향에 있는 University of Wisconsin에서 학원 목회를 5년간 하고 계셨습니다. 현재도 그분은 어렸을 때의 고향인 North Carolina에 와서 농촌 교회(Unity Presbyterian Church)를 개척하여 10년 전까지만 하더라도 120여 명의 성도를 섬기고 있었습니다.

요즘 우리나라에는 '가나안(안 나가) 교인' 교인이 날로 늘어나고 있습니다. 무엇 때문입니까? 언행이 일치하지 않거나 부도덕한 목사가 설교하고 있는 것이 듣기 싫고 아는 것이 없으면서도 말하기를 좋아하며, 맹신자들이 자기처럼 믿지 않는다고 남을 비난하는 경박한 신도들이 보기 싫기 때문입니다. 교회는 자숙할 때입니다. 묵묵히 이 사회에서 주님이 주신 은사대로 세상에서 자기 땅을 파고 있으면 하나님께서 그곳에 숨겨둔 보화를 계시해 주실 것입니다. 천국을 찾아 허황되게 방황하고 다니지 말고 있는 자리에서 충성된 청지기로 일하고 있으면 천국의 보화를 찾고 기뻐하며 이 세상에서 천국을 체험하고 살다가 "착하고 충성된 종아 네가 작은 일에 충성하였으매 큰일을 너에게 맡기리니 네가 주인의 즐거움에 참여할지어다"라는 말을 따라 내세에 어린 양과 기쁨을 함께하는 많은 성도들이 생길 것을 나는 확신합니다.

주의 영이 이끌어 가는 사람

사 8:39-4

우제돈

(동문 / 상원교회 원로목사)

I

네덜란드의 유명한 전도자 코리텐붐 여사가 한 번은 성경책이 가득 담긴 여행 가방을 들고 기독교를 철저하게 핍박하는 동구권 공산국가 폴란드 공항에 내려 다른 여행자들과 함께 길게 줄을 서서 입국심사를 받는데 직원들이 일일이 가방 속의 물건들을 뒤지며 매우 까다롭게 검색을 하였습니다.

이때 코리텐붐 여사의 마음은 심히 초조하고 불안했습니다. '이 가방 속에 든 것이 무엇이냐?'고 물으면 어떻게 대답할까? 거짓말로 둘러대자니 자기 신앙 양심이 허락하지 않겠고 성경책이라고 말해 버린다면 추방 정도가 아니라 당장 철창신세를 져야 하는 절체절명의 위기 순간에 갑자기 기도하라는 주의 계시가 내려와서 짧게 그러나 간절히 기도했습니다.

"오, 하나님! 주의 영을 보내어 속히 나를 이끌어 가소서." 이렇게 잠시 머뭇거리며 기도하는 중 바로 자기 뒤에 서 있던 한 남자가 자기 앞 빈 틈새로 새치기를 하고 또 그 뒷사람들이 새치기를 하는 바람에 코리텐붐은 맨 뒤로 쳐지게 되었습니다. 그런데 이게 웬일입니까? 갑

자기 입국 심사장 안에서 웬 젊은 검색원이 뛰어나오더니 "어휴, 할머니 많이 기다리셨죠, 제가 좀 들어 드릴 테니 그 가방 이리 주시고 저만 따라오세요." 하며 직원용 비상문으로 빠져나가는데 아무런 제재도 받지 않고 무사히 통과했다고 합니다.

본문 39절의 "주의 영이 빌립을 이끌어 간지라"에서 '이끌어 갔다'는 말의 원어 '하나파모'는 '빼앗아 갔다'라는 뜻이 있습니다. 주의 영이 다급하게 코리텐붐을 빼앗다시피 날치기해 가고 순식간에 낚아채 갔습니다.

II

사도행전 6장에서 8장까지에 등장하는 빌립은 초대 예루살렘 교회에서 전도와 봉사, 구제를 위해 스데반과 함께 최초로 일곱 집사 중, 한 사람인데 마치 가루 서말을 어느 한 순간 부풀게 만들어 머리는 누룩처럼 스데반의 순교로 혹독한 핍박이 교회에 가해지자 복음의 불쏘시개가 요원의 불길처럼 사마리아로 가사와 가이사랴로 퍼지면서 다곤의 산당을 태우고 룻다의 중풍병자를 일으키고 욥바의 다비다를 살려냈습니다.

행 8:26 하반절에 "그 길은 광야라" 했는데 광야에는 물이 없고 강이 없습니다. 산천이 없으니 초목도 없습니다. 사람이 없으니 동네도 없고 문화가 없으니 전통도 없습니다. 동서남북 전후 사방을 다 살펴보아도 없는 것뿐이고 있는 것이라고는 내려쬐는 폭염과 모래사막과 바람, 황무지뿐이었습니다.

그런데 그곳에는 정치가 있고 (에디오피아 여왕) 경제가 있고 (국고관리인) 교통이 있고 (수레) 기적이 일어난 원인은 예배(27절)와 말씀(32절)이 있었기 때문입니다.

절망과 고독의 광야 같은 황무지에서도 '예배'와 '말씀'을 통해 예수를 내 구주로 믿는 것이 복음의 핵심이라고 빌립은 본문 35절에서 분명하게 증언하고 있습니다.

위기는 또 하나의 기회요 역경을 선용하면 축복이 됩니다. 똑같은 아침 햇살에 참새는 눈을 뜨지만 부엉이는 눈을 감습니다. 똑같은 땅에서 고목은 썩지만 묘목은 뿌리를 내립니다. 똑같은 물인데 젖소가 마시면 우유가 나오고 독사가 마시면 독이 나옵니다. 똑같은 불인데도 참나무가 타면 참숯이 남고 낙엽이 타면 재만 남습니다. 옛 이름 「아브라함」은 유정란과 같습니다. '함'은 주의 영(루아흐)이기 때문에 강력한 파워가 됩니다.

Ⅲ

한남대학교 초대 총장 인돈 박사님의 생애를 보면 그분이야말로 주의 영이 이끄시는 대로 사셨던 분입니다. 오승재 박사가 쓴 『인돈 평전』에 이런 대목이 나옵니다.

"인돈은 정신없이 이 모든 수속을 마치고 1959년 3월 18일 정오에 테네시에서 비행기를 타고 저녁 9시에 샌프란시스코에 내렸는데 한국행 티켓이 24일 것까지 이미 매진됐다. 그래도 혹시나 하고 19일 아침 9시에 공항에 들러 최종 순간에 생길지도 모르는 스탠바이(대기좌석)를 신청한 후 하루 종일 '평화의 방'(기도모임)에서 기도했다. '오 주님, 나를 데려가소서. 주의 영으로 꼭 좀 이끌어 가소서.' 그런데 다음날 오전 출발 25분 전 비행기 표를 취소하는 승객이 있어 그 좌석에 타고 24일 서울에 도착했고 대전으로 내려가서 잠시라도 지체할 수 없는 숨 막히는 순간들을 선용하여 무사히 입학식을 치렀다."

이것은 코리텐붐을 폴란드로 이끄셨던 주의 영이 인돈 총장을 한국으로 이끄셨고 빌립을 광야 길로 이끄셨던 주의 영이 인돈 총장을 대전으로 이끄셨던 비상한 은총이었습니다.

그리고 2011년에 발행한 한남대 개교 55주년 기념 설교집 간행사에서 김형태 총장은 모교 입학생들의 하늘나라(가치론적) 비전과 졸업생들의 땅의 나라(실용론적) 비전의 두 가지 꿈을 언급하셨는데 이 또한 주의 영이 한남대를 이끌어 가시는 위대한 스펙터클이요 엄청난 대하드라마라 할 수 있습니다.

일평생 에녹, 엘리야와 동행하시다가 산 채로 이끌어 가신 성부 하나님의 망극하신 은총과 만백성의 억만 죄를 십자가 보혈로 구속해 주신 성자 예수님의 사랑과 우리를 끝까지 주의 영으로 이끌어 가시는 보혜사 성령의 보호하심이 한남대와 동문들 가운데 길이 함께하시기를 간절히 소원합니다.

좋은 몫을 선택하자
눅 10:38-42

이 달

(교목 / 기독교학과 교수)

미래학자이기도 한 다니엘 핑크가 최근에 쓴 책 중에 *A Whole New Mind: Why Right Brainers Will Rule the Future*라는 책이 있습니다. 그는 우뇌적 사고를 하는 사람들이 창조적인 미래를 열어갈 수 있다고 주장합니다. 아는 바와 같이 우뇌는 직감과 감정과 관계되며, 시적이며 감각적인 면과 연결되어 있습니다. 이에 비해 좌뇌는 언어와 논리와 관계하며, 추상적이며 관념적입니다.

우리가 살아가는 사회는 좌뇌를 중시하는 문화입니다. 좌뇌 문화의 특징은 모든 것을 설명하려 한다는 것입니다. 모든 것을 해석하려고 하며, 모든 문제에 대해 확실한 답을 찾으려고 합니다. 모든 상황을 통제하는 가운데 완벽함을 추구합니다. 이것은 우리 대학 사회에 알맞은 방식같이 보입니다.

반면에 우뇌 문화는 통제 대신에 위험을 감수하는 편입니다. 우뇌적 사고는 꼭 맞는 결론이 없는 채로 마무리하는 여유를 허용합니다. 우뇌 문화는 때로 혼란스러워 보이고 측량이 불가능하기도 합니다. 그러나 우뇌 문화는 여성적이고 신비적이며 상상적인 측면을 개발하여 줍니다. 우리는 좌뇌 문화가 지배하는 오늘날 현대 사회에서 우뇌 문화를 조화롭게 접목시켜 갈 줄 알아야 할 것 같습니다.

| 진리·자유·봉사

오늘 성경 본문을 보면, 마르다와 그의 동생 마리아가 대비되어 있습니다. 여기에서 마르다가 단연 돋보입니다. 마르다는 행동하는 사람입니다. 마르다는 상황을 주도적으로 이끌어가는 인물인 반면에, 마리아는 단지 그의 동생으로 소개되고 있을 뿐입니다. 예수님과 제자들을 집으로 초대한 사람은 바로 마르다였습니다.

보통 한 집단에서 지도력을 발휘하며 적극적으로 일을 추진하는 사람은 열 명 중에 두 명 정도라고 합니다. 마르다가 바로 그와 같은 사람이었습니다. 마르다의 이름은 항상 첫 번째로 거명됩니다. 그것은 마르다가 언니이기 때문만이 아닙니다. 그것은 마르다가 지도자의 역할을 감당하고 있기 때문입니다. 마르다는 능력이 있는 사람입니다. 예수님과 제자들의 필요를 알아차리고 집으로 초대하여 식사를 대접하려고 생각해 낸 사람은 바로 마르다였습니다. 마르다는 상황을 재빠르게 파악하고 이에 대처하고 있습니다. 본문에서 말을 하고 있는 사람은 마르다입니다. 마리아는 한마디 말도 하지 않습니다. 마르다는 말과 행동에 있어서 앞에 나서는 스타일입니다. 그 대신에 마리아는 조용하고 순종적이며 내면적인 사람으로 묘사되어 있습니다. 그래서 우리는 마르다보다는 마리아의 이미지를 더 좋아하고 본받으려고 합니다. 교회 역사상 이 성경 본문을 해석해 오면서 마리아를 마르다보다 더 높여온 것도 사실입니다. 마리아는 묵상수도회를, 마르다는 활동수도회를 대표하는 것으로 간주해 왔습니다. 그리고 주님의 말씀을 경청하고 있는 마리아를 이상적인 제자상으로 인정해 왔습니다. 마리아의 길은 영성과 경건에 이르는 더 나은 길이라고 생각했지만, 마르다의 길은 보통 사람들이 선택하는 평범한 길이라고 생각했습니다.

왜 우리는 마르다보다 마리아를 더 선호하고 있습니까? 그것은 마르다가 보여주는 몇 가지 부정적인 이미지 때문입니다. 첫째로, 마르다는 마음이 분주한 사람으로 묘사되고 있습니다. 마르다는 예수님과 제자들을 대접하기 위해서 마음이 분주하였다고 했습니다. 여기에서 "분주하다"라는 말은 헬라어로 "페리스파오마이"라고 하는데, 이 단어는 칼을 칼집에서 빼내어 이리저리 흔드는 상태를 가리키는 데서 왔습니다. 어디 한 군데 정착하지 못하고 우왕좌왕하는 것을 가리킵니다. 어느 한 가지에 마음을 두지 못하다 보니 마음의 갈래가 나뉘는 것을 일컫고 있습니다.

마르다는 왜 이렇게 분주한 사람이 되었습니까? 너무 많은 것을 준비하려고 했기 때문입니다. 『아무 것도 염려하지 말라』는 책을 쓴 조이스 마이어는 자신의 경험을 이렇게 기술하고 있습니다. "남편과 나는 일요일 오후에 몇 명의 친구들을 초청하여, 석쇠에 핫도그를 좀 굽고 감자칩과 돼지고기와 강낭콩 통조림을 마련해서 냉차를 마시며 안뜰에 둘러앉아 서로 대화하면서 게임이나 좀 하려고 했습니다. 그러나 그 모임을 준비하기 시작하자 모든 것이 재빨리 내 손을 벗어나더니 걷잡을 수 없게 되었습니다. 핫도그는 스테이크로 변했고, 감자칩은 감자 샐러드로 바뀌었으며, 바비큐 석쇠를 닦고 잔디도 깎아야 했고, 집안 전체가 먼지 한 점 없이 준비되어 손님을 맞이해야 했습니다. 게다가 원래 초청하기로 했던 여섯 명은 열네 명으로 불어났습니다. 그래서 몇 명의 친구들과 조촐하게 간단하게 바비큐 파티를 계획했던 것이 순식간에 악몽으로 변했습니다. 이 모든 원인은 나에게 있었던 '마르다 증후군' 때문이었습니다."

아마 마르다도 조이스 마이어처럼 처음에는 간단히 하려다가 모처럼 예수님을 잘 대접하려는 마음 때문에 복잡해진 것이 아닌가 하는 생각이 듭니다. 마음의 분주함이 본말을 전도시키는 결과가 되었습니다. 원래 계획했던 핵심은 어디론가 사라져버리고 일 자체가 더 중요하게 되는 아이러니가 발생한 것입니다.

둘째로, 마르다는 불평하는 사람으로 묘사되고 있습니다. 바쁘다 보니 마르다는 평소에 자기 말을 잘 듣고 도움을 주던 마리아를 찾았습니다. 그런데 마리아는 예수님의 말씀을 듣느라고 정신이 없었습니다. 마르다는 은근히 화가 났습니다. "언니가 이렇게 열심히 일하고 있는데 도움을 주기는커녕 예수님의 사랑을 독차지하고 있는 것이 말이 되느냐?" 하는 마음이 들었습니다. 그러고 보니 예수님도 상황을 제대로 보지 못하고 있다는 생각이 들었습니다. 그래서 예수님께 직접 불평합니다. "주여, 내 동생이 나 혼자 일하게 두는 것을 생각하지 아니하시나이까?" 그런 다음에 사려가 부족한 예수님에게 "그에게 명령을 내려 나를 도와주라 하소서"라고 사실상의 명령을 내립니다. 마르다는 이처럼 자신의 한 일을 내세우고 동생과 비교하며, 나아가 예수님조차 통제하려고 했습니다.

우리는 상황을 통제하고 다른 사람들을 변화시키려고 하기 때문에 마음이 분주하게 되는 경우가 생깁니다. 사람을 변화시키려는 노력은 때때로 우리를 좌절로 몰아갑니다. 그것은 우리 능력 밖의 일인지 모릅니다. 우리가 사람을 변화시킬 수 있다는 생각에서 벗어나, 오직 하나님만이 사람을 변화시킬 수 있다는 것을 받아들이는 것이 더 적절할지 모릅니다.

성경 본문에서 우리는 마르다 보다는 마리아가 더 좋은 몫을 차지했다고 하는 평가를 접하게 됩니다. 음식과 관련하여 사용된 좋은 "몫"이라는 단어는 음식의 좋은 부분을 가리킵니다. 마르다의 음식보다 마리아는 더 좋은 음식을 먹고 있었습니다. 그렇다면 본문은 마르다와 같은 타입의 사람은 예수님의 책망을 들어야만 한다는 것을 말해주려는 것입니까? 사실 마르다 같은 사람이 가진 추진력과 적극성이 없으면 이 세상과 우리의 공동체는 발전되어 가지 못할 것입니다. 문제를 해결하기 위하여 희생적으로 헌신하는 사람이 없으면 다른 누가 그것을 담당할 수 있겠습니까?

오늘 성경 본문은 단순하게 마리아가 마르다 보다 더 좋은 몫을 차지했다고 하는 평가를 내리는 것을 목적으로 한 것이 아닙니다. 왜 예수님께서 이 특정한 사건을 통해서 마리아의 선택을 칭찬하셨는지를 아는 것이 중요합니다. 예수님은 지금 "승천할 기약이 차서 예루살렘으로 올라가기로 굳게 결심하시고"(눅 9:51) 갈릴리 땅을 떠나서, 예수님을 영접하지 않은 무더운 사마리아 광야를 지나오셨습니다(눅 9:52-56). 다시 말해, 예수님은 십자가에서 죽으시기로 결심하고 자신을 환대하지 않는 사람들 사이에서 영적인 광야를 경험하고 있었습니다. 예수님이 이러한 심정으로 예루살렘에 도착하기 전에 마음의 평화와 위로를 얻기 위해 들린 곳이 평소에 친분을 가지고 있었던 마르다의 집이었습니다. 그 집은 예루살렘에서 3~4km 떨어진 베다니라는 작은 마을에 있었습니다. 예수님은 지금 사마리아에서 당하신 거절과 예루살렘에서 기다리고 있는 십자가로 인하여 마음이 무겁고 슬픈 상태에 있었습니다. 예수님은 지금 지쳐 있었고 마음의 짐을 내려놓을 곳을 찾고 계셨습니다. 누군가 관심을 가져주고 이해해 주고 들어줄 사람에게 하고 싶은 말씀이 있었습니다.

마르다는 예수님의 슬퍼하는 눈을 보지 못했습니다. 예수님이 먼 거리를 여행하고 시장할 것이라는 생각밖에는 하지 못했습니다. 그래서 마르다는 예수님을 집으로 영접해 드리고 난 후 나중에 부엌에서 나올 때까지 모습을 보이지 않고 있습니다. 예수님에게는 배고픔이 문제가 아니었습니다. 예수님의 양식은 물질적인 것이 아니라 영적인 것이었습니다. 그것은 친구와의 교제였습니다. 그것은 영적인 나눔이었습니다. 그것은 예수님의 죽음을 이해해 줄 수 있고, 어깨의 짐을 덜어줄 수 있으며, 거절과 슬픔과 비탄을 위로받을 수 있는 상대였습니다. 예수님은 마음의 평화를 필요로 하고 있었으며, 그 평화는 사랑의 나눔으로 가능한 것이었습니다. 새 학기에 우리 모두에게 요구되는 것은 바로 서로의 필요를 알아차리는 사랑의 마음입니다.

실제적으로 우리 안에는 마리아도 있고 마르다도 있습니다. 우리의 과제는 이 둘의 조화를 어떻게 이루느냐 하는 데 있을 것입니다. 경건과 실천은 상호보완적인 것이지 우열이 있는 것이 아닙니다. 참다운 제자는 "마리아와 마르다가 함께 '통합의 영성'을 이루는 사람"입니다. 대개 활동적인 사람은 신앙의 내적 체험으로 연결되기가 어렵고, 깊이 있게 기도하는 사람은 현실과 분리된 생활을 하기가 쉽습니다. 마르다의 실수는 그녀를 좌절로 몰아넣고 끝난 것이 아니라 그녀의 성장 과정에서 하나님의 보다 깊은 뜻을 헤아리는 통찰력을 얻을 수 있는 계기가되었습니다. 새 학기를 시작하는 모든 우리 대학의 구성원들에게 마리아의 경건과 마르다의 실천이 조화를 이루는 하나님의 은혜가 함께하시기를 바랍니다.

책임적 존재
눅 12:22

이락 원

(이사장 / 서대전중앙교회 원로목사)

　성경에 나오는 가룟 유다를 우리는 잘 압니다. 우리가 기억하는 것은 그가 예수님을 팔아서 십자가에 넘기어 주었다는 사실입니다. 예수님의 열두제자 중에 한사람으로서 그 영광스러운 제자직을 끝까지 지켜내지 못하고 예수님의 적대 세력인 대제사장 그룹에 은화 30을 받고 예수님을 죽일 수 있는 정보를 제공한 사람이 가룟 유다입니다. 은 30냥이라고 하는 돈은 출애굽기 21장 32절에 보면 노예 한 명의 몸값으로 소 한 마리 값하고 동일하게 취급을 했던 그런 돈입니다. 삼 년을 따르면서 사랑도 받고 하늘나라의 가르침도 받으면서 동고동락했던 스승을 이렇게 평가절하하면서 훗날 역사에 길이 남을 사도직도 포기하고 스승을 배신했던 유다는 이천 년이 지난 지금에도 배신자의 대명사, 무책임한 자로 그 이름이 남아있습니다.

　왜 가룟 유다는 예수님을 그리고 동지들을 배반했을까? 가룟 유다가 예수님을 팔아넘긴 이유가 어디 있을까? 은 30이 탐이 나서 그랬던 것 아니겠느냐? 그렇게 단순하게만 볼 수 있을 것인가? 물론 돈 받은 것도 사실이고 또 사도행전 1장 8절에 보면 그 돈을 가지고 부동산도 매입했지 않습니까? 그렇다고 보면 '돈과 전혀 관련이 없다' 이렇게 말할 수는 없을 것입니다. 만일에 돈이 목적이었다면 그 받은 돈으로 밭까지 샀으니까, 즉 부동산까지 매입했으니까 여생을 그저 편안하게 그렇게 밭을 일구면서 살면 되지 않았겠습니까? 그런데 유다는 그렇게 하지 않았습니다. 마태복음 27장 3-5절에 보면 유다는 은 30을 받고 자기가 넘겨준 정보를 가지고 대제사장과 장로들이 예수님을 체포해서 로마 총독 빌라도에게 넘기는 것을 보면서 참을 수 없는 양심의 가책과 소용돌이에 휘말리게 됩니다. 그래서 은 30을 가지고 있지 못하고 주었던 사람 그 장로와 대제사장들에게 갖다 주면서 자기 잘못을 인정하게 됩니다. 그러나 그 돈을 주었던 사람이 그 돈을 받지 않고 거절하면서 뿌리치면서 "네 죄는 네가 받아라"하고 자신의 책임이 없음을 이야기하면서 유다에게 우리 거래는 돈 주고받은 것으로 끝났다 하고 잘라 말하지요. 그러자 가룟 유다는 그 은 30을 어떻게 할 줄 모르고 성소에 던져놓고 물러가서 목을 매서 죽었다는 증언이 마태복음 27장에 기록된 것을 봅니다.

혹자는 이런 유다의 행위를 정치적으로 해석합니다. 그 이름이 가룟 유다라는 사실에 주목하면서 가룟이란 말은 '시카리'란 당시 혁명당의 이름을 유다가 취한 것을 보면 이 가룟 유다는 로마에 항거해서 조국을 로마로부터 해방시키려는 독립 운동가였다고 보기도 합니다. 그런 마음을 가지고 있는데 예수님께서 로마에 변변히 저항 한 번 해보지 않으시고 그렇게 붙잡히신 것을 보면서 그 모습이 실망스러워서 예수님을 팔았을 것이라고 해석하는 사람도 있습니다. 그럴 가능성도 없지는 않겠지만 이 문제는 여전히 의문으로 남습니다. 왜 가룟 유다가 예수님을 그렇게 팔아넘겼는가 하는 것에 대한 그 이유는 아마 하나님만이 아시겠지요. 이 가룟 유다를 이 시간에 여러분과 함께 잠깐 생각해보고자 하는 것은 예수님과 비교해서 또 다른 측면에서 한 번 생각해보고 우리가 어떤 깨달음을 얻었으면 좋겠다는 생각에 오늘 이 말씀을 드리려고 합니다.

우리가 읽은 본문 말씀 누가복음 22장 22절의 정황은 예수님께서 십자가를 지시기 직전에 있었던 소위 말해서 최후의 만찬, 마지막 제자들과 만찬을 나누실 때에 하신 말씀입니다. 이 본문 말씀을 현대인의 성경 번역으로 보면 이렇게 되어 있습니다. "나는 하나님이 정하신 대로 죽지만 나를 파는 사람에게는 불행이 닥칠 것이다." 예수님은 스스로 그 한 절의 말씀 속에서 자신과 가룟 유다를 비교해서 말씀을 하세요. 나는 하나님이 정하신대로 죽는 길을 가지만 그에게는 불행한 일이 닥칠 것이다. 나하고 그는 다르다. 인자는 '이미 작정된 대로 가거니와' 곧 '나는 하나님이 정하신대로 죽지만' 하는 이 말은 동일한 말씀입니다. 이게 무슨 말씀 입니까? 예수님은 이미 작정된 대로 죽는 길로 가신다는 것은 가신다는 뜻 아니겠습니까? 십자가를 짊어지시고 인류를 구원하시기 위해서 죽는 길을 지금 새로 만들어가는 길이 아니고 이미 정해진 것, 이미 알고 계신 그 길을 가신다는 말씀입니다. 그 길은 내가 회피하지 않고 거부하지 않고 나는 간다. 예수님은 이렇게 말씀을 하고 계신 겁니다. 그 길은 죽는 길임에도 불구하고 그것이 자신에게 주어진 길이라면 생명까지 내던지면서도 반드시 가신다고 하는 예수님의 결연한 모습을 여기서 우리가 볼 수 있고 그 말씀을 들을 수가 있습니다. 끝까지 나는 내 책임을 다 하겠다 그런 말씀입니다. 쉽게 말하면 나는 내게 주어진 책임을 조금이라도 회피하는 마음 갖지 않는다. 그 길이 설령 내가 죽는 길이라 할지라도 나는 그 길을 반드시 가서 자신에게 주어진 책임을 끝까지 완수하겠다는 의미라고 볼 수도 있습니다. 이 말씀이 제게는 큰 도전이 되었습니다. 자신에게 이득이 되지 않더라도, 나에게 설령 불리할지라도, 또 손해를 보는 일이 될지라도, 나는 이것이 내게 주어진 책임이라면 끝까지 이 책임을 다하겠다는 것이죠.

요즘 우리 사회를 보세요. 누구하나 책임을 지는 사람이 없어요. 전부 다 책임을 회피하기 급급한 참으로 부끄럽고 비겁한 모습을 우리는 너무 많이 봅니다. 그것도 사회의 지도층인사들에게서 많이 보고 있습니다. 조금이라도 내게 불리하거나 불이익이 될 것 같으면 뻔히 알면서도 책임지지 않으려는 그런 비겁한 모습을 우리는 많이 보고 있습니다. 몸소 이런 책임적 존재의 모습을 보여주신 예수님을 우리가 생각하면 우리의 옷깃을 한 번 더 다시 여밀 수밖에 없다 하는 것입니다. 예수님의 위대함은 여기에 있습니다. 당신이 말씀만 하신 것이 아니라 그 말씀을 몸소 실행하고 실천에 옮기시면서 당신이 가르치고 또 말씀하셨던 것에 대한 책임까지도 지시는 모습을 우리는 성경에서 보고 있는 것이지요.

우리가 남을 가르치기는 어렵지 않습니다. 내가 많이 먼저 공부하고 그다음에 그 지식을 가르치면 되는 것이지요. 그러나 내가 가르친 것을 몸소 실천으로 보여주는 것은 쉽지 않습니다. 그럴지라도 우리는 노력을 해야 됩니다. 쉽지 않을지라도 우리는 가르치는 것을 내가 몸소 실천해서 보여주는 것으로 나타낼 수 있도록 노력해야 됩니다. 사도바울처럼 내가 그리스도를 본받는 자 된 것 같이 너희도 나를 본받는 자가 되라고 말할 수 있어야 진정한 스승이 될 수 있는 것이지요. 참 선생이 될 수 있는 것이지요. 존경받는 스승은 이런 분이라고 생각합니다. 생계를 위해서 급급한 것이 아니라 정말 교육을 위해서 책임을 다하는 몸소 내가 삶으로 보여주는 그런 스승이 필요한 시대가 아니겠습니까? 가룟 유다는 자기 이익을 찾기에 급급해서 해서는 안 될 짓까지도 서슴없이 했습니다. 이 가룟 유다에게서 저는 책임감이라는 건 손톱만큼도 찾아보지 못합니다. 그는 자기 이익만 따라갔습니다.

우리 학교는 예수님의 정신으로 세워진 학교입니다. 유다의 정신이 아니라 예수의 정신으로 우리는 살아야 되고 예수님의 정신으로 우리는 가르치고 배워야 합니다. 우리 구성원 모두가 예수그리스도를 본받아서 각자 자기에게 맡겨진 자리에서 죽기까지는 못할지라도 최선을 다하여서 책임 있게 자기에게 주어진 일을 감당할 수 있어야 하지 않겠습니까. 에밀 브루너라고 하는 신학자는 이런 얘기를 했어요. 인간이 죄인임에도 불구하고 하나님이 이 창조세계에서 중심이 될 수 있는 것은 두 가지 이유다. 하나는 하나님의 형상대로 지음 받았기 때문이다.

그래서 우리는 이 하나님 지으신 창조세계에 중심에 서 있을 수가 있다. 우리 모두의 모습 속에는 하나님의 형상이 다 들어 있다는 것이죠. 또 하나는 그가 이 세상에서 다른 피조물이 가질 수 없는 책임성을 가지고 있기 때문이다. 다시 말하면 책임적 존재이기 때문에 이 피조물의 세계에서 중심에 설 수가 있는 것이다. 저는 이 말에 전적으로 동감합니다. 우리에게서 하나님의 형상이 빠지거나 책임성이 없어져 버리면, 이 두 가지를 빼버리면 우리는 하나님의 형상으로 지음 받은 인간이 되기가 어렵다 하는 점을 기억해야 합니다. 하나님의 형상을 지닌 자로써 우리는 살아가야 됩니다. 잊어버리지 마세요. 나는 하나님의 형상대로 지음을 받았다는 것을 잊어버리시지 마셔야 됩니다.

또 하나 책임적 존재로 살아가야 된다는 겁니다. 그럴 때 하나님의 나라가 이 땅에 세워지게 되고 하나님께서 영광을 받으실 것입니다. 만일에 그렇지 못하면 우리는 세월호처럼 무너지게 되고 말 것이에요. 가슴 아픈 일이지만은 우리는 세월호를 기억해야 됩니다. 세월호 현장에서 보았던 그 무책임함이 얼마나 부끄러운 우리의 자화상이었습니까? 그 배의 총 책임자인 선장조차도 책임지려고 하지 않았습니다. 기관사, 항해사 그 누구도 그런 엄청난 희생 앞에 책임지지 않고 있습니다. 다 변명하고 나는 책임 없다고 회피하는 일에 급급하고 있습니다. 이 부끄러운 이 현실을 우리는 직시해야 합니다. 세월호는 무책임의 극치였다고 저는 봅니다. 제가 어제 텔레비전 뉴스를 통해서 이런 장면을 봤어요. 미국의 어느 도시에서 불이 났어요. 집에 불이 났는데 여러분도 보셨을 거예요. 소방대원들이 와서 불을 끕니다. 그런데 그 불의 원인을 제거하려면 지붕에 올라가서 밑으로 쏴서 물을 뿌려 불을 꺼야 됩니다. 거기에 그 소방대 책임자인 소방대장이 올라갔어요. 올라가서 물을 막 뿌리는데 그 장면이 그대로 보도가 됐죠. 푹 꺼져버렸어요 그 지붕이 푹 꺼져버려서 밑으로 떨어져서 화상을 입고 다행히 목숨은 건져서 병원에서 치료를 받고 있다는 소식이었습니다. 그런 뉴스를 보면서 저는 굉장한 감동을 받았어요. 그 위험한 자리, 소방대장이 거기 올라가면 어떻게 될 거 누가 모르겠습니까? 그래도 올라가서 자기 책임을 다하는 그 모습을 보면서 '아 저런 모습이 있어서 미국이 그래도 살 만한 나라로 지탱하는구나.' 하는 생각을 가져보았습니다. 자기가 거기 올라가서 지붕 꺼지면 떨어질 거 뻔히 알면서도 그러나 부하 대원들 다 놔두고 내가 올라가겠다고 올라가서 불 끄다 떨어지는 그 모습이 제 눈에는 참 숭고하기까지 했습니다. 이런 책임의식이 우리에게 있어야 되지 않겠습니까. 가라앉는 부끄러운 세월호가 되지 마십시다. 정직하게 맡은 자리에서 주어진 일에 설령 내게 불리할지라도, 내게 이익이 아니라 손해가 될지라도 그저 묵묵하게 우리가 책임을 다해야 될 줄로 압니다. 그럴 때 우리 학교는 이제 60주년을 맞이하는 더 성숙한 학교로 든든히 서가게 될 줄로 믿습니다. 우리 학교만이 아니라 우리가 그렇게 본을 보이고, 가르침을 받은 학생들이 나가서 사회에서 그렇게 살면 이 사회 전체가 더 나은 사회로 가게 될 줄로 믿습니다.

풀어놓아 다니게 할 수 있습니까?
요 11:32-44

이봉섭

(동문 / 협동교목)

요한복음 11장은 요한복음에서 마지막으로 기록된 예수님의 기적 이야기입니다. 공관복음에서는 예수님의 이적들이 많이 기록되어 있으나 요한복음에는 일곱 가지만 기록되어 있습니다. 요한복음의 기적은 기적 자체에 초점이 맞춰져 있기보다는 그 기적을 통해 전달하고자 하는 이야기가 있습니다.

예수님의 친구 나사로를 살리신 이야기에서도 나사로를 살린 그 사실 뿐만 아니라 이 이야기를 통해 다른 사람들에게 들려주고 싶은 다른 이야기가 함께 숨겨져 있습니다. 그 이야기는 바로 공동체가 가져야 할 위로와 격려, 돌봄에 대한 이야기입니다. 나사로를 살린 이야기에서 쉽게 발견하지 못하는 "풀어놓아 다니게 하라"는 예수님의 말씀을 함께 고민해 보고자 합니다.

예수님께서 죽은 나사로를 살리신 이야기는 우리가 익숙하게 알고 있는 이야기입니다. 이 이야기를 믿음의 가족들이 함께 참여하여 비블리오드라마라는 즉흥연기의 형식으로 재구성해 보면 어떤 이야기가 나올까 궁금하여 청년들과 함께 작업을 해 보았습니다.

제가 눈여겨보았던 것은 두 가지였습니다. 첫 번째는 예수님의 역할을 맡은 참가자는 주변 사람들과 나사로의 두 자매로부터 오는 중압감을 어떻게 이겨낼 것인가? 주변 사람들은 살아 나온 나사로를 어떻게 대할 것인가? 이었습니다.

오라버니를 잃은 마리아와 마르다의 흐느낌이 너무 애처로워 예수님의 역을 맡은 참가자는 눈을 둘 곳을 찾지 못하였고, 그 자리에서 움직이지도 못하였습니다. 주변 사람들의 수군거림에 예수님의 역할을 맡은 사람은 자리에 서 있을 힘도 없었습니다. 그러나 예수님의 역할을 맡았던 참가자는 한 걸음 한 걸음, 무거운 발걸음을 옮기고 무덤 앞에 멈추어 한참을 서 있었습니다. 그리고 누군가의 죽음 앞에서도 그렇게 울부짖지 못했을 감정으로 외쳤습니다. "나사로야! 나오너라."

이 말이 떨어지기가 무섭게 나사로는 벌떡 일어나 예수님 앞으로 걸어 나왔습니다. 드라마가 끝나고 나눈 이야기입니다만, 나사로 역을 맡았던 참가자는 자신이 어떻게 나가는 것이 극적일까를 고민했다고 합니다. 이런저런 생각을 하다가 그만, "나사로야! 나오너라"라는 예수님 역을 맡은 사람의 울부짖음에 자신도 모르게 벌떡 일어나 어기적거리며 예수님 앞으로 나오게 되었다고 합니다.

이제, 제가 생각한 드라마의 클라이막스에 도달했습니다. 과연 주변에 있던 사람들은 나사로를 어떻게 대할 것인가?

정말, 모두, 놀라운 눈빛이었습니다. 2,000년 전에 예수님께서 나사로를 살리신 그 자리에 있었던 것 같은 착각에 빠질 정도로 몰입감은 대단했습니다.

자신이 등장할 때를 기다리며 넋 놓고 있던 나사로는 예수님의 울부짖음에 자신도 모르게 뛰쳐나왔습니다. 지금까지 예수를 조롱하고 험담하고 조롱하던 주변 사람들은 예수님의 역할을 맡은 사람의 예상치 못한 몰입에 긴장하고 넋을 잃고 쳐다보고만 있었습니다.

그때 예수님의 역할을 맡은 참가자가 힘이 다 빠진 목소리로 주변 사람들에게 말했습니다. "풀어 놓아 다니게 하라."

그러나 누구 하나 선뜻 나서지 못했습니다.

그때 예정에도 없이 나사로가 외쳤습니다. "나의 어리석음을 풀어주세요." "나의 게으름을 풀어주세요." "나의 질투와 시기심을 풀어주세요." 그 소리를 듣고 있던 다른 참가자들은 천천히 나사로에게 다가갔습니다. 그리고 나지막한 소리가 들렸습니다. "아빠에 대한 나의 기대를 풀어주세요." "엄마에 대한 나의 욕심을 풀어주세요." "동생에 대한 편견을 풀어주세요." "아버지에 대한 죄책감을 풀어주세요." 참가자들은 누가 시키지도 않았는데 자신의 삶 가운데서 해결되지 못한 문제에 대해 고백을 하며 나사로의 몸에 묶인 천을 풀어내고 있었습니다.

기독교 신앙을 가진 사람들은 예수님의 십자가의 고난과 죽음을 통해 새로운 인생을 살게 된 사람들입니다. 이미 죽은 지 사흘이나 되어 냄새가 나는 인생이었지만, 예수님의 십자가의 고난과 죽음 그리고 부활로 새로운 인생을 살게 되었고 하나님의 자녀가 되는 존재의 변화를 경험한 사람들입니다.

하지만 그들은 여전히 베에 싸여 버둥거리고 있습니다. 수건이 얼굴을 가리고 있어 제대로 보지도 못합니다. 우리 공동체는 그들을 묶고 있는 베가 무엇인지, 그들의 얼굴을 가리고 있는 수건이 무엇인지 우리는 너무나 정확하게 알고 있습니다. 그것을 정확하게 알고 있는 우리에게 예수님은 말씀하십니다. "풀어 놓아 다니게 하여라."

우리가 해야 할 일은 죽은 사람을 살리는 일이 아닙니다. 우리가 할 일은 기적을 일으키는 일도 아닙니다. 하나님의 아들, 하나님의 딸인 그들을, 예수님이 자신의 생명과 바꿔 새로운 존재로 변화시킨 그들의 삶의 문제를 풀어주는 일입니다. 그리고 이 일도 예수님의 명령에 따라 예수님이 드러나게 해야 하는 일입니다.

나사로를 묶은 천을 가장 신속하고 정확하고 아름답게 풀어낸 그 사람이 누구인지 우리는 알지 못합니다. 그러나 그 일을 한 사람은 있었습니다. 단지 그 수건을 걷어주었을 때, 그들은 예수님을 바라보고 하나님을 아버지라고 부를 수 있게 됩니다. 그동안 하나님과 갈등, 긴장, 원망의 관계에 있던 그들이 하나님을 아버지라고 부를 수 있게 도와주는 것이 신앙 공동체의 일이라고 믿고 있습니다. 예수님이 이미 새로운 생명을 허락하시고 하나님의 아들과 딸로 살려놓은 사람들을 우리가 다시 살릴 이유는 없습니다. 우리는 풀어놓아 다닐 수 있게 하면 됩니다.

청년 여러분, 무엇이 여러분을 싸매고 있습니까? 무엇에 아직도 사로잡혀 있습니까? 여러분의 동료, 친구는 무엇에 사로잡혀 있는 것 같습니까? 우리가 풀어 놓아 주어야 합니다. 우리가 놓아 주어야 합니다. 우리는 그 일을 하도록 부름 받았고, 믿음의 자녀가 되었습니다.

다시 살아난 청년

행 20:9-12

이 성 희

(이사 / 대한예수교장로회 부총회장 / 연동교회)

서론

현대를 '연령주의 사회'라 합니다. 젊게 보여야 된다고 하여 젊게 보이려고 온갖 노력을 다하고 있습니다. 노화방지에 들이는 돈이 경력이나 자격증을 얻는 돈보다 더 들어갑니다. 젊고 예쁜 것이 가장 큰 경쟁력입니다. 최근에는 기능성 화장품을 찾는 사람이 남성이 여성보다 더 많다고 합니다. 요즘 젊은이들 불쌍하지요?

청년이란 한자어를 풀면 '푸른 해'라는 말입니다. 헬라어로는 '네아니스코스'라고 하는데 이 말은 새롭다는 '네오스'에서 파생한 단어입니다. 새로운 생각, 새로운 꿈, 새로운 시작을 할 수 있는 시기가 청년기라는 것입니다.

"당신은 청년입니까, 청년노인입니까?"라는 말이 있습니다. 항상 새로운 것에 도전한다면 청년입니다. 자기에게 친숙한 곳, 안정지대만 머물러 있으면 청년노인입니다. "꿈꾸지 않는다는 것은 죽어가고 있는 것이다"는 말이 있습니다. 청년은 꿈을 꿀 자격을 가지고 있습니다. 얼마든지 꿈을 꿀 기회가 있습니다. "갈망하는 청년이냐, 회상하는 청년노인이냐?"라는 말도 있습니다. 앞을 내다보고 앞을 향해 간다면 청년입니다. 뒤를 돌아오며 과거회상적으로 산다면 청년노인입니다. "지금 꿈을 꾸고 있다면 당신은 청년이다."는 말이 있습니다. 살아 있는 청년에게는 꿈이 있고, 희망이 있고, 일이 있고, 미래가 있습니다.

바울이 2차전도 여행 때에 드로아에서 사역을 할 때 밤늦게까지 말씀을 전하고 있었는데 유두고라는 청년이 창문에 걸터앉아서 졸다가 3층에서 떨어져 죽었습니다. 사도행전은 의사인 누가가 기록했습니다. 죽었다는 말을 헬라어로 '네크로스'라고 누가는 기록했습니다. 이 말은 유두고가 잠시 기절한 것이 아니라 실제로 죽었다는 뜻입니다. 성경에는 분명히 죽었다는 단어를 쓰고 있습니다. 유두고는 죽었다가 살아난 청년입니다. 바울은 오늘 성경말씀처럼 유두고라는 죽은 청년을 다시 살렸습니다. 유두고는 아직도 젊은 나이이기 때문에 죽기 아까운 사람이었습니다. 우리 모든 청년들이 생명이 살아있는 죽기 아까운 젊은이들이 다 되기를 바랍니다.

첫째, 죽은 것 같지만 아직도 생명이 있습니다.

사도행전 20:10에는 "바울이 내려가서 그 위에 엎드려 그 몸을 안고 말하되 떠들지 말라 생명이 그에게 있다 하고"라고 합니다. 죽었던 청년이 바울의 능력으로 다시 살아났습니다. 누구나 실낱같은 생명이라도 있으면 다시 살 수 있습니다. 하나님이 원하시면 죽은 자도 다시 살아납니다.

유두고라는 이름의 뜻은 "다행하다"입니다. 유두고라는 청년이 죽은 줄로 알았는데 살아났으니 얼마나 다행한 일입니까? 청년이 다시 살아난 것은 청년 자신이나 성도들에게 다행한 일입니다.

바울은 분명히 죽어 있는 청년 유두고에게 생명이 있다고 하였습니다. 죽은 자에게서 생명을 보아야 살릴 수 있고 희망이 있습니다. 예수님은 야이로의 딸이 죽은 것을 보고 죽은 것이 아니라 잔다고 하셨습니다. 그때 사람들은 예수님의 그 말씀에 비웃었다고 합니다. 예수님은 그 아이 안에 있는 생명을 보셨습니다. 죽었지만 다시 사는 생명을 보셨습니다. 예수님과 마찬가지로 바울도 죽은 청년의 속에 있는 생명을 보았습니다.

세상 사람들이 보는 것은 외형입니다. 예쁘고 멋있는 겉모습입니다. 하나님의 사람이 보는 것은 내면입니다. 그 안에 있는 생명입니다. 세상 사람들은 겉만 보기 좋으면 예쁘다고 하고, 멋있다고 합니다. 하나님의 사람은 죽은 듯이 보이지만 그 안에 생명이 있으면 아름다운 사람입니다.

예수님은 태초부터 계셨던 말씀, '로고스'입니다. 요한복음 1:4에는 "그 안에 생명이 있었으니 이 생명은 사람들의 빛이라."고 합니다. 그 안에 생명을 가진 예수님은 우리 안에 있는 생명을 보십니다. 예수님이 그러하듯이 바울도 사람의 안에 있는 생명을 보았습니다. 유두고가 죽은 것 같지만 바울은 그 안에 있는 생명을 보았습니다.

요한계시록 1장 17절 하반절-18절 상반절에는 "나는 처음이요 마지막이니 곧 살아 있는 자라 내가 전에 죽었었노라"고 합니다. 요한계시록 1장에서 예수님이 당신을 소개하던 그 말로 서머나교회에 나타나셨습니다. 순교에 직면하여 죽은 것 같지만 살아있는 교회가 서머나교회이며, 폴리캅이라는 유명한 감독이 순교를 각오하며 복음을 지킨 바로 그 교회입니다.

1956년에 미국 전역에 큰 충격을 던진 사건이 있었습니다. 짐 엘리엇이라는 29세의 청년선교사와 네 명의 친구가 에콰도르 쿠라사이에서 시체로 발견된 것입니다. 그들의 순교가 신문에서 알려지자 "이것이 무슨 낭비인가! 휘튼대학교를 수석으로 졸업한 젊은 수재가 그렇게 허무하게 젊은 나이에 세상을 떠나다니"라고 하였습니다. 그때 20대 초반의 엘리엇부인은 "낭비라니요? 나의 남편은 어렸을 때부터 이 순간을 위해 준비한 사람입니다. 내 남편은 이제야 그 뜻을 이루고 순교하였습니다. 이후로 다시는 내 남편의 죽음을 낭비라고 하지 마십시오."라고 하였습니다. 엘리엇부인은 한 살, 두 살 된 아이를 데리고 에콰도르로 가서 복음을 전했습니다. 남편을 죽인 아우카 부족에게 복음을 전한지 50년이 지난 지금은 그 마을사람 1,000명이 다 예수를 믿고, 젊은 선교 사들을 살해한 5명의 인디언 중 4명이 목사가 되었습니다. 짐 엘리엇은 죽었지만 생명이 아우카족에게 살아 있었습니다.

에스겔 37:9에는 "생기야 사방에서부터 와서 이 죽음을 당한 자에게 불어서 살아나게 하라."고 합니다. 하나님의 숨결, 생기가 들어가면 죽었던 자들도 다 일어나서 하나님의 군대가 됩니다. 우리 청년들, 대학생들에게 하나님의 생기가 들어가서 살아나기를 바랍니다.

둘째, 청년이 살아야 교회가 위로를 받습니다.

사도행전 20:12에는 "사람들이 살아난 청년을 데리고 가서 적지 않게 위로를 받았더라."고 합니다. 드로아의 신도들은 죽었던 청년이 다시 살아난 기쁨이 충만했을 것입니다. 죽었던 청년이 살아남으로써 용기를 갖게 된 것입니다. 죽은 줄로 알았던 사람이 죽지 않았다는 것, 죽었던 자가 다시 살아났다는 것보다 더 큰 위로는 없을 것입니다.

엘리사는 과부가 된 수넴 여인의 죽은 아들을 살려주었습니다. 예수님은 죽어서 장사 지내던 나인성 과부의 아들을 다시 살려주셨습니다. 아들만 바라보고 살던 어머니에게 희망을 준 것입니다. 아들이 다시 살아나 큰 위로를 얻었습니다. 청년이 다시 살았다는 것은 교회와 성도들에게 큰 위로가 되는 일입니다. 청년이 모름지기 살아 있어야 교회에 웃음이 있고 대학교가 희망이 있습니다.

시편 11:3에는 "주의 권능의 날에 주의 백성이 거룩한 옷을 입고 즐거이 헌신하니 새벽이슬 같은 주의 청년들이 주께 나오는도다"고 합니다. 교회에 청년들이 소리 소문 없이 모인다면 교회는 이슬 같은 은혜가 함께 합니다. 청년들이 새벽에 내리는 이슬같이 쌓인다면 교회는 희망이 있습니다. 민족이 희망에 부풀게 됩니다. 청년들이 어디로 가고 있습니까? 무의식중에라도 그들이 교회로 발걸음이 향해야 합니다. 이래야 교회도 청년도 복을 받습니다.

청년이 살아 있는 교회는 희망이 있고 위로를 받습니다. 반면에 청년이 죽은 교회는 절망이 있고 고민이 쌓입니다. "청년은 교회의 미래입니다." 청년들의 기를 살리는 교회가 희망이 있는 교회입니다. 청년들의 기를 꺾는 교회는 희망이 없는 교회입니다. 가정도, 사회도, 국가도 마찬가지입니다. 청년들의 기를 살려주어야 희망이 있습니다.

요즘 용어로 '키덜트'라는 말이 있습니다. 어린이라는 말의 '키드'와 어른이란 말의 '어덜트'를 합성한 단어입니다. 몸은 어른이지만 행동과 취향은 어린이인 사람을 '키덜트'라고 합니다. 어른인데 장난감이나 인형을 가지고 노는 어른을 말합니다. 그래서 최근에는 '키덜트'용 장난감이 호황이라고 합니다. 왜 우리사회에 '키덜트'족이 많아집니까? 어른이 되어도 어른으로서의 지위를 차지하지 못하고 어린이처럼 살아가야 합니다. 또 미래에 대한 불안과 공포가 어른이 되기 싫은 과거회상적 삶을 가지게 합니다. '키덜트'족이 많은 것도 사회가 풀어가야 할 과제 가운데 하나입니다.

창세기는 하나님이 태초에 하신 말씀입니다. 출애굽기는 탄생과 유아기입니다. 레위기는 유년 시대입니다. 민수기는 청년기입니다. 신명기는 성인기입니다. 민수기의 주제가 무엇입니까? 군대에 나갈 수 있는 사람을 헤아리는 것입니다. 생명이 있는 사람을 찾는 것입니다. 이런 사람이 궁극적으로 국가의 희망입니다. 하나님은 지금도 희망적인 젊은이를 찾고 계십니다. 그리고 그들을 통하여 하나님의 역사가 세상에 전파되기를 기대하십니다.

요한일서 2:14에는 "청년들아 내가 너희에게 쓴 것은 너희가 강하고 하나님의 말씀이 너희 안에 거하시며 너희가 흉악한 자를 이기었음이라"고 합니다. 우리 청년들이 하나님의 말씀이 그들 안에 거하는 생명이 있는 청년들이 되기를 바랍니다.

결론

한 청년이 서서히 달리는 시내버스의 문짝을 두드리며 힘껏 달리고 있었습니다. 버스는 멈출 기세를 보이지 않는데도 청년은 그 버스를 꼭 타야 한다는 고집으로 버스를 쫓아가고 있습니다. 길이 조금 막혀 버스가 멈춰 서자 청년은 또 버스의 문을 두드립니다. 버스는 멈추지 않았고, 자동문도 열리지 않았습니다. 다시 버스가 제 속도를 내며 질주하기 시작하였습니다. 청년이 버스를 따라서 계속 달리려고 하는 순간 한 어르신이 청년의 팔을 낚아채며 "이봐, 젊은이! 왜 이렇게 달리나?"라고 말했습니다. "이 팔을 놓으세요. 저는 저 버스를 타야 합니다." 청년은 어르신에게 신경질 섞인 말로 대꾸했습니다. 어르신은 청년의 팔을 놓아주며 "여보게 젊은이! 이렇게 달리면 바로 뒤에 오는 버스와 거리가 점점 멀어질 뿐이라네. 자네는 왜 뒤에서 오는 버스를 앞서 달리나?"라고 하였습니다. 앞서서 달려가는 공간은 이미 과거입니다. 뒤에서 달려오는 공간이 잡아야 할 미래입니다.

얼마 전 「타임」Time 매거진에는 현대 젊은 세대에 대한 특집을 실었습니다. 표지에는 이들을 '나 세대'The Me Generation이라고 하였습니다. "새천년둥이들은 게으르다. 이들을 귀찮이스트라고 부른다. 이들은 아직도 그들의 부모와 함께 산다. 이들은 왜 우리 모두를 구할까?"라고 썼습니다. 청년들이 자기밖에 모르는 것 같지만 그들이 우리의 미래를 책임지고, 우리를 구할 세대입니다. 우리 청년들이 모든 필요한 것들을 잘 준비하여 달려오는 미래를 꼭 붙잡기를 바랍니다. 죽지 않고 그 안에 생명이 있는 청년이 되어 가정과 교회와 기독 대학교와 국가의 위로가 되고 훌륭한 미래의 주역들이 다 되기를 간절히 바랍니다.

예배로의 초대
시 122:1-9

조용훈
(교목 / 기독교학과 교수)

사람들로부터 초청받는 일은 기쁘다. 아이들은 부모가 '외식하러 가자'하면 뛸 듯이 기뻐한다. 성경 본문에서 시인은 '예배드리러 가자' 할 때 기뻤다고 고백한다. "사람들이 나를 보고, 주님의 집으로 올라가자 할 때에 나는 기뻤다"(1절).

예배는 정말 우리에게 기쁨을 주는 일인가? 우리 대학은 1-2학년 모든 학생에게 4학기 동안 채플을 요구한다. 상당수 학생들이 반강제나 의무로 채플에 참석한다. 성지관에 올라오는 학생들 얼굴이 어둡고 짜증스러운 모습을 볼 때마다 마음이 아프다. 기뻐해야 할 일이 괴로운 일이 되었으니까. 교직원예배 시간은 어떨까. 어른들은 애들에 비해 표정관리를 잘하는 편이니 알 수는 없지만 항상 만족스럽지는 않을 것이라 짐작된다.

사람들이 예배에 불만을 갖는 데는 여러 가지 이유가 있다. 형식은 고루하고, 설교는 식상하고 지루하며, 성가대는 시원찮고, 기도자는 중언부언, 쓸데없는 말을 많이 한다. 누구의 책임인가를 떠나 예배가 싫어지면 참 불행한 일이다. 신앙인이 된다는 건 우선적으로 예배자가 된다는 것인데 그게 싫으면 어찌 될까.

그리스도인에게 왜 예배가 중요한지, 우리가 왜 수요일 아침마다 모여야 하는지 성경 본문을 통해 몇 가지 생각해보자.

첫째, 예배는 우리 삶에 '통일성'을 가져다준다. "예루살렘아, 너는 모든 것이 치밀하게 갖추어진 성읍처럼, 잘도 세워졌구나"(3절). 시인은 예배처소인 예루살렘을 가리켜 잘 만들어진 성읍과 같다고 표현했다. 건축적 완결성을 의미한다. 그런데 단지 예루살렘의 건축적 완결성만 아니라 예배가 우리 삶에 갖는 완결성을 의미하기도 한다. 예배란 잘 건축된 예루살렘처럼 우리 삶을 조화 가운데 통일성 있게 만든다.

사실 우리의 일상은 얼마나 분주한가? 해야 할 일은 많고, 힘은 부치고, 시간은 늘 모자란다. 이일 저일 허둥대다 보면 세월은 금방 흘러 벌써 근속 20년 30년이 된다. 그러다 은퇴할 때쯤 되면 예외 없이 지나온 세월을 후회한다. 그 많은 것을 이루고도 정작 중요한 것을 놓쳤다고 생각한다. 일상의 분주함에 쫓겨 삶을 허비하지 않으려면 중요한 일과 급한 일을 구분할 줄 알아야 한다. 예배는 급하지는 않지만 매우 중요하고 근본적인 일이다. 예배가 삶의 중심에 놓이게 되면 삶이 정돈된다.

둘째, 예배는 공동체를 만들고 경험하게 한다. "모든 지파들, 주님의 지파들이 주님의 이름을 찬양하려고 이스라엘의 전례에 따라 그리로 올라가는 구나"(4절). 부족동맹이었던 유대 사회에서 열 두 부족은 각 부족 나름의 고유한 문화와 전통을 유지했다. 그러나 최소 일 년에 세 차례(유월절, 맥추절, 초막절)는 모든 지파들이 함께 예루살렘을 방문하고 제사드려야 했다. 제사를 드리는 동안에는 유다지파도 베냐민지파도 없이 모두가 하나님의 백성이요 하나의 공동체였다.

오늘 우리 사회에서 참된 공동체를 경험하기란 참 어려운 일이 되었다. 가치관이 점점 더 개인주의적으로 바뀌고, 사회는 점점 더 경쟁적이 되어 가기 때문이다. 어려서부터 낯선 사람을 경계하라고 교육하고, 초등학교에 들어가면 옆에 앉은 친구를 경쟁자로 생각하게 만든다. 온라인 오프라인에 각종 사교모임과 동호회가 있지만 마음을 나누기란 힘들다. 경쟁사회에서 조건 없는 사랑이란 존재하지 않고, 어쩌다 자신의 약함을 보이기라도 하는 순간 사냥개들처럼 달려든다. 누구에게도 마음 편히 자신을 개방하기가 쉽지 않아서 우리는 늘 외롭고 고독하다. 어쩌면 우리가 일에 매달리고 바쁘게 살아가는 이유 가운데 하나는 내면의 외로움 때문일 것이다.

초기 예루살렘 공동체(행 2장과 4장)는 우리가 공동체로서 살아간다는 것이 어떤 것인지 잘 보여준다. 참된 예배에서는 이런 공동체의 삶을 경험할 수 있다. 나눔과 환대, 배려, 그리고 무엇보다 차별이 없다. 집에서 자매나 형제들이 서로 싸우다가도 한 식탁에 둘러앉아 한 이불을 덮듯이, 때로 삶의 현장에서 처리해야 할 일 때문에 언성을 높이며 갈등하기도 하지만 우리가 하나님을 아버지라고 부르는 순간 우리 모두는 한 식구가 된다.

셋째, 예배의 목표는 하나님을 영화롭게 하는 데 있다. "모든 지파들이 주님의 이름을 찬양하려고 예루살렘으로 올라가는구나"(4절). 예배의 목표는 하나님의 이름을 찬양하고 그분에게 영광을 돌리는 데 있다. 예배에 정치적 목적이 개입되어선 안 된다. 하나님의 영광, 하나님 찬양, 그것이 예배의 전부다.

하나님께서 인간을 지으신 목적은 하나님을 영화롭게 하기 위함이다. 세례를 받을 때 묻는 요리문답 첫 물음은, '사람이 살아가는 데 제일 되는 목적이 무엇입니까' 이다. 그 답은 '하나님을 영화롭게 하고 그분을 찬양하기 위해서'다. 예배란 우리를 위한 것이나, 우리를 향한 것이 아니다. 따라서 예배에서 구경꾼이나 심판자란 있을 수 없다. 구약에서 모든 제사는 '드림'offering이었다. 내가 직접 참여하고, 나를 바치는 일이었다.

유감스럽게도 우리 시대에 예배가 변질되면서 구경하고 평가하려는 사람들이 늘고 있다. 자기를 희생제물로 드리는 대신 자기만족을 추구한다. 설교가 좋았다, 시원찮았다 평가를 한다. 성가대의 찬양이 좋았다, 나빴다 점수를 매긴다. 자기를 드리고 자기를 바치는 사람에게 예배란 평가의 대상일 수 없다. 오직 하나님께서 나를 어떻게 받으셨는가 그것이 중요할 뿐이다.

마지막으로, 예배자에게는 하나님의 복이 임한다. "예루살렘에 평화가 깃들도록 기도하여라. 예루살렘아, 너를 사랑하는 사람들에게 평화가 있기를, 네 성벽 안에 평화가 깃들기를, 네 궁궐 안에 평화가 깃들기를, 네 친척과 이웃에게도 평화가 깃들기를"(8-9절).

여기서 말하는 평화는 히브리어로 '샬롬'이다. 샬롬이란 단순히 전쟁과 갈등이 없는 소극적 상태를 가리키는 말이 아니다. 그것보다 훨씬 더 적극적인 의미를 가진다. 한 마디로 하나님 나라에서 맛보게 될 구원의 감격과 기쁨을 '지금 여기서' 경험하는 일을 가리킨다. 말하자면 우리는 예배시간에 하나님의 나라를 미리 맛보는 특권을 누린다.

우리는 간혹 사람들을 초청한다. 식사에, 음악회에, 골프장으로. 다 좋은 일이다. 상대방에게 기쁨을 줄 수 있기 때문이다. 그런데 예배로 초대하는 일은 그것들보다 더 가치 있고 의미 있는 일이다. 예배는 사람들에게 영원한 기쁨을 주는 일이며, 영원한 생명에로의 초대하는 일이기 때문이다. 다음 교직원 예배 때에는 동료에게 '함께 예배드리러 가자'고 초대하실 수 있기를 바란다.

(교직원 예배 설교)

사랑의 사람

눅 4:16-20

최 규 명

(동문 / 백석대 교수)

예수께서는, 자기가 자라나신 나사렛에 가서서, 늘 하시던 대로, 안식일에 회당에 들어가셨다. 성경을 읽으려고 일어서서 예언자 이사야의 두루마리를 건네받아 그것을 펴시어, 이런 말씀이 있는 데를 찾으셨다. "주의 영이 내게 내리셨다. 주께서 내게 기름을 부으셔서, 가난한 사람들에게 기쁜 소식을 전하게 하셨다. 주께서 나를 보내셔서, 포로 된 사람들에게 자유를, 눈먼 사람들에게 다시 보게 함을 선포하고, 억눌린 사람들을 풀어주고, 주의 은혜의 해를 선포하게 하셨다." 예수께서 두루마리를 말아서, 시중드는 사람에게 되돌려 주시고, 앉으셨다. 회당에 모인 모든 사람의 눈이 예수에게로 쏠렸다.

한 해가 저물어 가던 2004년 11월 어느 날 신문에 '2004 한국, 한 50대의 가장의 기막힌 현실'이라는 제목의 기사가 있었습니다. 찬비가 쏟아지던 날 극빈자 무료 진료소인 영등포 요셉의원을 찾아온 한 50대 환자의 이야기입니다.

오른쪽 눈썹 위에 파스를 붙이고 온 그는 집에서 넘어져 조금 찢어졌다고 말했지만, 상처를 열어본 원장님은 깜짝 놀라고 말했습니다. 길이 5-6cm쯤 되는 상처가 가정용 실로 아무렇게나 꿰매져 있었는데,

| 진리 · 자유 · 봉사

상처에선 고름이 흘러나왔고, 서툴게 꿰맨 곳이 터져 여러 차례 꿰맨 흔적이 남아 있었습니다.

사연은 이랬습니다.

3년 전 그는 더 나은 보수와 일자리를 찾아 아내와 함께 고향을 떠나 서울로 올라왔습니다. 두고 온 두 아들을 위해 그들은 8평짜리 쪽방을 얻었고, 노동판과 식당 등에서 일하며 악착같이 돈을 모았습니다.

그렇게 근근이 살아가던 중 올해 6월 인력 소개업자가 건설업체로부터 받은 근로자들의 임금을 들고 도망친 뒤로 그에게는 일감마저 끊기고 말았습니다. 그때부터 그는 집안에 틀어박혀 살았는데, 무료급식소에서 얻은 한 께 식사를 반만 먹고, 반은 남겨 가지고와 또 한 끼를 때우며 살았습니다. 출근한 아내 대신 빨래를 널기 위해 좁은 계단을 오르다 미끄러진 그는 계단 모서리에 이마를 부딪쳐 오른쪽 눈썹 위가 찢어져 많은 피를 흘렸는데, 그 순간 그의 머리에 떠오른 것은 다친 상처가 아닌 병원비에 대한 공포였습니다. 그는 병원 응급실을 찾는 대신 방으로 들어가 면도칼과 바늘과 실을 찾아 너덜너덜해진 살을 도려낸 뒤 생살을 더듬거리며 스스로 상처를 꿰맸습니다. 그러고는 상처가 아물길 기다렸지만 상처는 자꾸만 터졌고, 이틀 동안 두 번이나 터진 곳을 다시 꿰맸는데 고름만 나오자 할 수 없이 요셉의원을 찾았던 것입니다.

병원비가 두려워 자기의 상처를 스스로 꿰매야 했다니, 진저리가 쳐지는 이야기지만 그것이 우리의 현실인 듯합니다. 마치 경쟁이라도 하듯이 곳곳에 화려하고도 엄청난 교회와 성당, 사찰이 지어지는 것을 보면서 우리는 다시 한 번 생각하게 됩니다. 과연 이러한 현실에서 이러한 건물이 들어서는 것이 예수님의 탄생과 관계가 있는가를….

과연 성탄에 생각해봐야 할 많은 것 중에 교회와 사찰과 성당의 거룩함은 대리석 외양의 화려함과 까마득한 높이에 있는 것인가? 그런 것들이 예수님의 인카네이션과 직접적으로 관계가 깊은 것인가? 아니면 교회나 성당이나 사찰의 건물의 화려함과 높이에 반비례하여 집 주위의 가난한 자 곧 굶주리는 자와 헐벗은 자와 집 없는 자를 향한 낮아짐에 있는 것은 아닌지?

예수님께서 아기로, 인간의 몸으로 이 땅에 내려오신 것은 아무리 성경을 뒤져 보아도 화려함과는 거리가 멉니다. 거리에 반짝이는 네온사인이나 크리스마스 트리장식 만큼이나 반비례하여 도리어 주님의 오심은 가난한 자와 억눌린 자와 힘들게 살아가는 사람들에게 희망을 주는 것입니다만 도리어 성탄절은 오늘 우리들에게 화려함으로 인한 더 큰 고통을 가져다주고 있습니다.

성탄절에 친구들과, 혹은 애인과 풍요로운 하루를 보내고자 강도짓을 하기도 하고 도둑질을 하기도 합니다. 다른 사람들이 평소보다도 성탄절에 더 화려하고 풍요롭기에 상대적인 빈곤을 느낀 사람들이 성탄절을 더 힘들게 보내기도 합니다. 그러다 보니 교회와 사찰과 성당의 첨탑들이 전혀 감동을 주지 못합니다. 크리스마스 트리의 화려함이 우리들에게 전혀 아름다움을 주지 못합니다. 희망을 주어야 하는 트리가, 화려함의 네온사인들이 도리어 그것을 바라보는 사람들의 가슴에 큰 구멍을 내고 있습니다. 너무 부정적으로만 본 것인지 모르겠습니다만 사실입니다. 여전히 우리의 이웃들이 고통 중에 있는데 우리들이 사용해야하는 물질의 초점은 사람에게 있는 것이 아니라 겉치레와 체면에 집중되어 있습니다.

예수께서 이 땅에 오심은 가난한 사람들에게 기쁜 소식을 전하기 위함입니다. 포로된 자들에게는 자유를 주시기 위함입니다. 눈먼 자들에게는 다시 볼 수 있도록 하시기 위함입니다. 억눌린 사람들에게는 그 억압으로부터의 풀어줌을 위함입니다. 그런데 주님의 오심을 기다리는 우리들의 관심은 어디에 있습니까? 내가 받을 선물에만 초점이 있지는 않나요? 온통 캐롤도 산타할아버지의 선물과 하얀 눈과 은은한 조명 아래의 풍요로움에 파묻혀서 정작 예수님의 오심의 근본적인 목적과는 전혀 무관한 성탄절을 보내고 있지는 않은가 하는 것입니다.

듣기 싫을지 모르지만 사실 주님의 오심과 오늘의 성탄과는 거의 무관합니다. 도리어 주님의 오심은 아무도 몰랐던 은밀한 사건이요, 깜깜한 밤중이요, 자신의 일에만 충실했던 목동들의 몫이었습니다. 축복이나 화려함이나 선물이나 요란과는 거리가 먼 가난함이요 조용함이요 은밀함이며 나눔이었습니다. 주님의 오심으로 인하여 이제는 가난한 사람들이 희망을 가지게 되었고 포로 된 자들과 눈먼 자들과 억눌린 자들이 기쁨의 소식을 듣게 된 것이었습니다. 그러나 오늘 이러한 성탄의 문화를 이끌어 가야 할 교회와 그리스도인들이 과연 그 일을 제대로 감당하고 있습니까? 주님이 보시고 과연 우리들이 나의 옴을 제대로 인식하고 그 성탄을 기념한다고 칭찬하고 계십니까? 과연 우리 교회에 가난한 자들이 찾아와서 기쁨의 소식을 듣고 있나요? 눈멀고 억눌린 자들이 찾아와서 희망을 갖고 돌아갑니까? 혹 더 많은 빈곤감과 박탈감과 교회의 소속으로 동참할 수 없다는 절망을 주고 있지는 않느냐는 것입니다.

어떤 미국교회에서 성탄절 예배를 드리고 있었습니다. 그런데 한 사람이 흑인이라는 이유로 교회에서 쫓겨나서 문밖에 나와 보니 또 한 사람이 교회 문밖 계단에 앉아 있었습니다. 그래서 왜 여기 앉아계시냐고 물었습니다. 그러자 그분이 말하기를,

"나는 예수인데, 이 교회에서 지저분하다고 해서 들어오지도 못하게 하는 바람에 여기에 쭈그리고 앉아있다네…."

예수님이 주인이신 교회에서 쫓겨난다면 과연 교회는 왜 교회입니

까? 왜 존재합니까?

우루과이의 한 작은 성당의 벽에 쓰여 있는 기도문입니다.

주님의 기도를 바칠 때,

"하늘에 계신"하지 말아라. 세상일에만 빠져 있으면서….

"우리"하지 말아라. 너 혼자만 생각하면서….

"아버지"하지 말아라. 아들 딸로 살지 않으면서….

"아버지의 이름이 거룩히 빛나시며"하지 말아라. 자기의 이름을 빛내기 위해 안간힘을 쓰면서….

"아버지의 나라가 오시며"하지 말아라. 물질 만능의 나라를 원하면서….

"아버지의 뜻이 하늘에서와 같이 땅에서도 이루어지소서" 하지 말아라. 내 뜻대로 되기를 기도하면서….

"오늘 저희에게 일용할 양식을 주시고"하지 말아라. 가난한 이들을 못 본체 하면서….

"저희에게 잘못한 이를 저희가 용서하오니 저희 죄를 용서하시고"하지 말아라. 누구에겐가 아직도 앙심을 품고 있으면서….

"저희를 유혹에 빠지지 않게 하시고"하지 말아라. 죄지을 기회를 찾아다니면서….

"악에서 구하소서"하지 말아라. 악을 보고도 아무런 양심의 소리를 듣지 않으면서….

우리가 성탄절을 기다리면서 과연 주님의 성탄에 참여할 준비와 자세가 있나요? 그렇다면 진정 기다리는 우리들의 목적은 무엇인가요?

다른 사람을 생각하지 말고 나를 돌아보십시오. 가난한 사람을 나라도 구제하지 못하다고 말하지 마십시오. 다른 사람이 그래도 나는 내가 도울 일이 없는가를 살피는 사람이 되십시오.

지하철이나 길가에서 나에게 도움을 청하는 사람을 그냥 지나치지 마십시오. 다른 사람의 눈치 때문에 그들을 외면하지 마십시오. 우리는 눈치 때문이지만 그들은 먹고 살아가는 생명의 문제랍니다.

범죄하여 쇠고랑을 차는 사람을 비난하지 마십시오. 언젠가는 나도 저런 사람이 될 수 있음을 기억하면서 나에게 더 채찍을 가하십시오.

봉사하는 사람들을 부러워하지 말고 다이얼을 돌려서 어딘가에 내가 봉사할 일이 없는가를 찾으십시오.

교회에서 냄새나고 불우하게 생긴 사람들을 찾아서 관심을 기울이십시오. 그들이 혹 예배당 밖에 쫓김을 당한 예수일 수 있기 때문입니다.

성탄은 바로 이런 사람을 위한 예수님의 사랑이 구체적으로 표현되어 이 땅 위에 오신 아름다운 열매이기 때문입니다.

기독교 신앙의 능력

최 희 관
(오정교회 원로목사)

먼저 귀지의 창간 400호를 맞이하게 됨을 충심으로 축하하며 대학인과 신앙이라는 제하에 기독교 신앙의 본질과 그 의의에 대하여 몇 말씀 드리려고 합니다.

『25시』라는 소설을 보면 현대인들은 구원받을 소망까지 끊어져 버린 세대에서 살고 있다는 것이다. 즉 하루는 24시인데 25시라 함은 그 24시간 이외의 시간 가운데서 살고 있다는 것이다. 이는 곧 문명 그 자체의 불안이며 인류 그 자체의 위기라는 것이다.

오늘날의 세기말적인 현상은 우리에게 자변으로 말해주고 있는데 그 어느 때 찾아보기 어려운 정치적인 혼란이나 도덕적인 퇴폐나 경제적인 무궤도, 종교적인 광란, 이로 인한 현상으로 집단자살, 정신이상, 암투, 뇌물, 사기, 밀수, 방탕, 이혼, 살인강도, 고리대금, 나체무용, 성적문란, 청소년들의 탈선, 이와 같은 현실을 그 무엇으로 구원할 수 있다고 생각하는가? 오직 예수그리스도의 십자가 복음 신앙밖에는 없다고 생각한다.

이에 기독교 신앙의 능력에 대하여 다음과 같이 세 가지로 약술코자 한다.

첫째, 기독교 신앙은 삶의 방향과 목표를 제시해 주고 있다. 현대인들 특히 많은 젊은이들이 삶의 방향과 삶의 의미를 찾지 못하고 방황하는 모습을 보게 된다. 그러나 기독교의 신앙은 삶의 철학을 제시해주며 많은 사람들이 우왕좌왕할 때 생生의 지표를 제시해 주고 있다.

둘째, 기독교 신앙은 도덕적인 삶을 영위하게 한다. 기독교 신앙은 높은 도덕적 표준위에서 살 수 있는 능력과 용기를 준다. 사랑-겸손-진실-충성-봉사-화목-효도 등의 고상한 덕을 우리의 실제생활에서 가능케 하는 원동력이 된다. 현실적으로 진단해보면 윤리도덕의 암흑시대가 되었다. 그리하여 젊은이들이 갈등 속에 빠져 고민하고 고통받다가 신경착란증이나 비관자살이나 방종의 구렁텅이로 자신을 던져버리는 인생의 패배자들이 많다. 그러나 예수그리스도를 중심에 영접할 때 불의의 흙탕물을 정화하고 악취 나는 시궁창의 추태를 능히 소독하는 넉넉한 의의 생수가 공급되게 된다.

셋째, 기독교 신앙은 불우한 운명을 타개하고 승리케 하는 힘이 있다. 불교신앙은 운명을 전생의 업보라 하여 불가항력적인 것으로 절대화하고 있으며 운명론자들은 사주팔자라 하여 매사에 단념해 버리고 있다. 그러나 기독교의 신앙은 어떤 불운이나 역경도 능히 극복하고 이길 힘이 있다. 헬렌 켈러는 이 같은 신앙으로 삼중고를 극복했으며 존 번연은 열두 해 동안의 감옥살이를 통해 『천로역정』이라는 성聖문학을 남기었다. 불우한 운명, 생의 어두운 밤, 모든 불행과 고통, 죄의 무거운 멍에, 이는 다 기독신앙을 통해 해결될 수 있다. 수많은 젊은이들이 참된 생의 의미를 찾아 목마른 사슴과 같으며 올바른 윤리관을 찾아 헤매고 있다. 불우한 환경에 시달리는 우리에게 이 기쁨의 복음의 빛이 얼마나 간절한가? 참된 신앙만이 모든 문제의 영원한 해답이 될 것이다.

1983. 3. 14. 〈대학인과 신앙〉

봉사

자신과 사회에 충실한 인물이 되기를
졸 업 생 에 게 드 리 는 글

김기수 Keith Crim

(선교사 / 설립위원 / 전 성문과 교수)

생활의 방향 변치 말자

대전대학에서 4년 동안의 공부를 마치시고 그동안 무엇을 배웠는 가? 어떻게 변했는가 생각할 수도 있습니다. 그리고 본 대학 교직원인 저희들은 저희가 하고자 했던 것들을 잘했는지, 못했는지 의문입니다. 졸업하는 학생들이나 교직원들이나 보다 잘 할 수 있었을 것입니다. 교육은 사람을 취급하고 무감각한 것을 취급하지 않기 때문에 그렇게 될 수밖에 없습니다. 하려고 해도 된 것이 없는 현실을 벌써 보셨겠습니다. 우리 개개인이 국가, 교회, 사회, 온 세계에 관계되는 까닭에 타인에 의해서 우리의 일도 많이 변하게 됩니다. 학교에서 교수들의 목적은 다른 교수들의 목적을 위해 또는 학생의 목적을 위해 달라지는 것입니다. 그 결과로 본래 계획했던 것보다 더 잘 될 수도 있습니다. 여러분이 대전대학을 떠나시면서 우리가 바라는 것은 우리가 생각했던 것보다 더 좋고 훌륭한 일생을 보내시기를 바라는 것입니다. 이 학원에서 경험했던 것은 계속하여 여러분의 생활에 영향을 끼칠 것입니다. 이 외에도 중요한 영향도 여러 가지가 있겠습니다. 세월이 가면 갈수록 다른 영향은 점점 더 중요하게 될 것이지만은 이 학교에서 받은 생활의 방향은 변하지 않기를 바랍니다. 우리의 방향은 어느 곳에 가든지 하나님을 섬기며 이웃을 섬기는 태도입니다. 환언하면 대학교육은 학생이 대학에 있는 동안 또한 졸업한 다음에 각자가 그것을 어떻게 받으며 어떻게 이용하는지에 달려있습니다.

1966년 2월 7일

Beethoven's 5th Symphony or the Higgs Boson(the "God Particle")?

Beethoven's 5th Symphony or the Higgs Boson(the "God Particle")?

프린스 Clarence Prince
(선교사 / 전 수물과 교수)

My title above might seem a little mysterious, but, to make it a little more clear, my question is, "Which is more important to humanity?" Of course, opinions may differ.

But first, sincere congratulations to Han Nam University on the occasion of its 60th anniversary in 2016, its very own Hwan Kap! Looking ahead, maybe, if there can be such, there will be a 2nd Hwan Kap, a 3rd, etc. Han Nam may be around for a long time to come. The oldest, still-existing and continuously-operating university in the world is said to be the University of Bologna in Bologna, Italy, which was established in AD 1088. In 2016, then, the University of Bologna celebrates its 928th anniversary. That's quite a long time – almost 1,000 years, more than 15 times older than Han Nam! A thousand years from now, will Han Nam University still be functioning?

Regardless of what the future holds, though, now is a happy time for Han Nam. Many different challenges have been met and overcome with God's help. Speaking for myself and my wife Moneta, when we were first at Taejon back in the mid-1950's, we never imagined or dreamed of what Han Nam has become today. We are very proud of what our Korean friends have accomplished, again, with the abiding presence and help of God. Han Nam has been faithful in providing good higher education which has enabled and is preparing Korean young people for service to the nation and church. This is all to be credited to the good people of Han's board, alumni, administration, faculty and student body who have served faithfully in leadership, giving, teaching and research, and learning.

Difficult challenges have been overcome. Surely, they will arise again in the years ahead. The strength to conquer these future challenges will come only through Han Nam's steady sense of unity. That the God-given confidence that comes via unity and leads to victory will always be present is my own personal prayer for Han Nam on this occasion of its 60th anniversary.

Here I would like to refer to the writings of the Apostle Paul is his letter to the church at Corinth in I Corinthians, Chapter 1, Verse 30:

I appeal to you, brethren, by the name of our Lord Jesus Christ, that all of you agree and that there be no divisions among you, but that you be united in the same mind and the same judgment.

Later, in I Corinthians, Chapter 12, Paul continues along the same line by comparing the church to the human body:

For just as the body is one and has many members, and all the members of the body, though many, are one body, so it with Christ. For the body does not consist on one member, but many. If the foot should say, "Because I am not a hand, I do not belong to the body," that does not make it any less a part of the body. And if the ear should say, "Because I am not an eye, I do not belong to the body," that would not make it any less a part of the body.

If the whole body were an eye, where would the hearing be? If the whole body were an ear, where would be the sense of smell? If all were a single organ, where would the body be? As it is, there are many parts, yet one body.

The eye cannot say to the hand, "I have no need of you," nor again the head to the feet, "I have no need of you." But God has so adjusted the body, that there may be no discord in the body, but that the members may have the same care for one another.

In his letter to the church at Corinth, the Apostle Paul was writing about the need for unity within the church. Han Nam University, not only the church, can also be compared to the human body. A healthy and vigorous body is made up of many parts with different functions to play, each one being essential to the whole. Han Nam is likewise – many different parts and each one of them caring for one another.

When Han Nam University began as Taejon College back in 1956, with discarded US Army quonset huts for its buildings and plywood boards for seating on the side of a hill, it began with four academic departments – two in the liberal arts(English Language and Literature and Sacred Literature) and two in the sciences(Chemistry and Mathematics / Physics). That tradition of academic balance has been continued. Today Han Nam has many strong departments in nearly all fields of learning in both the liberal arts or non-sciences and in science and engineering. This has been and is important to the development of the Korean church and nation. Each field of learning and research is challenged to accept and respect(to care for) each other. Each does its own part responsibly and relies on others to do the same. This kind of academic tradition makes Han Nam a healthy and strong institution. I'm not saying that this basic principle is always easy to maintain because sometimes it is difficult, even painful, but the end result is always worth the struggle.

Now, back to the question, "Beethoven's 5th Symphony or the Higgs Boson(the "God Particle")? Is one more prestigious or important than the other? Great music which lifts our souls to Heaven or a Noble Prize-winning particle physics discovery?(The Higgs Boson is called by some the "God Particle" since, it is said, without it no other matter would exist. I would not exist, nor would Han Nam University!) Well, many people have been deeply touched by Ludwig Beethoven's music and this will continue in the future, no doubt. (Here I must apologize for my ignorance and ask my Korean readers to name a great Korean composer for Beethoven's place.) We stand awestruck by the musical abilities of some people today. Great art and literature is being produced, too. But, as for the scientific side of things, we have not yet begun to fully understand and apply to our daily lives the Higgs Boson discovery. Yet, we know from past history, that basic scientific discoveries can lead to amazing practical applications, like the Internet of today, smartphones, computers, and improved nutrition and better medicine.

It seems to me that it is not a question of one thing OR the other, but rather it is one AND the other. The whole field of human learning is made up of many parts like the human body. Han Nam University, if its individual organs accept and respect others, will produce great art, music, literature, medicine, social work, commerce, etc. and, at the same time, great science and engineering. I can't list all the areas of learning, but my meaning should be clear. How will Han Nam be 1,000 years from now? No, not 1,000 years from now. How will it be in the year 2076?

November, 2015

THE JOY OF THE REFORMED FAITH:
Distinctives of Reformed Theology
Romans 11:33-34; Ephesians 2:1, 4-9

계의돈 Robert Geotte
(선교사 / 전 화학과 교수)

We hear the term "Reformed" often —it was used in the last issue of the church newsletter. There is a publishing house known as Presbyterian and Reformed. Our pastor often uses the word when referring to this church—that it is Reformed in Theology or Doctrine and Presbyterian in Polity or Church Government.

Pastor John Sartelle defines the Reformed Faith as, "the theology based entirely on scripture and which is centered on the sovereignty of God and which was historically taught by Augustine, Calvin, Luther, Knox, Whitfield, Edwards and many, many others as the classical theology of Christianity," He adds that if you were to ask Augustine, Calvin or Luther the basis of their teaching, their answer would be it is Paul's teaching or Christ's teaching—nothing new.

Reformed Christians hold certain beliefs in common with other Christians such as: the Trinity; the true deity and true humanity of Jesus Christ; the necessity of Jesus' atonement for sin; the church as a divinely ordained institution; the inspiration of the Bible; the requirement that Christians live moral lives and the resurrection of the body.

There are additional beliefs held in common with other evangelical Christians, Such as: justification by faith alone; the need for the new birth; the personal and visible return of Jesus Christ and the Great Commission.

Then there are some distinctive beliefs held by those subscribing to Reformed Theology. The ones we will examine very briefly are: The Doctrine of Scripture; The Sovereignty of God; The Doctrine of Grace and the Cultural Mandate. The term, doctrine, need not frighten us for it means "teaching". If we were to stop here this could be a rather dull subject to some. However, I would like to share a few more details which I hope will give you the same joy, comfort and excitement which I have come to find in the Reformed Faith over the years as my understanding and appreciation for its doctrines have continued to grow. The Lord's hand has been in this as He allowed me to be exposed to Reformed Theology in the Presbyterian Church for many years and then, for a brief time, be in a very evangelical, but Arminian congregation and then, finally, return to a congregation with a strong Reformed position (FPC) [Arminianism contends that man cannot be saved apart from God's grace; however, fallen man must cooperate and assent to God's grace before God will save him].

First, Reformed Theology lays stress on the Bible's inspiration, authority and sufficiency. The fact that the Bible is God's Word means that it comes with His authority which is superior to that of humanly devised systems. James Montgomery Boice states, "The sufficiency of Scripture means that it does not need to be supplemented by new or ongoing special revelation. The Bible is the entirely sufficient, guide for what, we are to believe and how we are to live as Christians." This is most important in these days of relativism—the idea that truth and moral values are not absolute but are relative to the persons or groups holding them. The 1991 Barna Poll indicated that 66% of Americans generally believe that there is no such thing as absolute truth. A 1992 Gallup poll indicated 69% believe there are no moral absolutes. Josh McDowell and Bob Hostetler in their book, Right from Wrong, state that 57% of our (churched) young people cannot even say that an objective standard of truth exists.

John Calvin and other reformers stressed the inter-working of the Holy Spirit and God's Word. The inner, supernatural ministry of the Holy Spirit illuminates God's Word to His people. Seeking the leading of the Spirit without the Word only leads to errors and excesses. Trained teachers are important, yet on matters essential to salvation, the Scriptures are clear to each believer. Yet with this access to Scripture comes the responsibility for careful and accurate interpretation. J.I. Packer cautions, "Go as far as Scripture goes but no further on any issue."

Second, and perhaps the most important to those of the Reformed Faith is the Sovereignty of God. This refers to God's absolute dominion or rule over all of His creation. Boice says, "He [GOD] determines what is going to happen, and it does happen. God is not alarmed, frustrated, or defeated by circumstances, by sin, or by the rebellion of His creatures."

The author of a sidebar in the New Geneva Study Bible adds a comment on man's free agency and God's sovereignty, "Yet the fact of free agency confronts us with mystery. God's control over our free actions,

actions chosen by ourselves, is as complete as it is over anything else; but how this can be we do not know. Despite this control. God is not, and cannot be, the author of sin.

God has conferred responsibility on moral agents for their thoughts, words, and deeds, according to His justice." When we come to scriptural teachings about the nature and ways of God that, cannot be boxed into neat packages with no loose ends, we can find comfort in such passages as Rom 11:33-36. "Oh, the depth of the riches of the wisdom and knowledge of God!" How unsearchable his judgments, and his paths beyond tracing out! 34 "Who has known the mind of the Lord? Or who has been his counselor?" 35 "Who has ever given to God, that God should repay him?" 36 "For from him and through him and to him are all things. To him be the glory forever! Amen." We will see how God's sovereignty is involved in all facets of the other distinctive beliefs of Reformed Theology we are examining.

Third, the Doctrine of Grace is emphasized by those espousing Reformed Theology. This is most often referred to by the acronym of TULIP. Total depravity, Unconditional election, Limited atonement (or more accurately, particular atonement), Irresistible grace, and Perseverance (preservation) of the saints.

A brief look at each one of these will help in our understanding of the joy and comfort to be found in the Reformed Faith. Total Depravity could be summarized by the phrase, man's radical fallenness. It does not mean that man is as bad as he could be, but rather that every aspect of man's nature has been tainted by sin. We are so ruined by sin that we are unable and unwilling to understand God and His ways or to seek Him. Without God's regeneration within us we would never seek

Him. In John 6:65, Jesus says, "...no one can come to me unless the Father has enabled him."

[Eph 2:1 As for you, you were dead in your transgressions and sins, 4 But because of his great love for us, God, who is rich in mercy, 5 made us alive with Christ even when we were dead in transgressions--it is by grace you have been saved. 8 For it is by grace you have been saved, through faith—and this not from yourselves, it is the gift of God— 9 not. by works, so that no one can boast. 10 For we are God's workmanship, created in Christ Jesus to do good works, which God prepared in advance for us to do.]

[John 3:3 In reply Jesus declared, "I tell you the truth, no one can see the kingdom of God unless he is born again."]

Unconditional Election is best understood when one realizes the condition of a sinner--as Paul says, "dead in transgressions." A dead person is totally unresponsive and that is what the sinner is—unresponsive to God. The penalty the unsaved sinner can expect, is stated in Romans 6:23, "For the wages of sin is death..." Romans 3:10-12 adds, "As it is written: 'There is no one righteous, not even one; 11 there is no one who understands, no one who seeks God. 12 All have turned away, they have together become worthless; there is no one who does good, not even one.'" Thus without God's gracious intervention the sinner's ultimate destination is both physical and spiritual death. In our sinful state, marked from birth by a heart inclined toward sin—rebelliousness toward God, we would not freely come to Christ. Some feel that election is unfair, but not so when you realize that there is no responsiveness to God on the part of a sinner unless God changes the sinner's heart. There is no innate goodness in man to seek to please

God and do the works He has for us. The meaning of election according to Boice is, "God choosing to save those who, apart from His sovereign choice and subsequent action, certainly would perish."

Charles Spurgeon summarizes the need for unconditional election as a result of man's total depravity in these words, "I believe the doctrine of election, because I am quite certain that, if God had not chosen me, I should never have chosen Him; and I am sure He chose me before I was born, or else He would never have chosen me afterwards; and He must have elected me for reasons unknown to me, for I never could find any reason in myself why He should have looked upon me with special love."

While the letter L in the acronym, TULIP, stands for Limited Atonement it can be misleading for it would seem to limit the value of Christ's death.

Rather His death is infinite. A better word would be "particular" or "specific". James Boice states, "Reformed Theology stresses that Jesus actually atoned for the sins of those the Father had chosen. He actually propitiated [appeased] the wrath of God toward His people by taking their judgment upon Himself, actually redeemed them, and actually reconciled those specific persons to God."

I stands for Irresistible Grace. As we have already seen, left to himself, the unregenerate sinner would and could not seek Jesus. God's regeneration, completely at His own initiative through His love and grace and not because any goodness on our part, changes our will so that what we did not desire before now becomes what we desire. Before this action on God's part we turned from Christ; afterwards we turn to Him. Sin is overcome and God's purpose is accomplished.

Those who would say that God looks down the road to see what reaction a person will have to the gospel and then saves that person by His grace, or chooses him or her, misunderstand the nature of the unregenerate sinner who is completely unresponsive to the things of God. Those with such a belief, do damage to the total sovereignty of God. The unregenerate sinner will freely choose those things which are consistent with his nature. Only when that nature is changed, by God's grace, will that person seek Christ! While God actively creates faith in the hearts of some, He does not create unbelief in others. That unbelief was already there from birth. Only by God's grace is the desire to come to Christ engendered.

The last letter, P, stands for Perseverance of the Saints. This might better be stated as Preservation of the saints by God. God keeps the believer from falling away as we certainly would do if left on our own. Perseverance can be said to be the ultimate proof of election.

The fourth distinctive of Reformed Theology we will look at is The Cultural Mandate. This refers to the command of God to be actively involved in society working to transform the world and its cultures according to His Word. This sets those of the Reformed Faith apart from monasticism.

[John 17:15 My prayer is not that you take them out of the world but that you protect them from the evil one. 16 They are not of the world, even as I am not of it. 17 Sanctify (set apart for sacred use) them by the truth; your word is truth. 18 As you sent me into the world, I have sent them into the world.]

Also we are commanded in Matthew 25 to minister to physical needs of people, but the last command of Jesus in Matthew 28 was to minister to spiritual needs: to make disciples of all nations, baptize them in the name of the Father, Son and Holy Spirit, and teach them to obey God's commands. This sets those of the Reformed Faith apart from those involved in just humanitarian work.

There are some who would say that Reformed Theology is detrimental to world missions. On the contrary, God commands us to preach the gospel in all the world. We do not know whom He has elected, but we do know that He is using human instrumentation for the salvation of those whom He has chosen. We are partners with Him, but He is the One who initiates salvation.

Spurgeon summarizes what we have talked about very well. "I have my own private opinion that there is no such thing as preaching Christ and Him crucified, unless we preach what nowadays is called Calvinism; Calvinism is the Gospel, and nothing else. I do not believe we can preach the Gospel, if we do not preach justification by faith, without works; nor unless we exalt the electing, unchangeable, eternal, immutable, conquering love of Jehovah; nor do I think we can preach the Gospel, unless we base it upon the special and particular redemption of His elect and chosen people which Christ wrought out upon the cross; nor can I comprehend a gospel which lets saints fall away after they are called, and suffers the children of God to be burned in the fires of damnation after having once believed in Jesus··· If God hath loved me once, then He will love me forever. God has a master-mind; He arranged everything in His gigantic intellect long before He did it; and once having settled it, He never alters it. 'This shall be done,' saith He, and the iron hand of destiny marks it down, and it is brought to pass."

It indeed is a joy and comfort to know that I am in the hands of a just, omniscient, omnipotent, loving God who called me, an undeserving sinner, out of darkness into light through His power and my response is to seek to know Him better and follow His commands more completely, seeking to do good works pleasing to Him as a 'thank you' For what He has done, is doing and will do for me.

July 16, 1995.

한 달란트

마 25:24-30

곽충환

(동문 / 나눔의교회)

소설이나 영화를 보면 스토리가 있고, 주인공이 있습니다.

스토리는 주인공을 중심으로 전개됩니다. 주인공은 스토리의 가장 많은 분량을 차지하며, 마지막까지도 잘 죽지 않습니다. 어린 시절, 만화나 영화를 보다가 주인공이 죽을까 봐 가슴 졸이던 때가 있었습니다. 주인공은 잘 안 죽는다는 것을 알고는 더 이상 가슴 졸이지 않기로 했습니다.

이런 원칙에서 오늘 본문의 배경을 이루는 다섯 달란트, 두 달란트, 한 달란트 받은 사람 중에 누가 주인공일까요? 주인과 마지막까지, 그리고 가장 많은 대화를 나눈 사람은 한 달란트 받은 자입니다. 성경은 그를 통하여 하고픈 말씀이 있습니다.

한 달란트 받은 사람에 대한 주인의 평가는 세 가지입니다. "악하다! 게으르다! 무익하다!"입니다(26, 30절). 예수님의 비유인 본문에서 주인을 하나님이라 한다면, 우리 인생에도 하나님은 저 기준에서 마지막 날에 우리를 평가하실 겁니다.

첫째로, 하나님의 마지막 평가는 '유익했는가, 무익했는가'입니다.

우리네 삶의 관심은 더 높은 자리, 더 많은 재물입니다. 그것을 얻기 위해 전력투구합니다. 그러나 하나님은 묻습니다. "그래서 어쨌단 말인데?" 자리와 소유가 아니라, 그것 가지고 유익했는가를 묻습니다.

모르드개는 에스더에게 "네가 왕후의 자리를 얻은 것이 이때를 위함이 아닌지 누가 알겠느냐?"고 물었습니다. 왕후의 자리가 아니라, 그 자리에서 할 일을 물은 것입니다.

교회의 직분과 직책이 있으십니까? 집사로 권사로 장로로 목사로, 그 직분을 통해 어떤 유익을 주십니까? 한 달란트 받은 사람은 그 평가에서 무익했습니다.

둘째로, 그가 무익한 종이 된 것은 삶의 과정이 게으르기 때문입니다. 게으르다는 말은 무위도식하거나 늦잠을 자는 행위들도 포함합니다. 그러나 다섯과 두 달란트 받은 사람에게 했던 평가를 보면 더 정확한 뜻이 나옵니다. '착하고 충성된 종'과 '악하고 게으른 종'을 비교해보면, 착하고 악한 것과 충성된 것과 게으른 것이 비교되고 있습니다. 즉 게으르다는 말은 충성되지 못하다는 의미입니다.

'충성'이란 반드시 대상이 있어야 하며, 그 대상은 하나님입니다. 하나님이 인정하고 기억하는 삶이어야 충성된 삶입니다. 예를 들어, 자기를 위해 재물을 쌓아 놓고, 다른 이에게 유익을 주지 않으면 그가 아무리 열심히 살았어도, 하나님은 그를 게으른 삶이라고 말합니다.

어느 도둑이 밤에 잠 안 자고 열심히 도둑질하여 딸의 피아노를 사주었습니다. 딸은 고마워서 어떻게 돈을 벌었냐고 묻지만, 아버지는 대답을 못 합니다. 그게 게으른 종입니다. 하나님이 그의 삶을 인정하지 않기 때문입니다.

한 달란트 받은 사람은 주인에게 충성되지 못했습니다. 삶의 과정이 그러니 결국 무익한 종이 될 수밖에 없었습니다.

셋째로, 그의 삶이 충성되지 못한 것은 주인과의 관계에 문제가 있었기 때문입니다. 주인은 그에게 '악한 종'이라 했습니다. 따지고 보면 그가 어찌 악한가요? 받은 달란트를 낭비한 적도 없고, 본전을 까먹지도 않았습니다.

악하다는 개념은 윤리적으로 나쁜 행동을 한 것으로 이해하지만, 근본적으로는 다른 의미입니다. 하나님이 천지를 창조하시고 '보시기에 좋았더라'고 하셨습니다. '좋았다'는 단어는 히브리말로 '토브'입니다. '선하다'라고도 합니다. 천지 창조가 하나님 보시기에 좋았던 이유는 하나님이 의도하신대로 천지가 세팅되었기 때문입니다. 빛이 있으라 하시니 빛이 있었고, 하늘의 궁창에는 새가 날으라 하시니 그대로 되었습니다.

성경에서 말하는 선과 악의 개념은 하나님과의 관계에 있습니다. 하나님과의 관계가 좋으면 선한 왕이고 나쁘면 악한 왕입니다. 의와 불의도 하나님과의 관계에서 나온 말입니다. 아무리 착하게 살아도 하나님과 관계가 없으면 그는 악한 자입니다. 거기엔 구원이 없습니다. 하나님은 예수님을 통해 끊어진 하나님과의 관계를 맺게 하셨습니다. 세상에서 가장 선하고 의롭고 좋은 길은, 그래서 예수 믿는 길입니다.

한 달란트 받은 사람은 주인과의 관계가 잘못 설정되었습니다. '당신은 굳은 사람이라'고 오해했습니다. 심지 않은 데서 거두고 헤치지 않은 데서 모은다고 했습니다. 즉흥적인 생각이 아니고, 오랜 묵상의 끝처럼, '내가 알았음으로'라고 했습니다. 또한 주인을 두려워했습니다. 본전을 잃기라도 하면 큰일 날이라 생각하여 땅에 감추어 두었습니다. 장사하여 이득 남길 생각을 하지 못했습니다.

어쩌면 이런 오해도 있었을 겁니다. 다른 사람은 다섯 개, 두 개 주고 나는 왜 하나인가? '그 재능대로 맡긴다'고 했는데 나의 재능은 이것뿐이란 말인가? 그러나 다섯 달란트와 두 달란트 받은 사람에 대한 칭찬이 토씨 하나 틀리지 않은 것을 보면 달란트 숫자는 큰 문제가 아닐 듯

싶습니다. 재능의 능력 차이라기보다는 재능이 서로 다른 '다름의 차이' 일 것입니다.

여러분들도 한 달란트 받은 사람처럼 하나님에 대한 오해는 없으신 지요? 기도해도 안 들으시고, 나만 잘 안 풀리는 것 같아, 마지막 서운 한 대상이 하나님은 아니신지요? 그런 마음이라면 어찌 하나님께 충성 하겠습니까? 충성도 안 하는데 어찌 그의 삶이 유익할 수 있겠습니까?

그러니 중요한 것은 하나님과의 좋은 관계가 첫 번째입니다. 친밀해 야 합니다. 소통해야 합니다. 늘 예배와 기도와 말씀이 가까워야 합니 다. 결국, 한 달란트 받은 사람은 하나님과의 관계가 어그러져서 하나 님께 충성 못 하고 끝내는 무익한 종으로 인생 평가를 받고 맙니다.

그 후, 다섯 달란트 받은 자는 열 개를, 두 달란트 받은 자를 네 개를 만들었습니다. 한 달란트 받은 자는 그대로였습니다. 달란트가 도합 열 다섯 개입니다. 공평하신 하나님은 세 사람에게 다섯 개씩 나눠주지 않 았습니다. 한 달란트 사람의 것을 빼앗아 열 달란트 있는 자에게 주었 습니다. 영적인 법칙은 빈익빈 부익부입니다. 그것이 하나님의 계산법 입니다. 무릇 있는 자는 받아 풍족하게 되고, 없는 자는 그 있는 것까지 빼앗깁니다.

몇 달란트 받으셨나요? 개수가 문제가 아니고, 착해야 하며 충성되 어야 합니다. 그럴 때 인생의 마지막 자리에서 유익한 종이라 칭찬받게 될 것입니다.

"무익한 종은 바깥 어두운 데로 내 쫓으라. 거기서 슬피 울며 이를 갈리라 하니라"(마 25:30).

고통 앞에서 하나가 되는 신앙
룻 1:6-17

권 상 덕

(동문 / 타이베이한국교회)

성도들은 흔히 기도하는 대로 응답받고 환상도 보고, 기적도 이루며 하나님의 임재를 뜨겁게 체험하는 신앙을 갖고 싶어 합니다. 물론 이러한 신앙이 세상을 사는 데 큰 도움도 되겠지만, 그러나 한 번쯤은 이러한 믿음이 바람직한 것인가에 대한 질문을 해 봐야 합니다. 정말 이러한 신앙이 성경에서 비롯된 것이 아니라 오늘날의 성공주의 신앙관에서 비롯된 것은 아닌지?

혹자는 "오늘날의 그리스도인들은 그리스도의 길을 싫어한다."고 말합니다. 현대로 접어들면서 많은 성도들이 자신도 모르는 사이에 고통과 희생으로 하나님의 역사에 동참하는 것을 멀리하고, 오히려 세상적인 성공이 참 신앙인양 보듬어 안고 있습니다.

룻기는 성공과 번영이 참 신앙이라는 우리의 사고를 완전히 뒤집어 엎습니다. 룻기는 바람직한 신앙은 무엇이며, 성도들이 진정으로 갈망해야 할 믿음은 어떤 것인가를 가르쳐 줍니다. 바람직한 믿음은 기적과 능력으로 가득 찬 신앙이 아닙니다. 심지어는 기도하는 대로 이루어져 세상에서 성공하면서 늘 기적을 동반하며 살아가는 그런 신앙도 아닙니다. 오히려 아무런 이적과 능력도 나타나지 않고, 기도도 응답되지 않고, 하는 일마다 실패해도 끝까지 하나님을 신뢰하며 의지하는 것이 바람직한 믿음입니다.

별다른 변화가 없는 일상적인 삶의 현장에서 하나님을 믿으며 살아 간다는 것은 쉬운 일이 아닙니다. 나의 간절한 기도가 계속해서 응답되 지 않으면 더욱 견디기 힘듭니다. '하나님은 정녕 나를 버리셨나.', '나 는 더 이상 하나님의 자녀가 아닌가!'라는 질문이 생기게 되고, 이 질문 이 우리의 신앙을 병들게도 합니다.

아마도 룻은 하나님에 대한 숱한 질문들을 늘 마음에 새기며 살았을 겁니다. 결혼하여 남편과 시댁 식구들에게서 하나님을 알고 믿게 되었 지만 순식간에 하나님을 경외하던 시댁의 운명이 비참해지자 많이 혼 란하였을 겁니다. 그러나 그는 오히려 모든 의구심을 하나님께 맡기고 하나님을 전적으로 신뢰하며 남편의 고향을 찾았습니다. 룻은 진정으 로 "비록 무화과나무가 무성하지 못하며 포도나무에 열매가 없으며 감 람나무에 소출이 없으며 밭에 먹을 것이 없으며 우리에 양이 없으며 외양간에 소가 없을지라도, 여호와로 말미암아 즐거워하며 구원의 하 나님으로 말미암아 기뻐하리로다"(합 3:17-18)라고 확신하는 신앙의 소유자였던 것입니다.

오늘 본문은 나오미와 두 며느리가 모압 국경선에서 벌이는 눈물겹 도록 아름다운 논쟁입니다. 우리는 우리의 삶의 한가운데에서 하나님 이 하시는 일의 영광을 드러내야 하겠습니다. 상대방을 설득하기 위한 이 논쟁은 치열합니다. 이 말씀이 오늘 우리의 깨어지고 바닥난 가정, 상처와 절망에서 새롭게 회복되는 하나님의 은혜를 경험할 수 있기를 바랍니다.

1. 나오미와 두 며느리 오르바와 룻이 일어나 고향으로 돌아갑니다(6).

히브리어 성경에서 6절은 '일어났다'는 말로 시작합니다. 한 맺힌 모압에서의 삶을 털고 일어났습니다. 이것은 놀라운 용기입니다. 무엇보다도 자기를 잘 알고 있는 고향의 친지, 친구들에게 자신의 초라하고 상처 난 모습을 보인다는 것은 쉽지 않은 결정입니다. 사랑하는 성도여러분, 하나님의 은혜는 일어나 쟁취하는 자들의 것입니다. 고통과 슬픔, 실패의 자리라면 빨리 용기를 갖고 그 자리에서 일어나시길 바랍니다. 세 여인은 남에게 보이고 싶지 않은 모습이지만 "일어났습니다." 신앙은 결단입니다. 앉아 있는 것이 아니라 일어나는 것입니다.

나오미가 고향에 돌아갈 생각을 하게 된 것은 "여호와께서 자기 백성을 돌보시사 그들에게 양식을 주셨다 함을" 들었기 때문입니다. 사람은 어떤 정보, 어떤 말을 듣는지가 인생을 좌우하기도 합니다. 그러므로 우리가 행복해지고 서로 돕는 공동체가 되려면 듣는 것을 주의하여 들어야 합니다. 아름답고 좋은 말로 서로를 위로하고 용기를 주며 세워줄 수 있기를 기대합니다. 좋은 말을 듣기 위해서는 자신이 먼저 좋은 말을 해야 합니다. 그리스도인이란 복되고 아름다운 소식을 전하는 사람임을 명심하시기 바랍니다.

2. 고향으로 돌아가던 중 국경선에서 세 여인이 아름다운 논쟁을 합니다(8-15).

길을 가다가 나오미가 두 며느리를 불러 세웁니다. 그리고는 각자 자기 '어머니의 집'으로 돌아가라고 합니다. 두 아들을 잃은 나오미는 그 며느리의 어머니들이 평생 딸을 그리워하면서 지내게 될 그 아픈 마음을 떨쳐버릴 수 없었던 모양입니다. 그래서 그 '어머니의 집'으로 돌아가라고 한 것입니다. 돌아가서 새 남편을 만나 행복하게 살라고 말합니다. 시어머니의 말에 두 며느리는 "안 됩니다. 저희는 어머님을 모시고 어머님 겨레의 품으로 돌아가겠습니다."

두 며느리는 정말 의리가 있었습니다. 이것이 헤세드입니다. 그들도 시어머니와 일심동체가 되어 유다로 함께 가려고 합니다. 그들은 고통 앞에서 하나가 된 셋입니다. 나오미는 "너희 어머니의 집으로 돌아가라."고 말하고, 두 며느리는 "우리는 어머니와 함께 가는 것이 돌아가는 것"이라고 말합니다. 이 논쟁은 지극히 사랑스러운 논쟁입니다. 그러나 시어머니도 어떻게 해서든 며느리들을 돌려보내겠다는 그 주장을 꺾지 않습니다.

나오미의 말이 끝나자(13) 그들은 다시 소리 높여 웁니다(14). 오르바는 시어머니와 함께하려는 자기 행동이 시어머니에게는 고통이 될 수도 있다는 것을 절감하고는 시어머니를 떠나갔습니다. 그런데 룻은 오히려 나오미에게 바싹 붙어서 떨어지지 않습니다. 그러나 나오미는 룻도 떼어 보내려고 합니다(15). 여기서 우리는 전형적인 엄마의 모습을 봅니다. 지극정성으로 키운 자식을 다 떠나보내고 노년을 홀로 지내시는 이 땅의 수많은 어머니들. 그들이야말로 '아낌없이 주는 나무'입니다. 아무 것도 바라지 않고 주기만 하는 어머니. 자기 곁을 다 떠나서 서운해도 내색하지 않으시고 슬픔과 고독을 홀로 삭이시는 어머니. 겉 보기에는 매정해도 그 속엔 뜨거운 눈물이 있습니다. 지금 나오미는 낙엽을 떨어뜨리듯 룻을 떼어내려고 합니다.

3. 며느리 룻이 아름다운 노래를 불러 논쟁에 종지부를 찍습니다 (16-17).

룻기가 우리에게 주는 감동의 절정은 행복한 룻의 마지막 삶이 아니라 이 성공적 삶의 열매를 맺게 하는 아름다움보다 거룩하기까지 한 룻의 고백입니다. 지구상에서 가장 해결하기 어려운 문제는 북한의 핵 문제가 아니라 고부간의 문제일 것입니다. 모든 인간관계가 다 그렇지만 특히 고부관계처럼 대립하기 쉬운 관계에서는 어느 한쪽의 헌신만으로는 결코 좋은 관계를 이루기 어렵습니다. 룻과 나오미는 3,000년이 지난 지금도 칭송받을 만큼 서로가 아꼈던 사이지만, 사실은 시어머니 나오미의 사랑과 배려가 룻보다 더 깊었습니다.

우리가 흔히 생각하는 고부관계는 상하관계로, 며느리의 시어머니 공경은 의무이며 며느리의 공경이 지극할 때 시어머니의 아량도 커진다고 생각합니다. 그러나 룻기에서는 시어머니가 먼저 며느리에게 사랑을 보였습니다. 나오미의 가장 훌륭한 점은 며느리를 며느리로 생각하지 않고 딸로 여겼다는 것입니다. 룻기에 나오는 고부간의 대화는 참으로 아름답고 다정다감합니다. 그것은 바로 "내 딸아"라고 부르는 시어머니의 사랑 어린 음성 때문입니다.

나오미가 훌륭한 시어머니로 꼽히는 또 하나의 이유는 그녀가 며느리 룻에게 재혼을 권유할 뿐만 아니라 적극적으로 나서서 보아스와 재혼을 성사시킨 것에 있습니다. 현대에도 이런 시어머니를 만나기는 쉽지 않습니다. 그런 의미에서 나오미의 행동이 얼마나 파격적이고 훌륭했는지 실감할 수 있습니다. 나오미가 이런 파격적인 생각과 행동을 할 수 있었던 것도 결국 며느리를 딸로 여겼기 때문이 아닐까요? 나에게 홀로 된 며느리가 아닌, 홀로 된 딸이 있다고 생각하니 나오미는 진정 룻의 행복을 바라지 않을 수 없었을 것입니다. 남편과 두 아들을 먼저 보내고 혈혈단신이 된 처지에서도 며느리들을 붙잡아 두지 않고 그들의 살길을 찾아 떠나라고 강권하는 나오미의 꿋꿋함은 요즘의 여성들, 특히 시어머니들도 본받아야 할 점일 것입니다. 그러니 룻이 저런 훌륭한 신앙고백을 할 수 있었을 거라 믿습니다.

이제 말씀을 맺겠습니다.

성도 여러분, 바람직한 신앙은 어떤 신앙입니까?

1) 여러분이 진정한 기독교 신앙인이라면 입으로 그리스도를 전하지 않아도 다른 사람이 그의 행위를 보고 예수님을 영접합니다. 나의

시어머니가 내가 기독교인인 것을 싫어했다 하더라도 내 효성과 성실성이 하나님에 대한 믿음에서부터 온 것임을 안다면 기독교 신앙인으로 변화될 것입니다. 룻 역시도 시어머니에게서 배어 나오는 그 극진한 사랑을 느끼는데 어찌 시어머니의 신앙을 따르지 않을 수 있었겠습니까? 4:15에 시어머니 나오미는 며느리인 룻이 "시어머니를 사랑하는 며느리, 아들 일곱보다도 더 나은 며느리"라고 하였습니다.

우리가 룻기를 통해 배우는 것은, "나오미 같이 사랑하여라." "룻과 같이 진실하여라."입니다. 나오미와 룻은 하나님의 헤세드를 베푸는 사람이었습니다. 하나님은 남을 배려하고 자비를 베푸는 자들에게 더 큰 자비를 베푸십니다. 룻기를 통하여 하나님께서는 그를 사랑하는 공동체가 어떤 자세로 서로를 바라보며, 어떻게 서로를 도우며 살아가야 하는가를 가르쳐주고 계십니다. 우리 서로에게 자비롭자. 룻과 같이 사랑하고 인애하자. 그리하면 하나님께서 여러분 모두를 도우시고 복을 주실 것입니다.

2) 기독교 신앙은 '떠남'에 있습니다. 아브라함도 앞일을 예측할 수 없지만 하나님만을 의지하여 미지의 땅으로 떠났습니다. 기독교 신앙인은 떠남에 있습니다. 비단 어떤 장소만이 아니라 옛것에서 새것을 향해, 옛 습관에서 새 습관을 위해 고정관념을 떨치고 새로운 생각을 행해, 떠나야 할 때 과감히 떠날 줄 알아야 합니다. 룻의 훌륭한 점은 그녀가 부모형제가 있는 고향을 떠나 오직 시어머니와 시어머니가 믿는 하나님을 의지하여 낯선 이방으로 떠났다는 데 있습니다. 시어머니를 통해 신앙이 생겼다 할지라도, 외국에 가서 산다는 것은 보통 신앙심과 효성으로는 하기 힘든 일입니다.

3) 룻기는 번영과 성공의 노예가 되어 있는 현대교회에 올바른 신앙생활이 어떤 것인가를 일깨워줍니다. 이적과 능력, 기도하는 대로 응답받고 환상을 보았다고 자랑하는 신앙생활보다는 거듭되는 실패와 지속되는 하나님의 침묵에도 좌절하지 않고 하나님의 선하심을 믿고 신

뢰하는 것이야말로 모든 성도들이 갈망해야 할 진정한 믿음입니다. 즉 아무리 노력해도 실패만 반복되고, 아무리 기도해도 응답되지 않는다고 해도 역사의 주인이신 하나님께 삶의 모든 것을 맡기는 자야말로 진정한 신앙인인 것입니다. 고통 앞에서 하나가 된 여인들, 고통 앞에서 싸우고 나누어지는 것이 아니라 오히려 하나가 되는 것, 이것이 참 신앙, 바른 믿음입니다.

사랑하는 성도 여러분, 하나님은 긍휼하신 분이시오, 아픔과 슬픔에서, 상처와 고통에서 회복시키시는 전능하신 하나님이십니다. 나오미를 위로하시고 룻에게 복을 주신 하나님께서 앞일을 예측할 수 없는 2016년 새해를 살아가는 여러분을 위로하시고 인도하시기를 기원합니다.

이 산간지방을 나에게 주십시오!

수 14:6-15

(전 교목실장 / 기독교학과 명예교수)

오늘 우리는 새로운 한 해를 맞았습니다. 개인적으로 한 살의 나이, 평생직장으로 몸담고 있는 한남의 역사도 한 해가 늘어납니다. 한남의 가족으로 새해를 맞는 우리의 신앙의 모습은 어떠해야 할까요? 새해 우리가 피해야 할 것 중에 하나는 타성에 젖어 보다 창조적인 모험을 하지 않고 현실에 안주하려는 것이라고 생각합니다.

아주 오래전 인간관계훈련에서 자신은 '빛이 갇혀있는 모습'으로 피드백을 받은 적이 있었습니다. 새해에는 이 모습이 변화되어야 함을 깨닫게 되었는데 그것은 다음 몇 신앙의 인물들의 삶을 생각해 보는 가운데 갖게 된 것입니다. 아브라함은 75세에 새로운 인생을 시작했고, 갈렙은 85세의 나이에 "이 산간지방을 나에게 주십시오."라고 말하며 새 일을 시작하는 모습을 보여 주었으며, 우리 대학의 초대학장인 린튼은 1956년, 64세에 우리 대학의 기초를 닦았다는 사실입니다. 위의 세 인물들에 비하면 우리 모두는 젊습니다. 새해 한남의 가족으로 우리가 가져야 할 신앙적인 모습을 본문을 통해 함께 찾고자 합니다.

첫째, 갈렙은 산간지방을 원하였습니다.

가나안의 중부지역을 장악한 이스라엘은 이제 지파 별로 정해주신 땅을 분배하게 됩니다. 분배는 제사장 엘르아살과 여호수아와 각 지파의 족장들이 담당했고 인구비례를 원칙으로 제비를 뽑아 할당했습니다. 이때 갈렙은 45년 전 모세로부터 받은 약속을 내세우며 제비를 뽑지 않고 산간지방 헤브론 땅을 달라고 여호수아에게 말합니다.

갈렙은 어떤 인물입니까? 성경 여러 곳에서 그에 대해 말해주고 있지만 가장 대표적인 그의 모습은 민수기 14장에서 보다 정확히 알 수 있습니다. 45년 전 모세가 12지파의 대표들을 가나안땅에 보내 정탐할 때에 갈렙은 유다 지파의 대표로 나가 다른 여호수아와 같이 갔던 10명과는 달리 가나안 정복에 대한 확신과 승리를 예언하였습니다. 무엇이 갈렙으로 이러한 일을 할 수 있게 했을까요? 민 14장 24절에 "오직 내 종 갈렙은 그 마음이 그들과 달라서 나를 온전히 좇았은즉 그의 갔던 땅으로 내가 그를 인도하여 들이리니 그 자손이 그 땅을 차지하리라."는 말씀을 통해 우리는 그의 신앙의 모습을 보게 됩니다.

그는 이렇게 고백합니다. "이제 보소서 여호와께서 이 말씀을 모세에게 이르신 때로부터 이스라엘이 광야에 행한 이 45년 동안을 여호와께서 말씀하신 대로 나를 생존케 하셨나이다. 오늘날 내가 85세로되 모세가 나를 보내던 날과 같이 오늘날 오히려 강건하니 나의 힘이 그때나 이제나 일반이라 싸움에나 출입에 감당할 수 있사온즉 그 날에 여호와께서 말씀하신 이 산지를 내게 주소서 당신도 그 날에 들으셨거니와 그곳에는 아낙 사람이 있고 그 성읍들은 크고 견고할지라도 여호와께서 혹시 나와 함께 하시면 내가 필경 여호와의 말씀하신 대로 그들을 좇아 내리이다"(10-14).

그가 요구한 산간지방 헤브론은 현재 팔레스타인과 이스라엘의 유혈충동으로 우리가 자주 듣게 되는 곳으로 예루살렘 서남 30킬로미터 지점에 있는 해발 1,013미터의 고지대로서 당시에는 견고한 성과 장대한 아낙 자손들이 살았습니다. 그들과 자신을 비교하면 다른 보고자들이 말한바 "우리는 스스로 뵈기에 메뚜기 같으니 그들이 보기에도 그와 같았을 것"이며(민 14:33), 또한 모세가 보낸 정탐꾼이 이 헤브론에 있는 에스골 골짜기에서 굉장한 포도 한 송이를 따서 두 사람이 메고 돌아온 포도의 특산지(민 13:23)이었습니다. 한편 이곳은 그들의 조상과 깊은 관계의 땅, 아브라함이 롯과 작별한 후 선택하여 거주하던 곳 그곳에서 제단을 쌓은 곳 그리고 이곳에 있는 막벨라 굴은 사라, 아브라함, 이삭, 리브가, 레아, 야곱이 장사된 곳이며, 후에 다윗이 즉위하여 이곳을 수도로 정하고 통치하였던 곳이기도 합니다(삼하 2:11). 갈렙은 이 땅을 원하였습니다. 왜 그랬을까요? 정복하기 힘든 산간지방, 그래도 그곳에는 400년 전에 믿음의 조상들이 하나님을 섬기며 살았던 조상의 숨결이 있는 곳으로 그가 지난 45년간 한결같이 하나님의 약속을 믿고 바라보았던 땅이었기 때문입니다.

2. 갈렙과 나, 한남에서 내가 정복해야 할 산간지방이 있는가? 있다면 어떻게 정복할 것인가?

성탄 전 병원에서 투석하고 있는 동료 교수를 병문안하였습니다. 그의 고통스러워하는 모습을 보며, "상한 갈대 꺾지 않으시며 꺼져가는 심지 끄지 않으시는" 자비하신 하나님의 은총이 내리시기를 위해 기도했습니다. 그리고 돌아오면서 평소 연약한 몸으로 자신의 학과 학생들의 복음화를 위해 여러모로 힘쓰던 모습을 다시 생각해 보게 되었습니다. 오늘 우리들은 학문의 공동체이며 또한 신앙공동체인 한남에서의 갈렙과 같은 지도자들입니다. 우리에게 필요한 것은 고통당하고 앞으로의 희망도 없는 광야의 이스라엘 백성에게 희망과 용기를 주었던 갈렙과 같은 지도력입니다.

최근 우리나라에 또다시 검은 경제적인 난관의 구름이 몰려오고 있습니다. 부모들의 실직과 졸업자들의 구직의 어려움과 자포자기를 예견하게 됩니다. 이때 우리는 학생들이 믿음 안에서 비전을 잃지 않도록 지도해야 할 책임을 더욱 깨닫게 됩니다. 이를 위해 우리는 한남에서 정복할 산간지방을 발견해야 합니다. 이 산간지방은 우리 대학의 믿음의 조상들이 이루었고 지금은 누군가가 해야 할 남은 일들입니다. 또한 이 산간지방을 발견하고 요구하는 것은 우리 대학에서 일하는 모든 분들의 영적인 비전이며, 한남에서 봉직하고 있는 동안 우리를 지탱시켜줄 힘이기도 합니다. 보이지 않는 것을 보는 것, 현재는 이루어지지 않았지만 앞으로 이루어질 것을 그려보는 것은 믿음의 세계에서만이 가능합니다. 이 믿음으로 갖는 비전은 자신과 우리 한남을 발전시킬 수 있을 것입니다.

미래를 보는 두 종류의 사람이 있습니다. 일이 일어나기를 기다리는 사람과 일이 일어나도록 하는 사람입니다. 정복할 산간지방을 발견하는 자는 일이 일어나도록 하는 자입니다. 지난 학기 '영성훈련' 과목을 가르치면서 한 학생의 리포트에서 자신은 큰 감동을 받게 되었습니다. 이것을 나누고 싶습니다.

1979년에 Oregon 대학 2학년에 재학 중인 Dave와 그의 친구 Jim이 맥도날드에서 햄버거를 먹으며 "무릇 내 발바닥으로 밟는 곳을 내가 다 너희에게 주었노니"(수 1:3)의 말씀을 나누면서 하나님이 아니면 불가능한 일이 무엇일까에 대해 이야기하고 있었습니다. Dave는 "금년에 Campus에 있는 모든 학생이 복음을 듣게 되는 일"은 어떨까 하고 제안했습니다. 그 대학에는 17,000명의 학생이 있었고 그들이 알기에는 65명의 그리스도인밖에는 없었습니다. "그 일은 정말 불가능할 거야."라고 Jim이 동의했습니다. 그들은 대학 지도를 7등분으로 나누고 하루에 20~30분씩 한 구역의 둘레를 걸으면서 하나님께서 여호수아에게 "무릇 너희 발바닥으로 밟는 곳을 내가 다 너희에게 주었노니"라고 하신 약속을 자기들에게 이루어 주시도록 기도했습니다.

Dave와 Jim은 모든 학생들이 복음을 듣게 되려면 그들이 그리스도인들과 만나야 한다고 생각했습니다. 그래서 그들은 기숙사와 학생회관 주위를 돌면서 하나님께 각 층마다 한 명의 그리스도인들을 보내

주시도록 기도했습니다. 그곳에는 149개의 복도가 있었는데 영어 영문학과, 기계공학과 또 다른 학과 주위를 돌면서 각 학과마다 1명의 그리스도인들을 일으켜 주시도록 기도했습니다.

2개월 후 Dave는 "이것이야말로 나의 생애에서 가장 어리석은 짓이다. 하나님께서 기도에 응답하시지 않는다면 시간만 낭비하는 것이 아닌가?"하고 생각했으나 그들은 다음 봄까지 계속 기도했고 그로부터 4개월의 시간이 흘렀습니다. 얼마 후에 수많은 대학에서 예수 그리스도를 증거 해 온 Josh Mctowell이 IVF의 초청으로 그 대학에 와서 몇 차례 말씀을 나누었고 수천 명의 학생들이 그를 통해 복음을 들었으며, 한 주간 동안 예수님에 관한 이야기가 캠퍼스의 화제가 되었습니다. 그 후에 149명 이상이 새롭게 그리스도인이 되었으며, 몇 년 후 Oregon 대학은 미국 북서 지방에서 네비게이토 사역이 가장 활발하게 이루어지고 있는 대학이 되었습니다.

오늘날 과거와는 달리 우리나라 기독교대학에서 공통적으로 일어나고 있는 현상이 기독학생 운동에 대한 학생들의 저조한 관심입니다. 그 이유가 무엇일까요? 정보시대에서 나타나는 인간 만남 부재현상 그리고 포스터모더니즘의 특징 중의 하나인 개인주의의 영향도 그 하나의 시대사조라고 할 수 있을 것입니다. 이때 우리에게 더욱 필요한 것이 눈에 보기에 좋고 힘들지 않는 일에 안주하려는 이들 통해 새 역사는 일어나지 않는다는 사실을 깨닫는 것입니다. 85세에 나이에 산간지방을 달라는 믿음의 사람 갈렙과 같은 인물들을 통해 신앙의 역사가 일어날 수 있다는 것입니다.

맺는말

기독교대학에 몸담고 있는 우리에게 새로운 관점을 제공해주는 오늘의 영성교육가가 있습니다. 그는 팔머Palmer, Parker J.로서 그는 현대

교육의 위기를 객관주의와 실증주의의 결과로 진단하면서 지식에 치우친 점을 지적, 그 위기의 극복을 '영성'에서 찾고 있습니다. 그에 의하면 이전까지의 교육은 객관적 합리주의에 지배되어 통제와 조정이 교육의 주요 목표였기 때문에 영성이 서야 할 자리가 없었다는 것입니다. 그는 교육을 '영적인 여행'으로 정의하면서 "교수한다는 것은 진리에 복종하여 그것을 실천할 수 있도록 환경을 창조하는 것"이라고 주장합니다. 그는 교육과 영성과의 관계를 통해 초월의 의미를 재해석해주고 있는데, 그에 의하면 초월이란 "자아와 세계로부터 도피하여 내세나 세계 밖에 대하여 사유하는 것이 아니라, 사랑의 영이 우리의 존재의 심장으로 들어오는 것"을 의미한다고 주장합니다.

그는 하나의 이미지를 형성하는 데 있어서 두 가지 눈의 기능을 제시합니다. 현실의 이미지 형성은 주로 '정신의 눈the eye of the mind'을 통해, 그리고 정신의 눈이 보지 못하는 세계는 다른 한쪽 눈, '마음의 눈the eye of the heart'으로 인식하게 된다는 것입니다. 올바른 이미지 형성은 우리의 두 눈이 '하나 되어 바라보는' 즉 전체적 시각whole sight이 이루어질 때 우리와 우리 세계는 온전할 수 있다는 것입니다. 그것은 정신의 눈으로 우리는 사실과 이성의 세계를 보며, 마음의 눈으로는 감성의 세계를 볼 수 있기 때문입니다. 어떻게 하면 이 두 시각의 방향을 하나로 합하여 흐릿하고 겹쳐진 모습이 아니라 온전하게 된 하나의 모습을 보고, 자신과 그 상을 하나가 되게 할 수 있을까요?

그의 관점이 오늘 우리에게 주는 교훈은 기독교대학에서 정신의 눈도 중요하지만 마음의 눈 또한 중요하다는 것입니다. 그리고 마음의 눈을 밝히는 것이 신앙의 세계입니다. 한남에서 올 새해에 이루어야 할 비전을 찾고, 그 비전을 이루는 믿음의 사람들이 되었으면 합니다.

(2001년 시무예배 설교)

하나님의 비전
눅 15:3-7

김장원

(동문 / 태국 한태기독교교육센터)

저는 태국선교사로 태국의 북쪽지역인 람푼한태선교관과 치앙라이 메쑤어이 한태 기독교 교육센터에서 기독사관학교와 교회개척과 기숙사 사역을 통하여 하나님의 선교사역을 감당하고 있습니다. 선교사로서 늘 질문하고 기도하는 것은 '하나님의 꿈 소원 비전이 무엇인가?', '하나님이 가장 기뻐하시며 우리에게 원하시며 가장 행복해 하시는 것이 무엇인가?'입니다.

하나님의 비전은 오늘 본문을 통하여 알 수 있습니다. 하나님의 소원과 꿈은 잃은 양을 찾으시는 것입니다. 잃은 양을 찾았을 때 우리 하나님은 가장 행복해하십니다. 이렇게 잃은 양을 찾으시는 하나님의 비전을 이루시기 위하여 세 가지를 갖추어야 함을 우리에게 알려 주고 있습니다. 비전을 갖는 것이 우리 인생에 있어서 가장 중요합니다. 왜냐하면 비전은 우리 인생의 궁극적인 방향이기 때문입니다. 비전이 정확하지 않으면 인생이 막연하고 그냥 되는 대로 살아가게 됩니다. 어디로 가야 할지 모르고 살아가는 인생이 가장 불쌍한 인생인 것입니다.

내가 어디서 왔으며 어디로 가는지도 모르고 살아가는 인생인 것입니다. 내가 태어난 이유를 알고 사는 이유를 알고 돈 버는 이유를 알고 공부하는 이유를 알고 사업과 직장에 다니는 이유를 알고 살아가는 것

진리·자유·봉사

이 바로 비전이요 삶의 방향인데 이것을 모르고 살아가는 것은 바로 잘 못 살아가는 것입니다.

하나님께서도 비전이 분명하셨습니다. 잃어버린 자를 찾아 살리는 것입니다. 죽어가는 자들을 영원히 살리는 것이 바로 하나님의 비전입니다. 이 하나님의 비전을 이루시기 위하여 독생자 예수그리스도를 이 세상에 보내시고 십자가에 죽게 하시고 누구든지 이러한 예수님을 믿는 자마다 다 살려 주겠다고 약속하신 것입니다. 이렇게 비전이 분명한 사람은 비전을 이루기 위하여 반드시 세 가지가 필요합니다.

첫 번째는 바로 열정입니다.

말씀에 보면 '찾을 때까지 찾으신다'라고 하십니다. 포기하지 않으신다는 말씀입니다. 어떠한 어려움과 고난과 장애물이 앞을 가로막는다 할지라도 포기하지 않고 끝까지 찾으신다는 하나님의 열정을 알 수 있습니다.

우리는 무엇인가를 하다가 중간에 포기하는 경우가 많습니다. 우리 기독사관학교나 기숙사의 학생들을 보게 되면 미래에 대한 비전이 명확하지 않으니 이성 문제에 돈 문제에 가정문제에 걸리게 되면 학업을 포기하고 원래의 가난과 무지와 우상숭배의 상태와 사회에서 요구하는 대로 가버리고 맙니다. 저는 선교사로서 너무나 안타깝습니다.

마찬가지로 우리의 인생이 하나님의 비전인 잃어버린 양을 살리기 위하여 포기하지 않는 열정이 반드시 필요한 것입니다. 하나님께서도 우리를 나를 찾을 때까지 찾았기에 내가 찾아졌지 만일 중간에 포기하였다라고 한다면 나는 이미 늑대나 절벽에 떨어져 죽었을 것입니다. 이렇게 포기하는 열정이 비전을 이루기 위하여 반드시 필요합니다.

두 번째는 비전을 이루기 위한 전략이 필요합니다.

삼국지에서도 보게 되면 전쟁의 승패는 무장한 군인의 수에 달려 있기 보다는 무기의 종류와 많고 적음에 달려 있기보다는 작전에 전쟁의 승패가 달려 있음을 볼 수 있습니다.

마찬가지로 잃어버린 양을 찾는다는 것은 엄청난 영적인 전쟁과 같습니다. 이러한 영적인 전쟁 속에서 무턱대고 덤벼들면 패배하게 되어 있습니다. 하나님은 바로 99마리를 들에 두고 한 마리의 잃어버린 양을 찾아 나서는 전략을 사용하셨습니다. 이러한 전략은 우리가 상식적으로 이해하기 어렵습니다. 어떻게 1마리의 양을 찾기 위하여 99마리나 되는 양을 들판에 두고 갈 수 있겠습니까? 그러나 하나님은 독생자 예수 그리스도를 이 세상에 보내심으로 가장 귀한 것을 희생하게 됨으로 우리가 살아나게 된 것입니다. 하나님이 이렇게 예수님을 포기하지 않았다고 한다면 우리는 다 죽었고 예수님이라는 존재도 우리는 알지 못했을 것입니다. 하나님이 가장 귀하신 독생자 예수 그리스도를 보내심으로 우리를 찾으신 것처럼 우리가 가장 중요하다고 생각하는 것을 내어놓게 될 때에 결국에 우리의 비전을 이루게 되고 우리도 산다는 것입니다. 잡으면 죽고 놓으면 산다는 전략입니다.

우리가 가장 귀하게 생각하는 것을 내어놓게 되면 하나님의 비전을 이루는 하나님의 동역자가 되고 죽어가는 수많은 잃어버린 영혼들을 살릴 뿐만 아니라 예수님처럼 우리도 영원히 살게 되는 전략을 사용하시기 바랍니다.

세 번째는 비전을 이루기 위하여 성품이 최고로 중요합니다.

비전이 있으면 사람이 모여들고 열정과 전략이 있으면 어느 정도 비전을 이루어 가겠지만 성품이 갖추어져 있지 않으면 오래가지 않아 무너지고 물거품이 되어 버리게 됩니다.

잃어버린 양을 찾았을 때 하나님은 어깨에 메고 옵니다. 질질 끌고 채찍질하면서 때리면서 욕하면서 데리고 오는 것이 아니라 최고로 중요한 물건 다루듯이 어깨에 메고 와서 엄청난 돈을 들여 잔치를 베풉니다. 이것이 바로 비전을 비전되게 영원한 가치 있는 비전을 만드는 하나님의 성품인 것입니다.

용서하시는 성품. 사랑하시고 용납하시고 인정하시고 베푸시는 성품이 비전을 비전되게 하는 데 최고로 중요한 것입니다. 선교지에서 사역하다가 보면 뒤통수를 너무나 여러 번 맞는 경우가 많습니다. 배반당하고 소외당하고 외면당하고 차별당하다보면 현지인들이 괘씸하게 생각되고 원수처럼 생각 되고 어떤 때는 심지어 저주의 마음까지 드는 경우가 많습니다. 이럴 때 감정을 초월하여 이들을 품게 될 때에 결국에 잃어버린 양이 찾아진다는 것을 경험하였습니다.

이것은 사람의 힘으로 마음으로 되는 것은 아닌 것 같습니다. 하나님의 절대적인 은혜가 필요합니다. 끝까지 품고 용서하고 사랑하며 섬길 수 있는 성품을 달라고 하나님에게 간절히 기도하게 되면 하나님이 그러한 하나님의 성품을 주실 것입니다. 이렇게 우리의 비전도 우리의 힘으로 이룰 수 있는 것이 아니라 순전히 하나님의 은혜로 가능한 것입니다.

우리 모든 한남대의 가족 여러분!

하나님의 비전을 우리의 비전을 삼을 수 있는 은혜가 있으시기를 바랍니다. 잃어버린 죽어가는 수많은 사람들을 찾을 때까지 찾는 열정을 가지시기 바랍니다. 이러한 하나님의 비전을 이루기 위하여 나의 소중한 것도 포기하고 하나님에게 맡기며 내어놓아 사람도 살리고 나도 사는 선교의 전략을 이루어 가시기를 바랍니다.

마지막으로 하나님의 성품이 우리 모두의 성품이 되어서 우리를 통하여 수많은 사람들이 살리고 살아나는 선교의 역사를 일으키는 우리 모든 한남대학교가 되시기를 태국에서 간절히 기도하며 우리 하나님이 간절히 소원하고 계십니다.

아멘.

영적 능력
요 8:1-11

문성모
(이사 / 전 서울장신대 총장)

음악을 듣는 데도 프로와 아마추어의 차이가 있습니다. 음악을 오래 사랑하다 보면 큰 규모의 음악, 이를테면 심포니나 콘체르토 등은 잘 안 듣게 됩니다. 오히려 실내악이나 독주 같은 작은 규모의 음악에 더 심취하게 됩니다. 또 화려하고 요란한 1악장보다는 여리고 조용한 2악장의 음악을 더 사랑하게 됩니다. 즉 음악의 연륜이 쌓일수록 음악을 귀로 듣지 않고 마음으로 들으려고 하는 것입니다. 영혼을 감동시키는 데는 많은 소리가 필요 없습니다. 하나의 작은 소리, 가늘고 여린 하나의 음률이면 족합니다. 작고 낮은 부드러운 소리 한마디면 인간의 마음을 감동시키기에 충분한 것입니다. 그래서 하나님께서도 그 사랑하는 사람들을 부르실 때 세미하고 조용한 음성으로 말씀하셨습니다. 아브라함을 부르실 때에도, 모세를 부르실 때에도, 사무엘을 부르실 때에도, 엘리야를 부르실 때에도, 이사야를 부르실 때에도, 마리아를 부르실 때에도 하나님의 음성은 낮고 세미하고 조용했습니다.

큰 소리 뒤에는 싸움이 있고 분쟁이 있고 전쟁과 살인과 폭력이 생겨납니다. 이것이 오늘 한국 사회의 문제입니다. 텔레비전의 연속극은 고함치고 싸우는 장면이 대부분입니다. 다방에 가도 음악 소리, 사람 소리가 너무도 큽니다. 국민을 대표하는 국회 장소는 고성과 삿대질이 오가는 전쟁터를 방불케 합니다. 목소리 큰 사람이 이기는 사회는 병든 사회입니다. 불협화음의 사회입니다. 분쟁의 사회요, 미움의 사회요, 시기와 질투의 사회요, 권모술수의 사회입니다. 그러나 생각해보십시오. 여기에 작은 소리가 있습니다. 그리고 작은 소리 뒤에는 평화가 있고 화해가 있고 용서와 사랑과 감사가 있습니다.

오늘 본문의 장면은 한 여인을 가운데 세워두고 큰 소리와 작은 소리가 각각 들리고 있습니다. 바리새인들의 소리는 큽니다. 살기등등합니다. 그러나 주님의 목소리는 작습니다. 단 한 마디의 짧고 낮은 소리입니다. 오늘 본문을 통하여 우리는 무엇을 배워야 하겠습니까?

첫째로, 주님의 음성 속에서 나 자신을 먼저 보아야 합니다.

바리새인들은 여인을 앞에 세우고 공포의 분위기를 조성합니다. "이 죄지은 여자를 어떻게 할 거냐?" 라고 고함을 칩니다. 살인과 미움과 저주와 분노를 부르는 소리입니다. 사람들의 손에는 모두 돌이 들려 있습니다. 죽음과 살인의 분위기입니다. 그때 이 고함소리를 압도하는 조용한 주님의 음성이 들립니다. "너희 중에 죄 없는 자가 먼저 돌로 쳐보아라." 사람들의 심령에 파문을 일으키는 조용한 소리입니다. 생명을 부르는 세미한 음성입니다. 용서를 창조하는 부드러운 음성입니다. 사람들이 하나둘씩 손에 들었던 돌을 놓기 시작합니다. 마음을 움직이는 이 소리를 통하여 자신을 돌이켜보기 시작하였습니다. "형제의 눈 속에 있는 티는 보면서 네 눈 속의 들보는 보지 못하는가?" 라는 주님의 말씀이 생각납니다. "죄 없는 자가 쳐보아라." 이 음성을 들으면서 우리의 손에 남을 향해 들었던 돌을 놓아야 하겠습니다. 나 자신을 먼저 돌아보아야 하겠습니다.

둘째로, 주님의 음성 속에서 하나님을 보아야 합니다.

내 손에 다른 사람을 향한 돌을 가지고 있을 때 하나님의 손에는 나를 향한 심판의 돌이 있음을 보아야 합니다. "죄 없는 자가 먼저 쳐라." 고 한 말씀이 무슨 의미이겠습니까? 네 죄를 다 아시는 하나님 앞에서 돌을 던져보라는 것입니다. 사람은 속여도 하나님은 속일 수 없습니다. 신앙은 이렇게 살아 계신 하나님을 인정하는 삶입니다.

셋째로, 주님의 음성 속에서 이웃을 보아야 합니다.

본문의 여인은 바리새인들의 고함 소리 속에서는 죽어 마땅할 사람입니다. 그러나 주님의 조용한 음성 속에서는 용서해야 할 여인입니다. 똑같은 사람도 고함지르고 싸울 때는 죽일 사람이지만 조용히 생각해보면 불쌍한 사람이 됩니다. 바리새인은 고함을 치고 있고 예수님은 조용히 말씀하십니다. 바리새인의 눈으로 볼 때 죽일 사람이지만 예수님의 눈으로 보면 살려줄 사람입니다. 똑같은 대상이지만 바리새인들은 매장시키려고 예수님은 감싸주려 하십니다. 헐뜯는 목소리로 가득한 상황에서 조용한 위로의 음성이 들립니다. "나도 너를 용서한다. 가라, 그리고 다시는 죄를 짓지 말라." 이 소리에 여인도 자신을 돌아보게 됩니다. 그리고 회개하고 새 삶을 살게 됩니다.

사랑하는 여러분! 이제 생각해야 합니다. 내 목소리가 사람을 죽이고 있나, 살리고 있나? 싸움을 걸고 있나, 화해를 도모하고 있나? 비난하고 있나, 이해하려고 하고 있나? 하나님의 뜻을 이루고 있나, 마귀가 좋아하는 일을 하고 있나? 나는 한 인간을 앞에 놓고 바리새인의 역할을 하고 있나, 예수의 역할을 하고 있나? 조용하게 말하는 습관을 기르십시오. 인간을 향하여 용서의 목소리를 발하십시오. 주님의 음성을 모방하십시오. "나도 너를 정죄하지 않는다." 즉 "내 손에는 너를 향한 돌이 없다."고 하시는 주님의 마음을 본받으십시오.

주님께서 조용한 목소리 한 마디로 살기등등한 수많은 적들의 목소리를 이기고 들었던 돌을 놓게 만든 비결은 어디에 있습니까? 이 엄청나 영적 능력은 어디에서 온 것일까요? 그 해답이 오늘 본문의 1절에 있습니다. "예수는 감람산으로 가시다." 그렇습니다. 주님께서는 그 전 날 밤에 감람산으로 가셔서 밤새도록 기도하셨습니다. 기도로 영적 능력을 축적하신 주님께서 한마디 하시니까 그 능력이 실린 말씀이 적들의 심령에 파문을 일으키고 양심의 가책을 주어 모두 물러가고 만 것입니다.

우리가 이 능력을 얻는 비결을 기도에 있습니다. 기도하는 사람을 이길 원수는 아무도 없습니다. 기도의 사람이 이기지 못할 환경도 아무 것도 없습니다. 기도는 영력을 강하게 합니다. 기도하는 사람의 작은 목소리는 기도 없는 사람들의 큰 소리를 압도하는 기적을 낳습니다. 기도로 관용과 순종과 겸손과 인내를 배운 사람은 어떤 경우에도 승리합니다. 피스메이커Peace maker가 되어 싸움과 분열과 미움을 화해와 용서와 사랑으로 바꾸어버립니다. 우리 모두 주님을 닮아 기도로 영적 능력을 소유하고 세상과 백성의 위로자가 되어 하나님의 뜻을 이루는 사람들이 다 될 수 있기를 소원합니다.

탄식 속에서 부르는 구원의 찬가
시 13 : 1-6

박광영

(협동교목)

2004년 12월 26일, 인도네시아와 주변에 일어났던 쓰나미를 기억하실 겁니다. 성탄의 기쁨이 채 가시기 전에 일어났던 쓰나미로 20만 명 이상의 사람들이 목숨을 잃었습니다. 당시 그 일을 해석하려는 시도들이 교회 강단에서 제법 있었습니다. 바른 해석보다는 여러 가지 잘못된 해석들로 사회로부터 뭇매를 맞았던 기억이 있습니다. 이런 문제에 대한 답을 누가복음에서는 예수님의 말씀이 비추어 기록해 놓았습니다. 예수님께서 실로암에서 한꺼번에 많은 사람의 목숨을 잃은 사건에 대한 질문을 받으셨을 때 이렇게 대답하셨습니다. 누가복음 13장 4-5절입니다. "또 실로암에서 망대가 무너져 치어 죽은 열여덟 사람이 예루살렘에 거한 다른 모든 사람보다 죄가 더 있는 줄 아느냐 너희에게 이르노니 아니라 너희도 만일 회개하지 아니하면 다 이와 같이 망하리라."

이 말씀은 갑작스럽게 여러 사람의 생명을 취하시는 하나님의 목적이 무엇인지 가르쳐 줍니다. 그것은 그들이 더 많은 죄가 있음을 보여주려는 것이 아니라 하나님은 생명에 대한 권한과 소유권을 지닌 유일하신 분임을 가르쳐 주신 말씀입니다. 하나님은 만유의 주인이시며 생명의 주관자이십니다. 그러므로 이 예수님의 대답은 하나님이 세상을 다스리는 권리를 소유하신 분이며, 자기 뜻에 합당하게 그들의 생명을 취하신 것임을 우리에게 알려주시는 말씀입니다.

하지만, 문제는 여기 있습니다. 이런 문제, 갑작스러운 재난 혹은 고통의 문제들이 다른 사람과 관련된 것이라면, 제삼자의 이야기라면, 신앙 안에서 이해하고 받아들이기 어렵지 않습니다. 그런데 주님을 신실히 따르는 성도인 내가 겪었을 때는 참 어렵습니다. 맡겨준 직분을 하나님께서 주신 사명으로 알고 최선을 다하는 성도, 다른 사람이 알아봐주든 그렇지 않든 직분을 충성스럽게 감당하는 성도, 새벽마다 교회와 나라와 주변의 약한 자들을 위해 무릎 꿇는 성도, 하나님을 삶의 최고 가치로 삼고 신실하게 살아가는 성도들인, 우리가 이런 고통을 겪을 때는 이해하고 수용하기 참 어렵습니다.

우리는 살면서 예기치 않은 고통을 만날 때가 있습니다. 없었으면 하는 고통이 한 번씩은 찾아오게 마련입니다. 그것이 육체적인 고통이든, 정신적인 것이든, 물질적이든 어려움이 있게 마련입니다. 그 고통과 어려움이 오랫동안 지속할 때, 우리는 하나님의 사랑과 그의 임재하심에 대한 확신이 흔들리기 시작합니다. 그리고 하나님께 탄식합니다. "하나님, 도대체 어디에 계십니까?" "나의 어려운 상황을 아시지 않습니까?" "도대체 언제까지 기다려야 합니까?"

오늘 본문에서도 다윗 역시 똑같은 탄식을 하였습니다. "주여, 도대체 언제까지입니까?"라는 탄식의 질문이 1절과 2절에서 네 번에 걸쳐 반복해서 나타나고 있습니다. 이것은 다윗의 인내심이 한계에 도달한 상황이 아닌가 싶은 생각이 듭니다. 다윗은 아무리 노력을 해도 해결되지 않은 상태, 하나님이 나를 외면하고 있는 것 같은 상황, 더는 견딜 수 없는 그런 두려움에 빠져 있었던 것 같습니다. 그래서 이런 반복적인 탄식을 통해 자신의 감정을 표현한 것입니다.

다윗의 현재 심정을 이렇게 빗대어 생각해 보았습니다. 우리나라에서 사는 이주노동자 혹은 결혼이주여성들의 심정은 아닐까? 낯선 한국 땅에서 고국의 가족을 그리며 힘들게 살아가는 그런 사람들의 심정이 아닐까 생각이 듭니다. 그런 분들이 다 어렵다고 할 수는 없겠지만, 대다수는 힘듭니다. 그런 분 중에 악덕기업가 혹은 악한 남편을 만나면 아주 비인간적인 대우를 받지 않습니까? 우리가 잘 아는 대로 그렇습니다. 임금도 받지 못하고 온갖 인격적인 모독과 욕설에, 사고가 나더라도 적절하게 치료받지 못하고 추방당하는 일들이 비일비재합니다. 행복한 결혼생활을 누려야 할 젊은 여인들을 감금하고 폭력을 행사하는 일들이 실제로 우리 주변에서 일어납니다.

스스로 어찌해 해 볼 수 없는 상태에 빠져 현실을 부정하고 도망갈 수 있다면 좋겠지만 그럴 수 없는 상태. 타국에서 잘살고 있는 줄 아는 고향의 부모님께는 도무지 연락할 수 없고. 어려움을 당해도 도움을 청할 곳도 마땅치 않고…. 그저 읍소할 수밖에 없는…. 다윗의 심정이 이러지 않았을까요?

그렇다면 다윗이 이처럼 깊은 탄식의 상황에 빠지게 된 이유는 무엇일까요? 2, 3, 4절에 나온 표현에서 이유를 찾아볼 수 있을 것 같은데요. 다윗은 현재 자신이 당하고 있는 고통을 '원수', '사망', '대적'이라고 표현했습니다. 이런 맥락에서 따라 다윗을 고통과 환란의 원인을 두 가지로 해석해 볼 수 있을 것입니다.

첫 번째는 다윗은 지금 병상에서 장기간 병과 씨름을 하고 있다고 생각해 볼 수 있습니다. 그것을 '사망'이라고 표현한 것이지요. 시편을 보면 다윗이 병을 치르면서 고생한 흔적이 나타나 있습니다. 무슨 병에 걸려서 이렇게 고통을 겪었는지는 모르지만, 그는 큰 병과 씨름하는 가운데, 시시각각으로 다가오는 사망의 그림자를 바라보면서 탄식하며 자신의 건강이 회복되기를 간절히 소원했던 것입니다.

두 번째로 다윗은 대적들이 압박하고 있음에도 불구하고, 하나님께서 어떠한 해결책도 주지 않으시는 상황 속에서 이렇게 탄식을 하는 것으로도 볼 수 있습니다. 그것을 '원수'라고 표현한 것이지요. 야웨 하나님의 구원 손길이 절실히 필요할 때 정작 그 구원의 그림자도 볼 수 없는 상황 가운데 어딘가에서 이런 탄식을 했을 거라 볼 수도 있습니다.

이런 탄식과 절규에 대한 해석이 어떤 것에 무게를 더 두느냐에 상관없이 다윗의 심정은 우리네 인생들과 같습니다. 누구든 스스로 어찌해볼 수 없는 상황에 부닥치게 되면, 처음 얼마 동안은 '하나님께서 반드시 이 상황을 해결해 주실 거야'라는 믿음을 가지고 견딜 봅니다. 그러나 시간이 흐르는데도 차도는 보이지 않고, 상황이 더 악화하여 가는 듯하면, 그때부터는 불안해합니다. 믿음이 흔들리기 시작합니다. 급기야는 "과연 하나님께서 내 병을 고쳐 주실까?", "이 상태로 이제 나는 끝나는 게 아닐까?" 하는 불안한 마음이 우리를 엄습해 옵니다. 결국, 다윗처럼, '하나님께서 나를 돌보아 주시지 않는다'는 절망적인 감정에 사로잡히게 됩니다. 자신에게 죽음의 세력은 점점 다가오고 있는데, 하나님은 오히려 멀리 계시는 듯하고, 자신의 기도에 대해서 하나님께서 고개를 돌리고 계시는 것 같은 무서운 외면 속에서 탄식할 수밖에 없지요.

하지만, 다윗은 이런 절망스러운 순간에도 "나에게 원수를 물리칠 능력을 주십시오." 이것을 간절히 구하지 않았습니다. 3절에 다윗은 "나의 눈을 밝혀 주옵소서." 이런 간구를 드립니다. 이 원수들과 맞서 물리적으로 그들을 이기겠다는 청이 아니라, "내가 비록 이런 상황이지만 내 눈이 영적으로 새롭게 되어서 내가 처한 이 사망과 원수의 문제를 새로운 눈으로 보게 해 주십시오. 나의 영적인 자세, 태도를 변화시켜 주십시오." 이런 간구를 드립니다. 우리들의 신앙의 수준이 이 정도로 올라선다는 것이 참 어렵습니다. 그런데 다윗은 자신의 신앙을 이렇게 고백합니다.

많은 사람은 처해 있는 어려움, 고통의 문제들을 해결을 위해서 당장 눈에 보이는 물리적인 것을 요구하고 그것에 우선순위를 둡니다. 하지만 성도인 우리는 다윗이 노래했던, 더욱 높고, 더욱 새로운 차원인 그 구원의 세계에 눈이 열리고, 그것을 먼저 맛볼 수 있어야 합니다.

하나님은 우리에게 이런 새로운 구원의 차원을 보여주고 약속을 지키기 위해 하나밖에 없는 아들 예수 그리스도를 십자가에 내어 주신 것입니다. 하나님께서는 예수 그리스도를 우리에게 주셔, 새로운 구원의 세계를 맛보게 하셨는데 절망과 탄식 중인 우리를 어찌 잊고 가만계실 수가 있겠습니까? 우리는 그것을 이겨낼 힘은 없지만 예수 그리스도께서 내 앞에 있는 사망과 원수를 이기시고 물리치셨기에 우리 역시 그런 삶을 살아 낼 수 있어야 합니다.

자식의 장기를 기증하여 죽어가는 타인의 생명을 살린 부모는 그 일을 결코 잊을 수 없을 것입니다. 자기 자식의 생명이 나누어졌기 때문입니다. 전쟁과 같은 극한 상황 속에서 부모가 자식을 버리는 경우가 간혹 있다지만, 우리를 모태에서 조성하고 지으신 우리 하나님께서는 절대로 우리를 잊지 않으십니다. 가만히 보고만 있지 않습니다. 고통의 자리에 우리와 함께하십니다.

마태복음 1장 23절에 이렇게 말씀합니다. "보라 처녀가 잉태하여 아들을 낳을 것이요 그의 이름은 임마누엘이라 하리라 하셨으니 이를 번역한즉 하나님이 우리와 함께 계시다 함이라." 오래전 이사야를 통한 임마누엘 약속은 예수님의 탄생으로 말미암아 그렇게 성취되었습니다. 그리고 주님은 부활하셔서 승천하시기 전 마태복음의 마지막 장, 마지막 절인 28장 20절에 다시 한 번 우리에게 임마누엘의 약속을 하셨습니다. "볼지어다 내가 세상 끝날까지 너희와 항상 함께 있으리라." 마태복음 1장에 임마누엘로 오신 예수님께서는 마태복음 28장까지 임마누엘로 계셨습니다.

사랑하는 여러분!

그렇다면 그분이 왜 절망에 빠져 탄식하고 있는 우리 인생에는 지금 임마누엘로 계시지 않겠습니까? 때로는 주님께서 내 등 뒤에 계셨기 때문에 보지 못 했을 수도 있습니다. 때로는 너무 지치고 힘들어 느끼지 못했을 수도 있습니다. 눈물이 범벅되어 슬픈 내 감정에 북받쳐서 발견하지 못했을 수도 있습니다. 혹은 내 뜻과 주님의 뜻이 하늘과 땅의 차이처럼 너무도 달라 이해하지 못했을 수도 있습니다. 너무도 속이 상해 내 곁에 계시는 주님을 발견하지 못했을 수도 있습니다. 하지만 주님께서는 내 인생의 여정 가운데 언제나 임마누엘로 곁에 계셨습니다. 온 하늘이 먹구름으로 뒤덮여 있어도 먹구름 너머에는 항상 밝은 해가 빛나고 있듯, 주님은 그 자리에 언제나 임마누엘로 계셨습니다. 우리 인생의 1장에서부터 현재에 이르기까지 예수님은 우리와 늘 함께 하셨습니다.

우리 성도님들도 앞에 놓인 문제가 무엇이든 그것을 극복하고 아름다운 날들을 보게 될 것을 다윗처럼 믿고 노래하십시오. 1절과 2절에만, 머물러 계시지 마시고, 앞에 있는 원수와 사망에 눈멀어 계시지 마시고, 구원의 빛을 소망하십시오. 그리고 이미 승리자로 내 안에, 곁에 그리고 사방에 계신 주님을 노래하실 수 있으시길 바랍니다. 그래서 마침내 성도님들의 탄식이 변하여 희망을 위한 찬가가 되고, 찬송이 되는 승리와 복을 누리실 수 있기를 주님의 이름으로 소망합니다.

당신을 사랑합니다

요일 4:18-20

반신환

(교목 / 기독교학과 교수)

오늘 본문 구절을 묵상하면서, '주제가 사랑인데… 제목을 어떻게 정할까?'라고 고민을 했습니다. 그러다가 "당신을 사랑합니다"라는 문장이 제 입에서 흘러나왔습니다. 아주 자연스럽게 떠올랐습니다. 그래서 인터넷에서 검색을 해봤습니다. 이 문장이 사용되었던 경우를 찾아봤습니다. 여러 곳에서 제목으로 사용되었습니다. 가요의 제목이었습니다. 카툰의 제목이었습니다. 영화의 제목으로도 사용되었습니다. TV 방송 프로그램의 제목이기도 했었습니다. 그리고 당신을 사랑합니다에 주어나 부사가 붙어서 만들어진 제목들이나 문장들도 많았습니다. "나는 당신을 사랑합니다." "나의 사랑 당신을 사랑합니다." "나 그렇게 당신을 사랑합니다." "300년이 지나도 당신을 사랑합니다." "나는 당신을 만나기 전부터 사랑했습니다." 무척 많습니다. 결국, 오늘 설교의 제목도 여러 매체에서 영향을 받은 것입니다. 내 생각은 더 이상 내 것이 아닙니다. 매체의 기술과 소프트웨어가 하도 발달해서 항상 연결되어 있기 때문에, 내 생각이라고 해도, 내가 선택한 기억이 없습니다. 여기저기서 흘러들어와서 어느새 내 마음에서 주인 노릇을 하는 것 같습니다.

오늘 본문에서 19절을 보면, "우리가 사랑함은 그가 먼저 우리를 사랑하셨음이라."고 하십니다. 그는 하나님을 가리킵니다. 결국, 하나님이 먼저 우리를 사랑하셨습니다. 하나님이 우리를 사랑하셨기 때문에, 우리의 사랑은 수동적이라는 것은 아닙니다. 동서양의 사람들을 비교해보면, 우리 동양 사람들은 감정이 수동적인 특징이 있습니다. 다른 사람의 행동이나 사건에 대한 반응으로 우리의 감정이 결정됩니다. 평상시에는 별로 감정이 없다가, 사람들이 있는 상황으로 옮기게 되면, 흥분이 되고 감정이 나타납니다. 다른 사람의 기대에 맞게 감정을 일으키고 행동을 하려고 합니다. 주변에 있는 분들을 민감하게 의식합니다. 이런 행동을 하는 이유는 주변 사람들이 알아서 보살펴준다는 농경시대의 기대를 아직도 갖고 있기 때문입니다. 그래서 주변 분들에게 기대를 했다가 배신당하는 기억들이 강합니다. 자신이나 자신의 가족이 희생자가 될 것을 걱정하지, 가해자가 될 것을 염려하는 분을 거의 보지 못했습니다. 그런데 "하나님이 먼저 우리를 사랑하셨습니다."라는 문장은 우리의 능동적이고 주도적 사랑을 촉구합니다. 하나님은 우리에게 아무것도 바라지 않고 사랑하셨습니다. 우리가 죄인임에도 불구하고 하나님은 우리를 사랑하셨습니다. 우리는 사람들을 주도적으로 사랑하라는 말씀입니다. 모든 사람과 사랑의 관계를 맺으라는 것은 비현실적입니다. 그러나 의지를 갖고, 주도적으로 사랑하라고 말씀하십니다.

20절에 보면, "우리가 하나님을 사랑하노라 하고 그 형제를 미워하면 이는 거짓말하는 자니 보는바 그 형제를 사랑하지 아니하는 자는 보지 못하는바 하나님을 사랑할 수 없느니라." 사랑은 추상적 개념이지만, 실제 사랑은 구체적인 것입니다. 일상에서 사랑이 나타납니다.

그런데 우리는 구체적으로 사랑하는 방법, 사랑의 대상에 대해 계속 매체의 영향을 받고 있습니다. 어렸을 때 부모님의 영향도 있고, 학교나 직장처럼 일상생활을 하는 장소에서도 끊임없이 영향을 받고 있습니다. 그런데 매체의 메시지는 내게 이익이 될 사람을 사랑하라는 것입니다. 그런데 성경의 말씀은 다릅니다. 약자와 소수자를 사랑하라는 것입니다. 고아, 과부, 나그네를 사랑하라고 하십니다. 이것을 어느 신학자는 교회는 사회의 중심이 아니라 주변에 서야 한다고 표현했습니다. 사실, 교회가 중심에 서면, 고아와 과부와 나그네를 돕지 못하는 정도가 아니라, 고아와 과부와 나그네를 보지 못하게 됩니다. 중심에서 보이는 약자와 소수자는 실제로 약자와 소수자가 아닌 경우도 있습니다. 그리고 사랑하는 방법도 잘 보이지 않습니다.

사랑하는 방법도 새롭게 할 필요가 있습니다. 구체적이고 객관적 자료를 통해 새로운 방법을 도입할 필요가 있습니다.

OECD에서 '2015년 삶의 질 보고서'를 발표했습니다. 우리의 현실에 대한 통계 중에서 뉴스의 대상이 되었던 것은 자녀에게 책을 읽어주고 놀아주고 보살펴주는 시간에 대한 것이었습니다. 우리나라 부모님은 하루에 48분이었고, OECD 국가들의 평균은 151분이었습니다. 결국, 평균의 1/3이었습니다. 그런데 아버지가 쓰는 시간은 하루에 6분이었습니다. OECD 국가들의 평균은 47분이었습니다. 평균의 약 1/8입니다. 우리가 자녀에게 시간을 할애하지 못하고 있습니다. 자녀가 부모의 손길이 필요할 때, 우리는 자녀를 위한다고 학원으로 보내고 있습니다. 제가 경험한 미국에서 한인 이민세대 가정에서, 부모·자녀 갈등에서 자주 등장하는 주제가 있습니다. "널 위해 이민을 와서, 죽어라 일하고 있다"라고 부모님들이 소리를 높입니다. "이민을 결정할 때 내 생각을 물어보지도 않았고, … 나는 돈이 부모님이 필요할 때, 부모님은 집에 계시지 않았다."고 자녀들이 화를 냅니다. 현재 우리나라의 상황도 차이가 없습니다. 자녀가 부모를 필요로 할 때, 부모님은 자녀와 함께하지 않았습니다.

그런데 이번 보고서에서, "주변에 의지할 사람이 있습니까?", "어려움을 당하면 필요할 때마다 도와줄 친구나 친척이 있습니까?"라는 질문에 긍정적 대답을 한 사람이 우리나라는 72.37로 34위였습니다.

OECD 국가들의 평균은 88.02이었습니다. 연령별로 나눠보면, 19~29세는 93.29점이고, 30~49세는 78.38이고, 50세 이상은 67.58입니다. 꼴찌 2개 나라가 한국과 터키인데 둘 다 60점대입니다. 저도 여기에 속합니다.

참 속상했습니다. 자녀가 부모를 필요할 때, 부모는 자녀와 함께하지 못합니다. 그리고 부모가 노인이 되어 주변을 돌아보면, 의지할 사람이 없습니다. 자녀들도 없습니다. 자업자득인 것 같습니다. 어린 시절부터 학원으로 야간자율학습 때문에 가족 간의 친밀감이나 정서적 교류를 경험하지 못한 사람은 그것의 소중함을 모릅니다. 그래서 연로하신 부모님들의 필요를 지각하고 힘을 줄 수 있는 능력이 부족합니다. 그리고 자녀들에게 사랑을 베풀 능력이 약화됩니다. 어르신이 된 후에도 젊은이들과 정서적 교류를 하면서 관계를 유지할 능력이 없습니다.

우리 전통으로 효가 있습니다. 그런데 어린이들, 청소년들, 그리고 중년들은 효를 의무감으로 느낍니다. 그래서 효를 강조하면 할수록 젊은이들은 부담을 느낍니다. 제가 몇 년 전에 우리 젊은 대학생들을 인솔하고 일본에 갔다 온 적이 있습니다. 비행기 안에서 중년 남성 승무원이 서비스를 제공하니깐 학생들이 불편하다고 했습니다. 연장자로부터 서비스를 받는 것이 불편합니다. 연장자를 효의 대상이나 공경의 대상이라는 것에 익숙해졌기 때문에 그분들로부터 서비스를 받는 것이 불편합니다. 이렇게 되니깐, 우리나라는 어르신들에게 일자리가 없습니다. 어르신들이 체력이 약해져도 할 수 있는 일자리가 서비스 직업뿐입니다. 그런데 효를 강조하면 할수록, 연장자들의 서비스 제공이 불편하기만 합니다. 그래서 그런 분들이 직원으로 일하는 매장을 피하게 됩니다. 결국, 효를 강조하면 할수록, 실제로 나타나는 결과는 어르신들의 일자리가 더 없어지는 현실뿐입니다.

우리 사회에서 어르신들은 약자입니다. 그런데 맹목적으로 효를 강조하면 할수록 그분들을 밀어내고 있습니다. 그분들을 사랑한다면, 연장자를 친하게 느낄 수 있는 수평적 문화로 바꿔야 합니다. 어리다고 함부로 대하는 서열중심의 수직적 문화가 바뀌지 않으면, 우리는 어르신들을 사랑하는 것이 아닙니다. 단지, 부담스러워하고 피할 뿐입니다.

성경은 주도적 사랑을 말합니다. 그런데 매체는 익숙하고 이익이 되는 사랑만 말하고 있습니다. 좀 더 구체적이고 현실적으로 검증된 방법으로, 새롭게 사랑하는 여러분이 되시기를 축원합니다.

온전케 되기를 힘쓰라

눅 17:11-19

서정운

(동문 / 장로회신학대학교 명예총장)

예수님께서 예루살렘으로 가시는 길이었습니다. 갈릴리와 사마리아 사이를 통과하실 때 사람들이 외치는 소리를 들으셨습니다. 멀리서 한센씨병에 걸린 열 사람이 울부짖은 것입니다. "예수 선생님이여 우리를 긍휼히 여기소서!" "가서 제사장에게 너희 몸을 보여라!" 주님께서 응답하셨습니다. 제사장이 나은 것을 확인해야 집으로 돌아갈 수 있었기 때문입니다. 제사장에게 가는 도중에 그들의 병이 나은 것을 알았습니다. 기적을 체험했습니다. 소원성취한 것입니다.

그중에 한 사람만 하나님께 영광을 돌리고 예수님께 돌아왔습니다. 주님께서 물으셨습니다. "열 사람이 다 깨끗함을 받지 아니하였느냐 그 아홉은 어디 있느냐? 이 이방인 외에는 하나님께 영광을 돌리러 돌아온 자가 없느냐?" 열 사람이 예수님의 능력으로 심한 병에서 낫는 기적을 경험하고 절박한 소원을 이루었으나 구원받은 사람은 한 사람밖에 없었습니다. 주목해야 할 대목입니다. 일신의 현세적 소원을 성취하고 초자연적 이적을 체험하는 것 자체가 구원이 아닙니다. 돌아온 사마리아 사람에게 말씀하셨습니다. "일어나 가라 네 믿음이 너를 구원하였느니라." 구원의 선포입니다. 어떤 번역에는 "네 믿음이 너를 온전케 하였다made you whole"고도 했습니다. 같은 뜻이지만 내용을 이해하기가 더

쉬울 것 같습니다. 여기서 온전케 되었다는 말씀을 네 가지로 생각할 수 있습니다.

첫째, 하나님과의 관계가 회복되었다는 뜻이 있습니다. 하나님을 등지고 거역하다가 주님의 은혜로 구속받아 하나님의 자녀가 되어 그를 영화롭게 하고 경배하는 자녀가 된 것입니다. 둘째는 자기 자신과의 관계가 온전케 된 것입니다. 어떤 심리학자의 말에 인간에게 있어서 가장 큰 비극은 한 번도 인간답게 살지 못하고 죽는 것이라 했습니다. 사람은 그리스도의 복음을 통해 자신이 하나님의 형상대로 지음 받은 존귀한 만물의 영장인 것을 알게 되는 것입니다. 이 같은 진리를 모르면 자신의 의미, 가치, 목적을 깨달을 수가 없습니다. 많은 사람들이 쉽게 절망하고 허무해 하고 자학하고 열등감을 지니고 사는 이유가 자신의 귀중성과 목적을 모르기 때문입니다. 셋째로 이웃(타인)과의 사이가 온전해졌다는 의미입니다. 다른 사람이 이용, 착취, 경쟁이나 증오의 대상이 아니라 그리스도 안에서 한 형제자매가 된 것입니다. 바울 사도의 거룩하고 담대한 선포도 그런 뜻입니다. "너희는 유대인이나 헬라인이나 종이나 자유인이나 남자나 여자 없이 다 그리스도 안에서 하나이니라"(갈 3:28). 고대 로마제국의 법과 제도와 풍습 속에서 사도 바울은 인간의 출생과 신분을 초월하여 그리스도 안에서 인간의 정체성과 의미를 선언한 것입니다. 혁명적 주장이었습니다. 넷째는 자연만물과의 관계가 온전해진 것입니다. 모든 물질, 명예, 지위, 권력과 만물이 사람의 이기적인 탐욕을 위한 것이 아닙니다. 만물이 하나님의 영광과 목적을 위해 있습니다. 다만 선한 청지기로 정당하게 소유하고 선하게 이용하여 문명과 복지를 발전시킬 의무와 책임이 인간에게 있음을 이해하고 그 이상을 추구함이 옳다는 것입니다.

위의 내용을 하나의 말로 표현하면 샬롬shalom이라 할 수 있습니다. 창세기 1장 31절에 하나님께서 천지 만물을 창조하신 후에 "그 지으신 모든 것을 보시니 보시기에 심히 좋았더라"고 하셨는데, 그 상태가 샬롬(온전)이었습니다. 창조자 하나님과 모든 피조물의 온전한 조화total harmony of creation였습니다. 죄가 이 조화를 파괴하고 훼손합니다. 그리스도를 통해 이 관계를 회복하여 온전케 하는 것이 구원입니다.

구약성경을 헬라어로 번역한 70인경에 샬롬이라는 말이 250번 나온다고 합니다. 문맥을 따라 구원, 평화, 그리고 성취fulfill라는 말로 번역되었습니다. 이를 미루어 온전케 된다는 것은 구원으로 시작되어 평안을 누리는 것인데 그 내용은 점진적 과정을 통해 완성되는 종말론적 성격을 품었음을 알게 됩니다.

교회가 가르치고 전파해야 되는 복음은 소원성취나 기적을 추구하는 것이 아닙니다. 교회가 할 일은 아홉 사람 같은 사람들을 잔뜩 모으고 뽐내는 것이 아닙니다. 주님께 돌아와 하나님께 영광을 돌리며 경배한 사마리아 병자가 누렸던 복을 가르치고 증거하고 창조하는 것입니다. 우리 모두가 말씀과 성령의 감화와 성도의 교제를 통해 날마다 더 온전케 되기를 사모하며 살아가야 할 것입니다. 그래야 우리가 세상의 소금과 빛이 될 수 있고 이 땅에 하나님의 나라를 구현하는 일꾼들이 될 수 있을 것입니다.

그리스도인으로서의 합당한 삶

딤후 2:15

안영로

(이사 / 광주서남교회 원로목사)

서울신대 현대목회연구소는 지난해 12월 22일 서울신대 우석강당에서 '미래세대 목회와 전도'를 주제로 제1회 서산현대목회포럼을 개최했습니다. 이날 포럼에서는 현대목회연구소와 한국선교신학회가 교회리서치연구소에 미래세대 목회와 전도를 위한 기초 자료로 의뢰한 '한국의 미래세대, 그들은 누구인가?' 설문조사 결과가 발표되었습니다. 교회리서치연구소가 14세에서 34세에 해당하는 우리나라 미래세대 1,851명을 대상으로 면접 조사한 결과, 이들은 기독교를 생각할 때 '예수'는 선호하지만 '기독교인'과 '목사'는 선호하지 않는 것으로 드러났습니다. 기독교를 생각할 때 선호하는 단어를 묻는 말에 2명 중 1명이 조금 넘는 57.7%가 '예수'라고 답했으며, '성경'(19.7%)과 '교회'(12.6%)가 그 뒤를 이었습니다. '싫어하는 단어'를 묻는 질문에는 58.2%가 '기독교인'이라고 답했으며, 14.5%는 '목사'라고 답을 해, 오늘날 한국사회에서 기독교인과 목사에 대한 인식이 어떠한지를 적나라하게 드러냈습니다. 여기서 우리는 "나는 예수를 좋아한다. 하지만 나는 기독교인을 좋아하지 않는다. 왜냐하면 그들은 예수를 닮지 않았기 때문"이라고 했던 간디의 명언을 깊이 생각하면서 이 시대를 살아가는 기독인으로서의 합당한 삶을 통하여 이웃에게 소금과 빛의 사명을 잘 감당해야 할 것입니다.

예수 믿는 젊은이들이 카페에서 커피를 마신 후 헤어지면서 이렇게 인사를 하는 것이었습니다. "딤후 215!" 그 모습을 지켜보던 카페주인이 청년에게 물었습니다. 그게 무슨 뜻입니까? 그러자 청년은 이렇게 말했습니다. "사실은 우리는 예수 믿는 청년들인데 성경말씀 디모데후서 2장 15절에 나오는 말씀대로 살려고 우리끼리 약속하고 늘 이렇게 인사하는 것입니다"라고 대답을 하더라는 것입니다. 디모데후서 2장 15절 말씀은 무슨 말씀입니까? "너는 진리의 말씀을 옳게 분별하며 부끄러울 것이 없는 일꾼으로 인정된 자로 자신을 하나님 앞에 드리기를 힘쓰라"는 것입니다. 그러면 그리스도인으로서의 합당한 삶을 살기 위해서는 어떻게 살아야 하겠습니까?

첫째, 진리의 말씀을 잘 분별해야 합니다.

로마서 12장 2절에 "너희는 이 세대를 본받지 말고 오직 마음을 새롭게 함으로 변화를 받아 하나님의 선하시고 기뻐하시고 온전하신 뜻이 무엇인지 분별하도록 하라"고 했습니다. 하나님의 선하시고 기뻐하시고 온전하신 뜻이 무엇인지 잘 분별하라는 것입니다. 마태복음 5장 13-14절에는 "너희는 세상의 소금이니 소금이 만일 그 맛을 잃으면 무엇으로 짜게 하리요 후에는 아무 쓸데없어 다만 밖에 버려져 사람에게 밟힐 뿐이니라 너희는 세상의 빛이라 산 위에 있는 동네가 숨겨지지 못할 것이요." 이렇게 말씀을 바로 분별하고 실천하라는 말씀입니다. 그런데 지금 여러분의 삶은 어떻습니까? 하나님의 말씀이 내 삶을 통해 드러나고 있습니까?

세계에서 가장 짧은 설교를 한 분이 계십니다. 성공회의 사제 존 알브레히트John Albrecht 신부는 미시간의 한 교회에서 세계에서 가장 짧은 설교를 했다고 기네스북에 올랐습니다. 그가 강단에 올라서서 말씀을 듣기 위해 모여든 성도들을 두루 바라보더니 잠시 침묵을 가진 후, "Love!"하고 강단을 내려왔다고 합니다. 회중들은 속으로 이상하다며 곰곰이 그 설교를 음미하였다고 합니다. 예배 후에 회중의 대표 한 사람이 말하기를 "우리 신부님이 이 설교를 하기 위해 참으로 많은 시간을 기도하고 준비했음이 틀림없습니다. 우리가 참으로 들어야 할 훌륭한 말씀입니다."라고 고백했다고 합니다. 성경에서 사랑의 사도라는 별명을 가진 요한도 사도들 중에 가장 짧은 설교를 했는데 강단에서 "우리 서로 사랑합시다!"하고 강단을 내려왔다고 합니다. 짧은 언어가 긴 문장보다 더 아름다운 것을 볼 수 있습니다. 말씀을 분별하는 인생도 마찬가지입니다. 어떤 수식어가 필요 있겠습니까? 나라를 사랑했던 사람, 이웃을 사랑했던 사람 그러면 되는 것 아닙니까? 이런 사람이 말씀을 분별하며 사는 사람입니다.

둘째, 그리스도인으로서의 합당한 삶을 살기 위해서는 부끄러울 것이 없는 일꾼이 되어야 합니다.

광주광역시 양림동 호남신학대학교 선교사 묘역에는 한국의 나이 팅게일이라고 불리는 '서서평'이라는 선교사 묘가 있습니다. 그녀의 본명은 엘리자베스 쉐핑(Elisabeth J. Shep ping, 1880~1934), 독일계 미국인입니다. 한국 이름은 서서평徐舒平인데 그녀는 32살 처녀의 몸으로 미국 남장로교회 간호선교사로 한국에 와서 54살에 별세하셨습니다. 그녀의 22년간의 한국에서의 삶은 자신에 모든 것을 베풀고 떠난 숭고한 삶의 거룩한 일생이었습니다. 그녀는 진정으로 한국을 사랑하고, 1922년 조선 최초의 여자 신학교인 '이일학교'를 세웠는데 이 학교는 오늘날 한일장신대학으로 발전했습니다. 같은 해 '부인조력회'를 시작했는데 이는 오늘날 여전도회의 근간이 됐고, 1926년에 설립한 '조선간호부회'는 오늘날의 대한간호협회로 발전하였습니다. 모두가 저주하고 피하는 한센씨병 환자를 자신의 집에 데려와 씻기고 먹여 보냈고,

모두가 문둥이라고 손가락질하는 그들의 자녀를 거두어 모두 13명을 자신의 양녀로 삼았으며, 그들을 치료하는 시설인 '애양원'을 세웠습니다. 그녀는 맞는 신발이 없어 남자 검정 고무신을 신고 다녔으며, 옷도 나눠 주어서 평생 자신의 옷은 단 두 벌이었다고 합니다. 그녀의 삶이 추모의 대상이 되고 칭찬과 감동의 대상이 되는 이유는 무엇일까요? 세월이 지나고 풍조가 바뀌고 사는 모습이 달라져도 여전히 변함없는 불변의 가치, 그것은 바로 사랑이기 때문입니다. 서서평은 부끄러울 것이 없는 인생을 산 사람입니다.

제가 담임목사로 사역할 때의 일입니다. 믿음이 좋으신 노 장로님께서 저에게 이런 말씀을 하셨습니다. "목사님! 목사님께 한 가지 부탁할 것이 있습니다." 그러면서 하시는 말씀은 "목사님들은 좋은 대학을 졸업해야 성도들에게 부끄럽지 않은 목회를 할 수 있습니다." 저는 좋은 대학이라는 말씀에 목회자의 학력이 고학력이어야 한다는 생각을 하게 되었습니다. 저는 존경하는 장로님이시기에 저 나름대로 고학력을 원하시는 장로님에 대한 실망은 더욱 컸습니다. 그러면서 조심스럽게 물었습니다. "장로님! 혹시 목사가 졸업해야 할 대학이 어떤 대학입니까?" 그때 장로님은 웃으시면서 말씀하셨습니다. "목사님들은 꼭 다녀야 할 대학이 있습니다. 그 대학은 세상 사람들이 학위를 취득하기 위한 그런 대학이 아닙니다. 목회자가 교회 성도들에게 인정받고 부끄러움이 없는 목회를 하기 위해서는 사랑대학을 나와야 합니다."하는 것이었습니다. 저는 장로님의 진심어린 말씀에 깊은 도전을 받았습니다. 이 말씀을 생각하면서 오늘날 목사들이 부끄럽지 않은 삶을 위해서는 목사들이 꼭 나와야 할 대학이 하나 더 있는데 그 대학은 믿음의 선배들이 다녔던 '멸시천대 대학교 겸손학과'를 졸업해야 한다고 저는 늘 생각합니다. 그렇다면 목사들만 그렇겠습니까? 오늘을 살아가는 이 땅의 모든 그리스도인들이 꼭 다녀야 할 대학이 사랑대학이요 멸시천대대학을 나와야 비로소 세상에서 부끄러운 삶을 살지 않고 영향력 있는 삶을 살게 된다는 것입니다.

셋째, 그리스도인으로서의 합당한 삶을 살기 위해서는 하나님께 드리기를 힘써야 합니다.

1950년대 세계 선교의 영웅 짐 엘리엇은 미국 시카고에 유명한 휘튼 대학을 수석으로 졸업하고 교수직까지 보장받은 학생이었습니다. 그는 젊은 시절에 하나님이 가장 기뻐하시는 일이 무엇인가를 생각하다가 남미의 선교를 위해 떠났습니다. 그는 에콰도르 정글에서 복음을 전하다가 순교 당했습니다. 그 후 발견된 그의 일기장에는 이런 글이 적혀 있었다고 합니다. "주님, 오래 살기를 구하지 않습니다. 다만 주님을 위해서 내 삶이 불타기를 원합니다." 이 역사 속에서 하나님의 위대한 발자취를 남기기 위해서, 하나님께 쓰임 받는 삶을 살기 위해서 청춘과, 부와 명예와 권력을 버릴 수 있는 사람은 결코 어리석지가 않다는 것입니다. 그는 자신의 사명이 무엇인지 드리는 삶이 무엇인지 아는 사람이었습니다. 지금부터 130년 전 1885년 4월 5일 뉴욕대학을 졸업한 25세의 언더우드와 드루신학교를 졸업한 26살의 아펜젤러가 조선 땅을 밟았습니다. 그리고 그들이 하나님 나라에 대해서 이야기하기 시작했고, 조선인들은 반응하기 시작했습니다. 드디어 하나님의 임재가 조선인들 가운데 강하게 임하기 시작하여 오늘의 한국 기독교가 탄생한 것입니다. 이들이 그들의 젊음을 주를 위해 바치기로 결심할 때 이 땅에 복음이 들어오게 된 것입니다. 오늘 우리들도 인생을 살면서 부끄러울 것이 없는 인생을 살아야 합니다. 교육가는 교육가로, 정치인은 정치인으로, 경제인은 경제인으로 삶의 현장에서 부끄러울 것이 없는 인생을 살아야 합니다.

초대교회 성도들은 성령 충만한 가운데서 청지기 정신을 가지고

100% 드리기에 헌신하였습니다. 그렇기 때문에 초대교회는 선교 1세기도 안 돼 갖가지 환란과 박해 중에서도 소아시아 일대까지 복음화의 물결을 이룰 수 있었습니다. "그러므로 형제들아 내가 하나님의 모든 자비하심으로 너희를 권하노니 너희 몸을 하나님이 기뻐하시는 거룩한 산제사로 드리라 이는 너희의 드릴 영적 예배니라"(롬 12:1). 구약의 성도들은 매년 절기가 되면 소, 양, 염소 등과 같은 짐승을 잡아서 희생제물로 하나님께 헌신을 표현했습니다. 신약의 성도들은 예수께서 십자가상에서 단번에 우리의 모든 죄를 위한 희생의 속죄 제물이 되셨으므로 희생 제사를 드릴 필요가 없습니다. 따라서 희생 제사 대신 어떻게 제사를 지냈습니까? 산제사를 드렸던 것입니다. 산제사란 나를 죄가운데서 구원하신 주님의 은혜에 감격하여 영혼과 육체뿐만 아니라 자신의 전 영역을 주께 드리는 삶을 말합니다.

하나님께 드리는 삶을 살기 위해서는 나 자신의 삶이 먼저 변화되어야 한다는 것입니다. 유명한 안소니 멜로 박사는 이렇게 말했습니다. "내가 청년 시절에는 세계를 변화시키게 해 달라고 하나님께 기도를 드렸고, 중년이 되어서는 내 이웃을 변화시키게 해달라고 기도를 드렸는데, 70세가 된 오늘은 나는 오직 하나 '하나님이여, 나를 변화시켜주옵소서'라고 기도하고 있다."고 했습니다. 누구든지 그리스도 안에 있으면 생활방식과 생각, 마음이 예수님의 성품으로 변화되어야 합니다. 그러나 우리는 신앙생활을 하면서도 변화를 거부하는 기독교인들을 보게 됩니다. 변화되지 않는 기독교는 세상에 존재할 이유가 없습니다. 톨스토이가 당시 러시아 기독교의 무력함을 바라보며 말했습니다. "나 자신의 변화를 위한 기도가 진정한 변화의 출발점이며 원동력입니다. 우리는 먼저 나 자신을 변화시켜달라고 기도해야 합니다. 내가 변해야 이웃이 변하고 세상이 변합니다. 변함없는 인생은 고인 물과 같습니다. 그곳에는 악취가 풍깁니다. 기도는 영혼을 정화시키는 묘약입니다. 나부터 먼저 변화되어야 합니다."

오늘 주님은 말씀하십니다. 너는 진리의 말씀을 옳게 분별하여 말씀을 실천하며, 너는 그리스도인으로서 세상에 부끄러울 것이 없는 하나님의 일꾼으로 인정받는 자가 되며, 너는 자신을 하나님 앞에 드리기를 힘쓰라고 하십니다. 사랑하는 여러분! 오늘도 그리스도인으로서 하나님 앞에 내가 서 있다는 칼빈의 코람데오CORAM DEO 정신으로 그리스도인으로서의 합당한 삶을 사시기를 간절히 소망합니다.

일상의 가치를 회복하자:
그리스도인으로서 합당한 삶

요 21:9-14

양진우

(동문 / 용원교회)

신뢰가 중요하다.

국내산입니다. 중국산 아닙니다. 확실히 국내산인 것 보증합니다. 시장에서 물건을 살 때에 상인으로부터 자주 듣는 말이다. 이제는 국내산의 품질이 우수하고 제품의 불량률이 낮기 때문입니다. 그만큼 우리나라 제품이 우수하다는 것입니다. 좋은 일입니다. 우리나라 사람들이 물건을 살 때에 가장 많이 고려하는 것은 제품의 신뢰성입니다. 그래서 확인하고자 원산지표시를 봅니다. 예를 들면 made in Korea가 made in China인가 확인해 봅니다.

종교적인 신뢰도에서 개신교가 타 종교에 비해서 제일 낮다는 조사 결과가 매년 나옵니다. 그것은 세상 사람들이 타 종교인 보다 개신교 신자를 덜 신뢰한다는 것입니다. 제품과 비유해서 말하면 made in 교회가 made in 성당이나 made in 사찰보다 불량률이 높다는 것입니다.

한국근대사에서 개신교는 대한민국 건국과정에서 깊이 영향을 주었습니다. 그러한 역사 때문에 정부를 비판하거나 기성사회의 부정적인 면을 지적할 때에 기득권을 옹호하는 종교로 비치거나 개신교가 희생양이 되었다는 주장도 있습니다. 특별히 우리나라에 온 선교사들이 대부분 미국에서 왔고, 미국의 영향력이 한국사회에 아직도 가장 크게 작용하고 있습니다. 때문에 기득권을 친미적이고 친정부적인 세력으로 보면서 개신교를 표적으로 비판이 이루어진다는 의견도 있습니다. 그럼에도 불구하고 우리가 스스로 반성하거나 바로 잡아야 할 것은 없는지 생각해 보아야 합니다.

칭의와 성화는 구분되나 분리되어서 안 된다.

개신교는 종교개혁으로부터 출발하였습니다. 종교개혁의 큰 주제는 믿음으로 구원받는다는 칭의적 구원론이었습니다. 믿음으로 구원받는 다는 것과 함께 동시에 강조되는 것이 성화입니다. 믿음으로 구원받고, 구원받은 자는 매일 매일 자신의 일상에서 그 구원을 이루며 살아야 합니다. 그래서 종교개혁 이후 성도들의 삶에서 강조된 윤리가 있습니다. 그것은 근면과 정직이었습니다. 부지런함과 정직함을 자신의 직업윤리로 인식하면서 살았습니다.

믿음으로 구원받는다는 것은 지식적인 것입니다. 내가 그것을 이해하고 동의한다는 것입니다. 이해하고 동의하는 앎에서 구원이 시작됩니다. 그러나 그렇게 이해하고 동의한다면 일상에서 삶으로 나타나야 합니다. 삶에서 성화가 나타나야 하는 데 왜 그것이 잘 나타나지 않는지 질문해 봅니다. 하나는 구원을 하나님의 절대적 섭리요 은혜라고 강조한 나머지 성화가 빠지거나 약화되어 성도의 책임 있는 결단과 행동이 잘 보이지 않는 경우입니다. 둘째는 구원을 죽어서 천국에 가는 것으로 좁게 이해함으로써 이 땅에서 살아가는 일상의 가치가 축소된 경우입니다.

"나는 죄인입니다. 나는 내 죄로부터 스스로 구원할 수 있는 길이 없습니다. 그런 나를 하나님은 사랑하셔서 이 땅에 죄 없는 예수님을 보내주셨고, 내 죄를 위해서 십자가에 죽으셨습니다. 십자가의 보혈의 은혜로 내 죄가 사함을 받았습니다. 그리고 예수님은 부활하셔서 죽음을 이기심으로 나에게 영원한 생명을 주셨습니다. 이제 나는 예수님을 나의 구주로 내 마음속에 모시어 들입니다. 예수님의 이름으로 기도합니다. 아멘."

구원에 대한 교리, 구원론에 대한 이해가 구원의 완성으로 왜곡된 것은 아닌지 생각해 보아야 합니다. 잘못하면 삶은 빠지고 교리적인 가르침을 반복적으로 이해고 동의하는 수준에 머무를 수 있습니다. 믿음으로 구원받는다는 것은 백번 말해도 진리이고, 변하지 않습니다. 뿐만 아니라 구원에 대한 앎이 구원에 대한 삶으로 이어져야 한다는 것도 변함없는 진리입니다. 예수님은 '가르쳐 지키게 하라.'는 실천적인 삶을 마태복음 28장 20절에서 유언과 같은 명령을 하십니다.

성화는 일상의 삶에서부터 시작되어야 한다.
오늘 본문은 예수님이 부활하신 후에 세 번째로 제자들에게 나타나신 사건입니다. 이제 제자들을 남겨두고 떠나야 합니다. 다음 이야기를 보면 베드로에게 내 양을 치라고 목회적인 위임을 하십니다. 아주 중요한 순간입니다. 그런데 예수님은 숯불을 피워 떡과 생선을 굽고 손수 나누어 주시면서 배고픈 제자들을 먹이십니다. 사명을 맡기는 일도 중요하지만 지금 배고파하는 제자들의 형편을 아시고 먹이셨습니다.
밥을 먹거나 잠을 자거나 하는 일상적인 일들은 반복적입니다. 그리고 일시적입니다. 때문에 우리는 그 일상의 의미나 중요성을 잘 인식하지 못합니다. '매일 먹는 음식인데 그것이 중요하지 않다. 우리 함께 기도하자, 제자들아 너희들이 왜 실패했는지 알고 있느냐. 나를 배반하다니 너무나 실망스럽다!' 주님은 그렇게 말씀하지 않았습니다. 주님은 말없이 불을 피우고 떡과 생선을 구워서 제자들에게 먹이셨습니다. 한

끼 식사이지만 정성껏 준비하여 제자들을 섬겼습니다. 일상의 삶을 사명을 맡기는 일 만큼이나 중요하게 여기신 것입니다.

종종 예수를 믿으면 기적적인 일들이 일어나야 한다고 생각합니다. 믿음으로 중병에서 고침을 받거나 아주 짧은 기간 사업에 성공했다는 간증을 듣습니다. 물론 기적적인 일이 일어나기도 합니다. 하지만 그런 일들이 강조될 때에 그러한 일이 일어나는 것만이 믿음의 증거라고 여기게 될 수도 있습니다. 평범하게 살아갈 때 믿음의 부족이나 하나님의 변함없는 은혜를 의심하게 만들기도 합니다. 일상의 은혜가 사실은 너무나 큰 것인데 그 은혜를 잘 모릅니다. 또한 일상은 부자나 가난한 자나 남자나 여자나 거의 비슷하거나 같습니다. 그만큼 일상은 사람에게 필수적이요 중요하다는 것입니다.

하루의 성공이 인생의 성공이다.

하루하루를 근면과 정직으로 살았던 종교개혁시대의 성도들처럼 우리들도 그렇게 살아야 합니다. 세상 풍조는 나날이 바뀌어도 우리들은 예수님의 삶을 변함없이 따라 가야 합니다. 왜 그래야 하는가요? 우리들은 예수 그리스도 안에서 새로운 피조물입니다. 우리는 made in Jesus입니다. 인생은 그렇게 짧지만은 않습니다. 설령, 인생이 짧다고 하더라도 우리는 일상을 떠나서는 살 수 없습니다. 기적과 성공은 하루하루 일상을 충실하게 살아갈 때에 그 속에 씨앗처럼 심겨지는 것입니다.

인생은 천을 짜는 것과 같습니다. 씨줄과 날줄이 있습니다. 하루하루의 삶의 발자취들이 씨줄과 날줄이 되어서 인생이라는 천을 짜는 것입니다. 가정해 봅시다. 하루의 삶을 실 한 올로 생각할 때 한 올 한 올 튼튼한 실로 짠 인생이라는 천과 중간 중간에 불량 실로 짠 천중에서 어느 것이 불량률이 적을까요? 오늘 본문은 반복되는 매일 매일의 일상의 가치를 알려주고 그 가치를 살아내도록 행동으로 예수님께서 우리에게 보여 주신 사건입니다.

목숨은 걸어도 일상은 걸지 못하는 세상이다.

의정부지법 형사합의12부(허경호 부장판사)는 지난 11월 18일 운전 중 시비가 붙은 상대 운전자를 자신의 차로 들이받아 중상을 입힌 혐의로 구속기소된 이모 씨(35)에게 살인미수 혐의를 인정, 징역 3년에 집행유예 5년을 선고했습니다. 이 사건은 검찰이 기소단계에서 국내 최초로 보복운전 사건에 살인미수 혐의를 적용한 사례입니다.

우리들은 목숨을 하찮은 일에 걸어도 일상에는 목숨을 걸지 않습니다. 하루의 일상에 목숨을 걸고 살아가십시오. 그렇게 살아가는 성도가 불량품의 인생이 될까요? made in Jesus!

아멘!

제자의 길
요 21:18

류 지 헌
(이사 / 둔산중앙장로교회)

예수님을 만나면 인생의 갈 길이 바뀌게 됩니다. 왜냐하면 목표가 달라지고 삶의 의미가 달라지기 때문입니다. 어부였던 베드로도 예수님을 만난 후 완전히 달라진 삶을 살게 된 것을 보게 됩니다. 예수님을 만나면 누구나 공통적인 삶을 살게 되는데 그것은 바로 예수님의 제자로서의 삶을 살아가게 된다는 것이지요. 비록 세상의 직업은 다를 수 있지만 제자로서의 공통적인 삶을 산다는 면에서는 같은 것입니다.

부활하신 주님께서 갈릴리 호숫가에서 제자들을 만나시고 그들에게 제자로서의 길을 제시하고 계시는 것을 보게 됩니다. 요한복음 21장 전부를 통해서 제자의 길이 무엇인가를 알 수 있습니다.

그러면 주님이 제시한 제자의 길은 무엇일까요?

첫째, 누군가를 위하여 멋진 식탁을 차리는 사람이 되어야 합니다.

부활하신 주님은 갈릴리 호숫가에 멋진 아침 식탁을 차려 놓고 제자들을 기다리고 계셨습니다. 숯불을 피워 놓고, 떡과 생선을 구워 놓으시고 제자들을 맞이하시는 모습을 보게 됩니다.

부활하신 주님이 차리신 이 식탁이 갖는 의미는 무엇일까요?

주님이 먼저 제자들에게 손을 내미신 것을 보여 주는 식탁입니다.

제자들은 주님을 뵈올 면목이 없었습니다. 도망가고, 모른다고 부인하고, 주님의 장례조차도 외면한 배은망덕한 제자들입니다. 무슨 낯으로 주님 앞에 서겠습니까? 이때 주님은 먼저 찾아오셔서 제자들을 위하여 식탁을 차려 놓으시면서 제자들에게 손을 내밀고 계시는 것입니다. 주님이 먼저 다가가시고, 주님이 먼저 용서하시고, 사랑한다는 표현이 아니고 무엇이겠습니까? 이 식탁이야말로 "내가 다 이해한다. 다 용서한다"는 뜻이 담긴 위대한 식탁이었던 것입니다. 복음성가 가운데 이런 노래 가사가 있습니다. "내가 먼저 손 내밀지 못하고 내가 먼저 용서하지 못하고 내가 먼저 웃음 주지 못하고 이렇게 머뭇거리고 있네." 주님의 제자는 누가 잘하고 잘못하고를 떠나서 먼저 용서하고 손 내미는 사람이 되어야 합니다.

이 식탁은 주님이 섬김의 본을 보이는 식탁입니다. 밤새도록 고기를 잡은 제자들은 너무 배고프고 지쳐 있었습니다. 고기 한 마리 잡지 못해서 더욱 힘든 상태에 놓여 있었습니다. 이때 주님은 멋진 식탁을 준비해 놓고 그들을 기다리고 계셨습니다. 제자들을 섬기시는 모습이 얼마나 아름답습니까? 제자의 길은 섬김의 길이지요. 나를 필요로 할 때, 누군가가 지쳐있을 때, 다가가서 주님처럼 멋진 식탁을 차려 주는 삶을 살아가기를 원하셔서 주님은 먼저 본을 보이신 것입니다. 우리도 주님을 본받아 사랑과 섬김과 이해와 용서의 멋진 식탁을 차리는 제자가 되기를 기대해 봅니다.

둘째, 제자의 길은 153신앙을 가져야 합니다.

부활의 주님은 새벽에 제자들에게 찾아오셔서 고기가 있느냐고 물으셨습니다. 이 물음은 '밤새도록 고기를 잡았지만 잡지 못했지?'라는 질문입니다. 주님은 다 아셨습니다. 그리고는 그물을 배 오른편에 던지라고 말씀하셨습니다. 이때 그물이 찢어지도록 많은 고기를 잡았는데 세어 보니 153마리였습니다. 이 153마리의 의미가 무엇이겠습니까?

하나는, 우리의 힘과 지혜는 한없이 부족하다는 것을 깨닫게 해주는 숫자요 또 하나는, 주님 말씀에 순종하면 놀라운 일이 일어난다는 뜻입니다. 153믿음이란 바로 나의 부족함을 알고 오직 말씀에만 순종하는 신앙을 말합니다. 말씀이 능력이고 말씀이 생명입니다. 말씀으로 천지를 지으셨습니다. 그러기에 우리는 주님의 말씀을 믿는 153신앙으로 살아가는 것이 제자의 길입니다. 우리의 힘으로는 제자들처럼 허탕을 치는 인생을 살 수밖에 없습니다. 제자들이 밤새도록 고기를 잡았지만 한 마리도 잡지 못했습니다. 그들은 어부 출신으로 능력이 출중했지만 결국은 실패하고 말았습니다. 이것은 바로 인간이 얼마나 유한한가를 보여 주고 있는 것입니다. 그러기에 주님은 우리가 승리하는 길이 바로 주님의 말씀으로 사는 153신앙인 것을 가르쳐 주신 것입니다. 제자가 사는 길은 나의 부족을 알고 말씀 붙들고 사는 길인 줄 믿습니다.

셋째, 주님의 제자로서 가야 할 길은 주님을 최고로 사랑하는 것입니다.

부활하신 주님은 베드로를 따로 부르시고 세 번이나 네가 나를 사랑하느냐고 물으셨습니다. 물론 이 질문은 베드로가 세 번이나 주님을 모른다고 부인한 것에 대해 회복시키는 과정이라고 볼 수 있지만, 이 주님의 질문 속에는 무엇보다도 주님을 최고로 사랑해야 한다는 것을 담고 있는 것이지요. 이 사람들 보다 나를 더 사랑하느냐고 물으심으로 제자로서 가야 할 길은 하나님과 예수님을 최고로 사랑하는 것임을 알 수 있습니다. 주님을 최고로 사랑하지 못할 때 우리는 가룟 유다가 간 길을 갈 수도 있기 때문입니다. 가룟 유다도 3년이나 주님을 따랐지만 돈을 더 사랑하고 자기 욕망을 앞세우다가 결국은 주님을 파는 자리에 서고 말았습니다. 진정 주님을 최고로 사랑할 때 자기를 부인하고 십자가를 지고 주님을 따를 수 있는 것입니다.

아브라함은 자신이 최고로 사랑하는 독자 이삭을 바침으로 하나님을 최고로 사랑한다고 고백할 수 있었습니다. 그때 하나님은 아브라함에게 더 이상 어떤 것도 요구하지 않으시고 복을 주신 것을 알 수 있습니다. 우리가 이런 사랑을 갖지 못한다면 언제든지 세상을 더 사랑하게 되고 주님을 떠날 수 있게 되는 것이지요. 이것은 주님이 욕심이 많으셔서 우리에게 요구하시는 게 아닙니다. 주님을 최고로 사랑하는 길이 우리의 살길이요 영원한 복이 되기 때문입니다. 그래서 주님은 베드로에게 질문하셨고 그 사랑의 증거를 주님의 양을 먹이고 치는 것으로 나타내라고 하신 것입니다. 핵심은 주님을 최고로 사랑하라는 것입니다.

마지막으로, 제자가 가야 할 길은 날마다 죽어지는 삶을 살아야 한다는 것입니다.

주님은 베드로의 남은 인생을 이렇게 요약해서 말씀하셨습니다.

젊어서는 스스로 띠 띠우고 원하는 곳으로 다닐 거라고 하시면서 마음껏 복음을 위해서 헌신할 것을 예고해 주셨습니다. 그러나 늙어서는 네팔을 벌리게 되고 남이 띠 띠우고 원하지 아니하는 곳으로 데려간다고 하시면서 베드로가 마지막 십자가 지고 순교할 것을 말씀해 주셨습니다. 왜 예수님은 베드로의 마지막 장면을 미리 말씀해 주셨을까요? 순교의 길을 가게 될 것을 왜 보여 주셨을까요? 이것은 제자가 가야 할 길이 바로 순교의 길이기 때문입니다. 순교에는 두 가지가 있을 수 있습니다. 몸이 죽는 순교와 삶을 순교적으로 사는 순교가 있습니다. 몸의 순교는 내가 가고 싶다고 해서 갈 수 있는 것은 아닙니다. 그러나 삶의 순교는 주님의 제자라면 누구나 가야 할 길입니다. 왜냐하면 주님을 따르는 길이 자기 부인과 십자가를 지는 것이기 때문입니다. 바울 사도가 나는 날마다 죽노라고 했던 그 죽어지는 삶이야말로 진정 순교의 길을 가는 것이 아닐까요? 제자는 바로 나는 죽고 내 안에 살아 계신 주님이 사는 이 길을 가는 자입니다.

예수님은 부활 후 세 번째 제자들에게 나타나시면서 제자의 길을 보여 주셨습니다. 그들을 부르신 곳도 갈릴리 해변이었고 다시 제자로서의 삶을 살도록 몸소 실천해 보이신 곳도 갈릴리 해변이셨습니다. 우리는 주님의 이 네 가지 제자 된 도리를 붙잡고 살아야 합니다.

이 네 가지를 요약하면 섬김과 사랑과 믿음과 순교의 삶이라고 말할 수 있습니다. 누가 제자입니까? 부활의 주님이 남기신 이 삶을 실천하는 자인 줄 믿습니다. 한남대학교가 세워지게 된 그 뿌리에는 제자로서 살기를 원하셨던 선교사님들의 헌신이 있었기 때문입니다. 우리도 그 제자로서의 길을 따라가는 충성된 일군이 되기를 기대합니다.

한남대학교는 이런 제자를 배출하는 기독학원입니다. 이 나라의 미래도 이런 제자들에게 달려 있습니다. 더 많은 주님의 제자가 끊임없이 나오기를 기도합니다.

아멘.

누군가의 풍성한 삶을 위하여
요 21 : 2-18

이상억

(동문 / 장로회신학대학교 교수)

　　요한복음 21장 3절을 보면, 예수님께서 부활하셨음에도 베드로는 "나는 물고기나 잡으러 갈 거다!"하며 길을 나섰습니다. 요한과 야고보, 도마와 나다나엘 등 여섯 명의 제자가 베드로를 따라나섰습니다. 밤을 지새워 물고기를 잡고자 했으나, 그들은 단 한 마리도 잡을 수 없었습니다. 새벽에 예수님께서 뭍에서 고기를 잡던 제자들에게 물어보셨습니다. "뭐 좀 잡은 게 있냐?" "아니요, 한 마리도 못 잡았습니다." 그러자 예수님이 말씀하셨습니다. "배 오른편에 그물을 한 번 던져봐." 말씀에 순종해 제자들이 그물을 던졌더니, 153마리의 고기를 잡을 수 있었습니다. 그제야 예수님을 알아본 베드로가 "주님이시다!" 하며 헤엄쳐, 예수님을 만났고, 나머지 제자들도 물고기를 육지로 끌어올려 예수님을 만났습니다. 밤새 수고한 제자들을 위해 조반을 차려주신 예수님께서 베드로에게 물어보셨다. "요한의 아들 시몬아, 네가 나를 사랑하느냐?" 세 번이나 물어보셨습니다. 그때마다 멋쩍은 듯 베드로는 "주님이 아시잖아요"하고 둘러댔습니다. 그때 주님이 베드로에게 하셨던 말씀은 "내 양을 먹이라."는 말씀이었습니다. 그것도 세 번을 말씀하셨습니다.

　　"내 양을 먹이라"는 주님의 말씀은, 잡아온 물고기 153마리를 밑천 삼아 베드로가 장사를 해 돈을 많이 벌어 힘든 사람들을 먹이라는 의미가 아니었습니다. 혹은 베드로가 어떤 대단한 권세와 힘을 획득해 누군가를 도우라는 말도 아니었다. 스스로를 "선한 목자(요 10:11)"로 정의하신 예수님께서 베드로에게 "너도 나처럼 밥이 되라."고 부탁하신 것입니다. 십자가를 지라고 말씀하신 것입니다. 예수님의 말씀대로 삯꾼은 양을 위해 자신의 목숨을 던지지 않습니다(요 10:12). 하지만 선한 목자는 양을 위해 목숨을 버릴 줄 압니다(요 10:11,15). 예수님은 베드로에게 선한 목자가 되라고 권면하신 것입니다.

그래서 "내 양을 먹이라"는 말씀에 바로 이어 이렇게 말씀하셨습니다. "네가 젊어서는 스스로 띠 띠고 원하는 곳으로 다녔거니와 늙어서는 네 팔을 벌리리니 남이 네게 띠 띠우고 원하지 않는 곳으로 데려가리라"(요 21:18). 베드로에게 "네가 밥이 되어야겠다. 네가 십자가를 져야겠다"고 말씀하신 것입니다. 때문에 요한복음의 저자인 요한은 예수님의 그 말씀이 베드로의 미래를 말씀하신 것이라고 이야기하게 된 것입니다(요 21:19). 교회의 전승에 의하면 베드로는 십자가형으로 죽임을 당했습니다. 주님처럼 똑바로 못 박힐 수는 없다며 죄인인 자신을 거꾸로 못 박히도록 부탁해 순교했다고 합니다.

아름다운 것은 다 지나요? 꽃도 지고, 해도 지고, 달도 지고, 날도 지고, 세월도 지니 아름다운 것들은 원래 잘 지나 봅니다. 또 예수님도 십자가를 지셨듯 그리스도인이 된다는 것 누군가를 지고 사는 아름다운 인생이 되자는 것이 아닐까 싶습니다. 그러니 강자가 약자를 위해 지는 넉넉함을 갖는 것도 아름답게 여겨지는 것 같습니다. 좀 지고 살아야겠습니다.

혹 뉴욕 맨해튼에 가 보신 적이 있으신지요? 우리나라 여의도처럼 허드슨 강에 있는 섬이지만 전 세계인들에게 잘 알려진 마천루와 관광명소가 즐비한 곳입니다. 북부 맨해튼에 가면 랜드 마크가 되는 교회가 하나 있습니다. 리버사이드교회입니다. 강가교회라는 이름만큼 아름다운 전경을 가진 멋있고 훌륭한 교회입니다. 록펠러 재단의 후원으로 지어진 고딕 양식의 건물이 얼마나 아름다운지요.

이 멋지고 웅장한 교회를 1926년에서 20년간을 목회하신 목사님은 해리 에머슨 포스딕Harry Emerson Fosdick목사님입니다. 포스딕 목사님께선 지어진 예배당이 얼마나 좋았는지, 특히 들어오고 나가며 바라보는 교회 꼭대기의 십자가가 얼마나 은혜가 되셨는지 몰랐답니다. 바라만 보아도 좋고 눈물이 나는 그런 십자가였답니다. 그런데 한 가지 아쉬웠던 것은 그렇게 아름답고 웅장한 건물에 달린 감동적인 십자가를 자신만 그렇게 좋아하는 것처럼 여겨지셨다는 겁니다. 예배당을 들어오고 나가는 사람들이 십자가를 쳐다보지도 않을뿐더러 행여 쳐다보게 된다면 한 번 힐끗 보고 말더라는 것입니다.

그런데 어느 날, 이게 웬일입니까? 목사님이 예배당 문을 열고 거리로 나서는데, 길거리에 지나다니는 사람 수십 명이 하늘을 쳐다보며 교회 십자가를 바라보고 있더라는 것입니다. 웬일인가 하고 목사님도 쳐다보셨답니다. 그랬더니 한 용역업체 청소 직원이 교회 첨탑 위 십자가에 매달려 십자가를 닦고 청소를 하고 있었답니다. 그 모습이 어찌나 위태위태해 보였던지 사람들이 길을 가다 그것을 쳐다보고 있었던 것입니다. 그 광경을 보던 포스딕 목사님이 큰 깨달음을 갖게 되셨답니다. "그렇구나! 십자가엔 누군가 매달려야 하는 것이로구나! 아무도 매달려 있지 않은 십자가는 어느 누구도 쳐다보지 않는구나!"

그때부터 포스딕 목사님은 십자가에 자신을 매달기로 작정하셨답니다. 자신의 해묵은 생각들과 회칠한 무덤과 같은 욕심과 자랑들을 매달기로 하셨습니다. 그래서 전형적인 백인 목사님으로 백인교회를 목회하고 계셨던 포스딕 목사님이 교회 공동체를 설득해 흑인 인권운동을 시작하셨답니다. 할렘 가에서 가난과 질병으로 힘들어하는 흑인 여성들을 위한 목회를 시작하셨습니다. 남미 출신의 이주민을 도왔고, 당시만 해도 저주받은 질병이라 여겼던 에이즈 환자들을 도왔습니다. 결국 마틴 루터 킹 목사님이 이 교회 강단에서 설교를 하기까지 하였습니다. 이런 파격적인 교회의 활동에 수많은 사람들이 십자가를 주목하고 감동을 받게 되었습니다.

누군가의 밥이 된다는 것은 쉬운 일은 아닌 것 같습니다. 십자가에 자신을 매다는 일과 같기 때문입니다. 하지만 그렇게 살기로 작정하면 하나님께서 잘해 주시리라 생각합니다. 눈물은 나는데 즐거운, 힘은 드는데 마음이 평안한, 지치고 아픈데 행복한, 그런 역설적인 감동을 허락하실 겁니다.

물론 글을 읽으시는 모든 분들께 이렇게 스스로를 밥으로 내어주듯 십자가를 지고 사시라고 강요하는 것은 아닙니다. 예수님처럼 베드로처럼 산다는 것은 하나님의 특별한 은혜가 없이는 불가능할 테니 말입니다. 하지만 그렇게까지는 아니더라도 그저 "누군가의 밥이 되어보자"는 다짐으로 세상을 살아가면 좋겠습니다. 곤두선 고두밥알처럼 통통 튕기며 세상을 살기보다는 누군가의 속에 들어가 소화 잘되는 진밥이 되어 보자고 다짐하며 살면 좋겠습니다. 진밥이 되자고 생각을 하면 때로 받게 되는 비아냥거림도 있겠지요? "네가 밥이야? 죽이야?" 하지만 그렇게 살아보기로 해야겠습니다. 김진기 시인의 "고두밥 진밥" 중 일부를 들려드릴게요.

밥을 먹다가 문득
내가 진밥을 닮아 간다는 생각을 한다.
어릴 적 어머니는 아버지의 입맛에 따라 진밥을 지었다.
씹힐 때 고소하게 우러나오는 고두밥의 맛과는 달리
숟가락에 질척질척 매달리며 목구멍을 은근슬쩍 넘어가는 진밥이
나는 싫었다.

숟가락으로 푹푹, 진밥에 화풀이를 해댔다.
유별난 철부지는 대수롭지 않은 일에도
눅눅하질 못하고 곤두선 고두밥알처럼 튀어나가기 일쑤였다.

거센 세월의 비바람이 나를 지나갈 때마다
내 고슬고슬한 고두밥은
꼿꼿한 관절을 풀기 시작하더니
요즘은 눅눅한 진밥으로 돌아앉았다.

누군가의 밥이 되겠다는 섬김의 다짐은 뜨거운 열정보단 종말론적 관용에 더 가깝습니다. 더구나 진밥이 되겠다는 다짐은 참 힘든 일입니다. 스스로를 누그러뜨려야 하기 때문입니다. 하지만 그리 살기로 하면 하나님이 잘해 주실 겁니다. 물론 눈물은 날 테지만 하나님이 잘해 주실 겁니다. 누군가의 밥이 되기 싫어하는 이 세상의 중심에서, 과감히 또 용기 있게 저항하듯 누군가의 풍성한 삶을 위해 살아가는 그런 한남인이 되길 바랍니다. 저도 그렇게 살아가도록 노력하겠습니다. 선한 목자이신 예수님의 은혜가 언제나 가득하시길 소망합니다. 사랑합니다.

하나님의 계획
눅 2:7

이어진

(동문 / 전임교목)

마리아가 첫아들을 낳아서, 포대기에 싸서 구유에 눕혀 두었다. 여관에는 그들이 들어갈 방이 없었기 때문이다.

오늘 우리는 성탄절을 기념하고 축하하기 위해 특별한 예배를 드리고 있습니다. 크리스마스가 되면 많은 분들이 성탄 카드를 주고받습니다. 성탄 카드의 배경으로 흔히 등장하는 예수님께서 탄생하신 마구간을 상상해 보시기 바랍니다.

안락한 말구유 위에 포근하게 깔린 풍성한 볏짚들. 깨끗한 천에 싸여 해맑은 모습으로 누워 있는 아기 예수님. 당시에는 전등도 없었는데, 어디서 났는지 모를 수많은 빛이 밝고 환하게 그 마구간을 비추고 있습니다. 그리고 그 옆에는 양과 말이 서 있고, 미소 띤 얼굴로 예수님을 바라보며 그리스도의 탄생을 축하합니다. 이것이 크리스마스 카드가 우리에게 전해주는 당시 마구간의 분위기입니다.

저는 중학교 3학년까지 시골에서 자랐습니다. 저희 집에는 소가 없었지만, 같은 동네에 살던 제 친구 집 대문을 열고 들어가면, 바로 왼쪽에 외양간이 있었고, 큰 암소가 한 마리 있었습니다. 때마다 풀과 짚으로 죽을 쒀서 주고, 기력이 딸린다 싶을 때에는 산낙지까지 척 내어 주면서 애지중지하던 소였습니다. 모르긴 몰라도 당시 소를 키우던 다른 집들도 그렇게 귀하게 소를 여겼을 것입니다.

하지만, 아무리 귀해도 소에게 안방을 내어주는 집은 없었습니다. 소가 있을 곳은 외양간이었습니다. 외양간 바닥은 언제나 질척거렸고, 여기저기 오물이 흩어져 있었습니다. 저는 그곳을 지날 때마다 최대한 숨을 쉬지 않고 친구의 방으로 달려갔습니다. 여름에는 파리와 모기들로 가득했고, 겨울에는 그 어느 곳보다 차가운 곳이 외양간이었습니다.

2,000년 전 중동 베들레헴이라는 자그만 시골 마을, 요셉과 마리아가 들어가야만 했던 그 마구간, 아마도 크리스마스 카드에 그려진 그곳과는 사뭇 다른 풍경이 펼쳐졌을 것입니다. 그 그림보다는 훨씬 더 춥고, 어둡고, 더러운 곳이었을 것입니다. 예수님께서 그곳에 오셨습니다.

사람들은 말합니다. 기왕에 하나님이 인간이 되어 오실 거면, 로마 황제의 아들로 태어나서 막강한 권력과 재력과 군대를 가지고 있었다면, 훨씬 쉽고 빠르게 하나님의 나라를 이 땅에 건설하지 않았겠는가?

실제로 사탄은 예수님께 그렇게 속삭였습니다. 왜 굳이 어려운 길을 가려 하느냐? 지천에 널린 돌덩이를 떡으로 만들어서 사람들에게 나누어 줘봐. 저 성전 꼭대기에 올라 뛰어내려 기적을 보여줘 봐. 나에게 절 한 번만 해라. 저 모든 세상 나라와 영광을 한 손에 쥐고 흔들 수 있는 힘을 줄게. 수많은 사람들이 너에게 몰려올 것이다. 너에게 환호할 것이다. 그러면 너무도 쉽게 너의 나라는 완성되지 않겠니? 그러나 그것은 하나님의 계획이 아니었습니다. 예수님은 이 모든 유혹을 뿌리치셨습니다.

하나님은 당신의 아들을 마구간에 보내기로 결정하셨습니다. 그곳은 이 세상에서 가장 비천하고 낮은 곳이었습니다. 하나님은 당신의 아들을 가난한 목수가 되어 일평생을 살도록 하셨습니다. 그리고 그 인생의 마지막은 죄인처럼 십자가 위에 달려 비참하고 쓸쓸한 죽음을 맞이해야 했습니다. 모두가 예수님을 버리고 떠나갔습니다. 그렇게 하나님의 방법은 실패한 것처럼 보였습니다.

그러나 오늘 우리는 명백히 봅니다. 과연 누구의 방식이 옳았는가? 실패한 나라는 누구의 나라인가? 로마의 황실에서 태어나 모든 것을 가졌던 황제의 아들들은 자신들의 왕국을 세우기 위해 권력을 휘둘렀습니다. 군대로 억눌렀습니다. 재력으로 회유했습니다. 그렇게 신이 되고자 했습니다. 그러면 그들의 제국은 영원할 것이라 믿었습니다. 그러나 서로마제국은 500년이 되기 전에 사라졌고, 동로마제국 또한 1,500년이 채 못 되어 오스만제국에 의해 멸망당하고 맙니다.

반대로 가장 낮은 곳에 오셔서 낮고 천한 사람들을 섬기시고 또 섬기시다가 죽기까지 섬기셨던 그 예수님의 나라는 지금도 이 땅 구석구석에 굳건히 서 있습니다. 그 섬김이 하나님 나라를 시작하게 하였고, 지탱케 했고, 오늘까지 이르게 한 원동력이었습니다. 예수님의 오심을 통해 오늘 우리 교회가 회복해야 할 것이 있다면 바로 이 섬김의 정신일 것입니다.

기독교 정신의 핵심은 군림이나 지배가 아니라, 섬김입니다. 예수님은 몸소 오심을 통해 그것을 보여주셨고, 섬김의 본을 보여 주셨습니다. 하나님은 우리들에게 한남대학교라는 섬김의 장을 허락하셨습니다. 우리가 이곳에서 작아 보일지라도 섬김을 실천할 때에 하나님은 능히 그것을 큰 변화의 도구로 사용하여 주실 것을 믿습니다. 그 일에 저와 여러분 모두가 쓰임 받게 되기를 축원합니다.

기도

마구간으로 오심, 목수로서의 삶, 공생애, 그리고 십자가를 통해 보여주신 주님의 그 섬김을 오늘 우리가 본받기를 원합니다. 한남대학교로 우리를 불러주신 하나님, 여기 모인 우리 모두가 예수님을 따라 학생들을 잘

섬겨서 이 시대와 하나님 나라를 위해 귀하게 쓰임 받는 일꾼들로 우리 학생들이 자라갈 수 있도록 은혜 베풀어 주시옵소서. 예수님의 이름으로 기도합니다. 아멘.

(교직원예배 설교. 2015. 12. 9)

예수님처럼
빌 2:5

장덕순

(동문 / 이리신광교회)

그리스도인의 삶의 자세는 "예수님처럼"입니다. 예수님처럼 살아보자는 것입니다. 예수님처럼 가보자는 것입니다. 예수님처럼 일을 해보자는 것입니다. 예수님처럼 사랑해 보자는 것입니다.

어느 틈엔가 우리는 세상에 너무나 익숙해져 있습니다. 어느 교회가 좋은가? 젊은 사람들에게 물었습니다. "시설이 좋고, 편안하고, 자유스러운 분위기가 있는 교회"라고 대답하였습니다. 씁쓸했습니다.

많은 그리스도인들에게서 신앙생활의 위태롭고 절박한 분위기는 멀리 도망하였습니다. 주일이면 습관적으로 교회에 발길을 옮깁니다. 더러는 목회자가 새로 왔으니까 선이나 보러 가자는 심정으로 참석합니다. 생명의 위협을 무릅쓰고 찾아오지 않습니다. 자기를 부인하는 것이 기독교의 핵심인데도 자기를 부인하는 것보다는 차지하려고만 합니다.

그리스도인들의 가슴속에는 절박함이 살아 있어야 합니다. 세상은 죽어가고 있으며, 예수님만이 세상을 살린다는 것을 뼛속까지 집어넣어야 합니다.

전도하라

예수님처럼 사는 사람은 분명한 목적을 가집니다. 전도입니다. 예수님은 영원한 전도자이셨습니다. 예수님은 죄에 빠진 사람들에게 생명을 주시기 위해서 오셨습니다. 예수님은 처음부터 끝까지 모든 것이 전도였습니다.

그때부터 예수께서는 "회개하여라. 하늘나라가 가까이 왔다" 하고 선포하기 시작하셨다(마 4:17).

또한 세베대의 아들들로서 시몬의 동료인 야고보와 요한도 놀랐다. 예수께서 시몬에게 말씀하셨다. "두려워하지 말아라. 이제부터 너는 사람을 낚을 것이다"(눅 5:10).

예수님은 마지막 승천하실 때에도 말씀하셨습니다. "너희는 모든 족속으로 제자를 삼으라."
예수님의 삶은 분명하셨습니다. 전도셨습니다. 우리들도 예수님처럼 산다면 전도가 나의 삶의 목적이 되어야 합니다.

헌신하라

예수님은 전도를 하시되 전도에 헌신하셨습니다. 한 사람의 생명을 구원하시기 위해서 십자가에서 죽으시기까지 하셨습니다. 뜨거운 가슴, 생명에 대한 뜨거운 피가 흐르셨습니다.
예수님은 예수님을 따르려고 한, 한 부자 청년에게 "네 가진 것을 다 팔아 가난한 사람들에게 주고 나를 따르라"고 하셨습니다. 부자 청년은 슬픈 기색을 띠면서 예수님을 떠났습니다. 부자 청년은 예수님이 좋았습니다. 그러나 예수님을 위해서 뜨거운 땀을 흘리고 싶지는 않았습니다.

목회자로서 소원하는 일은 교회를 성장시키는 일입니다. 교회의 머리가 그리스도이시기 때문에 목회자는 반드시, 목숨 걸고 교회를 성장시켜야 합니다. 교회 성장에 이런저런 이유를 대서는 안 됩니다.

'어떻게 하면 교회를 성장시킬 것인가? 어떻게 하면 교회를 부흥시킬 것인가?'하는 것이 저의 목회에 우선순위입니다. 한 생명을 살려서 교회를 부흥시키기 위해서 저는 과정에 많은 힘과 시간을 쏟습니다. 지난 주일에도 한 주간 내내 고심하였던 것이 어떻게 하면 교회 전략을 시스템적으로 잘 짜서 모두가 다 효율적으로 일하도록 할까 하는 마음이었습니다. 직원들을 향하여 일을 잘하라고, 완벽하게 하라, 청소도 잘하고, 정리도 잘하고, 자기가 맡은 일을 제대로 하라고 외치고 다녔습니다. 때론 저도 같이 청소하고 다녔습니다. 몇 날 동안 직원들의 업무 표를 열 번 이상 논의하고 고쳤습니다. 저녁에는 모든 에너지가 다 새어나갔습니다. 서 있을 힘도 사라질 때도 있습니다. 이 이유는 한 사람, 생명을 살리기 위해서 교회의 모든 힘을 가지런히 정리하여 효율성을 높이는 것입니다. 주님이 일하시도록 우리로서는 기도하며 우리들의 구조를 가장 효율적으로 만들어놓는 것입니다.

진정한 헌신은 생명에 있습니다. 생명을 위한 헌신이 아니라면 헌신이 아닙니다. 예수님처럼 잃어버린 한 마리 양을 찾기 위해서 들로 산으로 다니지 않으면 진정한 헌신이 아닙니다. 한 생명을 살리기 위해서 교회조차도 변화하고 도전하고 개선하여야 합니다.

사랑하라

예수님은 전도에 대한 뜨거운 열정으로 사셨습니다. 그 일을 위해서 이웃을 사랑하시되 한없이 사랑하셨습니다. 지독하게 사랑하고 사신 분이 예수님이셨습니다. 사랑하셨기에 예수님에게서는 축복의 샘물이 늘 흘러나왔습니다.

예수님은 십자가를 앞에 두시고 제자들을 위해서 이렇게 기도하셨습니다.

나는, 아버지께서 세상에서 택하셔서 내게 주신 사람들에게 아버지의 이름을 드러냈습니다. 그들은 본래 아버지의 사람들인데, 아버지께서 그들을 나에게 주셨습니다. 그들은 아버지의 말씀을 지켰습니다(요 17:6).

이제 나는 아버지께로 갑니다. 내가 세상에서 이것을 아뢰는 것은, 내 기쁨이 그들 속에 차고 넘치게 하려는 것입니다(요 17:13).

그리고 내가 그들을 위하여 나를 거룩하게 하는 것은, 그들도 진리로 거룩하게 하려는 것입니다(요 17:19).

예수님은 제자들을 위해 공생애를 사셨다 해도 지나치지 않습니다. 이 땅에 계시는 동안 다른 이들에게 쏟았던 시간을 다 합쳐도 열두 제자들에게 할애하신 분량에 미치지 못할 것입니다. 예수님은 공생애의 대부분을 열한 제자들에게 쏟아부으신 뒤에 십자가에서 죽으시기 전에 제자들에게 나처럼 살게 해 달라고 하나님께 그렇게 기도하셨습니다.

예수님은 나를 위해서만 존재하지 않으십니다. 이웃을 위해서 존재하십니다. 나를 통해서 이웃에게로 나가기를 원하십니다. 예수님은 가장 큰 계명이 무엇이냐고 묻는 사람에게 "이웃을 네 몸처럼 사랑하라고 하셨습니다."

지금까지 여러분들의 마음이 축복이었습니까? 아니면 비판, 불평이었습니까?

지금까지 여러분의 마음은 따뜻한 마음이었습니까? 아니면 차가운 마음이었습니까?

지금까지 여러분의 마음은 예수님처럼 살고자 하는 마음이었습니까? 세상 사람 들처럼 살고자 하는 마음이었습니까?

그리스도인들을 바라볼 때마다 마치 예수님을 잃어버린 세대 같습니다. 이제 우리가 다시 회복을 해야 한다면 예수님입니다. 교회의 건물 회복이 아니라, 교회의 조직이 아니라 예수님 회복입니다. 예수님을 회복하기 위해서 교회의 모든 패러다임이 바뀌어야 합니다. "예수님처럼" 살기 위해서 교회는 모든 것을 다 쏟아부어야 합니다. 왜냐하면 예수님처럼 사는 자들만이 세상을 구원하기 때문입니다.

다른 삶의 방식:
그리스도인으로 합당한 삶
롬 12:8-20

정 대 일

(동문 / 소망교회)

바울은 로마서를 크게 두 부분으로 나누어 썼습니다. 로마서 1~11장까지, 로마서 12장부터 16장까지입니다. 로마서 1~11장까지는 예수 그리스도를 믿음으로 구원받는 복음을 상세하게 설명해 주고, 구원받은 자의 확신이 무엇인지, 그 기쁨이 어떠한지, 그 소망이 얼마나 큰 것인지에 대하 가슴이 벅차도록 가르쳐 주고 있습니다. 하나님의 자녀가 되는 법을 말합니다.

12장부터 16장까지는 구원받은 우리가 구원받은 자로서 어떻게 살아야 하는지에 대해 이야기합니다. 복음을 듣고 구원받았으면 반드시 구원받은 자의 삶이 따라와야 하는 것입니다. 믿음과 행함이 함께 가는 것입니다. 하나님 자녀로서 사는 법을 이야기합니다.

오늘 우리가 읽은 로마서 12장 이하는 복음을 듣고 구원받아 하나님의 자녀가 된 사람은 세상의 삶의 방식과 다른 삶의 방식으로 살아야 함을 이야기하고, 어떠한 모습이어야 하는가를 가르쳐주고 있습니다.

12장 9절부터 보면 하나님의 자녀로서의 삶의 방식을 이렇게 이야기하고 있습니다.

악을 미워하고 선한 것을 굳게 잡으라(9), 형제를 사랑하여 우애하고 존경하기를 먼저하라(10) 부지런히 일하고 열심을 가지고 하나님을 섬겨라(11), 소망을 품고 즐거워하며 환난 중에 참고 기도를 꾸준히 하라(12), 성도들의 쓸 것을 공급하고 손님 대접하기를 힘쓰라(13), 너희를 박해하는 자를 저주하지 말고 축복하라(14), 함께 즐거워하고, 함께 울라(15), 교만한 마음을 버리고 낮은데 마음을 두고 스스로 지혜 있는 체하지 말라(16), 악을 악으로 갚지 말고 선하다고 생각하는 일을 하라(17), 할 수 있거든 모든 사람과 화평하게 지내라(18).

여러분 이런 삶의 방식은 따라 살기가 쉽습니까? 어렵습니까? 정말 어렵습니다. 선한 것을 굳게 잡고, 형제 사랑하고 기도를 꾸준히 하고 손님 대접하기를 힘쓰는 것 정도는 어떻게든 해 볼 것 같습니다. 그런데 14절에 '나를 박해하는 사람을 저주하지 말고 축복하라.' 이 말은 참 어렵습니다. 쉽게 말하면 예수님께서 '원수를 사랑하라'라고 하신 이 말씀인데 이것은 불가능해 보입니다.

나를 왕따 시키는 이웃을 저주하지 말고 축복하라? 가능한 일입니까? 학교 폭력으로 끔찍한 일을 당하고 있는데 그 ○○를 축복하라? 말이 됩니까? 나를 위협하고, 내 돈을 빼앗는 이웃을 위해 축복하며 기도하라? 할 수 있습니까?

이런 건 고사하고라도 나에게 뒷 담화 하는 이웃조차도 받아들이지 못해 밤잠을 설치면서 분노하는 것이 우리의 모습입니다. 우리는 누구에게 기분 나쁜 소리 한마디만 들어도, 누구에게 무시 한 번만 당해도 그 일을 잊어버리지 못해 마음에 분노와 원한을 품고 삽니다. 이런 우리에게 우리를 왕따 시키고, 나를 때리고, 뒤 담화하는 친구를 저주하지 말고 축복하라는 말씀은 받아들이기 힘든 게 사실입니다.

왜 이렇게 어려운 방식을 세상의 삶과 다른 방식을 우리에게 요구하고 계십니까? 그 이유를 이렇게 이야기합니다.

19절입니다.

> 사랑하는 여러분, 여러분은 스스로 원수를 갚지 말고, 그 일은 하나님의 진노하심에 맡기십시오. 성경에도 기록하기를 "'원수 갚는 것은 내가 할 일이니, 내가 갚겠다'고 주님께서 말씀하신다" 하였습니다(롬 12:19).

원수 갚는 것을 하나님의 진노하심에 맡기라는 것입니다. 19절은 원수 갚는 것을 친히 우리 자신이 하지 말라고 이야기합니다. 누가 합니까? 하나님의 진노하심에 맡기라는 것입니다. 원수 갚은 것이 하나님께 있다는 것입니다. 하나님께서 우리의 억울함, 아픔과 눈물을 다 알고 계시기 때문에 하나님께서 친히 하나님의 때에 하나님의 방법으로 갚아 주시겠다는 것입니다.

중국의 무협지나 영화의 주된 스토리는 항상 복수를 갚는 이야기입니다. 아버지가 있습니다. 이 아버지가 원수의 손에 죽습니다. 아버지의 죽음을 목격한 어린 자식은 열심히 무예를 익혀 자라 원수를 갚고, 자신이 갚지 못하면 자식의 자식이 원수를 갚는 그래서 그 원수가 죽을 때까지 복수하는 것이 무협지의 주된 이야기입니다. 원수를 갚고 나면 어떻습니까? 복수했으니까 즐겁고 행복해야 할 것 같습니다. 그런데 원수를 죽이고 나서 마지막 장면을 보면 늘 주인공은 눈물을 펑펑 흘리며 절규합니다. 원수를 죽이면 행복할 것 같은데 그렇지 않은 것 같습니다. 복수의 결말은 늘 비극입니다. 슬픔과 눈물입니다.

그런데 마지막 장면에 또 다른 반전이 늘 등장합니다. 그 죽인 원수의 자식이 살아남아서 숨어서 모든 과정을 지켜보며 다시 복수의 칼날을 가는 장면입니다. 복수는 복수를 낳고 또 다른 복수는 또 다른 복수를 낳습니다. 복수하면 문제가 해결되는 것이 아니라 복수의 악순환과 비극이 계속 반복되는 것입니다. 그래서 하나님께서는 원수 갚는 것을 우리가 하지 말라고 합니다. 복수는 또 다른 복수의 비극을 불러오기 때문에 그 악순환의 고리에서 끊을 수 없습니다. 세상의 원리는 지금까지 원수에게 원수를 갚는 것입니다. 하지만 하나님의 원리는 하나님께서 하나님의 때에 하나님의 방법으로 그 악에 대한 심판을 반드시 하실 것이기 때문에 하나님을 믿고 원수 갚은 것을 하나님께 맡기라는 것입니다. 원수 갚는 것을 하나님의 진노하심에 맡길 때 복수의 악순환의 고리가 끊어집니다. 이것이 세상과 다른 삶의 방식입니다.

그러면 하나님께 원수 갚는 것을 맡기는 것으로 끝납니까? 그렇지 않습니다. 20절을 함께 읽겠습니다.

"네 원수가 주리거든 먹을 것을 주고, 그가 목말라 하거든 마실 것을 주어라. 그렇게 하는 것은, 네가 그의 머리 위에다가 숯불을 쌓는 셈이 될 것이다" 하였습니다(롬 12:20).

원수 갚는 것을 하나님께 맡기고, 원수 갚는 일 대신에 우리가 해야 할 일이 있다는 것입니다. 그것을 원수가 주리거든 먹이고, 목마르거든 마시게 하라는 것입니다. 즉 원수를 사랑하라는 것입니다. 원수 갚는 것은 하나님이 할 일, 우리가 할 일은 원수를 사랑하는 일이라는 겁니다.

그러면 왜 우리가 이렇게 해야 합니까?

20절 하반 절에 보면 "그리함으로 네가 숯불을 그 머리에 쌓아 놓기 때문이라는 겁니다."

"네가 숯불을 그 머리에 쌓아 놓으리라." 숯불을 머리 위에 올려놓으면 어떻습니까? 화끈거리고 뜨겁죠? 즉 원수를 원수로 갚지 않고, 원수를 사랑하면 그 사랑 때문에 원수의 얼굴이 부끄러움으로 뜨거워질 것이고 자기의 부끄러움을 돌아볼 것이라는 말입니다. 세상의 방식은 원수 갚은 것이 당연한데 원수를 사랑하니까 그 일을 통해 원수가 사랑에 감동해서 부끄러움을 느끼고, 계속 그 일을 경험하다 보면 스스로 변할 것이니 그것이 우리가 할 일이라고 성경은 말하고 있습니다.

사람을 변화시키는 것은 원수 갚는 것을 통해서가 아니라 사랑이기 때문입니다. 사랑의 길은 힘듭니다. 그러나 사랑의 길만큼 파워가 있는 것이 없습니다. 사람을 변화시키는 것은 십자가의 사랑이었습니다. 하나님께서 인간을 심판하는 방법은 쉽습니다. 없애면 됩니다. 그런데 예수님은 우리를 살리시기 위해 대신 죽으시는 사랑의 방법을 택하셨습니다. 놀라운 사실은 그 사랑이 사람을 변화시켰습니다.

어렵고 힘든 이웃을 사랑하는 일, 원수를 사랑하는 일은 참 어렵습니다. 목사인 저도 잘 안됩니다. 실패합니다. 제게도 참 어렵습니다. 우리는 원수 사랑하려다 종종 넘어집니다. 그래서 포기합니다. 이것은 교만입니다. 예수님을 정말 사랑하면 하다가 실패해도 또 하는 것입니다. 사랑의 걸음으로 걷는 것을 두려워 마십시오. 세상의 성공은 '잘하는 것'입니다. 그러나 우리의 성공은 말씀에 순종하여 '하는 것'입니다. 잘하지 못하니까 포기하는 것이 아니라 이것은 주님의 뜻이니까 넘어질 줄 알면서도 하는 것입니다. 우리가 연약하지만 주님께서는 우리가 부족해도 배운 것을 실천하기를 원하시니까 하는 것입니다.

저를 아는 많은 분들이 제 아들과 딸을 보면 저와 많이 닮았다고 합니다. 제 아들, 딸을 척 보면 누구 집 자식인지 알겠다는 겁니다. 왜 그렇습니까? 너무 닮았기 때문입니다. 자녀의 특징은 그 부모를 닮는다는 것입니다. 모습만 닮는 것이 아닙니다. 저의 자녀들은 저의 행동과 습관까지도 닮습니다.

예수 그리스도를 믿는 우리를 그리스도인이라 부릅니다. 그리스도인이란 예수 그리스도를 믿고, 구원받아 하나님의 자녀로 살아가는 사람들을 말합니다. 그래서 그리스도인의 삶 속에서는 하나님의 자녀로서 모습이 드러나야 합니다. 하나님의 자녀는 세상과 다른 방식의 삶을 사는 것입니다. 원수가 주리거든 먹이고 목마르거든 마시게 하는 일입니다. 결코 쉬운 일이 아닙니다. 그러나 하나님을 닮은 하나님의 자녀들의 삶은 원수를 사랑하며 그를 위해 축복하는 삶, 이길 외에 다른 길이 없습니다. 이것이 우리가 가야 할 유일한 길입니다.

잊혀진 죄인 여인:
누가 예수님의 명령에 순종할 것인가?

눅 7:36-50

정용한

(전 전임교목 / 교양융복합대학 교수)

누가복음 7장에 등장하는 여인과 관련된 이야기는 우리로 하여금 참 많은 것을 되묻게 합니다. 특히 복음서들을 비교하며 유사한 이야기를 분석해 읽을 정도의 독자라면 누가복음이 전달하는 이 여인에 대한 이야기에 더 많은 관심을 갖게 됩니다. 우리는 이미 학자들의 도움으로 공관복음서 중 마가복음이 제일 먼저 저작되었고, 이후 마태와 누가가 마가복음을 자신들의 복음서 저작에 참고했다는 사실을 알고 있습니다. 이런 기본 지식을 습득하고 있는 독자라면 마가복음 14장이 전달하고 있는 여인의 사건이 누가복음에서 왜 이렇게 변화되었는지 묻지 않을 수 없습니다. 마가복음에 등장하는 여인에 관한 보고는 다음과 같은 특징에서 누가복음과 확연히 비교됩니다. 마가복음의 여인은 유월절 이틀 전 예루살렘 근처 베다니 한센씨병 환자 시몬의 집에 찾아와 예수님의 머리에 향유를 부었다고 하는 반면 누가복음의 보고는 여인이 예수님의 사역 초기 갈릴리 지역 바리새인 시몬의 집에 찾아와 눈물로 예수의 발을 적시고 향유를 발에 부었다고 보고하고 있습니다.

누가의 보고는 마가복음을 사용하는 마태가 마가복음의 여인에 대한 보고를 거의 동일하게 반복하는 것과는 무척 대조적입니다. 마태는 예수님께서 이 여인의 행적을 천하 어디든 복음이 전해지는 곳마다 함께 전하라는 마가복음의 말씀(막 14:9)에 문자적으로 순종하고 있다고 평가 할 수 있습니다. 하지만 누가복음은 이 여인의 사건을 전혀 다른 방식으로 전달하고 있어 그에 대한 궁금증을 증폭시킵니다. 마가복음과 마태복음의 예수님은 여인의 행동이 남성 제자들과 달리 자신의 임박한 수난을 준비하는 행동이라고 극찬하십니다. 여인이 깬 향유의 값어치를 강조하며 그런 행동을 낭비라고 책망하는 제자들의 비난과 예수님의 칭찬은 너무나 대조적입니다.

도대체 이 여인은 누구였으며, 과연 그 여인과 예수님에게는 어떤 일이 있었는지, 또 누구의 보고가 더 정확한 것인지? 정말 많은 질문이 떠오릅니다. 이 이야기를 요한복음의 보고와 비교한다면 질문은 더 복잡해지고 많아집니다. 요한의 보고처럼 이 여인이 초기 기독교인들에게 잘 알려진 마르다의 자매 마리아였다면 공관복음서 저자들은 왜 이 여인의 이름을 밝히지 않고 있는지, 어느 학자의 주장처럼 이것은 한 사건이 아니라 두 가지 이상의 사건을 복음서 저자들이 각각 보고하고 있는 것은 아닌지, 우리는 이런 질문들 앞에서 나름대로의 답을 생각해 내야만 할 것입니다.

하지만 이 시간에는 사복음서가 이 여인에 대해 '보고하는 방식'이 갖는 공통된 문제점만을 지적하는 것으로 만족하려 합니다. 사복음서의 기자들이 보여주는 보고와 관련된 공통적인 문제가 이런 다양한 질문들을 만든 근본적 이유를 제공하기 때문입니다. 그것은 복음서 기자들이 이 여인의 행적에 대한 예수님의 명령을 충분히 따르지 않았다는 데 있습니다. 예수님의 공생애 중 한 사람의 행위가 이처럼 극찬을 받은 경우는 없습니다. 그럼에도 제자들은 여인의 행적을 기록할 때 자신들의 의도에 맞게 그녀에 관한 기록을 가감하고 있습니다. 여인의 행적을 모든 곳에 전해야 하는 책임을 맡은 제자들은 여인의 이름조차 밝히지 않으면서 서로 상반된 이야기들로 그 사건에 대한 실체를 감추는 결과를 초래하고만 것입니다.

　이름 없는 여인으로 남아 여전히 죄인으로 취급받는 여인의 행적은 마가와 마태에게서는 예수님의 수난을 미리 깨닫고 준비한 참 제자상으로 소개되고, 누가에게는 죄 용서의 은혜를 베푸시는 예수님의 구원자상을 확인해주는 인물로 묘사됩니다. 복음서 저자들의 태도는 이야기 속에 나타난 남성들의 반응과 크게 다르지 않습니다. 이야기 속 남성 제자들과 시몬은 모두 여인이 붓고 있는 물질적 가치에 그들의 관심을 집중합니다. 그리고 그녀의 행동이 갖는 다른 의미를 깨닫지 못하고 있습니다. 누가 또한 그녀가 왜 죄인인지, 혹은 그녀가 왜 말없이 식사 시간 중 그렇게 예수님의 발치에서 눈물을 흘리고 있는지, 얼마나 많이 울었으면 눈물에 젖은 발을 머리카락으로 닦아야 했는지 그 이유에 대해서는 관심 갖지 않고 있습니다.

　바로 그녀를 둘러싼 모든 이들의 무관심과 불순종 때문에 그녀가 누구였고, 그녀의 행동이 정말 어떤 의미를 갖는지에 대한 판단을 할 수 없게 된 것입니다. 그럼에도 지금 우리가 유추할 수 있는 사실 몇 가지가 있습니다. 그것은 어느 여인이 예수님의 사역 중 예수님에게 찾아와 향유를 드리고 육체적 접촉을 시도했다는 것입니다. 당시의 역사적 문화적 배경을 고려할 때 여인이 남자들의 무리를 뚫고 한 남성에게 먼저 다가가 그의 머리 혹은 발을 만진다는 것이 얼마나 충격적인 상황인지 쉽게 짐작할 수 있습니다. 바로 이런 상황이 당시 예수님의 여정을 함께한 사람들에게 충격적인 기억으로 남았을 것입니다. 예수님에게 긍정적 평가를 받았던 그녀의 대담한 시도가 복음서 기자들에게 영향을 미치게 된 역사적 힘이었다는 것도 넉넉히 짐작할 수 있습니다.

　이제 다시 여인의 행동이 복음이 전해지는 곳마다 전해져야 한다는 예수님의 명령을 기억해 보고자 합니다. 우리는 지금까지 그녀에 대한 기억이 각 복음서 저자들에 의해 일정 부분 자의적으로 해석되었음을 상기해 보았습니다. 이제 복음서 저자들에 의해 이해된 여인의 행적이 아니라 그녀가 경험했을 역사적 상황을 중심으로 그녀가 우리에게 던지는 도전을 세 가지만 고민해 보고자 합니다.

첫째, 그녀는 여성이라는 사회적 문화적 한계 속에서 자신의 상황을 뛰어넘을 수 있는 용기와 힘이 있었습니다. 비록 사회적 문화적 편견이 그녀에 대한 기억을 희석시키려했지만 그녀가 보여준 '경계 넘기'는 그 자체로 다양한 편견을 뚫고 위력적으로 지금까지 전해지고 있습니다. 로마 제국과 가부장적 사회의 가치들 그리고 종교적 정죄가 많은 여성들을 옥죄고 있었던 상황 속에서 그녀는 먼저 예수에게 찾아왔고, 그에게 자신의 의사를 말없이 행동으로 전하며, 소리 없는 아우성으로 눈물을 쏟아 놓고 있습니다. 그녀의 눈물이 갖는 정확한 이유를 여전히 헤아릴 수 없지만 아무 말 못 하고 눈물 외에는 자신의 사연을 토로할 수 없는 이웃들이 있는 한 그들을 주님의 눈으로 바라보아야 한다는 것만은 더욱 분명해집니다. 눈물 흘리는 주위의 이웃들을 기억할 때 "이 여자를 보느냐?"(눅 7:44)는 예수님의 질문이 우리 모두에게 새롭게 다가올 수 있을 것입니다.

둘째, 이 여인은 제자들을 포함한 당시 이 사건을 목도하고 전했던 당사자들 그리고 이 이야기의 해석을 도맡아 왔던 해석자들의 과오를 반성하게 합니다. 그들은 이 여인이 경계를 넘어 고가의 향유를 바치는 자기희생을 통해 보여주려 했던 행위에 대한 정당한 평가를 전해주지 못했습니다. 더욱 안타까운 것은 여전히 상대를 여인이기에 죄인이라고 치부하며 경제적 희생을 물정 모르는 사람들의 과시적 행동쯤으로 폄하하는 시선이 지금도 우리 가운데 도사리고 있다는 사실입니다. 다양한 경계의 벽을 넘어 새로운 가능성을 도전하는 이 시대의 많은 "죄인 여성"들을 많은 사람들은 지금도 다양한 편견으로 정죄하고 그들의 외침을 외면하고 있습니다. 예컨대 다문화 가정의 이주 여성들은 돈을 좇아 가족과 고국을 등진 이기적 존재, 농촌 총각들을 속여 결혼을 통해 한국 국적을 얻고 잠적해버리는 비윤리적인 도망자, 혹은 결혼 시장에서 실패한 남편과 시댁 식구들에게 학대당하는 희생자 등으로만 이해하려는 시선을 종종 목격하게 됩니다. 그녀들이 왜 국적과 문화로 대표되는 다양한 경계를 넘어 우리 곁에 와 있는지 그들의 눈물에는 정작 귀 기울이지 않은 채 우리의 제한된 정보와 편견으로 그들의 삶을 평가한다면 복음서에 나타난 속칭 '죄인 여인'의 행적을 잘못 전하고 해석해 온 자들의 과오를 반복하는 것이 될 것입니다.

마지막으로 죄인 여인과 제자들은 예수님의 개입을 통해 전혀 새로운 해석과 길을 찾게 됩니다. 예수님은 제자들의 평가가 잘못되었다는 것을 지적하시며, 그들의 편향된 반응에 제동을 거십니다. 그러면서 그녀의 행동이 갖는 의미의 이면으로 제자들의 관심을 이끌고 계십니다. 예수님은 함께한 자들에게 그녀를 향해 가져야 할 관심이 무엇인지를 환기시키시는 것으로 새로운 관점을 제안하십니다. 이것을 통해 예수님께서는 그녀와 시몬, 제자들뿐만 아니라 청중 모두를 화해의 자리로 초대하고 계십니다. 물론 그 초대가 얼마나 성공적이었는지 확인할 수는 없습니다. 다만 남성 저자들이 자신들의 부끄러운 과오까지 함께 복음서에 전하고 있는 것을 보면 그 초대를 통한 화해가 일정부분 성공적이었다고 평가할 근거는 충분해 보입니다.

지금까지 죄인 여인과 관련된 사복음서의 보고(이야기)들에 관한 해석이 한 가지의 공통된 문제에서 기인한다는 사실을 살폈습니다. 제자들과 복음서 기자들의 다양한 보고는 우리 가운데 경계를 넘어왔지만 우리의 편견으로 오해되고 있는 다양한 이웃들과 구성원들에 대한 우리의 과오를 깨닫게 합니다. 우리가 정한 다양한 경계들을 넘어왔다는 이유로 불편한 감정으로 그들을 대한다면 우리는 제자들과 복음서 기자들의 잘못을 나무랄 자격이 없습니다. 우리에게 예수님을 찾아왔던 여인의 행적을 모든 곳에 전하라는 명령은 여전히 유효합니다. 그리고 이 시간 그 명령을 지킬 수 있는 방법이 제안되었습니다. 아무 말 없이 눈물 흘리는 여인과 같은 이 땅의 이웃들을 기억하며 그들의 눈물이 진정 무엇을 의미하는지 보다 정확하게 그들의 이야기를 듣고 전해 줄 수 있는 우리가 되길 주님의 이름으로 축원합니다.

내가 있어야 할 자리

딤후 4:9-16

정 우

(동문 / 미암교회)

어떤 아가씨가 지하철 경로석에 앉아 있습니다. 보니 할아버지 한 분이 탑니다. 이 아가씨 눈을 감고 자는 척합니다. 그러자 이 할아버지 아가씨의 어깨를 툭 치면서 말씀하십니다. "아가씨, 여기는 경로석이야." 그러자 이 아가씨 대꾸합니다. "저도 돈 내고 탔는데, 왜 그러세요?" 그러자 이 할아버지 말씀하십니다. "여긴 돈 안 낸 사람이 앉는 자리야. 냉큼 일어나." 내가 있어야 할 자리가 있습니다.

오늘 본문 말씀을 보면 '내가 어디에 있어야 할 것인가?'를 말씀해 주고 있습니다. 사도 바울은 오늘 본문에서 자기 주변의 일곱 사람을 언급하고 있습니다. 데마, 그레스게, 디도, 누가, 마가, 두기고, 알렉산더. 그는 이 일곱 사람에 대하여 설명하고 있습니다. 누구는 무엇 때문에 어디로 갔고, 또 누구는 나와 함께 있고… 하는 식으로 말입니다. 이 시간 일곱 사람 중 세 사람을 살펴보고자 합니다.

"떠난 데마"

그는 신앙의 자리에서 떠난 사람입니다. 데마에 대한 기록이 신약성경에 세 번 나옵니다(몬 1:2, 골 4:14, 딤후 4:10). 이 말씀들을 보면 사도 바울과 데마의 관계를 잘 알 수 있습니다. 한마디로 말하면 시간이 지나면 지날수록 데마는 사도 바울로부터 점점 더 멀어지고 있습니다. '나의 동역자 데마'에서 그냥 '데마'로 그다음에는 '나를 버리고 갔다'라고 평가하고 있기 때문입니다. 시간이 지나면 지날수록 점점 더 그리스도에게 더 가까이 가는 사람이 있는가 하면, 시간이 지나면 지날수록 점점 더 그리스도로부터 더 멀리멀리 가는 사람이 있습니다.

데마의 '세상을 사랑하여 나를 버리고 갔다'는 말씀에 대해 성경학자들은 두 가지로 해석합니다. 하나는 '배교'로, 다른 하나는 '낙심'으로 말입니다. 주석학자 스피크는 후자의 입장에 동의하면서 이렇게 해석하고 있습니다. '데마가 신앙을 버리고 배교했다는 것이 아니라, 용기를 잃고 낙심했다는 뜻이다. 처음에는 바울과 함께 고난도 달게 받았다. 하지만 믿음이 떨어지자 바울의 순교가 눈앞에 다가오는 시점에서 그는 용기를 잃고 낙심하여 자기의 고향 데살로니가로 갔을 것이다.' 그렇게 볼 때 데마가 떠나간 것은 희생적인 신앙에서 안일한 신앙으로 떠난 것입니다. 도피한 것입니다.

우리의 신앙을 점검해 봅시다. '어떤 일이든지 주님께서 말씀하시면 감당하겠다'는 자리에 서 계십니까? 아니면 '힘든 데 뭣 하러 그런 것을 해' 하면서 안일한 신앙의 자리로 떠나가고 있습니까? 예전에는 열심히 신앙생활 했는데 이제는 열심히 식어진 사람들이 많습니다. 회복하지 못하면 데마 같이 됩니다. 어려워도 주님께 붙어있어야 합니다.

"돌아온 마가"

마가를 '마가 요한'이라 부르기도 합니다. 바나바의 생질입니다. 데마는 바울을 떠난 사람이라고 한다면 마가는 바울을 떠났다가 돌아온 사람입니다. 마가는 처음에 대단히 열심 있는 사람이었습니다. 그러기에 사도 바울이 제1차 전도여행 때 그를 데리고 갔습니다. 하지만 어느 날 전도여행이 어렵다고 슬그머니 사도 바울을 떠났습니다. 사실 전도여행이 쉬운 것이 아닙니다. 지금처럼 교통이 편리한 게 아닙니다. 제가 몇 년 전 사도 바울이 다녔던 소아시아 길을 가보았습니다. 터키 동쪽에서 서쪽으로 가는 데요, 그러니까 동쪽의 갑바도기아에서 서쪽의 에베소 교회까지 가는 데 버스로 가는 데도 얼마나 시간이 많이 걸렸습니다. 그뿐이 아닙니다. 산새가 험해서 강도가 출몰하는 지역도 많았다고 합니다. 그런 곳을 걸어 다녀야 했습니다. 또한 배도 많이 탔습니다. 수없이 풍랑으로 시달려야 했습니다. 그래서 마가가 중도에 자리를 떠났습니다(행 13:13).

그러나 마가는 훗날 사도 바울에게 돌아옵니다. 돌아오게 된 것은 다음과 같은 동기가 있었을 것입니다. 하나는, 좋은 어머니와 삼촌이 있었기 때문입니다. 마가의 어머니는 기도의 사람이었습니다. 아들이 제자리로 돌아오기 위해 끊임없이 기도합니다. 그리고 삼촌 바나바의 애정과 권면도 있었습니다. 결국 마가는 있어야 할 자리로 돌아왔습니다. 기도하는 어머니가 있는 자녀는 결국 돌아오게 됩니다. 기독교 2,000년 역사가 그것을 증명해 주고 있습니다. 혹시 교회를 떠난 사람이 있습니까? 포기하지 마시고 계속 기도하십시오. 하나님께서 반드시 다시 제자리로 돌아오게 하실 줄 믿습니다. 다른 하나는, 사도 바울이 있었기 때문입니다. 처음에 바울은 떠난 마가를 결코 용서하지 않았습니다. 그러나 시간이 지나면서 이제는 마가를 이해하기 시작합니다. '그가 오죽했으면 떠났겠는가?'라고 생각하면서 그의 심정도 헤아렸을 것입니다. 이런 점들이 마침내 그를 돌아오게 만들었던 것입니다. 오늘 본문 11절 하반절을 보십시오. 디모데를 오라고 하면서 "네가 올 때에 마가를 데리고 오라 그가 나의 일에 유익하니라." 이 말씀을 보면 마가의 변화도 변화지만 바울의 변화도 봅니다. 그를 신뢰해 줍니다. 마가가 신뢰할 만한 사람이기 때문에 신뢰한 것이 아니라, 좀 신뢰할 수 없다 할지라도 신뢰해 주자 그가 결국 신뢰받을만한 사람이 된 것입니다.

세상의 순서와 신앙의 순서가 이렇게 다릅니다. 세상의 순서는 이해 타산적입니다. '네가 이러면 나도 이런다.'는 식입니다. 그러나 신앙의 순서는 그렇지 않습니다. 믿을 수 없는 사람이라도 믿어줍니다. 그러면 그가 훗날 믿을 수 있는 사람이 됩니다. 사랑할 수 없는 사람이라도 사랑해 줍니다. 그러면 그가 정말 사랑의 사람이 되는 것입니다. 사도 바울이 그를 신뢰하고 믿어주자 마가가 훗날 어떤 사람이 된 줄 아십니까? 그는 다시 사도 바울의 훌륭한 동역자가 되었고, 무엇보다도 마가복음을 쓴 마가복음의 저자가 되었던 것입니다. 그는 예수님의 제자가 아님에도 불구하고 복음서를 쓰는 놀라운 사람이 되었던 것입니다.

혹시 주님 곁을 떠난 사람들이 있습니까? 교회에서 떠난 형제들이 있습니까? 기도와 사랑을 멈추지 마십시오. 반드시 하나님께서 돌아오게 하셔서 복음에 유익한 사람으로 써주실 줄 믿습니다.

"늘 함께한 누가"

10절에서 11절 상반절까지 보겠습니다. "데마는 이 세상을 사랑하여 나를 버리고 데살로니가로 갔고 그레스게는 갈라디아로, 디도는 달마디아로 갔고 누가만 나와 함께 있느니라."

다 떠났다고 했습니다. 그런데 누가만 있습니다. 누가는 처음부터 마지막까지 초지일관 사도 바울과 함께한 사람입니다. 전도여행이 어려워도 끝까지 그 자리를 떠나지 않았습니다. 그는 의사라는 직업을 가진 사람입니다. 의사는 예나 지금이나 대우받는 사람입니다. 공부하기 힘들고, 치료하기 힘들긴 해도 미래가 보장된 직업입니다. 그런데 누가는 그 좋은 환경을 다 버리고 바울과 동행합니다.

바울과 함께 동행 하는 것이 쉬운 일이 아닙니다. 끊임없이 여행을 해야 했습니다. 여행 중에 죽을 고비도 많이 넘겨야 했습니다. 굶주리는 때도 많았습니다. 고생을 밥 먹듯이 했습니다. 이런 형편에도 누가는 어렵다고 바울을 떠나지 않습니다. 바울이 전도여행을 위해 아시아로 가면 누가도 아시아로 따라갑니다. 바울이 예루살렘으로 가면 그도 예루살렘으로 갑니다. 바울이 감옥에 갇히면 누가도 감옥에 가서 그 곁에서 말없이 바울을 지켰습니다.

여러분, 바울과 함께 있었던 누가가 어떤 일을 했을까요? 처음에는 바울의 주치의 역할을 했을 것입니다. 그 후에는 바울을 대신해서 편지를 대필도 해주었을 것입니다. 그러다가 마지막에는 복음서 중 하나인 누가복음을 쓰고, 더 나아가 바울의 전도여행을 가장 가까이에서 지켜보고, 또 한 번도 그 자리를 떠나지 않은 사람이었기에 그 귀한 사도행전을 썼던 것입니다. 하나님은 누가와 같이 언제나 한결같은 마음을 갖고 있는 사람에게 큰일을 맡기십니다.

우리 한남대학은 1956년도에 개교하였지만 그전부터 설립을 위한 노력이 시작되었습니다. 1948년 6월 3일 한국에 있는 미국 남장로회 선교부는 다음 사항을 미국 세계 선교회에 청원했습니다. "설립 목적: 미국에 있는 기독교 대학을 모델로 설립하되, 그 목적은 기독교 지도자, 교사 및 미래의 목사를 양성하는 것으로 한다. 이 업무를 효과적으로 수행하기 위하여 로라북Dr. Robert Knox, 인돈Mr. W. A. Linton, 조요섭 Rev. Joseph Hopper, 구바울Dr. Paul S. Crane을 대학위원으로 구성한다." 이들이 누가와 같이 변함없이, 한결같은 마음으로 헌신했기에 우리 대학이 개교될 수 있었던 것입니다.

사랑하는 여러분!

여러분은 어디에 계십니까? 있어야 할 자리에 계십니까? 여러분은 위의 세 사람, '데마와 마가와 누가' 가운데 누구와 비슷하십니까? 데마의 전철을 밟는 분이 없으시길 바랍니다. 마가와 같다면 속히 돌아오셔야 합니다. 그러나 무엇보다도 누가와 같은 사람이 되어야 합니다. 일

편단심, 한결같은 마음으로 산 누가처럼 말입니다. 하나님은 한결같은 마음으로 열심히 살아가는 사람들에게 큰 복을 주십니다. 누가가 받은 축복처럼 말입니다. 또한 사람들에게도 존경과 사랑을 받게 될 것입니다.

우리 교회에 나이 드신 어느 여 집사님이 있습니다. 그분은 당료와 여러 합병증으로 인해 발가락 10개를 모두 절단했습니다. 그것 때문에 앉을 수가 없습니다. 앉으면 넘어지고, 앉으면 넘어지고 합니다. 그 후 상태가 좋지 못해 무릎까지 잘랐습니다. 심방 가서 예배를 드리자 집사님 말씀하십니다. 얼마든지 하나님 원망하실 수 있습니다. 하나님께 '왜 이런 시련을 주십니까?' 라고 이야기하실만한 형편입니다. 그러나 원망의 이야기를 하지 않으시고 오히려 다음 두 마디를 말씀하셨습니다. "저 퇴원하면 교회 나가겠습니다. 걷는 특수 신발 신고 연습하면 걸을 수 있다고 합니다. 참 그리고요, 수세미물 만들어 놓았는데 제가 병원에 온다고 목사님께 갖다 드리지 못했습니다. 제가 가지고 가겠습니다." 그 집사님은 제가 목을 많이 쓴다고 집안에 수세미를 심어놓으시고 해마다 수세미물을 만들어 저에게 갖다 주셨습니다. 얼마나 감동을 받았는지 모릅니다. 눈시울이 뜨거워졌습니다. 다리가 없어도 예배의 자리에 오시겠다는 것입니다.

이제 누가와 같이 늘 한결같은 마음으로 주님 곁에 있음으로 우리 대학의 설립 목적대로 훌륭한 기독교 지도자들이 되어 이 역사의 주역들이 되시기를 바랍니다.